芝镇说

1 内伤 NEI SHANG

礼失而求诸野。

——题记

逄春阶 著

山东城市出版传媒集团·济南出版社

图书在版编目（ＣＩＰ）数据

芝镇说 . 1 / 逢春阶著 . -- 济南：济南出版社，
2022.3
ISBN 978-7-5488-4932-2

Ⅰ.①芝… Ⅱ.①逢… Ⅲ.①长篇小说－中国－当代
Ⅳ.① I247.5

中国版本图书馆 CIP 数据核字（2022）第 001104 号

出 版 人：崔　刚
图书策划：田俊林
责任编辑：李圣红　董慧慧　陶　静
封面题字：莫　言
封面设计：八　牛
版式设计：壹　诺
内文排版：刘欢欢
出版发行：济南出版社
地　　址：济南市二环南路 1 号
邮　　编：250002
印　　刷：山东省东营市新华印刷厂
成品尺寸：148mm×210mm　32 开
印　　张：15
字　　数：323 千
版　　次：2022 年 3 月第 1 版
印　　次：2022 年 3 月第 1 次印刷
书　　号：ISBN 978-7-5488-4932-2
定　　价：59.00 元

序

赓续中国式传奇与传神的乡野小说

逢春阶是我大学期间的同窗同桌挚友。其为人也，貌寝而多情。乐和时，常咧嘴龇牙，眉开眼笑；伤情处，常会泪飞顿作倾盆雨。其为文也，以好"说"著名，妙语如珠。从在《大众日报》开设"小逢观星"文艺评论专栏，热衷点评明星故事，到近年"老逢说故乡"，醉心演说生活在芝镇祖祖辈辈的故事，如此从小说到老，赢得粉丝不计其数。此《芝镇说》属于"老逢说故乡"中的一种，主要根据乡里传闻写成，加上春阶本人目睹耳闻的所动所感，演义百年家族之兴衰际遇，以及千里故乡之风云变幻。这部"姑妄言之姑听之"的小说，先是在报纸《农村大众》连载，并于各媒体转载，吸引了越来越多的读者。而今结集在济南出版社出版。当此际，我特为作序，既为传达作者创作意图，又给广大读者以阅读指南。

首先，《芝镇说》是一部洋溢着民风民俗的乡野小说。

《芝镇说》之作，有所创造，有所超越，既努力超越以往所谓"百科全书派""现实主义派""典型人物派"等写作标准，又努力超越二十世纪"乡土小说""乡愁小说"之藩篱，转而着力从中国传统的"传奇化""传神性"等活性审美文化和理论体系中汲取营养和力量，另辟"乡野小说"新路。

　　在中国传统文化中，"野"有其特殊地位。汉代许慎《说文解字》曰："野，郊外也。"其本意为"野外""荒野"。引申开来，该字又有"野性""野蛮""粗野""荒凉"等意味，含有原始生命力以及草根文化气息。乡野中富含民间风情与智慧。在孔老夫子看来，"礼失而求诸野"，流失的礼仪文化可到民间去寻求滋补。明清时期，王世贞等文坛名流又有所谓的"史失求诸野"之说，强调失效的正史也可向民间去寻求补救。再说，古人早已把小说视为"稗官野史"了。小说天生与野性、野味有着不解之缘。在《芝镇说》中，逄春阶充分发扬小说文体的野性优势，大力张扬"乡野"中的民风民俗，抓住"野"字做文章。

　　从全球化视野看，"野"与"酒"仿佛孪生兄弟，彼此成就着对方。在中国，"野"不仅满含某种西方式的非理性的酒神精神，而且还常染上本土的天地壮气和人类自身的狂飙突进。中国式的"醉态思维""醉态形象"以及相应的酒气豪情，与西方尼采所命名的"酒神精神"遥相呼应。齐鲁文化，除了温文儒雅的一面，还另有一种野性风韵。生活于这片神圣土地上的小说家常常会有酒神精神和野性的生发。诺贝尔文学奖得主莫言就善于借"酒"叙事，且不说其《酒国》是在借酒场说官场，就是其他一些小说也多善于借酒事说人情世态。被改编为电影的《红高粱》更是凭着一曲荡气回肠、豪情万丈的"喝了咱的酒……"，给人们留下了深刻的印象。春阶与莫言先生是山东潍坊老乡，亦师亦友。他们又都天性好酒，善于把酒话人生，分别传达出当地人的嗜酒情怀以及粗豪精神。《芝镇说》叙述家事、国事、天下事，以酒气与醉态点缀，既得天独厚，又能别出心裁。

　　《芝镇说》中的醉态描绘是与人物的野性传达结合在一起的，并非为猎奇而作。尤其是开篇第一章《芝镇醉景》，真是一幅幅酒气四散的底层风情画。

　　小说写民间爱酒惜酒，真是难舍点点滴滴。其中有一段文字写年少的公冶德鸿与爹爹换酒回来，不小心滑倒在冰上，酒从坛子洒出，爹不仅自己"立即趴下，两手支着身子，下巴贴着冰面，屁股撅撅着，在冰上吸溜吸溜地舔"，而且还喝令年少无知的儿子："你个小死尸，还不快趴下喝，等酒肴啊！"如此情景，既令人好笑，又令人心酸。行文中，作者没用"玉"字打头的"玉蚁""玉醅""玉酒""玉醴"等字词，也没玩弄"芳"字当头的"芳酥""芳蚁""芳醪""芳醑""芳樽""芳醴"等字眼，更没用李白所谓的"金樽清酒斗十千，玉盘珍羞直万钱"等夸张笔法，而是以朴实无华之笔写出了乡里一家老小对酒的珍重，这份珍重正应了中国老百姓的一句常言："吃了不疼撒了疼。"

既然"酒"被大家视为爱物，待客自然少不了酒。"好客"既是传统酒文化的缩影，也演化为齐鲁大地的乡里风俗。为表达对来往宾客的盛情款待之意，主人总是千方百计地劝酒，直至一醉方休。这在芝镇更是蔚然成风。如小说津津乐道了芝南村那个"悠筐抬醉汉"的风俗。公冶德鸿的大嫂听她嬷嬷说，这风俗是芝里老人发明的。有一年上新麦子坟，芝里老人"请自己的叔伯兄弟七个聚在一起，摆开场大喝，那是祭祖酒，也是丰收酒……一喝就喝高了。他的七个兄弟都喝得站不起来。芝里老人吩咐，找来七个悠筐，把醉兄弟装在筐里，一个一个抬回家去。从那以后，谁家设酒局，门口就摆着悠筐。事先把悠筐打扫干净，里面铺着油毡纸，等着往家抬醉汉。"如此场景叙述，既让人忍俊不禁，又理在其中。

《芝镇说》生动鲜活地传达了传统酒文化下的民族精神、乡俗民情。作者善写人物的野性，而野性的突出表现又是刚烈与叛逆。文笔活泼，用语朴实，散发着浓重的乡土气息和地方色彩。

其次，《芝镇说》写出了富有传奇色彩和传神风韵的家国之事。

中华大地上的广大乡野，散落着千家万户，形成不同的家族群体，而各个家族的命运又与整个国家的、民族的命运休戚相关。因而，聚焦于家族是许多高明的小说家"话说天下大势"的一大诀窍，并进而形成家族小说一脉。逄春阶的《芝镇说》生发生长于以往古今家族小说丰厚的土壤之上，尤其是在公冶家族叙事中采取了许多家族小说的为文经验和行文策略，既包含着对各种小说的有意汲取，也隐含着与各种小说的不谋而合。

读《芝镇说》，你会觉得其中不乏莫言式的家族叙事的影子。众所熟知，莫言的《红高粱家族》接二连三地讲述了富有生命力的红高粱家族故事，作为第一人称叙述者的"我"似乎有一种"恋祖"情结。《芝镇说》同样有一种"恋祖"情结，这里有从古朴到现代的书写，古的画像与今的"捏影"照片相辉映，记录下公冶家族的平凡生活而又与众不同的奇迹。

为了增强历史文化感，《芝镇说》别具匠心地将芝镇公冶家族的祖上附会为孔子的弟子和女婿公冶长，大有深意。在民间传说中，公冶长是一个懂百鸟语的奇人。在春阶笔下，他仿佛是一个呵护着公冶家族的幽灵，其是非非又成为公冶家族的基因，还成为齐鲁文化的重要组成部分。小说写公冶长墓地的枸杞不被鸟儿啄食："鸟儿们觑见那枸杞红就兴奋。奇怪的是，公冶长墓上，竟不见一只。墓周围喜鹊虽不少，在白果树、杨树、柳树上做了窝，飞来飞去，但就不飞到墓上，不啄枸杞。"这种富有兴味的传奇化笔墨发人深思：或许是因为公冶长懂鸟语，其灵魂仍在与群鸟对话，不让它们破坏护墓的枸杞；或许另有世人一时间还难以明白的神奇道理。

也许，除了小说家绞尽脑汁地杜撰和编造，大千世界本来就存在"无奇不有"的因素。只要小说家善于还原，巧于捕捉，叙事的传奇性便可自然流出。《芝镇说》所叙公冶家族婚丧碰在同一天这个故事，红白较量，正庶纷争，剑拔弩张得看似不合常理，但根据春阶的提示，此确是铁的事实。而且，若不是"我爷爷"公冶祥仁出面调和，可能会引发悲剧。作为三县名中医的爷爷公冶祥仁，秉大医精诚遗训，有中医思维，富家国情怀，明事理，解疙瘩，挽危局，忍辱负重，是作者用心力写出的芝镇的灵魂人物。

在春阶笔下，传奇化大多出于耳目之内，出于生活常理，而非出自耳目之外的奇想。如，为传达枸杞（芝镇当地俗称"狗奶子"）延年益寿的神奇效果，便借用了一个眼镜老者所讲的故事叙出，将枸杞延年益寿常理传奇化为二百岁少妇追打八十岁的孙子，由此可见作者处理历史与名物的想象禀赋。

同时，写人贵在传神，春阶深悟此道，他不仅用力将预设的公冶家族中的老嬷嬷、公冶祥仁、公冶祥敬、公冶令枢、公冶德鸿等几代人物写得活灵活现，而且将家族外的芝里老人、王辫、陈珂、雷震等人物写得如在目前，这些人物多有原型，乃至有作者自己的化身。

除了化平实为传奇，适当地注入一些亲朋好友提供的噱头和笑料以增强可读性，《芝镇说》还经常借助"无巧不成书"的传奇技法，制造传奇性。如王辫与公冶祥恕在赴俄留学路上的不期而遇，这种传奇性桥段不仅将一对青年男女黏合在一起，而且使得叙事更加严整，削减了不少凌乱的头绪。另外，与当今大多数小说节节黏在一起有所不同的是，《芝镇说》也注意向传统章回小说"欲知后事如何，且听下回分解"的结构回归，以关键话语作为小标题，这与它最初以报纸连载的形式推出有关，也是为了引领或撬动每一情节的需要。

再次，《芝镇说》注重将"理""事""情"三要素融合起来。

一篇或一部文学之成为经典，离不开"理""事""情"三要素的完美结合。《芝镇说》面向世态人情，叙事追求传奇化，写人追求传神性，注重以情领事，以事运理。

也正是基于对故乡的一往情深，王安忆推出了其富含深情的自传式小说《纪实与虚构》。这部小说运用交叉的形式轮番叙述的策略，既梳理了带有生命性质的家族"树"一般的历史纵向关系，又横向铺展了"水波"般带有人生性质的社会横向关系。在《芝镇说》精巧编织的故事中，生活于芝镇上的祖祖辈辈留给"我"的不仅是"一杯一杯复一杯"的酒量以及走南闯北、豪气万丈的胆量，而且还留给"我"刻骨铭心的"内伤"。

　　说到家族泪潸然，说到人生饱含感叹。为了情感的注入和叙事的方便，选取第一人称"我"展开故事，实现化身而入。在某种意义上说，小说中的公冶德鸿就是作者春阶的化身或影子。为此，《芝镇说》文本内部回荡着作者的一往情深、一腔热情的"情"。尤其是，细心的读者不难感受到作为作者化身的公冶德鸿良善人格的内心深处还存在较为严重的自卑、胆小、焦虑、恐惧等"内伤"，这种内伤是从亲老嬷嬷景氏那里遗传来的，像那条长在腰里的胎记，挥之不去。此无计可消除之情，使得德鸿始终无法自由自在，甚至压抑得他难以喘息。

　　小说中亲老嬷嬷景氏的贱妾身份带来的心理阴影一直波及公冶德鸿。作者写祖孙两代人的性情，满含"一把辛酸泪"。之所以写得动情，写得感人，是因为这段文字是作者根据自己的切身经历敷衍而成的。读者诸君可能要问：一个大家族怎会如此对待一个本性善良且勤谨的女性？这应该是罪恶的贱妾观念造成的。在传统社会，庶出的孩子，地位卑贱，延续后世的支脉，也受到影响。在文学史上，前有唐传奇《霍小玉传》中的霍小玉，后有《红楼梦》中的贾环，都是庶出的悲剧代表。尤其是贾环，在被贾府主子另眼相看的环境中长大，性格似乎遭到扭曲，屡次的抗争都被人视为恶毒。在历史上，袁世凯是一个庶出者。在春阶看来，这是其人生悲剧的根源。《芝镇说》反复叙及被世人解读为"复辟"的袁世凯称帝，事实上也是内伤驱动。小说写芝里老人不断地开骂袁世凯："这个小妾生的孽种！就是娘胎里坏！孽种，葬送了好好的共和国。""我爷爷脸涨得通红，脖子上的青筋一下一下直哆嗦：'芝老，芝老，你骂袁世凯我双手赞成，您别说他的出身，他是……'芝里老人喝高了，爱絮叨，又重复了一遍：'妾生的孩子，贱命！他跟《红楼梦》里的贾环是一路货色，胎里就坏。'"说者无意，听者有心。"妾生"二字不仅令当爷爷的公冶祥仁敏感，更令孙子公冶德鸿刻骨铭心。《芝镇说》还借助公冶祥仁与公冶灵枢以及神鸟弗尼思的言论，对"袁世凯称帝之因"展开一番探讨，将袁世凯竟敢冒天下之大不韪称帝的原因归结为喝了芝镇的酒一时冲动；而之所以会发生杯酒冲动，是因为庶出的内伤。将"称帝"这种惊天动地的历史事件推论到人生细处，是小说的一种理性。史学家可以从"小说家言"那里找到许多历史悬案或迷案的答案。像史学家陈寅恪先生就曾在小说《续玄怪录》中的"辛公平上仙"中找到了唐宪宗死因的答案，认定影射唐宪宗被太监阉党谋害，并将这一尘埃落定的结论写到其《金明馆丛稿二编·顺宗实录与续玄怪录》中。春阶有切身经历和切肤之痛，其《芝镇说》诠释袁世凯称帝之因，尽管未必能获得广泛认同，却能自成"一家之言"，振聋发聩。

就角色功能而言，《芝镇说》使公冶德鸿这个亲历、亲动心、体验者更多地肩负起"传情"角色。小说从作为作者化身的公冶德鸿出生写起，显然主要是在按照其人生轨迹，追寻"我"的前辈的足迹，乃至追寻"我"的祖先踪迹。相对而言，另一个特殊角色，即公冶家族祭奉的不死神鸟弗尼思，则扮演了一个全知全能的"旁观者"以及"旁白者"角色，随时释疑，随时探讨，随机揭示谜底……这个角色的设置有效地强化了叙事之"理"。看官，如果你愿信以为真，不妨就当一回《芝镇说》这种野性言说的忠实信徒吧；如果你不愿相信，就权当姑妄言之姑听之的"小说家言"，不必当真。无论是否当真，毋庸置疑，春阶是投入情感写作的，并借以疗救郁积在心头的伤痕。

《芝镇说》"理""事""情"融合也体现为其综合运用正叙与倒叙、补叙与插叙的时空铺展与穿越，制造故事的跌宕起伏、纵横捭阖。尤其是别具匠心地采取了时空错综、时空跳跃的叙事方式探寻公冶家族的命运，既祭奠那些逐渐消逝在历史烟云中的灵魂，又对他们看似平凡的过往加以褒贬性的评说。无论从哪个角度看，《芝镇说》都算得上是一部倾情用心之作，较好地完成了"理""事""情"三位一体的文本创构。

另外，《芝镇说》主动践行了兼顾"传奇"与"传神"的创作理念。

春阶为人谦和，乐于吸取各种建言。当我正致力于将近年关于中国叙事学、中国写人学以及中国抒情学的研究成果转化为实际应用的时候，《芝镇说》也经过较长时间的酝酿正式投入创作。他不仅前些年就认真读过我关于"中国写人学"方面的研究成果，而且还广泛接受近些年各路好友的提醒、鼓励和帮助，并自觉将建言一并转化到其妙笔生花的小说写作之中。

《芝镇说》仿佛一部鲜活的家族史，叙事与抒情交织，不仅让读者感受这个世界是如何运转和流转的，而且还让读者领略、领悟人生真谛；《芝镇说》仿佛一幕剧，在以芝镇为主的社会舞台上，传奇化的角色扮演与传神性的角色表演活灵活现；《芝镇说》又如一幅画卷，为历史，也为现实，绘制出芝镇这一脉人的传神的性情与传奇的故事。

除了身体力行和文论上的践行，逢春阶还在《芝镇说》中貌似不经意间对周易、中医药等着墨点染，自觉传递中华文化与中国精神，彰显中国审美旨趣，深得时代主旋律。

行笔至此，我忽然想到，在西方世界，美国作家杰克·伦敦创作的中篇小说《野性的呼唤》和荣格的集体无意识与原型理论相互支撑；在东方本土，春阶热衷创作的《芝镇说》与我热心探讨的"传奇化""传神性"理论是否也可以达成某种有效的呼应呢？读罢一部洋洋洒洒的《芝镇说》，我恍然感到，只要面向文学文本，文论研究的成果就不会沦为"空对空"或"纸上谈兵"。

冬去春来，我的挚友逢春阶正在一步一个台阶地"承百代之流，会当今之变"，满怀信心地投入《芝镇说》第二部的写作中，我们也满怀期待地喜看他的续作再现更多精彩。

山东大学特聘教授、博士生导师　李桂奎　辛丑岁暮于上海

芝镇说

1 内伤
NEI
SHANG

······ **目 录** ······

楔 子

XIE　ZI

我生下来就懂鸟语，能跟树杈上的鸟儿对话，也能与不死鸟弗尼思神交。我一落草，就听弗尼思喊："公冶德鸿！公冶德鸿！"

弗尼思是公冶家祠里供奉的鸟，紫檀木的，它身上的那抹幽蓝，像把剑的寒光。有一年失火，俺嫲嫲（方言，祖母）从火堆里把它抢了出来。

应该是弗尼思喊醒了我。东屋窗下的石榴花，残红犹在，像一簇簇火苗。弗尼思和两只喜鹊蹬着干枝子，爪子把石榴花儿蹬散了，花瓣儿撒到咸菜瓮的秫秸秆儿穿起的圆盖垫上。"公冶德鸿！公冶德鸿！"弗尼思喳喳叫着，扑棱一声飞了。

爷爷公冶祥仁弯下腰，趴在炕沿上，不错眼珠地瞅我，他也叫："德鸿！德鸿！"他叫得不如弗尼思清脆，嗓子有点儿沙哑。爷爷的白胡子梢儿扫到了我的肚皮，扫得我想笑。他先摸摸我的小鸡，小鸡撅起来，从我的肚皮上，飞出一道银弧，送到爷爷张着的嘴里。爷爷"哎哟哟""哎哟哟"叫着，笑着，一缩脖子，那道弧线呲过爷爷的头顶，冲下了火炕。爷爷说："可了不得！可了不得！我孙子找媳妇一定近不了，你看他尿的，这么高，这么远，这么有劲儿！"爷爷乐得咂吧着嘴，尝着淡咸甘苦。在他眼里，童子尿，是一味药。

爷爷说我找媳妇一定很远，真让他说准了。我媳妇是西北边城的，离芝镇七千多里。三十多年前，陪媳妇回娘家，从潍州到边城，坐绿皮火车六天六夜，再坐驴车一天，才到达鹅卵石垒筑的小院子。

我和媳妇的姻缘，是爷爷和他骑的毛驴在七十多年前的一个傍晚给牵的线。奇怪吧？

爷爷干手抹脸，皱纹抹乱了。他又趴到炕沿上，瞅着我的肚子。俺嫲嫲做的肚兜一起一伏，肚兜上的两只喜鹊还在动呢。

爷爷从嫲嫲手里拿过老花镜戴上，一寸一寸地端详，像帝王巡视国土，像考古学家研究甲骨。他这个妇科老中医发现了我肚皮上有条黑线，其实是几粒小黑痣。他说这叫玉带，这孩子将来能当个大官。爷爷的皱纹，如核桃皮的纹路，核桃缝里，洇出纵横的湿。那一线晶莹，是老人家的泪。

爷爷想不到的是，我没当大官儿，倒是见了不少官儿，县长、市长、省长、部长，等等。没当官，却当了个记者。大爷公冶令枢说，记者是无冕之王，也算个官儿，还摇头晃脑，煞有介事地用毛笔一笔一画把我添在了《公冶氏家谱》上。记者算啥无冕之王，是无"眠"之王，为了写稿，彻夜无眠啊！后来，利群日报社开文艺晚会，我扮了一回皇上，穿的龙袍是我同事从京剧院里借的，黄袍加身，喜形于色，我长黑痣的腰间有了条玉带，也算过了五分钟官瘾。

谁料想，第二天我就发烧，眼疼，头也疼，疼得直撞墙，喊了一夜娘。打针吃药，折腾了一周，吃了四大爷公冶令棋的三服汤药，也没管用，还烧得说胡话，背文艺演出台词："朕以为普天之下……"总觉得媳妇不如舞台上的皇后漂亮，她给我端茶的姿势都不标准。

娘打听到芝镇有个神婆叫藐姑爷，会看蹩跷病。不妨去看看。

藐姑爷在芝镇的一个四合院里住，那小院紧靠芝镇酒厂。我闻到了一股酒香，脑海里立时浮现出小时到芝镇酒厂换酒的情景。

说也怪，到了芝镇，我的病就好了一半。芝镇酒厂是太熟悉了，即便腿脚不熟悉，我的胃也熟悉。可以说，我是喝芝镇酒长大的。有一年我去海边出差，看到"芝镇号"高铁，泪一下子滚出来了。我给芝镇酒厂的冯同学发了条微信：眼触"芝镇"二字，就像没娘的孩子看见了乳房。冯同学说，别光说，你得写啊！

藐姑爷不是爷们，不知为何叫爷。她家的三间红瓦房跟邻家一样，要说有特别之处，就是推开堂屋门，感觉进了剃头铺：当门正中，放着一把剃头椅子，椅子把手的白漆都脱落了。小煤炉上坐的铁壶正吱吱响，摆一个脸盆架和一个凳子，架子上搭着毛巾和荡刀用的长方条驴皮，盆架上放有脸盆、碱块。一把剃刀，像镰刀那么宽，横卧窗台。

藐姑爷盘腿坐在东屋炕头上，也不问我，只是盯着，盯着……一会儿，她头也摇，发也晃，黑眼珠滴溜溜转。她身后窗台上，有个高脚杯，杯里满满的是白酒。摇一回头，喝一口，再摇头，一会儿一杯酒就见了底。

让我纳闷的是，她喝了酒，身上并没酒腥，倒散出一股芝麻香。再张嘴时，竟换了一副破锣嗓，瓮声瓮气："公冶德鸿，你真大胆，怎么敢演皇上？"

藐姑爷的长睫毛一碰，剜我一眼："皇帝是你这穷小子演的吗？那是真龙天子啊。大不敬，遭天谴了。"我看到藐姑爷左眉心有个红痣，那红痣像老头儿黑夜里咂的烟头，一明一灭、一明一灭地对着屋笆闪。

我正纳闷，一下被蒙住了头。我大喊："这是咋了？"妻子说："别喊，治病呢。"仿佛在放警匪片，警车鸣叫，铐上手铐，戴上黑色头套，容不得我争辩，就被押上了车。正纳闷着，砰——头上又套了个东西，耳朵被夹得疼，感觉头上又长了个头，耳畔是剃刀在驴皮上霍霍的摩擦声。

我好像进了个无底洞，眼也睁不开。忽觉脖子根一阵风，咔嚓———一下，头顶像有块厚冰滑过，不，是一道寒光贴着我的头皮。一摸，头顶光光的。我听到滴答滴答响，一摊血。完了，我完了。在戈壁滩，在沙漠里，我成了匹老马，咀嚼着荒凉。

藐姑爷拍拍我的肩。

我睁眼低头看，头上的那个头，滚落在脚下，边上是我那被削掉了的头发。藐姑爷手里掂量着那把大号剃刀，一扬手，那把剃刀闪了两闪，当啷躺在了当门窗台的木托上。

她嘴里叽叽喳喳，啾啾唧唧，无主题变奏，我侧耳细听，听出了她的鸟语："遵通衢之大道兮，求捷径欲从谁……"

我回家蒙头大睡。第二天醒来，汗湿棉被，扒了娘手擀的一大海碗绿豆面条，大汗满头。娘一摸我的额头，对妻子说："藐姑爷真灵，你摸摸德鸿的头，像井拔凉水呢。"

跟冯同学在微信里说起这怪事，他竟毫不在意地说："德鸿，报社的礼堂空旷，没有暖风，能不感冒吗？那龙袍是单衣单褂，'的确良'的吧？你就是不让神婆看，也会好的。"

　　冯同学又开玩笑："我还不知道你那德性，藐姑爷俊啊！见了美女，有病你也没病了，美女也治感冒。当然，祭如在，祭神如神在。有敬畏心，总不是坏事。"

　　我肚皮上的黑痣越长越黑，皮上还有毛，像块猪皮糊肚皮上。我小时候不敢下河，怕人家笑话。上了大学，我想去医院切掉。娘听说了，吓得赶紧坐火车跑到我求学的孔子故里，气喘吁吁地在校门前的大槐树底下对我说："千万别动刀啊，你爷爷说了，福痣腰里藏呀！"

　　我陪着娘逛了孔庙、孔府、孔林。在孔子墓前，我听不清娘念叨的啥，就问了一句。她说，我念叨祖先公冶长娶的祖奶奶，多保佑她的子孙啊。送娘到车站回家，我翻开《论语·公冶长第五》："子谓公冶长，'可妻也，虽在缧绁之中，非其罪也！'以其子妻之。"原来，我的祖先公冶长因贪嘴独享了乌鸦提供线索找到的大肥羊，遭到乌鸦的报复性暗算，深陷一桩人命案，坐过牢。好在孔子深明是非，非但没有怪罪，反倒将自己的女儿嫁给了他，延续了我们公冶家族两千多年的香火。

　　五十六年前，我出生三日，公冶家族的近亲，都吃上了嬷嬷领着大娘、二婶子手擀的金丝面。年轻人都到我家围着锅台，自己盛着吃，老人们都是我爹端着饭盒子送到炕头上。金丝面，是芝镇名吃，色黄丝细，犹如金丝。嬷嬷为给我做生日金丝面，收集了大半个村子的鸡蛋。先把鸡蛋打入大泥盆内调匀，再加面粉、盐，和为硬面，擀成透明的圆圆的薄饼，切成细丝，出锅后放进鸡汤盆，添上醋、芝麻油、海米、胡椒面、香椿末、芫荽梗、嫩韭菜等作料。金丝面软硬适度，清香可口，是爷爷的最爱。

这天，爷爷还有个要事——"喂我"。他抱过我，用双筷子把鸡、鱼、肉、豆腐、葱、年糕等点一点，点到我的嘴唇那儿，点一下说"金鸡报晓"，点一下道"年年有余"，依次是"有食有禄""大富大贵""聪明伶俐""步步高升"……把最美好的词儿都"喂"给了我。喂完轻轻拧我的小鸡，像钥匙开一把锁。

做完这一切，老人家去忙活拜祭高密侯公冶长的事儿。

我出满月那天是乙巳年八月初三，早晨，天阴。爷爷喝了一壶白干酒，晕乎乎闲翻《周易》，他看书前爱喝两口。他常说："不喝点儿，容易看偏，晕乎乎的，看得更准。"爷爷翻到了贲卦，卦辞是："贲，亨。小利有攸往。"他想到他的师父雷以鬯背诵的宋人程颐的解释："物有饰而后能亨，故曰无本不立，无文不行，有实而加饰，则可以亨矣。文饰之道，可增其光彩，故能小利于进也。"放下几乎翻烂了的书，爷爷站在门前，平端着烟袋，眼瞅浯河，不知想的啥。

牵出毛驴，爷爷执意要走。瞅瞅天，黑云翻滚，俺嫲嫲给他头上扣了一顶苇笠。他一直往南，骑驴六十里，还没到公冶长村呢，就隐隐约约地看到了那堆"海大海高"的红坟。

我一直弄不明白，爷爷翻出贲卦，临河沉思，他到底想了些啥。

弗尼思对我说："想夫子，也想他和你的命运。"

爷爷口里的"海大海高"的红坟，就是公冶长墓。芝镇人说大说高说长，就爱搬出海来。说一口锅大，那锅"海大"；说一个盆大，那盆"海大"；说那座楼高，那楼"海高海高"；说老人的寿眉不短，叫"海长海长"。芝镇人不靠海，心里却装着海。有时说碗大，直接说"海碗"；形容人多，干脆就说"海了去了！"

公冶长墓其实也算不上"海大海高"，是密密麻麻的枸杞红，让墓显得大和高。远远看去，那墓像个大火球簇拥在那里，大风一刮，枸杞都动，像火，毕毕剥剥响着，噌的一下，风卷着火舌朝天烧，映红了远处的锡山。

在芝镇，人们把枸杞叫狗奶子，但爷爷不那样叫，就像婆婆丁，他叫蒲公英；金银花，他叫忍冬花；老牛涎涎，他叫车前子或苤苣。

鸟儿们觑那枸杞红都兴奋。奇怪的是，公冶长墓上竟不见一只。墓周围喜鹊虽不少，在白果树、杨树、柳树上做了窝，飞来飞去，但就不飞到墓上，不啄枸杞。

墓的南面，原是公冶祠堂，后来毁了，墙垛子还在。一个戴眼镜的老者摇着蒲扇，跟几个同龄人聊天。爷爷把毛驴拴在墓前那棵碗口粗的白果树上，去跟老者打招呼。老者一听爷爷是公冶家族的人，就笑道："俺们说的正是你们家的事儿呢。"

眼镜老者说的是，宋神宗熙宁年间，苏东坡任密州太守，曾骑着毛驴踏青，快要到达公冶村时，见有一年轻貌美的少妇正撵着个胡子花白的老人打。那拐杖抡来扫去，却极少碰到老人的脊梁。苏东坡忙派随从上前责问："你何故这般打骂老人？"那少妇道："我训自己的重孙子。""你重孙子？"苏东坡大吃一惊。原来，少妇已有小二百岁了，老汉也已小八十了。他受责打是因嘴馋，弄得皮松牙掉，没了人形。东坡倒头下拜，向老嬷嬷讨教。老嬷嬷见来人仙风道骨，便说四季服用狗奶子。这老嬷嬷和她的重孙，就是公冶家族的人。

爷爷纠正眼镜老者："是——枸——杞。"

眼镜老者继续道，自从听了那老嬷嬷的话，东坡常来拜谒公冶长墓，后来被贬到惠州，也不忘这里的枸杞。五十多岁时，爱妾朝云还为他生了个孩儿。年过半百，一骨碌一跌的，还能生子，靠的是什么？是狗奶子，不，是——枸——杞。嘿嘿！眼镜老者说到爱妾时，一脸的猥亵。俺爷爷长叹一声，说："您说的也不一定对。"

眼镜老者也犟，脖子一梗："苏轼爱吃枸杞，还写过一首诗《枸杞》呢。"爷爷又笑道："他说的也不一定对。"

爷爷有个口头禅，动不动就来一句："也不一定。"

弗尼思对我说，你爷爷有个鬼名字叫"也不一定"。后来成了"右派"，人家就叫他"公冶腔"，在芝镇，管外号叫鬼名字。

爷爷对眼镜老者突然有了生理上的厌恶，但依然笑着。他本想问问公冶祠堂里弗尼思的下落，竟收了口。

墓碑是一九一七年清明立的，碑上写有"始祖先贤高密侯公冶子长暨德配圣门孔孺人之墓"字样。墓碑顶上一个蜘蛛正忙着结网，爷爷怕惊动它，后退了半步。

爷爷在墓前点上三炷香，发了纸钱，跪下磕头。爷爷的感觉应该是这样的吧，"把额头贴近那堆黄土，会产生一种特别的安全感，一种与天地神灵达成默契的欣慰从土里涌向心底，再升腾起来渗透全身。"

祭毕，爷爷默立片刻，又慢慢绕墓一周瞻仰。临别，从墓上采了十几颗枸杞子，装在兜里。

天上云黢黑，正埋头南涌。坟前的老者远远地喊："还是避避雨再走吧。"爷爷说："也不一定能下。"骑着驴踢踏踢踏往回走。

半道上，忽一阵凉风过，唰唰地落下来一阵急雨。前不着村，后不着店，爷爷跟毛驴在雨中淋着，苇笠也被风刮歪了。快要到芝镇界了，前面来了辆马车，那驴受了惊吓，前蹄没站稳，爷爷被摔下驴背。赶马车的赶紧停下来询问，爷爷走了两步，觉得无大碍，就摆摆手让马车走了。可是，他好容易爬上驴背，却再也下不来，那腿好像不是他自己的。

等回到家，老人家就发高烧，躺在炕上。他掏出从先祖墓上采来的枸杞，嬷嬷捏到他嘴里一颗，说："这狗奶子真鲜亮。"爷爷咳嗽一声，说："是——枸——杞！"嬷嬷撇撇嘴，用小手巾包了，交给俺娘，叮嘱放在我的枕头底下。后来，爷爷的腿脚还是疼，去芝镇医院治，说是左脚骨折，年纪大了，不好恢复。来年五月初二，爷爷去世，享年八十有一。

爷爷临终前要酒喝。大爷端过烫好了的芝镇白干，踌躇着。爷爷笑着一把夺过："拿过来吧！"仰脖而尽，滴酒不剩。突然急促地重复着："景……景……景。"撒手而去。

景？什么景？哪里的景？

弗尼思对我说："他想他亲娘——你老嬷嬷（方言，曾祖母）景氏了。"

芝镇醉景

ZHI　ZHEN　ZUI　JING

第 一 章

1.一口酒"浇"出了辆吉普车

我出生的渠邱县芝镇大有庄，在芝镇的西南角，离镇区五里路。如果刮北风，芝镇酒厂的酒香就飘满了俺大有庄的大街小巷。十几年前，我写过一篇小说《满庄酒香》，开头是这样的："一生独爱酒，就像鸟爱飞；休叹无双翼，醉乡游子归；小盅咱一端，翅膀往外钻；他们'打油'咱'打酒'，管它山高大海宽。"

芝镇以芝酒出名，镇上的人大都擅饮好喝，有"芝镇狗四两酒，芝镇猫喝一瓢，芝镇老鼠喝一燎壶，芝镇老家鼹喝一大脸盆"之说。

我一直以为"芝镇狗四两酒"只是个形象说法。辛丑暮春，冯同学说："你且见见杨老就知道究竟了。"

冯同学说的杨老，大名杨富骏，典型的芝镇人，大高个，大嗓门，九十二岁了，还身轻如燕，健步如飞，看上去也就七十冒头。问他有啥长寿秘诀，他哈哈一笑："一天一斤芝镇酒！"

老人与冯同学的父亲是酒友。冯同学说杨大爷十四岁参加八路军，亲历了孟良崮、莱芜、南麻、临朐战役，身负重伤。在杨老家的堂屋里，我还看到他参加一九五九年全国群英会的照片呢。

一场大酒，让渠邱县诞生了第一辆吉普车。造车者谁？不是别人，正是杨富骏。

解放初，渠邱县委书记出行乘坐的是二轮摩托，中层干部下乡能骑辆自行车就相当有气派了。

有一天，给县委书记开二轮摩托的小李，懊悔地来跟老朋友杨富骏抱怨，说自己开摩托拉着书记下乡，坡陡路滑，摩托车下了沟，书记的脚崴了。

杨富骏担任着渠邱县机械厂的厂长，机械厂造犁耧耙锄、锨镢二齿子等小玩意儿。老杨听罢说："要不，我给你改装个三轮摩托，跑起来比二轮稳当些。"

小李喜出望外："那可太好了，我也能睡个安稳觉了。要不光做些开摩托出事故的噩梦。"

杨富骏的单身宿舍兼办公室很简陋，一个桌子一张床，床底下有两瓶芝镇白干，窗台上有咸菜疙瘩。

二人就着咸菜疙瘩喝酒，你一盅，我一盅，喝着喝着喝高兴了。小李说："要是能开辆吉普车，那多威风。"杨富骏说："吉普车我也不是没见过。打下孟良崮后，我还坐过张灵甫七十四师的军用吉普呢。"

"你这机械厂的厂长，能造辆吉普车吗？"

"按说，也不难。"

"能造吗？"

"能！"

已经半醉的小李喜滋滋地握住也已经半醉的杨富骏的手，说："此话当真？"杨富骏端起酒盅，一碰，干了，嗓门冲上屋顶："当真！当真！"

小李次日透给县委书记，还添油加醋地说："杨富骏说能造——是瞎汉摛鼻涕，把里攥着的事儿。"书记一拍大腿："嗨！叫富骏干。"

小李兴冲冲地给杨富骏打电话报喜，杨富骏说："我有啥喜？"小李就把书记支持造吉普车的事儿说了。

杨富骏作了难："啊呀！那是酒后的大话啊！怎么能当真呢？"小李说："军中无戏言。"

芝镇人个个有股子拗劲儿，挽挽袖子，杨富骏豁出去了。他先是去青岛拜师求教，又到上海买零部件。正苦于无法弄到发动机时，战友给他一个线索，说当年他们的老团长王奎利当了温州军分区司令，可以找他。

杨富骏忐忑着找到老团长，红脸说自己喝酒喝多了，说了大话。老团长快言快语："嗨！说了就做！造吉普难道比懂号语、旗语、灯语还难吗？"

杨富骏心灵通透，是当年鲁中军区警备四团全团唯一一个懂号语、旗语、灯语的战士，他就像团长王奎利的一个器官，四团没有电台，王团长就靠杨富骏"翻译"各种命令。

晚上住在老团长家，他拿出从老家带去的芝镇白干。老团长见了老战友，见了在沂蒙山喝过的老白干，一高兴喝大了，抱住老部下不松手，那个亲哪！

军分区提供了一台废旧的发动机。杨富骏去结账，老团长说："倒下来的旧部件，算是支援革命老区吧！按说该给老区提供台新的。"

组装的细节很烦琐，容后叙述。

杨富骏造的土吉普轰动了全县。车停到渠邱县委招待所，司机们轮流上去过把瘾，开车的，坐车的，看车的，都恣得合不拢嘴。

芝镇酒厂为庆祝渠邱县第一辆吉普车诞生，专门送来了几瓶好酒。

厂里开了庆功宴，渠邱县的县委书记、县长也来了，轮番敬杨富骏，一杯一杯，把杨富骏灌得飘飘然。席间，有个领导问他："你靠啥？花费不到一千元就把吉普车造出来了。"

杨富骏趴在他耳朵上说了一个字："酒！"

2. "芝镇狗，四两酒"

让我惊讶的是，杨老从八十岁起，天天带着酒，走村串巷实地考察，花了三年工夫绘制了《清末民初芝镇古镇图》。杨老制图有根有据，一是以壬子年（1912）陆测五万分之一的军用地图为基础，二是以丁未年（1967）航摄五万分之一的军用地图为参考。方位、高程都按测绘专业标准。

在这张密密麻麻、花花绿绿的地图上，百年前芝镇的繁荣景象尽收眼底，塘湾、沟渠、祠堂、牌坊、烧锅、教堂、寺庙、堂号、古木、酒楼……蚂蚁大小的名称浸润着老人的心血。

老人家说，骑车累了，就喝口酒解乏。我闻到了地图上的酒香。

采访还没结束，我大爷公冶令枢拿着马扎来了。大爷常年在黑龙江住，今年突然回来了，他想家想老友。大爷比杨富骏大六岁。

在芝镇，人人都知道我大爷是个瞎话篓子。

大爷是活宝，他一来，好话歹话都令人爽快。以下的话，主要是我大爷说的。杨富骏老人呢，在一旁听，光笑。

八十二年前，芝镇的裕顺烧锅不景气，烧锅掌柜乔方斋召集股东开会，商量自救。裕顺股东占了半个芝镇，一股是二斗麦子。按现在的价格，一斤麦子两块钱，二斗麦子五十斤，相当于一百块钱。有大股东，有小股东。小股东就二斗麦子。那次股东大会，除了乔方斋，一个股东也没来。为啥不来呢？芝镇人说就是怕摊上"饥荒"。谁料一年后，乔方斋多种经营，上了柴油机磨面，又上了榨油机榨油，裕顺烧锅一下子烧得"滚沸"了。伙计们过了一个舒心的年。正月十五那一天，乔方斋召集伙计们开会，说，咱年也过了，节也过了，从明天起，各就各位，该干什么就干什么。没等讲完，就听门嘭地被踢开，股东们冲进来，要封账、查账。

查账，那就查吧。一天不行，两天，天天要吃要喝啊，乔方斋到麻山市街的醉仙居订菜，醉仙居的菜芝镇最有名。股东们哪是查账，分明就是来吃吃喝喝地闹腾，喝上酒耍酒疯。其中有个姓汪的小股东，只入了一股。他喝了酒，站在凳子上指着乔方斋的鼻子吼："乔方斋，乔方斋，我就是两个泥钱，也是你的股东，你瞧不起我。"啥叫"泥钱"？小孩子将两个铜钱和泥夹着用秫秸莛秆穿起来，等泥干了，那泥片就像铜钱，也就叫了泥钱。这个"泥钱"股东感觉自己受了轻视，表达不满。

店里伙计们看不过眼去了，都私下里嘟囔："不景气的时候，股东们都在哪里呢？你们还不如狗呢，狗还能趴咱脸前给咱看大门呢。你们股东吃，咱们的狗也得吃。"裕兴烧锅养着九只狗。有个伙计添油加醋地说："咱伺候这些股东，也得伺候伺候咱们的狗。"

　　叫了五桌菜，里面的三桌是股东们吃喝，外面两桌给狗们吃。说也怪了，裕顺的狗也很文明，老黄狗坐主陪，把长尾巴翘在椅子背上；比老黄狗稍微年轻点的老黑狗坐副陪，把长尾巴垫在屁股底下；花母狗是三陪，两只耳朵激动地扇动着。其他的狗互相谦让着坐下，不会使筷子就用爪子，那狗爪子都到脸盆里洗了。主陪老黄狗正要下爪，副陪老黑狗直朝主陪使眼色，用爪子指了指股东们桌上的酒盅。老黄狗恍然大悟，"汪！汪！汪！"众狗一心也朝着股东"汪汪汪"。狗也馋酒啊！

　　我——（我大爷说话，说到"我"时，爱拐个弯儿拉个长腔）当时在裕顺干伙计，赶紧抱过一坛子酒来，给每一条狗倒上。主陪老黄狗举起爪子带了三盅，带酒前，也把酒盅朝地上洒一点，那叫敬天地。洒完，才把酒盅凑到狗嘴边，仰起狗头一饮而尽。狗们开始伸爪子吃肉，吧唧吧唧，边吃边喝，狗头摇晃着，蒙眬着狗眼。老黑狗是副陪，它不超过主陪，带了两盅。小花母狗三陪，带了一盅。我——真是见识了。九只狗把两桌菜全部吃完，还把一坛子酒喝去了大半。狗用爪子你拍我的狗肩，我拍你的狗背，真是勾肩搭背。

　　老黄狗喝得站不起来，花母狗把它架起，老黄狗一摆左爪，右爪端着酒盅，后面跟着老黑狗。一个跟着一个，站到股东桌前来敬酒。股东们回头一看，九只狗头，闪着狗眼，爪子端着酒盅，围住了圆桌，股东们吓得两股战战。

　　我——指一指那个说"泥钱"的股东，老黄狗心领神会，端着酒盅就举到了"泥钱"股东嘴边，"泥钱"吓得往后躲，贴着墙，手捏酒盅，把酒都哆嗦着洒了。"泥钱"看着狗眼，把酒盅伸过来碰。老黄狗不理，我——明白，老黄狗嫌酒盅不满。我——给"泥钱"倒满，老黄狗才笑着碰了盅，干了。连干十八盅。"泥钱"醉成了一摊泥。老黄狗抱住"泥钱"的嘴一阵猛亲。

杨富骏老人对我说："你这公冶令枢大爷啊，就会瞎编故事，但伙计们点菜招待狗确实是真的。"

我大爷说："就是嘛！"

裕顺烧锅，后来改成了至诚商店，牌匾是我爷爷公冶祥仁题写的。

3.等酒肴

爷爷公冶祥仁在芝镇开着芝谦药铺。芝镇地处高密、密州、渠邱三县交界地，爷爷三县有医名。向东三十里，他去过高密的晏婴故里；向南八十里，他去过密州的苏轼超然台；向西四十里，他去过渠邱公冶长书院；向北七十里，他去过潍县万印楼。去看病兼喝酒，或者是喝酒兼看病。他一生贪杯，但从来没误过诊，喝上酒看得更准。他常说："我从没有因为喝酒而耽误看病，关键是，也从没有因为看病而耽误喝酒。"

芝镇最热闹的时节是正月，外国的狂欢节也不过如此。家家户户贴了红彤彤的对联，花花绿绿的过门钱在乍暖还寒的风里飘着，菜香、酒香漾出天井，还有划拳吆喝，此起彼伏。走亲访友，都会有酒。不是夸张，要是有仪器测量，芝镇的每个小胡同里，每条小巷子里，每道屋檐下，包括猪圈里，都会有超标酒精散布。有人会问，臭烘烘的猪圈里咋还有酒气？看官有所不知，客人大醉，到哪里去吐酒？

对了，猪圈里。圈里严实，正好掩饰。"呕啊哦啊呕啊"地弯腰大吐，脖子往前一伸一缩一梗，那姿态像是给猪鞠躬，人头碰猪头，猪头抵人头。猪毛扎人毛，人哼哼，猪哼哼，人猪同声共哼。有喝醉了搂着猪头大哭的，有摁着猪要当马骑的，有扳着猪蹄子划拳的，也有跟猪亲嘴的。

更有一个奇葩的醉汉——我的大哥公冶德乐，在猪圈里，用红红的烟头烙猪身上的毛，烙得猪"咻咻"地叫着转圈，猪圈里充斥着一股焦煳的臭味。闹腾完了，大哥被架出来，浑身猪屎。醉酒不醉心，大哥还知道要干净，非要晃到脸盆前，洗把脸才上席。还格外客气，伸着手，呼着酒气，扳着脖子搂着腰，拉拉扯扯谦让半天才上炕。圈里的猪呢，让大哥折腾得也烦了，低头吃了客人吐出的酒肴，猪眼迷离，也便晕晕乎乎地醉了。这是大哥去芝镇南乡走丈人家出过的洋相。他晃晃悠悠回来，急着要水喝，大嫂正抱着孩子生闷气，赶巧孩子要撒尿，就顺手让孩子哗啦哗啦尿到茶缸里，叫一声："德乐，张嘴。"大哥一张嘴，温乎乎地灌进去了。大哥直喊："这是啥酒？"大嫂嘿嘿一笑说："你儿子给你酿的。"

有人说，芝镇猪，排山倒海酒呼噜；芝镇猪，打个滚儿浑身是醭土。芝镇人念醭土为"布土"，就是灰尘。这说的是人，也是猪，一点儿也不夸张。

一般人家，喝的是去芝镇酒厂换的散装酒。我记得很清楚，二十世纪七十年代，三斤地瓜干，外加两毛七分钱，可换一斤芝香白酒。

　　我头一回去芝镇是七岁，跟爹去的，是个冬天，小北风呼呼刮着。那年冬天特别冷，爹不让我去，我哭喊着非要去。去的时候，爹把我放在独轮车上，我使劲抱着鱼鳞酒坛子。可是走到半路上，冻麻了脚，我咧嘴大哭。爹就干脆让我下来，跟着独轮车跑。一会儿，我又嚷着喊脚痛。我头上跑出了汗，结成了白白的汗冰碴子。爹还打趣我，成了一个小老头呢。那年真冷！

　　换酒回来，要过浯河。浯河结了厚厚的冰。爹推着独轮车在冰上过，冰太滑，胶皮车轮像醉了一样，不走直线。爹小心地驾驶着，一边还招呼我别跌倒，但招呼归招呼，我却感觉跌倒在冰上很好玩。我走两步故意跌倒一次。爹大骂我，大概是怕我跌伤了，还不停地回头命令我，不停地回头，驾驶难免分心。我正玩跌倒呢，只见爹的车子咣当倒了。爹往前一伸，也滑倒在冰面上。那酒坛子在冰上如巨大的陀螺一样打转转，不料塞儿开了，酒洒在冰上。爹立即趴下，两手支着身子，下巴贴着冰面，屁股撅撅着，在冰上吸溜吸溜地舔。从远处看，是爹在舔冰，像是蛙泳，头一抬一低、一抬一低的，下颌贴着冰面。靠近了看，爹是在喝冰上的酒，那酒溜子，散着涟漪，如鱼鳞，漫延着，朝爹张嘴的方向集中。那酒坛子咕噜咕噜滚，越滚越快。爹的头一拱一拱地，越喝越慢，就跟游泳比赛一样，跟那滚动的酒坛子较劲。酒流出来呈一个扇面，流动速度比爹喝的速度快多了，爹整个身子都泡在酒里了。满冰面上，飘着酒香，我看到爹整个像一把大勺子，在一点点地收酒。爹趴着撵酒坛子喝，终于撵累了。他气恼地站起来，朝着我喊："你个小死尸，还不快趴下喝，等酒肴啊！"

我赶紧趴下，但我不敢喝，我就趴在冰上，一动不动，像个青蛙，一会儿就觉得肚皮底下冰凉刺骨。后来岁数大了，回忆到这里，想起王祥卧冰求鲤的典故。我的体会是，卧冰求鲤是不可能的，冰厚了，你卧不开；冰薄了，不等卧完，就掉下去了。

卧在冰上的我，浑身也沾上了酒，浑身的酒气，熏得我想呕吐，但看看爹锥子一样的目光，我忍住了。爹一次次起来，又一次次趴下，他喝得是那么投入，那么自如，那么舒服，那么带劲儿，那么忘我。我有点羡慕他了，直到我当了爸爸，端起酒杯来，还经常想起爹在冰面上的有点滑稽、有点夸张，甚至有点过分表演色彩的姿势。当时，我还看到了他哈出的热气，看到他的脸一点点变红，看到他的头发一根根竖着。我爹是犯了哪门子怒呢，竟然也会怒发冲冠。不！没有冠，没有冠，是怒发冲天。他是恨我，还是恨自己酒量小呢？听到他的骂声越来越高、越来越高，后来，我看到他不再匍匐向前，他就固定在那里，一颠一颠地，伸出舌头舔，舔啊舔，冰被舔出一个凹坑……然后，嘴巴就不听使唤了，爹醉了，一头扎到刚舔出的凹坑里，打起呼噜。

过了好多年，大有庄的人还记得俺爷俩在冰上趴着撅酒坛子的事，也就流传着爹的话："你个小死尸，还不快趴下喝，等酒肴啊！"后来那句"等酒肴啊"就成了大有庄的名言，再后来我就有了个鬼名字——"等酒肴"。我也默认了，别人喊我"等酒肴"，有时也就答应着。当了记者，有一次我还用"等酒肴"当笔名写了篇谈酒的杂文，发在《华夏酒报》获了一等奖，没奖金，奖了我两瓶七十五度的芝酒。

那次爹喝了多少酒，我没有准数，但喝了半坛子是没问题。爹和我的衣服因为泡了酒，娘端到浯河里冲洗了几遍都冲不掉酒腥气，冲洗一次就骂一次，冲洗一次就骂一次。我原以为爹要怪罪我，但他没有，他只是说："天意啊，天意，反正是酒，早喝晚喝一个样，早喝早享受，晚喝晚享受。在烙得烫腚的炕头上喝，是一个滋味；在冰上浑身颤抖着喝，是另一个滋味。反正喝酒得选个地方，选个好地方。"娘却对爹贪杯怀恨在心。

我打九岁起给爹换酒，一气换了七八年。头一回跟着大哥公冶德乐去，在回来的路上，偷着喝酒，竟然上了瘾，把手推车放在路边的树荫里，把坛子的软木塞子拽开，用白杨叶子当勺儿舀着喝，一口辣舌尖，二口舌尖麻，三口就晕乎乎，天旋地转了。我这辈子爱喝酒，就是去芝镇换酒换出来的。跟白水一样的酒，藏着火，藏着刀，藏着勾魂药啊。

弗尼思跟我说："你爷爷这老头怪，给人开药方，十有八九会把酒糟当药引子。知道酒糟吗？就是烧酒糠。有时候，看到健壮的病人，会写上老白干二两送服。更怪的是，病人服了他的药，十有八九会好。答谢你爷爷呀，在芝镇冯家酒楼摆上了。你爷爷会笑着说：'兄弟啊，菜好一点——不要紧，关键是酒别孬了！'"

哈哈，这老头，活得自在。

芝镇有正月初二灌新女婿的风俗，新女婿到"老泰山"家里"磕新头"。"磕新头"就是认新亲戚，新女婿带着新媳妇大包小包的，在媳妇的娘家近亲里走动。走动就是这家那家里轮番地喝，喝不醉，不放他走。走完亲戚，再回到岳父家里喝，沾亲带故的都来作陪。岳父家族小还好应付，要是家族大了，人口多，又有爱喝的平辈儿，爱闹的主儿，又正好是挽起袖子吹大牛的年纪，那就有些麻烦。

小时候爱在浯河边上看女婿过河。准确地说，是看新女婿过桥。冬天本没有多少热闹解闷，女婿过桥自然成了一个好节目。

男女老少在桥头上待着。下半晌，日头西斜了，酒足饭饱的女婿们晕晕乎乎骑着自行车过桥，那时浯河的小桥很窄，是在几个木床子上面铺着秫秸秆，也就有一米宽吧。秫秸上沙土垫得不均匀，又加上正月里客流量大，走上去需十分小心，更不用说骑车了。桥上是沾酒的新女婿、微醉的自行车、没喝酒也带着醉意的新娘子。就听西岸的孩子们喊："歪了！歪了！歪了！"

听到喊声，新女婿更紧张了，先是前轮左右摆，后是两脚不听使唤，三摆两摆，扑通摆到浯河冰面上。大筅子、小筅子、红包袱、鼓鼓囊囊的提兜，哗啦掉到冰面上，花花绿绿。

新媳妇站在岸上急得直跺脚，正低头瞅着呢，又听到扑通一声，别人家的女婿也掉下去了，抬起头也跟着扑哧笑了。

4."咦，还知道脸红啊？"

爷爷灌女婿的故事流传了好多年。他把女婿灌醉了，让女婿陪着撒尿。女婿不好意思脱裤子，爷爷说："脱了，我看看长短、粗细……"女婿羞红了脸。爷爷一看："咦，还知道脸红啊？上炕，再喝！"女婿就是我二姑父，那天让我爷爷灌成了一摊泥。我二姑说孩儿他爹又没有酒量。我爷爷说："也不一定！

也不一定！"

二大爷跟爷爷脾气反着，他是"一定"不灌女婿。

新婚头一年，正月初二，大姐夫跟大姐来给二大爷"磕新头"。

他们先去公冶家的近亲送礼物，五服以里的，一家一家送，家家还给了大姐磕头钱，三毛五毛、三块两块的，就是一点心意。公冶家族大，一送就送大半个庄。

傍晌天，才转悠回家喝酒。

那天中午，二大爷做的菜有芫荽小炒肉、鸡脯丸子、菠菜饼、凉拌芝泮烧肉、韭菜炒鸡蛋、干炸马口鱼、涪河咸鸭蛋，还有从鱼鳞坛子里捞出来的辣丝子。吃饭呢，四个碗，松莪粉皮炖肉、鸡札咸菜、炒白菜，还有放在后窗上的皮冻。

二大爷忙活得脚不沾地，看到大哥找我"叽叽咕咕"，忙里偷闲道："你姐夫酒量小，别灌他。"

大哥点头应着。

天井里，头天的雪还没扫，又一场雪沸沸扬扬地下了起来，石榴树、杏树、鸡屋子上，一片白。屋檐上的冰锥，让饭屋里的热气熏蒸着，有似滴不滴的水珠。我朝屋里走，滴到脖子里，凉得我打哆嗦。

大姐围着一条红头巾，使劲拉着风箱，火苗呼呼地舔出了灶口，像老牛的舌头，那火舌都快卷着大姐的刘海儿了，大姐的脸被映红了。

我叫了声大姐，说："来娘家了，还干活。"蹲下来想替她。

大姐出嫁了，嗓门还是那么大："老九，不用你干。你就盯着大哥点儿，你姐夫不能喝。"边说边续一把豆秸，毕毕剥剥在灶口燃起来。可巧，大哥进屋，马上说："才几天啊，就胳膊肘儿向外拐！"

大姐拿起一根秫秸直拍大哥的背。大哥一闪，跑进了里屋。

里屋的火炕上，大姐夫坐上首，边上是大哥，以下是二哥、三哥、四哥。我这老九，站在炕下，燎酒、斟酒。

大哥昨晚喝大了，黑眼圈，脸发黄，捂着头，让二哥给揉揉。他的鼻梁上贴着一块白胶布，我问："大哥，咋了？"大哥低声道："骑车子摔到沟里，磕破了鼻梁。"大姐还是听到了，就笑着说："车上摔下来，磕不到鼻梁沟，只能磕鼻子尖儿。一定是喝醉了，让大嫂指甲掐（方言，挠）的。"

大哥红着脸摇头。

我先倒上一锡壶酒，再倒一盅，撕块窗户纸放酒盅上面，划火柴点上，剩下的火柴梗也放酒里助燃。用酒燎酒，这火苗发青，炉火纯青的青，锡酒壶就在酒盅上面吱吱啦啦地燎热了。

酒燎热了，要暂时灭火，再燎时再点。灭火不用嘴吹，而是将壶底轻轻放到酒盅上，把火焖死。

大哥看到舔着锡酒壶底下的火苗时，眼放光芒。听到酒壶里吱吱响，大哥的腰背挺直了，整个人像得了鸡瘟的伤鸡突然激灵，顿时气宇轩昂，精神抖擞，像要上场的斗士，手也灵活了，头也不疼了，提高了嗓门喊："倒满！"

大姐夫不懂芝镇人喝酒的规矩。大哥好为人师，现场教学。主陪第一杯酒端起来，要倒在地上，这是敬天地。苏轼《念奴娇·赤壁怀古》中的"一尊还酹江月"，毛泽东的《菩萨蛮·黄鹤楼》中"把酒酹滔滔",说的"酹",就是这个意思。后来,芝镇人心疼一杯酒倒地上,酹酒时,就耍滑了,象征性地把酒杯一歪,滴几滴。

大哥给大姐夫示范,大姐夫也把酒盅一歪,倒出一滴,滴到了炕下。二哥、三哥也依次歪酒盅。大哥突然一声咳嗽,二哥的手一哆嗦,歪出半盅酒。大哥抽了口气,咂了咂嘴唇。

我急忙圆场道:"二哥,我再给你倒满。"

大哥开始敬酒,第一盅,我们都端起来,滋啦干了。大哥盯着大姐夫,监督着干得一滴不剩。放下小酒盅,大哥又盯着大姐夫,盯得他发毛,他紧张地摸摸鼻子。大哥说:"老九,再给大姐夫倒满。"

对着大姐夫的脸,大哥质问:"大姐夫,你不会喝酒?"

大姐夫不明白。大哥又问:"你跟酒有仇?"

大姐夫摇头:"没仇啊。"

大哥说:"没仇,你怎么龇牙咧嘴的?"

大姐夫一脸茫然。

大哥说:"你看我喝。"端起酒盅,嘴唇往两边一抻,眉头舒展,微笑着,抿一口,咂咂嘴,仰脖而尽。

"酒啊,好东西。"大哥是一脸享受。

"一抿,一咂,一仰脖。咱那酒从舌尖一路下去,爽啊!怎么能皱眉头?怎么能龇牙咧嘴?这是对酒的大不敬!大姐夫,微笑着喝,来!"

大姐夫也学着大哥的样子,可还是忍不住皱眉头。不合格。连着被大哥"奖励"了三盅,才过关。

大哥说："我喝酒是俺爷爷培养的。大概两岁，爷爷抱着我，在浯河边上，他拿着酒葫芦，一口抿恣了，把葫芦嘴放到我嘴里，我辣得哭啊。爷爷笑着说：'哈，你以为是奶水甜啊，不要轻信，对爷爷也别信！'"

5."站着喝了不算！"

我们叔伯兄弟五六个，都随爷爷的脾气，爱喝，但酒量不大。我们没有把大姐夫灌倒，但他也沾酒了，到猪圈里去给猪作揖，也去了三次。

弗尼思说，养儿望贵，喝酒望醉。

喝醉酒，在芝镇绝对不是件丑事。喝醉酒能喝出故事，那就成了津津乐道的谈资。好多人爱把自己的酒后糗事自己抖搂出来，大哥就是，有时他还爱虚构情节，把别人的事儿安在自己身上。

某年腊月二十五，大哥公冶德乐领着我去赶芝镇大集。腊月二十五的芝镇大集，那可是人山人海，方圆几十里的人都来采买年货。男孩子们则爱到鞭炮市里听响声，女孩子渴望能在衣裳店里买几尺花布做个花褂子；如果长辈高兴，还能到烧饼铺里给买俩五个瓣儿的硬面火烧。

那天，大哥在集上碰上了酒友，被拉扯到小酒馆灌驴一样猛灌了一顿，我跟着也顺了两盅。大哥有点醉意了，去上茅房（方言，厕所），晕晕乎乎，没想到误进了女茅房。一个大闺女正蹲在里面方便。大哥推门进去，那闺女惊叫着站起来。大哥一看，脑子嗡地蒙了。但他反应很快，装着酩酊大醉，闭眼大喊：

"坐下，坐下，站着喝了不算！"

一边喊，一边满头大汗地往外跑。没想到，一句话竟成就了一段姻缘。

那闺女也是刚性子，从茅房出来，挨个房间找，找到大哥时，大哥正绘声绘色地说给朋友听呢。那闺女冲着大哥就来了："没看够啊！闭上你的臭嘴，你说站着喝了不算，就不算了？！"大哥吓得站起来，赶紧赔不是。闺女不依不饶，逼着大哥站着喝了三杯酒，说："站着喝了算不算？"大哥说："算！算！"芝镇女子可真不好招惹，她说："光你喝，不给你娘敬一杯？"大哥腆着笑脸，端杯酒给那闺女，闺女仰脖一干而尽，扔下一句："找媒人去吧。"这闺女后来就成了我的大嫂。

大嫂嫁到大有庄，我问她："你看上大哥啥了？"大嫂笑着说："喝醉了还会狡辩，看来不缺心眼儿。"

从此，大哥也就有了"站着喝了不算"的鬼名字，叫着叫着就成了"德乐不算"，再后来，直接喊他"不算"，大哥也答应。侄子大了，村里人就叫他"小算"。

那年代缺粮食，将客人灌醉，可以节约几个馍馍。在芝镇人眼里，馍馍比酒金贵。

有的人呢，酒后反倒饭量增大，大姐夫就是这类型的。大姐夫越吃越多，吃了一个，又吃一个，眼见饭笸箩里的馍馍不多了，大哥笑着掰了一块，说："姐夫就是撑坏了肚子，你也要把这一块吃了。"半块馍馍伸过来，很热情，其实是挡住了姐夫的嘴。见这样一说，姐夫赶紧说："饱了，饱了。"摆手下炕。

要过桥了。二大爷说："别骑车子过，推着过吧。"可大

姐夫不服气，连连说："这么个小桥，一眨眼就过去了。"上了
犟脾气，大姐夫非要骑着自行车过桥不可，仗着好车技，骑上车
子就飞跑。孩子们大喊："歪了！歪了！歪了！"居然没歪，过
去了。恰这个空，大姐说："咱娘给的算子还没拿来，等等我
去拿。"大姐夫当时有点迷糊，以为让他骑回来呢，他又骑车过
桥，一阵风过，车轮到了桥中间，被露出来的两根秫秸夹住了。
他一抬屁股，连车带人扑通就跌到了水里，而他的头戳到了桥中
间突出的木床子上，戳了个血盆大脸。到医院缝了五个铞子。

　　我陪着去了芝镇医院，我问大姐夫："会喝酒了吧？"

　　大姐夫本来疼得龇牙咧嘴，听我问话，一下子眉头舒展，一
副皮笑肉不笑的样子。

　　弗尼思对我说："在芝镇学喝酒，得学习微笑啊。"

6.三张百年老照片

　　就在大姐夫住院那天傍黑，二大爷把我们叔伯兄弟五个从
各自的家里拽过来，站在他家天井。小北风柳叶刀儿一样刮得腮
帮子疼。二大爷用铜烟袋锅子梆一下敲了敲大哥的头："你这个
头，怎么带的？"

　　大哥脖子上落了二大爷烟袋锅子里的烟灰，他一缩，嘀咕了
一声："二叔，你的烟袋锅子烫头。"

　　二大爷一听大哥插嘴，又梆梆梆三下。

　　"你这个头怎么带的？傻喝！神喝！死喝！这口猫尿这
么好喝！这么诱人！使劲喝！朝死里喝！醉死拉倒！公冶家族怎

么出了你们这几块货！酒鬼！酒篓！酒晕子！丢人现眼，辱没先人！书香门第啥时候改成酒香门第、酒鬼门第、酒徒门第了？！不读书不看报，一天到晚瞎胡闹，我看你们闹腾到啥时候！斯文扫地，猪狗不如，浑浑噩噩，狗还知道看门，猪还能攒粪沤肥。你们呢？你老爷爷公冶繁矗是清末的邑庠生，也就是秀才。有句谚语：'秀才学医，入笼抓鸡。'你们对得起祖先吗？……"

弗尼思对我掩口而笑："要是爷爷公冶祥仁活着，得用烟袋锅子敲二大爷的头。酒有罪吗？不在正月里乐和乐和，什么时候乐和！不喝醉，算喝酒吗？当然酒分量饮。可整天皱着眉头，苦大仇深的，啥时是个头？！"

一只鸡踱步过来啄二大爷左脚上的芹菜梗，二大爷抬脚把鸡踢出一丈远，厉声呵斥："吃！就知道吃喝！"一只斑鸠让二大爷的高嗓门惊着了，一爪蹬着石榴树枝振飞，蹬下的雪，落在了二大爷的脖子和棉帽子上，他缩着脖子，满把将棉帽子撕下来照着棉裤抽打。

二大爷朝我喊："老九你过来。"

二大爷叫我搬着竹梯过来，他仰头指挥我，从门楼上搬下一摞书，书页上都落满了灰尘。二大爷用鸡毛掸子一点点扑打，嘴里噗噗地吹着。二大爷嘟囔："老九，按说啊，正月里是不搬动东西的，这是咱公冶家的规矩，出了正月才动物、动土、动人。正月正月，正月要正，要规规矩矩。可是，你们这帮小子，把我气糊涂了。"

我拿过一本纸页已经粘在一起的书翻着，一股霉味钻进鼻孔，我打了个喷嚏。忽然翻出一个纸包，方方正正，打开一看，是三张发黄的黑白老照片，一张的边角还缺了一块，照片正中坐着留白胡子的老人，头戴黑缎便帽，身穿马褂、长衫，脚蹬厚底布鞋，左手捏杆长烟袋，右手拿着根像是筷子的东西，应该是点烟用的吧。老人两边分别站着一个孩子。两个孩子也戴着黑缎便帽，左边的孩子一只手握着两个筒的玩具，像是望远镜，右边小孩子手里拿着支钢笔。第二张照片是缩纂妇人抱着个小女孩。最后一张是一个青年人站着，圆脸，照片背面写的是"公冶先生留念　陈珂"。

眨眨眼，灯影里的二大爷有了泪光，他自言自语："老了老了，眼窝浅了，早里时价（方言，早些时候），你爷爷说爱掉眼泪的人啊，是尿罐眼。如今，我也是尿罐眼了。"

乱了的满脸皱纹把二大爷拉回到了过去。他嗫嚅着："这张我知道，这是你老爷爷，左边是你三爷爷，右边是你六爷爷。这一张娘俩的，不知是谁了。站着的这张，是解放前渠邱县委书记陈珂被捕前送给你爷爷的。"

我把老照片装在信封里，带回省城，拿给我的报社同事、摄影记者老徐看。

老徐洗了手，戴上高度近视镜，又戴上白手套，把老照片用银镊子夹着一角左端详了右端详，惊讶地说道："太珍贵了，太珍贵了。"又补充说："当时照相室内采用自然阳光，遇到强光时则用白布遮挡，阴天时曝光时间很长，修版也全部采用自然光。那时照一张相需要很长时间，因为自然光很难掌握火候。你这三张老照片一点不能动，但可以弄一个电子版。"

临别，老徐帮我把照片放大，洗了几张。

我拿着电子版冲洗的老照片到黑龙江去看大爷公冶令枢。当年已是八十岁的大爷，耳不聋眼不花，看完，激动地说："这第一张，是你老爷爷领着你三爷爷、六爷爷照的，左边是你三爷爷，右边是你六爷爷。你六爷爷的生日我记得，是一八九〇年八月初十。夫人抱孩子的这张，是咱老亲戚芝南相州王家的。抱着的这个女孩，叫王辫，我见过一回，那可是个风云人物！三张相片少说也有一百年了。陈珂烈士给你爷爷相片的那天是个傍晚，我在场。"

我听得目瞪口呆。

弗尼思对我说："公冶德鸿，你可放仔细了，老物件都有灵性。"

雪夜酹祭

XUE　YE　LEI　JI

第 二 章

1. 在教堂旁边

　　站在天井里，迎着日光，大爷公冶令枢仔细在相片上踅摸，一会儿，用五个指头敲打着头发稀疏的头顶，一字一句地说："你老爷爷的相片和王辫母女的相片应该都是在芝镇德国教堂边上的照相馆捏（方言，摄）的。陈珂的那张，我说不准。"

　　大爷说："芝镇教堂你知道吧？"

　　我当然知道。

　　五十年前的春天，我到芝镇赶集，走到教堂那儿，常常被两棵垂柳和一棵梧桐吸引。垂柳的柳丝很长，几乎要耷拉到地了，风一吹，就像大有庄粉坊的粉丝被染成了绿色。麻雀蹬下的柳絮一团一团乱飞，柳仁很大，很饱满。母鸡领着一群小鸡啄食，树影就被啄乱了。梧桐树有两搂粗，粉团色的梧桐花儿特别密，香气钻鼻，小孩子都喜欢捡拾风吹下来的花哑摸甜味儿。院子里还有口锈迹斑斑的小压井，吱嘎吱嘎，压上来的水是甜水，尽着人喝。

　　实行家庭联产承包责任制的前一年秋，我考进芝镇第一联中，我们的学生宿舍就在那座教堂里，院子里发黄的梧桐叶子掉下来，门卫老严师傅常拿着竹耙搂起来生炉子。

　　大爷回忆说："这个教堂曾是渠邱县委所在地，县委书记陈珂被抓的那天是农历八月初十，也就是你六爷爷生日那天。咱家来的客人不少，我跟着烧水，拉了一天风箱。下半晌，我听到教堂里有枪声，赶紧跑出来看。"

　　"真够爷们！真够爷们！"大爷有个口头禅，对有血性的汉子，常常就说这四个字，"陈珂啊，真够爷们！光了膀子，双手被反绑着，两根粗铁丝穿着锁骨，胸膛上裤子上全是血，生锈的铁丝一串穿了好几个人。汽车在教堂外轰轰响，几个坏人抬下一页门板，担在车厢沿儿上。有人嘟囔说：'哪个是陈珂？哪个是陈珂？'旁边人指着说：'那个大个子。'跟陈珂穿在一起的年轻人疼得哇哇哭，浑身哆嗦，陈珂咬牙后退，退到年轻人胸前，低声说：'靠紧我。'年轻人靠紧了陈珂，不哆嗦了。踏上门板前，陈珂一回头看了看自己的伙伴，用肩膀把伙伴腮上的泪珠蹭了去，大步踏上门板，门板被滴成了红的。陈珂站在车厢的最后一排，朝着你爷爷微笑。你爷爷已经满眼泪水……"

"你爷爷说，大高个陈珂骨头里真有铁！他打鬼子时伤过腿，骨头里的铁镪子还没取出来。那天傍晚，陈珂到咱家药铺里去，你爷爷在套房子里接待了他。陈珂是个圆脸，白净，身上的蓝褂子破旧得看不出原色儿，感觉像个开油坊的。套房子跟堂屋隔着一道蓑衣草帘子，帘子被风刮得窸窸窣窣地动，听不清他们说的啥。聊了大概有三袋烟工夫。那天，他俩桌前摆了酒，我还给烫了呢，但不知为什么，一点儿也没喝。我进去看看，酒凉了，又烫烫，他们还是没喝，一直在悄悄地嘀咕。我第一次进去时，陈珂还问：'这是令郎？'你爷爷说：'是，缺心眼儿，是个嘲巴（方言，智力障碍者）。'我在你爷爷眼里，就是个嘲巴。你爷爷啊！我后来问他，你咋这样说我呢，你爷爷说他怕我被陈珂领去当了兵。"

按大爷的说法，也就是那天晚上，陈珂把一张相片赠给了爷爷做纪念，那是陈珂在莱芜师范讲习所毕业时捏的。正是在学校里，他接触了进步青年，一颗追求光明的火种被点燃了，他壮怀激烈地加入了保家卫国的行列。

大爷继续说："那天晚上，陈珂还拿出一幅漫画给我，是他自己画的，画中一位正在给怀中婴儿喂奶的妇女的头被炸飞，从颈部向上喷涌鲜血的她仍坐在凳子上给孩子喂奶，天上还有一颗炸弹飞来，被炸飞的儿童玩具滚在脚下。漫画上面写着：'中华不可侮，金瓯缺定补。'他说这几个字是他的引路人刘仲莹题的。刘仲莹也是个烈士。你爷爷送陈珂一本手抄的《周易尚氏学》。"

大爷的记性真好，说起往事像小河淌水："陈珂说他媳妇刚生了小孩，产后气血虚，不下奶。你爷爷给开的药方是：人参一两、生芪一两、当归二两、寸冬五钱、木通三分、桔梗三分，还有七孔猪蹄两个，两剂，水煎服，主要是通气血。你爷爷嘱咐陈珂，七孔猪蹄可以在当地买。这个药方我记得很牢，一辈子忘不了。你爷爷在药方最后写的是：'水煎服两剂，而乳如泉。'让我一辈子纳闷的还有，药方的顶头还写着'酒糟三两做药引子'。酒糟怎么能当药引子呢？"

弗尼思说："陈珂那天还说了一件事，你大爷忘了。陈珂说：'我跟芝镇有缘分，四年前我护送过《利群日报》的一个女记者，大名叫王辫。她就是芝镇南乡相州人。'"

2.一头拱下了深坑

护送女士有点麻烦。这个初冬的早晨，陈珂起初并不开心，到了队部得知要护送的是大名鼎鼎的王辩，不禁暗暗高兴。队长说，王辩已身怀六甲，一定要做到万无一失。陈珂一听，放了一半的心又猛地揪起来。

乡间小道边，荒草尖儿上挑着的霜，打湿了王辩的裤脚。她要到敌占区采访开明绅士组织家人抗日的事儿。王辩齐耳短发，身子臃肿，外面罩了个肥大的对襟褂子。

对王辩，陈珂早有耳闻，其父王翔谦由王尽美介绍入党。王辩从小跟父亲在济南学习，是山东省最早一批女共产党员。在芝镇，她第一个剪了长辫子，改王赟为王辩，把裹了一半的脚放开。她的举动涟漪一般四散开来，一时轰动了全镇。芝镇的老人们都骂："女孩子都叫那个姓王的妮子教坏了。"

走在路上，陈珂问："王姐，听说您在上学时，领着女学生游大明湖？"

王辩笑道："我有梦游症。有天夜里，我睡得好好的，不知怎的，我爹把我喊醒。我站在了大明湖对岸，浑身湿漉漉的，我也不知道怎么从北岸到了南岸。哈哈。后来都说我游大明湖。干脆，一不做二不休，白天游了一次。"

"梦游……"

"规矩都是人定的，谁说女的不能游湖？"

梦游，游成了立新规矩的人。

王辩采访的刘佛缘，跟父亲王翔谦是好朋友，年轻时考取早稻田大学。求学期间，结识孙中山，加入同盟会。孙中山非常赏识他，赠他一支日本手枪。八路军开赴沂蒙山区时，刘佛缘就陆续变卖良田两千亩，卖一亩地买一支枪，动员自家的子弟、亲友上前线，把家中的厨师、雇工、丫鬟及佃户家的青壮年全部组织起来，组建了约二百人的队伍，天天操练。村里也有不少人骂他烧包，放着好日子不过，一心想当土八路。但是刘佛缘不管这一套，他的孙子、十四岁的刘小钢穿上了肥大的军装，在沂蒙山区成了小八路。首长问他能干什么，他说，在抗日小学里办过黑板报，画过简单的小插图。领导说，那你上报社吧，他就成了《利群日报》的美术编辑，主要是搞木刻。

王辫采访回来很兴奋，她正要给陈珂讲她逃婚那一段呢，忽然看到鬼子和汉奸包抄过来，他们转身往后跑。王辫跑不动，陈珂蹲下说："我背你。"王辫略一迟疑，趴到了陈珂背上。跑了一会儿，陈珂已是气喘吁吁。王辫说："赶紧放下我，分头跑。"但陈珂坚持不离左右。

鬼子和汉奸冲上来了。

陈珂拉住王辫往前冲，忽觉得自己被举了起来，扔到了半空，只听到王辫大喊一声："过去吧！"

陈珂低头，见那大襟褂子一闪，王辫一头拱到路中间的石井里。

有人喊："跳井了！跳井了！"

接着是啪啪啪的枪声。

陈珂跌到了胡同墙外，猫腰推开一家人的门，一位老大娘把他藏进了炕洞里。

陈珂心急如焚。等鬼子走了，他从老大娘家的炕洞里钻出，跑到井边上，那口古井一点声音也没有，找人用绳子绑着下去打捞，水都搅浑了也没个人影。

没完成保护王豨的任务，陈珂垂头到军分区接受处分。首长皱着眉头，面露悲戚之色。陈珂就听见门口有人喊他。

是王豨，她笑着躺在门板上打招呼，胳膊上打着绷带。陈珂很纳闷，她是怎么活下来的呢？

王豨说："你忘了，我有梦游症啊！"

陈珂一直没解开王豨的逃离之谜，但他脑海里刻下了王豨的那个勇敢的姿势：一头拱到井里！

四年后的腊月十五那天，陈珂在芝镇，站在敌人掘的深坑沿儿上，虽然戴着脚镣、手铐，但气宇轩昂。他大喊着口号，一头拱下了深坑。

陈珂被抓走后，那些坏人到教堂的里间翻出了一堆草药，还有药方。我爷爷也被拉去关了一天一夜。

在押房子里，一个看守愁眉苦脸地让爷爷看病。爷爷给他号了脉，一本正经地说："你怀孕三个月了。"那男看守大笑不止："先生真会开玩笑。"爷爷说："没病，就是心理紧张，开怀大笑三声，喝两杯酒就好了。"那看守觉得我爷爷好玩儿，没动刑，但就是不放。是六爷爷公冶祥敬去赎出来的。

辛丑年初，报社派我到莱芜采访。那个周末下午，从太阳地里，我一头扎进莱城口镇教育基地展厅，一片黑，闭了一会儿眼才看清晰。从上往下，看着一幅幅图片，耳畔恍惚有炮声隆隆。在最下层，一个名字瞬间照亮了我：陈珂！

我蹲下来端详，这个陈珂，难道是我从小就知道的陈珂烈士吗？他不是渠邱县芝镇的吗？怎么成了莱芜莱城的？

我看到介绍："陈珂（1914—1945），原名朱司夏，又名朱盛轩，字曙震……"

　　陈珂姓朱？他的家人还在吗？那个一九四五年生的孩子还在吗？我问讲解员，讲解员也不清楚。我只好找当地宣传部的新闻科长问个究竟。

　　弗尼思问我："想知道你爷爷公冶祥仁是怎么给陈珂送壮行酒的吗？且听我说。"

3.为知己作诔

　　弗尼思说："公冶德鸿啊，芝镇流传的你爷爷公冶祥仁在法场上给陈珂献酒生祭，没影的事儿。那是反动派弄的万人公审大会，谁敢献酒啊！你爷爷跟陈珂有个约定，要一起畅饮一次。一方死了，另一方也得守诺。浯河岸边上的一个雪夜，你爷爷和陈珂两人地上地下，倒是来过一次阴阳畅饮。这也了不起。当时，谁敢沾革命者的边儿啊，那是要杀头的。"

　　芝镇一九四五年六月解放。散兵游勇甚至土匪借口弃暗投明，乘机混入县大队，原厉文礼部十六团中队长孙松艮就是其中一个。他利用出操或喝酒之机，多次秘密策划叛变。

　　农历八月初十下午三点多，以孙松艮为首的叛匪动了手。趁陈珂召集开会之机，叛匪把住教堂大门，放入不放出。这就是令人震惊的"芝镇惨案"。十四人被捕，六十多杆枪被叛匪抢走。

　　陈珂在芝镇一个多月，是爷爷药铺里的常客。按爷爷回忆文章里说的，陈珂是小跑着跑完了最后的日子。不停地开会、走访、座谈，连吃饭的工夫都挤不出来。

陈珂对我爷爷说，等天下太平了想学学中医，学学《周易》。陈珂是个有心人，见缝插针，爱收集民间俚语、谜语、笑话、典故，他甚至想编一本《芝镇方言》。陈珂是真的爱芝镇的一草一木，当然也少不了美酒。

有一个深夜，陈珂又来药铺跟爷爷聊天，他讲了一个谜语让爷爷猜，那谜语是："生在杨柳花下，长的苗条身材，碰见那无良的光棍，不管疼痒劈将下来，舞弄一顿，便拿到市场上去卖，被人买后，放到厨房。一想起来，两泪满腮。"

我爷爷竟然猜不出，陈珂笑着说："笊篱。"

爷爷一琢磨："还真形象呢！柳条那鲜活的生命，就那样扭曲了。"

陈珂说："芝镇民间能人不少，我再说一个谜语：'刘备双剑进古城，张飞的胡子在当中，两头全靠诸葛亮的嘴，火烧战船一片红。'"

话音未落，我爷爷说："风箱。"

二人同时笑了起来。陈珂说："总觉得时间不够用，想干的事儿太多了。比如女人缠足，早在清光绪年间，梁启超他们就拟定了《试办不缠足会简明章程》。章程规定，'凡入会人所生女子，不得缠足''凡入会人所生男子，不娶缠足之女''凡入会人所生女子，其已经缠足者，如在八岁以下，须一律放解'……可是，时至今日，缠足问题没解决啊！妇人缠足不知起于何时，女孩未满四五岁，无罪无辜，让她们受一生的痛苦，这种恶习要不得。坏的传统是一种巨大的阻力，是历史的惰性。"

爷爷引陈珂为知己。

陈珂等人被活埋在障浯门外，爷爷没去公审现场，他不忍看到知己被黄土所吞的残酷现实。

一个雪夜，爷爷公冶祥仁独自拎着芝酒来到浯河边，在陈珂殉难处，洒泪祭奠之后，焚烧了他写的祭文：

壮士陈珂诔并序

维民国三十四年腊月十五日乙酉，壮士陈珂就义。呜呼哀哉！沃野寒凝，生灵涂炭。君从天命，振臂一呼，拯黎民于水火；热血满腔，挽狂澜于既倒。殚精竭虑，夙夜在公。惜乎春秋三十有二，赍志而殁。谁谓不伤？谁谓不痛？非夫贞壮之气，勇烈之志，岂能临敌凛然，以死殉节者哉！朱元晦卒，辛稼轩论曰：所不朽者，垂万世名；孰谓公死，凛凛犹生。引之以念壮士。芝镇不才公冶祥仁熏沐敬撰斯诔，哀以送之。其辞曰：

幼入私塾，苦攻诗书；继就新学，负笈莱芜。钩深探赜，味道研机。倭寇东侵，投笔从戎。骨肉人质，豺狼丧心病狂，君血债血还明志。与寇遭遇，匿于陈家，慈心护佑，化险为夷。滴水涌泉，易名陈珂。芝镇拓荒，火炬高擎。厚德不孤，必有芳邻。夤夜交心，相见恨晚。酣畅之约，淋漓待期。心照神交，唯我与子。感昔缘浅，志各高厉。我若夕阳，业已西沉；君比朝日，前路无垠。如何短折，背世湮沉！我闻积善，神降之吉，宜享遐纪，长保天秩。如何斯人，而有斯难。奸佞挡道，壤吞忠良！承讳忉怛，涕泪沾襟。冰裂心碎，我欲何依？参天大树，枝干根叶为容，风吹而成天籁；玉竿长笛，窍孔竹质为体，君奏而传亢音。动地感天，街号巷哭。浩气醒我，为命前驱。如何奋忽，弃我凤零！游鱼失浪，归鸟忘栖。呜呼哀哉！我将假翼，飘摇高举。起登景云，会与天穹。举声增恸，哀有余悲。魂兮往矣，梁木实摧。呜呼哀哉！

　　诔文念罢，点燃一摞纸钱，瞬间，火花吞雪花，雪花扑火花……那堆火，映红了爷爷的泪脸。忽听有人压低了嗓音道："公冶祥仁，你好大的胆子！"

4."芝里老，您怎么来了？"

　　爷爷听到声音，并没有起身，也没有回头，依然蹲在雪地里。常年练气功的他，瞬间把呼吸调匀，裹腿发胀，两脚像钉在了地上。他用一根荆条翻烧着纸钱，火堆毕毕剥剥响。那风在嗖嗖地刮，穿过浯河岸边的杨树林子，呼——呼呼，呼呼——呼，风声削尖了，是哨子叫，打着旋儿，漫天雪被吹乱了。爷爷的棉袄也被风掀起来，露出了俺嫲嫲用破布衬（方言，布头）搓的扎腰带子。他左手压住棉袄，右手拿着荆条不停地拨弄，拨弄得小心翼翼，幅度大了，风就把纸钱刮跑了；幅度小了，纸钱烧不透，夹生。

　　爷爷拿捏着，与风头雪较劲。平时烧纸钱这些活儿，都是子侄们干，他只是领着酹酒、磕头、作揖。他的腿蹲得有些麻。唉，老了，老了。风扯着火苗，舔着他的胡子，几张纸钱被风拽着跑，红红的像火球一样滚动着，滚动着，点着了河岸上的枯草，那一片枯草又毕毕剥剥响起来，牛舌头一样卷走一角黑夜，一会儿工夫，灭在了远处。爷爷埋头为壮士送别，面色凝重。他已经不需要再想别的了，大半生积累的医案都整整齐齐摞好，跟徒弟交代了，连药铺的钥匙都放在门框顶上，徒弟一摸就能摸到。那一刻，他只想喝好跟壮士兄弟约的那场酒。

酒坛子就在脚底下，怕被风刮跑，爷爷用手挖了个浅坑，埋在坑里，捧起一捧雪，又放下了。一团温热夺眶而出。"陈珂老弟啊！陈珂老弟啊！"那口气啊，让土吞了！"要杀要剐，随他们吧！我也拿不动刀，扛不动枪，搬不动炮，就一腔子血，一罐子酒，一条老命，再没别的。芝镇人就这犟脾气。"

说完，他扒出酒坛子，拔出木塞，举起来，胡子吃了酒坛子的嘴。

远处咚的一声响，像枪声，又像炮仗。爷爷并不惊慌，放下酒坛子。那酒坛子是鱼鳞纹的，打滑，没放稳，歪了，爷爷赶紧去扶，酒还是洒了。他嘿嘿一笑："陈珂老弟，你慢些喝，慢些喝。咱芝镇酒，有的是。来，我酹酒给你。"

那风越刮越大，雪也一疙瘩一疙瘩地往下夯。爷爷扬起脸来，由着雪团子敲打。

就听背后说："老弟，慢着！"爷爷猛回头，火光映着一蓬大胡子，惊呼："哎呀，哎呀。"连忙拳头敲着麻腿站起来，跟跄了一步，说："芝里老，您怎么来了？"一蓬胡子就贴着了另一蓬胡子。

弗尼思说："公冶德鸿，来人是你爷爷的忘年交，大名鼎鼎的清末秀才，已经八十高龄的刘建封，自号芝叟、疯道人、芝里老人。芝里老人比你爷爷大整整二十一岁，但腰板挺直，声如洪钟，他当过东北安图县的知县。"

当知县那会儿，芝里老人干过一件大事儿。武昌起义的消息传到奉天同盟会辽东支部后，芝里老人兴奋得一夜没睡。第二天一大早，这个明为安图知县、暗为同盟会会员的老人以知县和"统带松图两江林、政局军队"的身份，将手下人召集起来。他站在高台上，用芝镇话宣布安图独立，成立"大同共和国"，芝镇话听上去是"大疼共活国"。芝里老人说："这个'大疼共活国'，不受大清的管制，是咱们自己的。"他把红顶子一脚踢到台下，说："都把辫子给我铰了。"他自己先来，咔嚓一下，剪刀不快，铰得不利索，急出一身汗。卫兵上来帮他，也没干过这活儿，头发铰得不齐。芝里老人说："笨蛋，像狗啃的似的，不过，狗啃就狗啃吧。哈哈。"他把铰下来的大辫子扬起来，抡圆了，像抡一根苘麻搓的赶牛鞭子，那手使劲往外一送，"咦——"的一声喊："滚远点吧！滚得越远越好！你拽得我头疼！"

好多部下两手捂着头，护着辫子，不让铰。芝里老人拔出枪，嗵，朝头上来了一下，子弹贴着士兵头皮过去了。那士兵哭着喊："我的头呢？我的头呢？老爷，我铰我铰。"芝镇人管剪辫子，叫铰，至今老一辈安图人，说起剪头发，还叫"铰头"，或"铰铰头"。

芝里老人宣布完，召开记者会，通告中外。有个记者有心，收藏了芝里老人那把生锈的剪子和那根油亮的大辫子。作为新生的共和政体，"大疼共活国"比孙中山在南京成立的中华民国临时政府早两个多月。随着中华民国的成立，"大疼共活国"完成了使命。安图，也就成了最早觉醒的边陲。

爷爷特佩服芝里老人干的这个"营生"，漂亮，爽快，给芝镇人争了脸。他曾问芝里老人哪来的胆子，老人哈哈一笑，猛地收住，道："无他，咱芝镇人有一口酒顶着！"

5.奇葩芝南村

芝里老人的胆，真的与酒有关。他生在芝南村，这个村，太奇葩了。奇葩在哪？喝酒名堂多，个个酒量大，村里人个顶个说话冲、嗓门大、胆气壮。

大嫂的娘家就在这个村的最南头，论起来，大嫂刘秀芳管芝里老人叫老爷爷。

我跟着大哥去坐过酒席。上了炕，挽起袖子，二话不说，俏皮儿地，麻利儿地，板正地，别磨蹭，端酒盅子就是！

大嫂记得，芝里老人的坟在一个夏天的早晨迁往革命公墓。那坟扒开，还没扒到棺木呢，从湿漉漉的土里飘出一股酒香，拿铁锹的施工员头儿晃晃悠悠地醉了。那会儿芝里老人去世都三十多年了，身上的酒味儿还没散尽。你说他喝了多少酒？

芝南村有个"悠筐抬醉汉"的风俗，大嫂说是芝里老人发明的，她是听她嫲嫲说的。

弗尼思说："悠筐还是游筐、牛筐、油筐？莫衷一是，反正是腊条人工编的圆圆筐子，装土、装粪、装石头，用绳子吊起来，两个人抬，走起来晃悠晃悠地。《庄农日用杂字》里有'扁担槐木解，牛筐草绳拴'句，芝镇人把牛念成悠。悠筐就是土筐、抬筐。"

每年麦收完，要上新麦子坟。新麦子磨的面蒸的暄馍馍，菜园里现摘的梢瓜、桃、杏、草莓，顶花带刺的嫩黄瓜，再炒上四样菜。芝里老人戴着新苇笠，挑着饭盒子到祖坟上去，报告丰收果实，让祖宗尝尝新麦子和新鲜时蔬。烧纸祭奠，象征性地掰一点饽饽给祖宗，还有桃啊杏啊扔到纸钱灰里，算是请祖宗们尝了。念叨完，磕头。戴着苇笠挑着饭盒子原路返回。

上新麦子坟在芝里老人眼里仅次于过年。每年他请自己的叔伯兄弟七个聚在一起，摆开场大喝，那是祭祖酒，也是丰收酒，喝得痛快！兄弟们按年龄大小找准自己的位置坐下，吆五喝六，开喝。划拳、猜枚、压指……一喝就喝高了。他的七个兄弟都喝得站不起来。芝里老人吩咐，找来七个悠筐，把醉了的兄弟装在筐里，一个一个抬回家去。

从那以后，谁家设酒局，门口就摆着悠筐。事先把悠筐打扫干净，里面铺着油毡纸，等着往家抬醉汉。有多少人赴酒宴，就有多少个悠筐放在设酒局家的门口。门口悠筐排得越多，说明在村里人缘越好：看看人家光腚穿裙子——为（围）得真好！摆放悠筐多的人家，那面子脸盆一般大，站在大街上，底气也足，走几步路，感觉整个大有庄都晃。

悠筐排得最多的，自然是芝里老人家门口。都下半夜了，还有悠筐在门口候着，最后一个赴宴者晃晃悠悠地让人架着塞进筐里，说大爷爷您也回吧，那"回"字还没说全，就呼呼起了鼾声，或者是呕啊呕啊坐在悠筐里扶着筐沿儿大吐。

芝里老人抬头看看，那圆月挂在天上，笑笑，说："今晚罢了。十五月明十六圆，明天再摆上。"芝镇人管月亮叫"月明"，我老师雷震考证说，不是月明，该叫月命。

　　头一天抬了醉汉，第二天那悠筐还要装土装粪。晚上，再把悠筐洗刷干净，铺上新油毡纸。讲究的人家，还要在油毡纸上放个脆生萝卜，以备解酒。

　　悠筐就伴着儿子或闺女的认亲酒、订婚酒、查日子酒、送日子酒、结婚酒、孩子百日酒、升学酒、毕业酒、高升酒、还乡酒……在一家家的门口轮流摆着。

　　后来，芝里老人觉得悠筐不文明，专门去芝镇请来编筐的编了一百个筐，分到每家每户，用于抬醉汉。大家都叫它"醉汉筐"。

　　芝里老人喝酒名堂多，下春雨，得喝春夜喜雨酒；暑天热得难受，那得喝消暑酒；下秋雨，得喝秋雨绵绵送愁酒；下雪天，更不用说了，外面大雪纷飞，屋里暖日融融，酒壶吱吱响着，那是惬意的酒。长辈贪杯我闻香，沾唇不禁念故乡，说的就是雪中的酒。

　　芝里老人在外多年，回了老家，依然本性不改，酒盅不离手。

　　芝里老人早晨起得早，拄着一根小竹杖，围着村子转。有一日，转到胡同头，见一个少妇抱着孩子在把尿。少妇把完，哄着孩子叫老爷爷，小孩并不眼生，脆生生地叫了一声。老人高兴地捋着白胡子，问："你是谁家的孩子呀？"

　　少妇说："爷爷，俺是箱家的媳妇。"

　　"箱？哦，箱都有这么大孩子了。"芝里老人呵呵笑着，掏出酒葫芦，抿了一口。那小孩竟伸手要，少妇不允。芝里老人笑着说："别管，来，喝一口！"

　　小孩喝了一口，辣得伸小舌头，泪在眼眶里旋着，就是不往下掉。芝里老人故意拿酒葫芦在他眼前晃，孩子还伸手要。

芝里老人伸手去摸小孩子的小牛牛，小孩不哭，还咧嘴笑了。芝里老人轻轻一拽那小牛牛："长长长，咱使劲长成金箍棒！"小孩子笑得更厉害了，还伸着小舌头，瞪着两只大眼。老人说："有种的孩子！"少妇脸绯红，低了头，刘海遮住了眼，不敢看老人。

芝里老人回家，说："今天晚上摆酒。为啥呢？箱的孩子这么大了，这孩子有种，出息，箱的媳妇也俊！"

箱是谁？是芝里老人五服沿儿上的孙子，长得人高马大，常年在酒作坊里酿酒。

这个小孩，芝里老人给起的名字叫刘大梁。这个刘大梁果然有出息。解放初，村里演剧，他光演大官，后来当了兵，上了河南的某军校，一路升，成了岛城市的警备区副司令。

因为酒，爷爷公冶祥仁来芝南村次数最多。他和芝里老人是酒友、文友、棋友。

弗尼思跟我说："那个叫刘大梁的小孩，跟你爷爷有缘，更跟你有缘。"

6.特立独行"独耳龙"

大嫂刘秀芳讲芝里老人喝酒的故事添枝加叶，绘声绘色。说芝里老人从东北回来，全村人摆酒为他接风洗尘。芝里老人虽年过半百，但酒量不减，喝了一瓶半，又喝了半茶碗，才跟跄着上了炕，老人有个口头禅"最亲莫过热炕头"。

可是，半夜里他迷糊着下了热炕头，摸进猪圈解手，腰带还没解开，就大吐不止。圈里的那头肥猪刚刚睡着，被芝里老人吐醒，那头猪趴下就吃呕吐之物，吃着吃着也醉了，躺在了老人身边。迷迷糊糊，老人抱着那猪，一下子醒了，摸着猪毛，心里想：夫人啊，你啥时换的毛衣啊，怎么毛线这么粗啊，怪扎手！

大哥不同意大嫂的描述，说芝里老人当过七品知县，戴过素金顶，哪能上猪圈解手，人家都有用人伺候着。

大嫂说："听俺嬷嬷说，芝里老人可好玩了。他有时自己给自己编排段子。有些人喝了一辈子酒，没个故事，可是芝里老人喝一场酒，就留下一个故事，有八成是自己编的。"

好玩的芝里老人对公冶家族有感情，晚年写过一首《公冶长故里》的诗，送给了爷爷公冶祥仁。

序与诗是——

公冶长故里在密州县城西北，芝城西南，荆山之阴。公冶长墓在故里之东北，浯河水自西来，遥望之，曲折向东北而下，颇多风景，芝咏之曰：

来谒当年公冶墓，荆山浯水古云烟。

圣人择婿重其德，缧绁安能累大贤。

爷爷裱好，挂在芝谦药铺里，忙的时候，满眼是病人，他看不见这幅字，这幅字也看不见他；没病人了，闲了，他和字你瞅瞅我，我瞅瞅你，就有了见个面的念头。骑上毛驴，哼着小曲儿走十三里，才到芝城村头上，老人的酒早已烫好，等着了。

忘年交，成了年年交。不对，是黏黏胶，长在杏树上的黏黏的透明胶。

芝里老人好酒量，他能从一早喝到晚。还在东北时，袁世凯复辟称帝，他言辞激烈地上书，在报章上发文章。跟幕僚打赌——倒行逆施之徒，不出五年必自毙。谁料不到一年，洪宪皇帝没了。芝里老人大醉三天，醒来，一只耳朵却聋了。他让爷爷给刻了个闲章——"独耳龙"，宣布戒酒。半月之后，酒杯又端了起来。

鬼子占领了天津，芝里老人退回老家，谁料，鬼子又占了芝镇。芝里老人大门不出，二门不迈。日本鬼子知道他早年留学过日本，希望他出任芝镇维持会会长。

日本人第一次上门，提着寿司，用精致的日本和纸包着。寿司，芝里老人最爱吃，日本寿司两大派，分别是江户派的握寿司和关西派的箱寿司。相比之下，他更爱吃握寿司，爱的理由无他，就在那个"握"字，不使模具，全靠寿司师手工握制而成，这样不仅可以保证米的颗粒圆润，还能留住米的醇香。说起握寿司，这里面还有段小小的情愫。房东的女儿巩英智丽做握寿司给他吃，他一会儿盯着那手，一会儿盯着那眼，那额前的一缕秀发让风吹着，斜披下来，他真想用自己的手去抚摸。他甚至在日记里给她改了名字，叫巩英芝里。盯着寿司，芝里老人脑海里全是画面。他年轻时有个感叹：此生唯有美食、美酒与爱，不可辜负。

面对炕下站着的日本人，他木呆呆地，眼睛发直，一句话不说。家人告诉翻译，老爷爷耳聋了，不知道你们说啥。翻译低头跟日本人说了，日本人狞笑着，突然叽里咕噜说了一句日语。

芝里老人眼睛一眨，咽了口唾沫，那唾液慢慢下行，下行，一直到了丹田，他余光守着丹田，仿佛那句话不存在一样。翻译跟日本人嘀咕了一句："看来真是聋了。"

日本人把摘下的白手套又戴上，拍拍老人的手，就往外走。

临出门前日本人猛一回头，大声说："您可以成为英雄。"芝里老人把手招在耳朵上，喊："您想喝啥酒？芝酒？有，咱家里有，别走。"

脚步声远去了，老人听得清楚。他盯着桌上的寿司，对长工老四说："老四，扔到猪圈里！扔到猪圈里！"

老四瞪眼："这么好的东西给猪吃了，不尝一口真可惜。"芝里老人手一挥："扔了，扔了！都给我扔了！"

老四就抱着寿司扔到猪圈里。一会儿回来，芝里老人看着老四空了手，怅然若失地问："你真扔了？"

老四说："老爷您不是说扔了吗？"

芝里老人埋怨："唉！你下手真够快的。罢罢罢，罢罢罢，扔了就扔了吧。我还想给重孙刘大梁尝两口呢。"

老四赶紧往外跑，跑到猪圈里，那包寿司早已被踩在猪蹄爪下，两个猪头碰头，嘴巴子正使劲拱着嚼得欢呢。

回来汇报给芝里老人，老人嘴里正小声嘟囔："巩英芝里，巩英智丽……"老四说："老爷您知道了？那包点心就是叫猪拱了。"

芝里老人睁开眼说："拱了就拱了！拿酒来！"

7. "活祭我啊！"

芝里老人何尝没有到战场上去与鬼子拼个你死我活的雄心，但毕竟年事已高，力不从心，唯一能做的就是坚守不屈的节操，不去当他们的什么维持会长。他让我爷爷公冶祥仁给写了一幅岳飞的《满江红》，贴在堂屋明志。写字那天，他邀请我爷爷前来，把藏了十年的芝镇老酒从地里扒出来。

我爷爷端着酒盅，在天井里来回走，一边喝，一边自言自语："假若我年轻十岁，假若我年轻二十岁……那时刻，我定会壮志饥餐胡虏肉，笑谈渴饮匈奴血！"喝到一半，突然停步，仰天长叹一声，提笔便书，一气呵成。落款是：伏枥老骥芝镇公冶氏愧书。写完，后背都湿透了。

日本人第二次来芝南村，搞了个突然袭击。都听到马蹄声了，芝里老人才得到消息。他赶忙从酒坛子里舀了一瓢酒，咕咚咕咚一口气灌进去，接连灌了三瓢。尽管灌得很快，但芝里老人不忘微笑着喝完，马上又微笑着看着天井里的棺材。

芝里老人的棺材在他五十岁时就打好了，用的是东北安图县出产的上好柏木。在安图几年，老人官声很好，临别，安图的乡绅送给他个"老房"木料。老人家一开始坚决不受，无奈乡亲们一片心意，硬是用马车拉着运到火车站，费了老大劲儿，才装上火车运回芝镇。

棺材原本在后院柴屋里放着，每年拿出来上一遍油漆。遇到丰年，麦子多得没处放，就打开上面的盖板当仓囤使。料想鬼子来过一次，不会死心，芝里老人就叫人把棺材抬出来，横放在天井里。棺材黑亮黑亮，让中午的日头一照，格外晃眼。

长工老四说："老爷您不用躺进去，寿材这么一摆，就把畜生们吓跑了。"芝里老人说："不行，不行，老夫要死给他们看。"说着，端着瓢还要到酒瓮里舀，被老四夺下了。

躺在棺材里，老人哈哈大笑："哎呀，活着就能享受这滋味，也算是前无古人了啊！盖上盖上，我年过八十，也该死了，死了也不当汉奸！鬼子来了你们就使劲哭啊，给我烧纸啊，活祭我啊！我听着呢！"

那柏木板又厚又沉，大家小心翼翼地盖上棺盖，留了条缝。

戴着眼镜的日本鬼子晃进了门，身后跟着一个少妇，那少妇黑黑的脸庞，见了谁都鞠躬。

芝里老人家的老老少少都围着棺材大哭，一时哭声震天。鬼子靠近棺材鞠了一躬，后退半步，那少妇也照着做了。少妇问老四："芝里老人是啥时殁的？"

竟然会说芝镇话，老四很纳闷，凑上去一看，这不是芝镇出名的小黑母鸡吗？！

小黑母鸡的娘，叫黑母鸡，母女二人天天出入芝镇的鬼子炮楼子，芝镇人都知道。老四倒抽一口冷气，结结巴巴地说："老爷吃了一口干饭，没喝水，可能噎着了，一口气没上来，就没气了。"说完嘴一咧，扯着嗓子大哭起来。女人们的哭声跟着响起来，一边哭嚎一边拉长嗓子念叨老人死得太着急，儿孙们连个尽孝的机会都没有，哭着念叨着，就要把头往棺材上撞。男人们的哭声更加响，受伤的野狼似的吼。孩子们也哭起来。一时间，哭声连成了片，震得屋顶上积年的尘土唰唰往下落。

跟着鬼子的汉奸是个秃头，脸上一道明疤。他掐着腰，冲着天空放一枪，哭声顿时像被风快刀砍断的绳子，齐刷刷断了。一安静，就听到了呼噜声，哪里发出来的？棺材里，时断时续。汉奸走向棺材，用手一摸，像是让烙铁烫着了，赶紧收回手，转身跟小黑母鸡嘀咕了几句，小黑母鸡又趴在日本人耳朵边嘀咕。鬼子朝天看了看，朝着棺材又鞠了一躬，带着小黑母鸡扑沓扑沓走了。

约莫着鬼子走远了，众人赶紧抬开棺材板儿，探头看看，芝里老人还在呼呼大睡，怎么喊也喊不醒。老人嘴边的涎淌下来，湿了棺材底板。

急火火地，七八个人赶紧将芝里老人抬到炕上，老四抱住他的头，用匙子喂了几口白糖水。他吧唧吧唧嘴唇，喝了。可不论怎么喊，他就是不睁眼，一直到深夜才醒来，一个力挺站起来，拍拍胸脯说："这一觉，睡得踏实！"

第二天一大早，芝里老人还在被窝里，就听到有人敲门，是小黑母鸡。小黑母鸡烫着鸡窝头，戴着一副墨镜，骑着脚踏车。在芝镇，女人骑脚踏车，老四是第一次见。小黑母鸡那绸缎衣裳包裹那丰腴身子，一走三扭，嗲声嗲气。旁人看着小黑母鸡那性感撩人做派，浑身就起鸡皮疙瘩。小黑母鸡把脚踏车停在窗户底下，还故意按了按铃铛，手里提着芝镇永和糕点的点心。

老人坐在炕上，围着被子眯着眼，将着长胡子问："妮啊，你这大贵贵的人，又大忙忙的，找我这老不死的啥事啊？"

小黑母鸡一甩那黝黑铮亮的带卷短发："芝里老，俺娘跟您问好呢，昨天看到棺材，还真以为您……"

芝里老人说："生易死难啊！回去给你娘捎个话儿，说爷爷不中用了，但还有一口气，这口气，就是诅咒的气。"

小黑母鸡扭着身子说："爷爷，现在日本鬼子占了芝镇，俺娘的生意也不好做了。她病了，俺前天去芝谦药铺找公冶祥仁大夫去拿药，公冶大夫还问起您来呢。"

芝里老人听完，叹口气："啥生意都得太平年景里做，好好干点别的营生吧。公冶大夫还好吧？"

小黑母鸡说："黑夜里有病人来，他去开门扭着腿了，没大碍。他也给鬼子的太太看过病呢。"

芝里老人一惊："是公冶大夫自愿去的？他会去吗？"

小黑母鸡说："不是，小鬼子领着太太去了芝谦药铺。"

"我说呢。我知道公冶祥仁！"芝里老人顿了顿，"唉，寿者多辱啊！"

小黑母鸡又劝芝里老人出山，芝里老人突然从炕上站起来，披着的黑袄抖着，露出裤衩，把那拐杖直指着小黑母鸡的额头："妮儿啊，奉劝你娘俩一句，做个堂堂正正的中国人，别人不人鬼不鬼的。"

小黑母鸡羞得脸红一阵紫一阵，悻悻地滚出了门。

8."我原以为芝镇没人了"

我爷爷跟芝里老人是筋连筋，骨连骨，那叫知己。可是，一个月前，俩人差一点翻脸。

芝里老人跟俺爷爷喝酒，每人差不多都喝了两锡壶。喝到半醉，芝里老人又开始咒袁世凯："这个小妾生的孽种！就是娘胎里坏！孽种，葬送了好好的共和国。"

我爷爷一听，脸涨得通红，脖子上的青筋一下一下直哆嗦："芝老，芝老，你骂袁世凯我双手赞成，您别说他的出身，他是……"

芝里老人喝高了，爱絮叨，又重复了一遍："妾生的孩子，贱命！他跟《红楼梦》里的贾环是一路货色，胎里就坏。"

爷爷胡子打着战，把酒盅摔在地上，脚步都踩不瓷实，身子一摇三晃，扬长而去。

第二日，醒了酒，芝里老人懊悔不迭："哎呀，哎呀，我这为老不尊，酒后无德啊！对不起了，公冶祥仁。"

芝里老人惩罚自己的方式很别致，每天一大早站在月台上骂自己畜生，不是在心里骂，是大口喊出来："我是畜生！我是畜生！"他要戒酒一月。

芝里老人一喝酒爱絮话，竟然忘记了我爷爷公冶祥仁也是庶出的，俺亲老嫲嫲景氏，是老爷爷公冶繁翥买来的丫鬟。这是我爷爷的内伤。

我爷爷在浯河边的沙滩上爱讲《三国演义》《西游记》《水浒传》，百讲不厌，却从不讲《红楼梦》。弗尼思对我说："你爷爷说曹雪芹对赵姨娘和贾环下眼看，不厚道。"

腊月十五，芝里老人又站在了月台上，刚说出"我是畜生"，就听长工老四过来了，小声说："听说芝镇活埋了的那个壮士叫陈珂……"

"啊呀！"芝里老人长叹一声，"这哪还是人间。兔死狐悲，物伤其类！"

"拿酒来！"芝里老人指使老四。

"开戒？"

"开戒！"

又是大醉一场。芝里老人不顾年事已高，执意要去祭奠壮士，还不让长工老四跟着，偏偏让五十多岁的儿子用木轮车推了去。儿子呢，也害怕呀，但拗不过老子。午饭后，长工老四就把木轮车上铺了棉被，木轮子上淹了豆油，在后庭里候着。午睡醒来，儿子推着老人从芝南村出发，木轮车碾着沙土走，到了芝镇已是傍晚，日本鬼子的炮楼子上已经掌起了灯。在大女儿家里吃了晚饭，大女儿一听是要去干那个，说什么也不让爹去。老人主意拿定，谁也说不通。女儿就让女婿跟着，那女婿练过八卦掌，说："没事，不怕。"等着炮楼的灯光熄灭了，趁着夜色悄悄往河滩上走。

远远地看到河边的火光，芝里老人喃喃地说："芝镇还有懂事的人哪！芝镇不死！"走到跟前一看，原来是我爷爷公冶祥仁在诵读诔文。

芝里老人对我爷爷说："老弟啊，那次喝酒言语多有冒犯。"

我爷爷点点头，舒了一口气，说："都喝多了，醉话，醉话，不怪罪！"

芝里老人仰头对天，喃喃道："我原以为芝镇没人了！芝镇人没种了！芝镇没血性了！不是！我看到火光了！就知道是你！人家陈珂壮士是来救咱们的！咱们不心痛谁心痛？感恩，感恩，怎么感恩？你的诔文我听到了，说出了我的心声！芝镇人的心声！芝镇不能没有态度，我们的态度就是不能容忍邪恶，不能容忍不公，不能容忍被人欺负，被人宰割，被人霸占。一九一八年去广州祭奠黄花岗烈士，我写过这样几句：步出东郭门，累累烈士坟；烈士不得见，何以慰我心？欲书无史笔，欲祭无诔文；我吊君不知，我哭君不闻；含泪不敢洒，忍悲念英魂……"

火苗燎到了芝里老人的胡子，他浑然不觉，沉静，如泰山之巅的那棵千年古松。

忽然，耳畔传来窸窸窣窣的脚步声。行伍出身的芝里老人警觉地问："谁？"

9.牛二秀才

来人是芝东村的牛二秀才，大名叫牛景武，也是我爷爷公冶祥仁和芝里老人的好友。牛二秀才比我爷爷大六岁，可看上去却比我爷爷年轻，他练过八卦游身连环掌。

临来前，牛二秀才换了双千层底鞋，脚步很轻。他夹着一摞烧纸，提着一壶芝酒。

当年牛景武的哥哥牛景宏考上了秀才，他自己没考上，却沾了哥哥的光，就被叫成了牛二秀才。芝镇人爱给人起鬼名字。鬼名字有惯性，往往取决于老大。如果老大鬼名字是门神，老二就是二门神，老三就是三门神，老四就是四门神。鬼名字五花八门。芝镇有个小孩调皮，在猪圈里烧头刀韭菜吃，一阵风过来，把猪毛给烧了，那猪疼的呀，一头把小孩拱到猪圈下栏里。小孩就有了外号烧头刀韭菜，他二弟呢，就成了二烧头刀韭菜，三弟叫三烧头刀韭菜。叫着叫着，成了大烧，二烧，三烧。这不，哥哥是牛大秀才，弟弟就成了牛二秀才，简称牛大，牛二。芝镇人几乎每个人都顶着个鬼名字。鬼名字一叫就是一辈子，像刻在额头上的字，揭都揭不下来。

雪夜的浯河边，芝里老人、牛二秀才和我爷爷三人悲愤地跪在雪地里哀悼陈珂壮士。芝里老人和我爷爷的胡子耷拉到雪上。

独独牛二秀才下巴干净，这习武之人，讲究的是干脆利落。

拍打着身上的雪，三人站直了说话。

芝里老人说："景武啊，你虽担了个秀才鬼名字，却干了秀才干不了的几个大事。"

"惭愧，惭愧！要是我再年轻十岁，我不会看到陈珂被活埋，我得把厉文礼的脖子拧断。"牛二秀才一跺脚说。脚下的雪有半尺厚了，踩上去咯吱咯吱响。

芝里老人说的牛二秀才干的事儿，一是在浯河跟儿子牛兰竹、女儿牛兰芝组织了一场万人抗日大会。二是放跑了芝东村的四个大闺女（其中一个就是他的女儿牛兰芝）。她们一气儿跑进了沂蒙山。牛二秀才被土匪张平青弄去关了二十多天。这事儿轰动了整个芝镇。

牛二秀才说："芝里老，公冶大夫，让我心里难受的是，抓陈珂的，是我的学生孙松艮。他本是保护陈珂的，却当了叛匪。看我这师父咋当的，教出了个孽种！"

我爷爷说："也不能那么说，你也教出过好学生呢，比如赵俪生。"

弗尼思对我说："芝镇人赵俪生是个奇才，头一年考了北大，学校不让调喜欢的专业，退学；第二年再考，考了清华。赵俪生最终成了历史学家，臧否学人，口无遮拦，毫不客气地点评过郭沫若、俞平伯、朱自清。他用京剧《打棍出箱》里范祖禹的一句唱词概括自己的一生：'我本是一穷儒唯——太烈性！'喝了一辈子酒，遭了一辈子罪。"

芝里老人说："他到山西打游击，临走前跟我畅谈了一夜。

他把苏东坡的话当做人准则,那话是:'言发于心而冲于口,吐之则逆人,茹之则逆余。以为宁逆人也,故卒吐之。'还有一句是《世说新语》'品藻'里的话:'我与我周旋久,宁作我。'一个心直口快的人。"

牛二秀才说:"这些话是我教给他的,但我没做到。我当时一门心思想'教育救国'。我佩服教育家杨昌济先生,他的一副对联我至今记得:'自闭桃源称太古,欲栽大木柱长天。'遗憾,不才的我栽了孙松艮这么棵毒株!"

在芝镇,牛二秀才越叫越响,牛景武的名字却让人越来越生疏。别人一叫秀才,牛景武脸上就油油地直冒汗。后来,索性再不念"四书"读"五经"。牛大秀才在芝北村给财主家当私塾先生,教的是"之乎者也"。牛二秀才呢,在本村办小学,学屋里挂的是青天白日满地红的旗子,书本里是"人、手、足、尺、刀⋯⋯"。牛二秀才的小学刚办了不到俩月,就被哥哥牛大秀才领着反对新学的人给烧了。牛二秀才伤心的是,哥哥不该烧了他的课本,那课本都是他从天南海北搜罗来的。他又气又急,可毕竟大秀才是自己的哥哥,不能撕破脸皮啊。他不死心,便将自己分家分到的门前一块二分九厘场院地捐献出来盖学屋。芝东村二百多户穷人家分头出力,半年之内盖起了五间草坯的小学屋,牛二秀才把门前的两棵楸树杀了,做了学屋的课桌。

开学那天,牛二秀才请了芝镇的开明绅士来参加典礼,这里头就有我爷爷和芝里老人。刚入学的半大小厮,穿着新做的一身制服,看上去也很像个样儿。为了纪念学校开学,牛二秀才还到芝镇照相馆照了一张相片。

10.逆子孙松艮

芝东小学门口朝南，正对着一棵枝叶婆娑的楷木。哥哥牛大秀才跟弟弟最终和好，把从曲阜孔庙里移栽过来的一棵楷木做了礼物。校名谁题呢？

牛二秀才去找我爷爷。我爷爷直摇头说："兹事体大，得芝里老人的墨宝。"芝里老人碰巧也在场，他沉吟了一会儿，说："我写也没分量，我给找个人吧。"

当老人说出要找的人竟然是黎元洪大总统时，人们着实大吃一惊：一个大总统能给村办小学写校名？看到大家疑惑，芝里老人说："世上有很多事，都是知其不可为而为之。有些事儿明知办不成也得去办，因为咱们做的是'义举'，看上去很傻，但实际上是一种贤人之愚。这样的义举并不是谁都能做的，这样的好事做多了对咱们的身体、家庭都有好处，这不就是《易经》上讲的'积善之家，必有余庆'嘛！"

芝里老人面子真大，黎大总统居然给题了，原来他们曾朝夕相处三年多。

想起孙松艮，牛二秀才眼前晃动着的是一块透明玻璃。在芝镇，那会儿透明玻璃是稀罕物，有几块透明玻璃常年在芝镇教堂边上竖着当招牌。不知啥时候，孙松艮从那块玻璃上敲下了一小块，藏在兜里。在芝镇牲口市那嘈杂的人群里，他用那块玻璃划开了牛二秀才的钱袋，偷走了钱袋里的十几块大洋。

这可是牛二秀才卖了自家的小毛驴筹集的给兰芝、兰竹姐弟俩去省城上学的学费呀。

牛二秀才事后回忆，他牵着自己的蚂蚱驴进了牲口市，就有几个皮孩子跟在他后头，领头的就是鼓着双蛤蟆眼的孙松艮。那双蛤蟆眼太特别，一眼就能记住。

快到芝东村时，牛二秀才发现钱袋被割，到哪里找去？唉声叹气又回到芝镇，找了家烧锅，喝了场闷酒，硬着头皮去朋友家挨家挨户借，什么驴打滚、利滚利也不顾了，好不容易凑够了让儿女如期上学的这笔钱。后来，他一到芝镇牲口市，心口窝就疼，脑海里闪着几个皮孩子的身影，还有那双蛤蟆眼。

有一日，牛二秀才又来芝镇赶大集，见芝镇教堂那里围着一圈人，也忍不住挤进去瞅瞅。原来是孙松艮行窃被人抓住了，他居然敢偷大湾崖王屠户的猪蹄。王屠户也心狠，指着教堂边上破损的玻璃说："你小子拿手心顺着玻璃边刃划一道，我就饶了你。"

赶集的人都看着孙松艮。孙松艮的蛤蟆眼连眨也不眨，把手掌放到玻璃利刃上，使劲一按，围观的人一片惊呼，有的女人捂住了脸。孙松艮顺着玻璃的边刃往前推，血顺着玻璃往下滴。蛤蟆眼瞪得灯泡一般，手掌顺着玻璃的边刃一直往前推，那块玻璃有两米多，他竟然不眨眼地使劲推到了头。手掌的肉翻翻着，一道血沟，孙松艮举起来，一巴掌扇到了王屠户脸上。

血在滴答。牛二秀才心软，抓起一把土按到孙松艮的手掌上，止不住，再抓一把，还止不住，拉着他去了芝谦药铺。

孙松艮从嘴里挤出了四个字："谢牛师父。"

我爷爷给简单包扎完，说："秀才啊，你心善！"

牛二秀才把孙松艮领回家，路上断断续续地了解了这孩子的身世。他是北乡里的，从小没了爹娘，跟着二叔饥一顿饱一顿的，靠偷地里的庄稼才活下来。

弗尼思说："牛二秀才那时深受雨果《悲惨世界》的影响。小说主人公冉·阿让偷主教的银餐具被警察捉到，主教对警察说，那些银器是他给冉·阿让的，并且连银烛台也赠给冉·阿让，然后说：'答应我一定要把这些钱用到好的地方。把这些银器卖掉，用这些钱让自己过得好一些。'冉·阿让很受感动，觉得自己的存在应该有比偷窃更崇高的意义，遂决定改变自己的生活。"

可是，孙松艮不是冉·阿让，在牛二秀才的学校里学了两年，依然惹是生非，偷钱、赌博，还把牛二秀才的一支土炮给偷出去卖了。

牛二秀才一根筋，就是鹅卵石也要焐热。他记得章太炎说过，从苏州动身去北京，过了长江就感到荒凉，过了淮河就荒凉更甚，只有从济南往东看去，仿佛还有点文化人的踪影。有独特地理，则有独特人文。独特人文，能教化顽劣之辈。我就不信化不开他！

谁料想，在一个雨夜，孙松艮落草成寇。

这个心硬如铁的恶魔，特别愿意干大埋活人的事儿。南戈庄曹仲方一家就是他活埋的，芝东村的李勋臣家的四口人遭难，也是他干的。

共产党占领芝镇，政权未稳，孙松艮又混入渠邱县大队当了三营八连三排副排长，趁陈珂他们在教堂开会之机，突然叛变，又充当了活埋陈珂的刽子手。

孙松艮的劣迹传到牛二秀才耳朵里。这当师父的，有深深的负罪感。

11. "良"缺一点

孙松艮虽然祸害乡里，可有一点，对牛二秀才执弟子礼，见了也知道鞠躬。每逢打家劫舍，路过芝东村，总要登门去看师父。牛二秀才闭门不见，他就把礼物挂在门鼻儿上。牛二秀才出门便把挂着的东西扔到苇湾里。偶尔朋友找他帮忙，牛二秀才能推则推，推不过，找弟子去捎个话，孙松艮也会讲一点情谊。芝镇李家祠堂让一股土匪盗走了祭器，牛二秀才跟孙松艮一说，不出三天，那祭器便如数奉还。

牛二秀才时常哀叹："我的这个不肖弟子啊，吓！吓！"

"孙松艮不除，天理难容！"黑影里，一阵风似的，刮过一个声音。几个人不约而同地一回头，看到一个大个子顶着一头白雪，双手捧着祭奠的食盒，紫红食盒上落了一层薄雪。

"子鱼！"我爷爷认出，来人是元亨利酒店的老板李子鱼。

李子鱼见过了芝里老人、牛二秀才、我爷爷，一样一样地把元亨利的拿手菜端出来，摆在雪地上，他一边摆一边说："陈先生啊，都是你爱吃的，活着没伺候够你！夜还大长长的，你慢慢享用吧。"

风吹得雪花飞舞，李子鱼像店小二一样，一样一样地报着菜名："菠菜饼、鸡脯丸子、潍河鲤鱼、芝泮烧肉、芫荽小炒、五瓣火烧、绿豆糕、芝麻片、千层饼。这菠菜是头年下到地瓜窖里的，就这些了。"

陈珂到过元亨利酒店一次，唯一的一次，那是他从莱芜到任的第二天晚上。陈珂做东，请的是我爷爷、赵家、李家、冯家等几个芝镇名流。他对酒文化很感兴趣，那晚上还记下了"桃花流水春开瓮，细雨斜风客到门"的诗句。芝镇有传统美酒"春开瓮"，酿这种酒，要冬天装料，立春时倒瓮，桃花开时启瓮，酒味芳醇，酒气清新。

元亨利酒店的名字还是李子鱼找我爷爷起的呢！那是个早晨，我爷爷正在读《周易》，李子鱼一进门，我爷爷脱口说了"元亨利贞"四个字。李子鱼研墨铺纸，让我爷爷写牌匾。我爷爷说："我哪敢，你们家里有芝镇三支笔！"李子鱼笑笑，逼着题写了。

芝镇三支笔，说的是李子鱼、李子鱼的亲家翁赵世古、李子鱼的姐夫汪林肯三人。赵世古的琴棋书画在芝镇独树一帜，汪林肯的政论文章，可与梁任公的文笔乱真。

李子鱼是刚烈之人，早年在北平任职，衙门缺了一个西式自行车气棒（打气筒），同僚怀疑是李子鱼拿走了，李子鱼觉得蒙受了奇耻大辱。芝镇人哪有这么下三烂？掏出芝镇老刀，一刀剖腹，以证自白，差点丢了性命。李子鱼多才多艺，自刻石版、铜版，开起印刷厂，自任同乐会的会主，吹拉弹唱、生旦净末，样样在行。还懂医道，能给人开药方。

鱼一样灵活的人，还善经营，以四千斤高粱为本钱，在芝镇南北大街的北头木楼上开了一家余生祥酒楼。两年后，又跟姐夫汪林肯合伙开了更大的酒店，也就是元亨利。

他开酒店，却滴酒不沾。素食打坐，穿粗布衣，着老笨鞋，是芝镇难得的一个不喝酒的人。

孙松艮是元亨利的常客。

李子鱼说："公冶大夫爱琢磨文字，你说'孙松艮'是不是缺了一点？"

我爷爷点头说："'艮'，是'良'缺了一点啊！艮为止，止步于良。"

李子鱼说："对呀，他要叫孙松良，为人善良该多好啊！"

可孙松艮毕竟是孙松艮，无恶不作。当年，他们几个人把陈珂等十三个人抓住，送上车，便大摇大摆地来到元亨利要喝庆功酒。孙松艮的手上的血还没干，他喊着酒店伙计，拿脸盆洗了。

李子鱼说："我上去给孙松艮搭讪，他爱答不理地说：'嘴硬，牙硬，骨头硬，我没见过比陈珂更硬的。'"孙松艮说的是给陈珂剥了上衣，把烧红的铁丝一下捅到肋骨，铁丝冒着烟穿过来，只见陈珂额头上的汗，没见他眨一眨眼。铁丝通红，肉都烤煳了，其他十二个人都哇哇大哭，只有陈珂咬紧牙关不吭声。孙松艮对李子鱼说："我杀过的人，吓尿裤子的最多。"

李子鱼说："我听孙松艮说，出卖陈珂，是赌博赌输了，缺钱。他从厉文礼那里得了二百块大洋。十三条人命啊！"

牛二秀才黑着脸不言语。

最让李子鱼不能容忍的是，陈珂被押上车前，挺直了腰杆，孙松艮手提一根枣木棍，照准陈珂的脊梁就抡了下来。陈珂一个趔趄，头磕在汽车车厢沿儿上，磕掉了门牙，满嘴流血。孙松艮对着陈珂狞笑："你也有今天啊！"原来，一个月前，这小子抽大烟，被陈珂撞见，将他关了禁闭，禁闭室设在教堂里，一关七天，憋得他撞墙撞破了头，他一直怀恨在心。

更狠毒的是，李子鱼亲眼所见，活埋陈珂前，陈珂呼喊口号，孙松艮用铁丝戳烂了他的舌头。

12."松艮啊，改名松良吧"

风小了，雪却越下越大。一大朵一大朵雪团，噗噗噗地往下摔。我爷爷他们跺着脚，还在抄手商量着。

"芝镇不能让无良的浪人横行霸道！"

"死有余辜。"

"要不，在元亨利把他灌醉了，再……"

"不妥，不妥。元亨利目标太大。"

芝里老人问牛二秀才："景武啊，你知道这人有啥爱好？"

牛二秀才想了想，说："好赌，还有心肠花花，见了女人拉不动腿，是黑母鸡、小黑母鸡娘俩的常客。还有呢，就是爱看热闹。"

芝里老人说："好热闹就好办。我有个主意。"

如此这般商量好了。

转眼到了正月十五元宵节，芝里老人要在村里打铁花。芝镇人把元宵节当个大节过，白天跑旱船、耍狮子、唱戏，有茂腔，有京剧，从初五开始，唱到十五，李子鱼率领的同乐会成员，一直要忙到正月十五，十五这天，是压轴戏。夜里呢，村村都放花，当地的花多是南院的。

芝里老人家的菜园里有垂柳树林子，一排柳树十几棵，都一搂粗了。日本鬼子没来前，芝里老人回家过年，元宵节都要请渠邱西关的炉坊来放焰火，芝镇人叫放花。十里八乡的人都来看。高潮就是打铁花。

好几年没放花了，今年得放放，去去晦气。一传十，十传百，芝镇四周的百姓都知道了，扶老携幼地赶了来。

地点还是选在芝里老人家的垂柳林子那里。白天支上化铁炉，化铁炉的一半要埋在地里，七八个壮劳力先挖了一个大坑，土冻住了，得用镐头刨，挖起来很费劲。芝里老人说："今年咱把化铁炉弄大一点。"渠邱西关的放花师傅问："多大好？"老人说："最大的。"师傅就放大了一倍。芝里老人看了，觉得还是小了点。

天刚擦黑，四面八方的人陆续赶到，有的人怕看不着，还扛着小板凳。柳树下人最多。小孩子骑在柳树杈子上，兴奋得嗷嗷叫。

李子鱼赶着马车来了，他还打了裹腿，看上去很利索。车上坐着牛二秀才和几个徒弟，孙松艮簇拥在徒弟中间，哈达着蛤蟆眼，一路别人插不上嘴，就他能摇头晃脑地吆喝。

车停下，李子鱼把叼着烟袋的孙松艮扶下来，把马拴在柳树上。李子鱼笑着对孙松艮说："今晚上咱可得看个够。"那天，孙松艮在元亨利酒楼多喝了几杯，大大咧咧地把棉袄扣子解开，让风一吹，晕晕乎乎。

化铁开始，有四五个壮劳力拉一个大风箱，呼哒呼哒，他们弯腰撅腚，一会儿就放了大汗。那化铁炉烈焰熊熊，浓烟滚滚，伴着刺鼻的生铁味儿。另有几个年轻力壮又有胆量的，戴着苇笠，光着膀子，每人拿两根鲜柳木棍，一根的头上挖一个深槽，像个柳木勺。呼呼的炉内的白口生铁化成了铁水。他们先把铁水倒入炉下的大勺，再由大勺倒进小勺，最后从小勺倒进柳木勺内，手持柳木勺的青年端着盛满铁水的柳木勺跑到柳树下，对准柳树的树顶，大喊一声："开绽！"用另一根柳木棍猛敲柳木勺的勺把儿，梆的一声，铁水被撞击飞向柳树顶，四散滑下，边下滑边与柳枝碰撞，形成光亮耀眼的串串明珠；到顶了，沿无数条弧线拽着光明的尾巴下落，远远望去，真是胜过那"火树银花合，星桥铁锁开"景象。这棵柳树上的火花明珠刚落地，另一棵柳树上又迸发出了无数颗明珠，围观的人兴奋得嗷嗷大叫。几个年轻小伙子轮番上阵，那三四棵柳树上花开不断，一阵比一阵闪亮，一阵比一阵耀眼。

欢呼的人群中，喝大了酒的孙松艮被李子鱼和几个同窗架着看热闹。孙松艮烟袋不离口，那烟袋太长，烟袋锅烫着了一个小媳妇的脸，小媳妇骂了几句。孙松艮晕乎乎地说："今天爷爷没工夫跟你理论。"那小媳妇很刁（方言，泼辣），不依不饶地骂。孙松艮一烟袋锅子就敲到了她的头上，她大哭着骂，边上的人都指着帮腔，骂孙松艮不是人玩意儿，欺负一个妇道人家，有人还挽起袖子准备打。孙松艮提着烟袋急急地躲着，一点一点靠近了化铁炉。

化铁炉真热啊！孙松艮嘟囔着："咋这么热呢？"就抬胳膊用袖子擦汗，只见李子鱼猛地把他托起，牛二秀才把他的头一摁。孙松艮还没反应过来，一下子就滑进了化铁炉，无声无息。李子鱼漫不经心地说："可惜了一双新鞋。"孙松艮的那双新鞋是芝镇小黑母鸡刚给做的，针线还挺不错。也有人说，是小黑母鸡的娘给做的。这时，被烫了脸的小媳妇惊讶地张着大嘴巴，一下子瘫到了地上。

牛二秀才盯着化铁炉，叹了口气："松艮啊，改名松良吧，下辈子托生个好人！"

芝里老人和我爷爷蹲在荒埂上，一人一根旱烟袋，烟袋锅子的火星一明一灭。前面，火树银花，大家一片叫好声。

13. "哪里的客人？"

陈珂本姓朱，是莱芜朱家林村人。看官可还记得，那年他护送王辫遇到鬼子，王辫把他顶过墙头，自己一头拱到井里那一幕。他是经陈大娘掩护得以逃脱，为铭记救命之恩，易名陈珂。

踏着一场春雨，我到了朱家林村，村头绿油油的麦苗被风吹得抖动，村边的杨树、柳树、梧桐树枝头都发青了，四合院里的杏树也开花了，那如同勒上去的花让雨一淋，更显娇艳。

我先到了青砖垒的村党支部办公室，村支书朱琳琳接待了我。看上去她三十多岁，留一头烫了的短发，眼睛又大又亮，很干练。一听陈珂，连连哎呀哎呀地说："那是俺七爷爷，俺爷爷是老大，老辈兄弟七个。您是想采访？"

干脆利落，朱琳琳提上包，领着我往村西北角走。一路走，一路跟迎面碰头的"二爷爷、四奶奶、大老姑"亲热地打招呼。她笑笑，说："都是本家，我的辈分小。"

朱琳琳很健谈，她说是农学院毕业的，却喜欢历史，回村干书记前，在镇文化站专门收集文史资料。她说："公冶记者，有些事儿，咱真的无法理解。当年，先烈们心肠有时比铁还硬，有时又比蛋糕还软。我啊，设身处地地自问、反思，甚至是苦思，在骨肉和信仰之间，他们决然地选择信仰，心里得经受多大的煎熬和纠结、撕扯乃至撕裂啊，肯定有滴血的钻心的痛感，对啵？"

我说："那是肯定的，那一代人活得硬实、硬气。"

"一九四二年初夏，俺七爷爷在高粱地里打鬼子，小鬼子恨得牙根痒痒。莱芜城日军宪兵司令部就把俺七奶奶宋玉梅、俺爷爷朱盛珍、二爷爷朱盛绪、三爷爷朱盛友、四爷爷朱盛富、六爷爷朱盛圈都抓了去，押在莱城，想用他们做人质，要挟七爷爷投降。这是六口人的命哪！七爷爷丝毫没有退缩，送给小鬼子一个纸条：'你要杀我一口，我就杀你十人，血债要用血来还！投降是绝对办不到的！'就这么坚决。"朱琳琳两眼一瞪，目光里也有一种决绝。

她继续说："鬼子看达不到诱降目的，就折磨抓去的亲人。俺爷爷说，小鬼子是畜生，把他扒光了，用麻绳绑在抹了蜜的榆树上，蚂蚁顺着脚跟往上爬，痒痒得寻死不得。还有蜜蜂蜇，嗡嗡的蜜蜂把人蜇得浑身肿。俺爷爷说，有天深夜，迷迷糊糊从屋梁上吊下个坛子，他打开，原来是一坛子酒，他跟哥几个喝了，醉得不省人事，蚂蚁爬、蜂子蜇都没感觉了。俺爷爷到现在也不知道是谁送下来的酒，估计是地下党。俺七奶奶也是血性人，审问她，她就撞墙，把自己都撞晕过去。为赎人，朱家卖了八亩地，一人顶一亩，俺七奶奶顶二亩。那一代人，能抗住如此大灾大难，真是有些不可思议！"

朱琳琳说着，玉亮玉亮的大眼湿润了。

墙角老梧桐树上栖着的一只喜鹊，看了我一眼，喳喳叫着飞走了。朱琳琳指给我看一处灰扑扑的院落，说："这就是十三叔家，房子是在七爷爷留下的祖屋地基上翻盖的，叫两边新起的楼压着，多少有些破败。十三，家族里的大排行，老十三是我七爷爷唯一的儿子。"

就是在这不显山不露水的小地方，诞生了一个啸傲天地的男子汉。

朱琳琳说："公冶记者，咱加个微信吧？"

朱琳琳的微信名很特别，叫"七公主"。

拐过两个胡同，有三间红瓦房，烟囱里正冒着白烟，朱琳琳说那就是十三叔家。瓦房门外是一丛连翘，黄黄的一片。一个老人弯着腰在间门前菜畦里的菠菜，黄球鞋上粘满泥巴，一边间一边赶着身后的两只芦花鸡，鸡身后跟着一群小鸡。

"十三叔，来客了。"朱琳琳人还没到跟前就喊着。老人直起腰，问："哪里的客？"

我赶紧自我介绍："老人家好，我是从芝镇来的。"

老人手里攥着一把菠菜，一抬头说："芝镇？"

老人又念叨了一遍——"芝镇"，他用手背擦泪。

朱琳琳安慰说："十三叔您别激动，慢慢说。"

老人家把我让到屋里，一遍一遍让我喝着茶水，嘴唇抿着。他眨巴着眼说："俺爹去世时，我不到半岁，敌人在渠邱县开了审判大会。那是个冬天，俺爹被剥了棉袄，是赤着背被推进土坑里活埋的呀！活埋了呀！想起来就心口疼。俺娘给我起名，叫尔来，就是想盼爹回来。"

说完，老人迫不及待地问："公冶记者，俺想跟你打听两个人，一个跟你同姓，叫公冶祥仁，是在芝镇冯家祠堂西边开药铺的先生；一个叫雷震，上过北大。"

我赶忙说："公冶祥仁是我爷爷，一九六六年去世了。雷震是我的老师。"

14.“七公主”

　　朱尔来老人声调不高："哦,俺那年去芝镇,见过公冶老人家。雷震给我一个船盘,那是俺爹在芝镇用的。我都一直保留着呢。"

　　朱琳琳一头齐肩短发略微烫过,蓬松,簇拥着白皙的圆脸,一双忽闪忽闪的大眼睛,让我联想到当年的陈珂。放大的陈珂遗像挂在墙上,目光炯炯。

　　朱琳琳说："公冶记者,我在想啊,七爷爷可以不选择革命,他师范毕业,可以安心当他的老师呀,但是他没有;七爷爷也可以选择不去芝镇呀,离家远,情况也不摸,但他还是去了。"

　　朱琳琳两手一摊,那双大眼一忽闪,你的思路不由得跟着她转。早春时节,她身穿一件米白色的风衣,搭配浅蓝色的牛仔裤和白色旅游鞋,看上去清新爽利。听她讲述七爷爷的故事,时而欢快,时而略带一点沉思。我情不自禁地赞美她："你是一个很好的讲解员。"她咯咯笑了,绽出浅浅的俩酒窝。

　　仿佛一阵风过,朱琳琳立时敛容郑重地说："一九四五年八月,七爷爷奉命调赴形势险恶的渠邱县任县委书记。那时候,渠邱县刚刚解放,咱的政权还不稳,再加上北、东、南三面都是敌占区,地方上的反动势力还十分嚣张,许多革命者惨遭杀害,共产党能不能坐稳江山,当时的芝镇人还要打问号。七爷爷到任第一天晚上,就有几十个敌人摸进了芝镇,趁黑捣乱。俺七爷爷领着队员把他们赶跑了。"

正说着，电话响。朱琳琳的嗓门一下子大了："什么？出血了吗？什么？用铁锨拍的？赶紧打120啊！你等着，我过去。"

朱琳琳拎起包，回头对我一笑："公冶记者，村里的保洁员跟村民打起来了，您先跟十三叔聊着，我去去就来。"

刚抬腿往外走，电话又响了，她连忙又接起来，捂在耳朵上"嗯嗯嗯"，齐肩短发飘来飘去，回头朝我一笑，一摆手，小跑着出了门。

朱琳琳跟我讲话，用的是普通话，一接电话，就换了莱芜口音，叽里呱啦，有点像鸟语。陈珂在我的老家发动老百姓抗日时，讲话应该就是这样的口音。我们老家人，听到陈珂带点饶舌的口音，肯定要捂嘴笑的。陈珂的音容一定打动了我的老家人，他们微笑完，会端上一杯热辣辣的芝酒。县志记载，他能跟百姓炕头上促膝谈心，一定是离不了酒的，因为我老家的人都好酒。不喝酒，咋能交心？

"琳琳呢？琳琳呢？"一个老婆婆拄着根榆木棍子进了门。

朱尔来赶紧迎出来，说："二婶子您坐下，您坐下。琳琳才出去了。"

老太太拐棍还没放稳，坐下就唠叨："唉，我那俩儿子啊，又不管我了，十天半月脚也不踏到我屋里了。嫌弃我臭。我臭我臭，小时候，我给你把屎把尿，我嫌你臭来吗？"

"二婶子，你消消气。"朱尔来端过一杯茶水。老太太手抖着，茶水晃出了一半，又说："哎呀，养了一堆畜类，造孽。老头子走了，剩下我干啥呀。早走了早享福呢。你说早里时节，有老有少，你看看，现在，哪还有老有少啊。儿大不由娘，一辈儿比一辈儿心狠。"二婶子说着，竟然哭了起来。

老人听说我采访陈珂，她说："好人啊，可惜早殁了！"她慢吞吞转身面向朱尔来："我就记着，老辈人说，你爹被抓的时候，口袋里冒火，是他吃着烟，还没吃完，坏人来了，他一下子把烟掖在裤子布袋里，着了。你爹烟瘾大。"

从记事起，朱尔来每年清明节都和家人去芝镇祭奠。小时候是母亲和大爷们领着；大了，他陪着母亲和大爷们；老了，他领着儿子孙子去。

我后悔没带芝酒，可一进门，就看到有两瓶芝酒摆在陈珂的遗像前，像两根粗蜡烛，老黄皮的。

一个小时后，朱琳琳风风火火地又回来了。老太太拉住她的手就不松开。好说歹说，劝着走了。朱琳琳说，她的两个儿子也不是不孝顺，但做的事儿，就是做不到老人心里去。

时间不早了，我提出要走。朱琳琳眼睛一眨："您说啥呢，嫌弃俺脏不是？哎呀，来了哪能走。"

其实，朱尔来的老伴早在厨房里忙活了。朱琳琳把做好的饭菜端上来，大喊着，瞧瞧俺十三婶的手艺。她咯咯笑着，顺手摘掉十三婶头发上的一根柴草。

朱琳琳在的地方就有笑声。我问她咋叫"七公主"，她笑着说随便起的。哦！我记起来了，陈珂排行老七。

咬一口莱芜香肠，嚼一口酱菜，感觉莱芜人口味重，喜欢咸，我老家人也口味重。陈珂一定也喜欢我老家的芝镇小炒、菠菜饼、芝泮烧肉，还有驹人的腊疙瘩吧。

弗尼思说："公冶德鸿，看到陈珂的侄孙女，我想起了两句诗：'当一只青蛙在草丛间跳跃，我仿佛看见大地眨着眼睛……'当年陈珂和'七公主'一样地时尚，一样地阳光，都像一团火。"

15.《陈珂传》写完了吗？

朱尔来打开抽屉，取出个黑布包，包里有个铜铃，铜铃上拴着块白布，布已发灰。另外，还有本手抄的书，叫《周易尚氏学》，由民国易学家尚秉和先生所撰。我爷爷的那张药方，夹在"剥卦"那一页，页眉上写着行小字："世风日下，人心不古，剥，珂卜。"字很清秀，这应是陈珂手迹。

药方已发黄，毛笔写的，有爷爷的签名。那药方写的是："产后气结，乳汁不通，用生肝通乳汤：醋炒白芍五钱、沙炒当归五钱、干炒白术五钱、熟地三分、甘草三分、寸冬五钱、通草一钱、柴胡一分、远志一分，水煎一剂即通，不用再服。"让人费解的是，药方顶上还有"二两酒糟作为药引子"字样。

爷爷酷爱《周易》，喝上三两小酒，爱卜卦玩儿。难道陈珂也喜《周易》？

芝镇烈士塔，在陈珂牺牲十年后落成。在朱尔来印象中，落成典礼那天下大雨，大家都没打伞，也没戴苇笠，所有人都站在雨中，连风加雨，花圈都被雨水打湿吹乱了，塔周围刚栽上的四棵松树都被风吹歪了。

我爷爷牵着毛驴围着纪念塔转了三圈，那头毛驴毛儿被梳理得一丝不乱，脖子上的铜铃抬腿就响，响声清脆，铃铛上挂着一块白布。老人转完对朱尔来的母亲说：

"嫂夫人，我是公冶祥仁，陈珂老友。这头毛驴，是他当年所骑，我领他去芝镇牲口市买的，他掏了九块银元。"

"孩子，骑上去。"把朱尔来抱上驴背，我爷爷牵着，又围着纪念塔转了三圈，一边转一边低声默念。陈珂夫人跟在后面抹泪。

爷爷叫了一桌菜，在药铺里款待朱尔来母子。把烈士遗物交给陈珂的夫人后，爷爷说："陈先生有个梦，希望天下太平后跟我学医……"

陈珂夫人说："公冶大夫，若不嫌弃，让孩子拜您为师。"

我爷爷爽快地答应了。陈珂夫人让儿子磕头。爷爷赶紧扶起来，说："新社会了，不跪，不磕。"爷爷送给朱尔来手抄的《汤头歌》作为礼物。

临别，陈珂夫人抚摸着天井里拴的那头小驴，不忍离去。她说："大哥，要不是路途远，我就把这头驴牵回老家养着了。您多照顾它吧。我让儿子年年来看它。"

她又掏出一把钱，说："您给买点草料。"

爷爷赶紧推让："使不得！使不得！"说着，就把毛驴脖子上的铜铃和那块白布条解下来，给了朱尔来。爷爷对陈珂夫人说："铜铃本来该挂红绸子，为了悼念先生，我换了白的。"

路途遥远，加之这些年坎坎坷坷，又因爷爷在土匪张平青部开过药铺，被追查了二十多年，就跟朱尔来断了来往。

头几年，朱尔来每年都在清明节前到芝镇，一是祭拜父亲，一是看望我爷爷，还看望我爷爷代养的那头毛驴，每次来都带一捆草料。

爷爷跟那头毛驴有缘分：爷爷爱喝酒，骑着毛驴出诊回来，在沙滩上，毛驴打滚。爷爷喝酒，也让毛驴舔一舔，日久天长，毛驴竟然也学会了喝酒，喂料前，不让它抿一口，它就不好好吃。

爷爷跟毛驴形影不离，他在芝镇药铺睡，就把毛驴拴在药铺院子里。爷爷回大有庄老家，就睡在驴棚边上的小耳屋里。

爷爷去世那年，那头毛驴也无疾而终。

那些年挨饿，大爷没遵从爷爷把毛驴埋了的遗嘱，煮着吃了。那张驴皮，俺大爷却一直带在身边，每年立夏那天，不下雨就拿出来晒一晒。

我看到朱尔来老人东厢房里还挂着一块红布，老人见我瞅，就站到凳子上取下，红布后面挂着雷震给的那个船盘，那是陈珂在芝镇盛馉馇（方言，饺子）的船盘。

朱尔来不争不抢，当了一辈子农民，自知文化水平低，从不爱出头露面，但父亲的东西一直珍藏，那是他的念想。盯着船盘，他说："我一直记得雷震给我讲船盘，讲船盘和盖垫（方言，盖帘）不一样的地方。他说，盖垫和船盘都是莛秆用麻线串起来的。盖垫是平的、圆的，船盘是八个角，四周有莛秆围着。"朱尔来把那船盘小心地拿过来，七十多年了，没想到那船盘还像新的一样，莛秆的清香味儿还保存着。朱尔来说："雷震告诉我的，说每年用芝镇酒擦一遍，清香味儿就一直保存着。"

"雷震先生有学问，那会儿，他北大还没毕业，他还教了我个词儿呢，叫'以莛叩钟'，意思是用草茎去敲钟，是发不出什么声儿的。比喻没有学问的人跟有学问的人对话，对不出啥来。他说，'以莛叩钟'的'莛'，就是莛秆儿的'莛'。莛秆，也就是秫秸秆儿。"朱尔来接着说，"雷震说，他要写一本《陈珂传》，不知写完了没有。"

我说好像没写完。

雷震老师早有个大计划，要写芝镇风云人物传，除了《陈珂传》，还有曹永涛、芝里老人、李子鱼、汪林肯、牛二秀才、牛兰芝、牛兰竹、公冶祥仁、张平青，还有他爷爷雷以画等大约十一本传记，无奈他整天迷恋喝酒，每个传都开了头，却不幸离世了。

故影陈酿

GU YING CHEN NIANG

第 三 章

1.老相片"捏"在哪里

我大爷公冶令枢和雷震是一对欢喜冤家，一胖一瘦，一高一矮，三天不见面就想，见了不到一袋烟工夫就吵。二人都是牛二秀才的弟子，先私塾，后新学。大爷一辈子务农，雷震先是上了北大，没毕业就被下放到开滦煤矿，挖了二十年煤，后被遣返回乡。在煤矿上时，大爷带着酒去看他，喝了两盅酒，就吵嚷得四邻不安。

雷震老师比我大爷小七岁，却病殁于庚寅年二月十四，享年八十二岁。他要写《陈珂传》等传记的计划一本也没完成。临终，他带着遗憾对我说："徒弟啊，我是一匹恋栈的驽马。少喝酒啊，人生凡事不能等，别慢撒气。"

大爷专门从黑龙江赶回为老友送行，来到雷震灵前，也不理会旁人，兀自痛哭流涕，哭罢，"汪汪……汪汪！""汪……汪汪！"学了几声狗叫，拄着拐杖扬长而去。二位打小都喜欢狗，喜欢在夏天后晌，来到浯河沙滩上学狗打架，常常打着打着就滚到河里去。回家挨揍时，"汪汪"学狗叫。

两位老友有一桩公案未了，就是关于那三幅百年老照片的拍摄地点。其实，我让他们看照片之前，他们早就见过也争论过。争吵的焦点是，照片是在芝镇还是在岛城捏的。

雷震老师坚持认为，照片捏在岛城，一百多年前芝镇没有照相馆。

我大爷则抬杠说，照片捏在芝镇。因为芝镇喧闹的时候，岛城还是小渔村，是芝镇人帮着开埠的呢。

雷震老师走了，大爷没了对手，很寂寞。他靠回忆跟雷震吵架的情景打发日子。

他们俩谈照片，共同的叫法是"捏影"，而不是"摄影"。不知哪个芝镇秀才，把"摄"读成"捏"。

雷震老师考证，芝镇说的捏影，不是念错，是正念，正经念法。捏，有三个意思，一是用拇指和别的手指夹住，二是用手指把面、泥等软东西弄成一定的形状，三是凭空假造。比如，没影捏影，就是编造。你看端照相机不是用拇指和别的手指夹住吗？来回找角度，不是跟包馅馇、捏泥人一样动作？捏影就是捕风捉影，抓瞬间，捏出来，不就是凭空假造的吗？

"芝镇人说的，哪有错的？捏影，多形象？！摄影的摄，摄啥呀！"雷老师有时也爱讲荤段子，特别是有美女在场，他更来劲儿了，大都是捏造的历史典故，半荤不荤，半素不素，说紫不紫，说黄不黄，扭扭捏捏，犹抱琵琶半遮面，月上柳梢头之类，听者得想一会儿才会笑。

老人家很固执，有一次，他来省城会朋友，我请报社老徐拍了几张照片，我洗出来，给他送去。同去的还有女同学，其中有个叫爱玲的。我说，这个老徐拍人物照很绝，能拍出人的神韵，摄影技术不错。雷老师立时拉长了脸，瞪着眼纠正我："是捏得不孬！"我赶紧改口。

他接着开始给我上课："德鸿啊，你枉为一个芝镇人哪！你看人家主席就说韶山话，不忘家乡嘛！方言，能让你找回家。"

我说主席是主席。雷老师正色道："他是国家主席，你是自家主席。大家、小家，国家、自家，都是家嘛！家国情怀嘛！给老师捏一个！"我赶紧掏出相机。

捏完，雷震老师又让我给捏肩膀，我放下相机给他捏。老人家嘟囔："要是爱玲给我捏就好了，捏着舒服。"一句话，把爱玲说了个大红脸。

一回头，爱玲朝门口喊："师娘好！"

雷震老师嗖地从椅子上站起来："在哪里？在哪里？"同学们笑得前仰后合。师娘是个飞毛腿，当年躲日本鬼子，她沿着西岭飞跑，子弹都撵不上她。我们曾向师娘求证，师娘解释："都是你雷老师吹的，不是子弹追不上我，是那汉奸不会使枪。"不过，雷老师的女儿是马拉松长跑的世界季军。

落实政策后，雷老师到了芝镇中学教书，我成了他的学生。他讲课天马行空，刚刚讲的是李白的"人生得意须尽欢，莫使金樽空对月。天生我材必有用，千金散尽还复来"，下一句就成了《世说新语》中的"天生刘伶，以酒为名。一饮一斛，五斗解酲。妇人之言，慎不可听"。一说起酒，就口吐莲花，五官齐动，刹不住车。

他一生好酒，曾不止一次地讲："我好酒，是跟你爷爷公冶祥仁学的。到你爷爷的芝谦药铺里去，必须先喝上一盅酒才坐下。你爷爷跟俺爷爷雷以邶先生学《周易》，俺爷爷嘱咐他，看《周易》不能喝酒。可你爷爷不听，不喝酒，酒喝不到量，就不一定读懂《周易》。他说，《周易》是部让人落泪的书。他嘴里没有一定的事儿，统统都是'也不一定'。"

弗尼思对我说："你爷爷公冶祥仁说得有道理。《周易》确实是一部委屈之书。"

2.酒桌厂长

雷震说喝酒是跟我爷爷公冶祥仁学的，说完又自我否定："喝酒还用学吗？伏羲大醉，一画开天地、分阴阳，《易经》出矣。"

他上课前后竟然也喝酒。有一次，叫我上讲台擦黑板，我一上去就闻到股酒味。当我疑惑地用鼻子细嗅时，他笑笑，把大茶缸子顶到了我的鼻子底下，浓烈的酒气，差点把我熏倒。

一年后，芝镇酒厂聘他去写材料。其实材料写得不多，主要任务是陪酒。芝镇酒好，来参观考察的各路人络绎不绝。四十年前，喝酒风气非常盛行。无论中午、晚上来客，都需厂领导陪。生产啊，管理啊，经营啊，各办公室负责人都得到场。李厂长光陪酒就忙活不过来，多的时候，一晚能陪二十桌。

雷老师找到李厂长毛遂自荐："厂长，我可以替您分担陪几桌吗？对外，您只需封我个副厂长。一下了酒桌，我还写我的材料。"李厂长一琢磨："行呀，试一试！"

雷老师就天天在厂里陪酒，号称"酒桌厂长"。下了酒桌，该干啥干啥，但大家都"雷厂长""雷厂长"地叫，雷老师也不拒绝。久而久之，别人喊他雷老师倒不习惯了，一听人叫"雷厂长"，他就目光如电："嗯？在几号桌？"

某年中秋前，我提了两瓶南方白酒去拜访，还拿着那三张老相片。雷老师不看相片，先问："这酒是多少度的？"我说三十八度。他"唉"了一声，说："拿回去！拿回去！三十八度还算酒吗？"

　　师娘忙出来招呼："死犟驴,他不要,我要。"笑着,把酒接了过去。

　　接过相片,雷老师只看了一眼,就判断:"一百多年前的捏影,都是在照相馆,不是在家中。照相馆的道具是德国座钟、西洋茶几和桌巾,一定是在芝镇捏的,是德国人开的那个照相馆。"

　　我惊讶地望着雷老师:"您不是跟我大爷争论,说是在岛城捏的吗?"

　　雷老师说:"德鸿啊,我跟你大爷公冶令枢是抬闲杠,是无事闲磨牙。我们都是属老鼠的,老鼠夜里要磨牙,啃床腿,为啥要啃?不啃,那牙就长到嘴外边了。哈哈。芝镇很早就有德国教堂,也很早就有照相馆。"

　　他把我拉到一边,神秘兮兮地说:"孩子啊,拿过耳朵来。"我靠近了雷老师,他说:

　　"这个教堂还是你爷爷公冶祥仁年轻时赌博的地方。"

　　我说:"我爷爷……赌博,不可能吧?教堂竟然还当过赌窝?"

　　"你大爷也知道,他只是不说。为亲者讳。"

　　"这……"

　　我脑海里忽然就闪现出二十多年前的画面:教堂的穹顶是紫玻璃和蓝玻璃,灯光一照,就像星星在眨眼。教堂地上铺着麦穰草,草上铺着稿荐(方言,草垫子)。我们刚搬进来住的那晚上,觉得瘆得慌,听说这里面枪杀过人。

　　当年躺在稿荐上,我抬头看到墙壁上画的是长着翅膀的外国人和鸟。蓝眼睛眨着，好像是活的。

　　似醉非醉的雷老师听说我们害怕，自告奋勇地跟校长拍胸脯："我去给孩子们壮壮胆儿。"

　　班主任让我扶着雷老师过马路。正走着，让嘹巴赵风絮给拽了个趔趄。赵风絮大声问："行酒令者是叫通关、通官还是潼关？辞壶，是不是芝镇独有的？"雷老师道："芝镇喝酒有讲究，贵宾坐上席，其他客人依次排列，陪酒者坐下首。酒至半酣便猜拳行令，行令者称'通关'，我觉得叫'潼关'比较准确，有'一夫当关，万夫莫开'之意。猜拳行令五花八门，不给你详说了。喝酒的时间不限，从中午开喝，可以喝到下午。也可喝连酒，一直喝到次日凌晨。何时结束，坐上席的贵宾说了算。上席不让传饭，陪酒的就是喝得舌头发硬也得奉陪，否则就是对客人不恭。等贵宾说，差不多了，辞壶吧，就是要止酒！一般要辞三次，陪客才会吆喝人撤摊子。辞壶不是芝镇独有，密州、五莲都有这酒俗。"

　　赵风絮手里攥着根油条，依然缠着雷老师，油条几乎蹭着了雷老师的脸。

　　雷老师急了，说："难怪公冶祥仁大夫说你不正常：身着破衣烂裤，脚挑破鞋头，腰扎草绳，怀揣一把土蛋子壶，走几步掏出来吸溜几口。说的就是你赵风絮啊！"

　　赵风絮指着雷老师的鼻子不认账："你这恶（wù）人毛，俺是芝镇标配！"

　　的确，赵风絮是芝镇的一景，疯疯癫癫，蓬头垢面，腰里挂着酒葫芦，还有爱摸女人大辫子的怪癖。听说他从小没娘，跟爹一起过日子，他爹又是芝镇出名的酒鬼。到了他娶亲的年龄，爹没给他娶，反倒给他找了个后娘。赵风絮一时想不开，疯了。但我总觉得这人并非真疯。有一天下雨，他戴着苇笠，看到一只瘸腿的猫在水洼里挣扎，一手捞起抱在怀里。猛抬头，我们目光相碰，我看到他两眼闪着泪光。

在芝镇，赵风絮像轻飘飘的柳絮，游离于常人的轨道，在冷言冷语中，就这样常年飘着……

3.神仙驾云人驾气

那天，雷老师摆脱了赵风絮，怀揣酒瓶子，来到了我们的宿舍——德国教堂。"把教堂当学生宿舍，也不知谁想出来的馊主意，哼！"雷老师自言自语地站在了床边。

老师个儿不高，说话却嗓门极高："穹顶画的是天堂，什么是天堂？西方人说，人死后可以升天堂，哪有什么天堂？都是一种幻象。有见过肩膀上长翅的人吗？那叫天使，你想是就是，想不是就不是。"说着，雷老师猛喝一口酒，来回踱了几步，又声嘶力竭道："哪有什么天堂！我们都在地堂。什么叫堂？就是一栋大房子。汉以前叫堂，汉以后叫殿。"忽又莫名其妙嘟囔："哪里有什么天才，我不过是个地才呀！"

我提醒雷老师："这里死过人。"

"有啥可怕的呢，心理作用。况且死的那是个好人，教堂里干杂活的。敌人来抓陈珂，他上去拦，被一枪撂倒。陈珂大家都知道吧，他召集人到教堂里开会，被叛徒告了密。在从教堂被押上汽车的时候，他连同十几个人，被用铁丝穿着锁骨。临上车，还回过头刘修女安妮使眼色，让她们保持镇静。他们真是群铁汉子！据我考察，当时来开会的有人好酒，那天喝多了，跟另一人吹嘘。不料，那人去告了密。酒啊，能成事，也能败事儿啊！"雷老师道。说罢，他拿起酒瓶要仰脖，瓶到嘴边，突然停住了，把酒瓶子放在地上，皱了皱眉，自问自答："喝酒，好还是不好呢？都……好！"

"怕啥！有啥可怕的？！"他站在教堂正中间，大声背诵起《正气歌》，先背诵的是《正气歌》序：

"余囚北庭，坐一土室。室广八尺，深可四寻。单扉低小，白间短窄，污下而幽暗。当此夏日，诸气萃然：雨潦四集，浮动床几，时则为水气；涂泥半朝，蒸沤历澜，时则为土气；乍晴暴热，风道四塞，时则为日气；檐阴薪爨，助长炎虐，时则为火气；仓腐寄顿，陈陈逼人，时则为米气……"

目视前方的雷老师昂首挺胸，大有凛然不可侵犯之势，出口铿锵、声情并茂。我们说："雷老师您底气真足。"

他笑道："惭愧，惭愧！"闭上眼，下巴微微地动，他近乎陶醉了，说："言者，心之声也，歌者，声之文也。《宋书·乐志》载，周衰，有秦青者善讴，而薛谈学讴于秦青，未穷青之技而辞归。青饯之于郊，乃扶节悲歌，声震林木，响遏行云。薛谈遂留不去，以卒其业。……又有韩娥者，过逆旅，人辱之，韩娥因曼声哀哭，一里老幼悲愁，垂涕相对。三日不食。遽追之，韩娥还，复为曼声长歌，一里老幼喜跃抃舞，不能自禁，忘向之悲也。"

雷老师忍不住又低头看放在地上的酒瓶子，咂咂嘴唇，仿佛在意念中喝了口酒，微醺着，目光迷离，低声道："古之韩娥，兄弟我望尘莫及也！"

雷老师受北大校长马寅初影响，马校长爱说"兄弟我……"。

雷老师又指指我，对同学们说："这《正气歌》，我是跟他爷爷公冶祥仁先生学的，祥仁先生能吟唱。老人家跟我讲，学《正气歌》一定要揣摩序言，好多人忽视了这一点。彼气有七，吾气有一，以一敌七，人活一口气，乃浩然正气。《正气歌》能镇住邪气，压住戾气，灭了鬼气，扫了娇气，除了怨气，增了底气。唱戏的讲，神仙驾云，人呢，是驾气！"

"我服气的芝镇人不多，公冶祥仁先生算一个，不仅因为他是我爷爷的《周易》门徒，主要是他有气节。他敢在陈珂活埋前给敬酒，这是生祭啊！可不要小看这仪式，那是要杀头的。公冶祥仁不是一般的大夫！老人家个儿不高，他自己曾打趣：远看像根葱，近看婆婆丁，是高起那地皮，矮起那磨脐。知道啥叫磨脐吗？就是石磨上形如人脐的那东西，也叫磨轴。磨脐多高？也就有二尺吧。公冶先生留着白胡子，扎着白裹腿，穿着老笨鞋，一个蔼然长者，悬壶济世。看上去一个再平常不过的人，却是芝镇的灵魂。我问他，您是不是好医生？他说也就算个'中工'。啥叫'中工'？有本叫《周礼》的书说'岁中稽其医事以制其食'，就是年终要考察医生水平，论功行赏，'十全为上，十失一次之，十失二次之，十失三次之，十失四为下。'是说如果十个病人都治好了就是'上工'，就是好中医；如果治好了九个就差一点，是'中工'；如果只治好了六个，那就是'下工'。如论教学，我也算个'中工'吧。"

弗尼思对我说："你爷爷当时不是生祭陈珂，是陈珂死后去祭奠的。以讹传讹。"

事后，我到雷老师家，他又跟我唠叨："除了你爷爷，我还佩服芝镇南乡相州的女子王辫。论起来，我叫她表姐。你拿的这张照片，还是我给你爷爷的。我很小就听说过这小妮子的故事，她乳名叫小蕙。王辫差点成了你七嬷嬷，其实也可以说，她就是你七嬷嬷，只是后来解约了。她还有个别名叫鼠姑。"

4.谁家的"鼠姑"？

照片上的王辫应该是她母亲抱着她，当时王辫有两岁的样子，戴着一顶浅褐色帽，咧嘴笑得很开心，脚穿一双小皮鞋，怀里抱着一束牡丹花，那花真大，把她穿的啥衣服都遮住了，好像她穿的就是一朵花。母亲有三十岁，两手放在膝盖上，一双三寸金莲很显眼，面无表情。背景是一座单孔小桥，桥边有个四角亭，亭子上站着只画眉鸟。

我的同事、摄影记者老徐说："雷震老师说的'捏影'，很形象。我父亲七十多年前在大运河边上的临清照相馆学照相。早期的木制老相机控制曝光的快门，是气动活塞式快门，由橡胶皮球连接胶皮管，再连接活塞式的快门。对光，上片匣，开快门，关快门，都要'捏'皮球。拍照时，手握着皮球，需要手指使劲快速地在皮球上弹一下，也就是'捏'，快门噗嗒一下，就'捏'上影了。老百姓管照相的摄影师叫'捏影的'，去照相馆照相，叫'捏了个影'。后来，我父亲使用德国禄莱弗莱相机，机械快门，不捏皮球了，人们还叫他是'捏影的'。凡是在县城里照相馆干'捏影'的，知名度都很高。"

老徐在电脑上把三张老照片给修了修，王辫母亲左脚的鞋尖和牡丹花瓣儿各掉了一点，他三弄两弄给补上了。他说："老照片是不能动了。电子版稍微修饰。咱还说那个'捏'，不大识字的人，'摄'字念半边，也叫'聂'影，哈哈。"

老徐的话，雷老师没听到。有年清明节，我在他坟前给他默念了一遍，那纸钱呼呼在风里燃滚，我想到了雷老师抽烟的样子。

当年的那一天，在芝镇酒厂家属院，雷老师说了王辫跟我们公冶家的那堆事儿。雷老师说："我脑子成了谷仓，盛着陈谷子烂芝麻。不能充饥，过过嘴瘾吧。再不说，都发霉了。"

一百多年前，老爷爷公冶繁翥骑着毛驴去芝镇南乡行医，天色将晚，看到一个老人背着粪篮子朝浯河方向疾走，一边走一边嘟囔："鼠姑啊，别怪老爷心狠，也别怪我，我该说的都说了。到了那边，你早托生个好人家吧。"

我老爷爷那天喝了点酒。公冶家族的人都有个毛病，你说是优点也行，说是缺点也行，就是喝了酒爱管闲事，一根筋，一管还要黏糊着管到底，任谁劝也劝不住，就像拧螺丝，越劝拧得越紧。老爷爷本来已经骑着驴过去了，忽然心血来潮，一拍驴腔，喊了一句："掉头。"那驴会意，转向，抬腿小跑，撵上老人。老爷爷喊道："老人家，您这是咋了？"

老人悲戚得白胡子发抖："东家让我把孩子给埋了。"

老爷爷急忙问："得啥病死的？"

"伤寒。"

老爷爷说："怎么把孩子装粪篮子里？"

"说来话长，东家一直盼着个孙子。连着几个都是妮子。这妮子死了，东家也不怜惜，连个棺木也不给，就给扔到舍墓田。"

沾了酒的老爷爷有点儿站不稳，靠在老人身上，急切切地说："你放下粪篮子歇一歇，我瞅瞅。"

老人就把粪篮子放在了老爷爷脚底下。老爷爷的酒猛然醒了，打手一试，急促地说："孩子还活着。"

"活着？你不是说醉话？"

"你摸摸她的额头、心口窝。"

是啊，那额头、心口窝还热乎着呢。

这就是大命的王辫。那晚老爷爷就着月光，给开了药方。不出半月，小王辫又活蹦乱跳地在街上跑了。

为表感谢，王辫的爷爷王德备送了我老爷爷一盆牡丹。王辫的爷爷是养花能手，这盆牡丹的老本有碗口粗。王德备曾夸口，这是他爷爷的爷爷传下来的，少说也有二百五十年了，开的花有海碗口那么大。王德备还告诉我老爷爷，开花前，用洗鱼的腥水，再倒上一盅芝酒，浇个透。那花就开得特别水灵，站在枝头的日子格外长。

弗尼思对我说："老照片上王辫拿的那朵牡丹花，是王德备老人家养的白牡丹。"

老爷爷照着王辫爷爷说的办法，养着牡丹花。那真是盆好花，每年只要受过春雨滋润，那牡丹便伸着懒腰醒来。不出一月，那芽已胀了两倍多，接着便吐枝抽叶，一天一个成色。进了三月，满树浓绿，花苞悄然昂立枝头，亭亭地，鼓鼓地，圆圆地，你要去数，怎么也数不过来。那花说开就开。一阵风过，那一丝丝、一缕缕、一坨坨的香气，轻轻地、悄悄地灌满了我们公冶家的几个天井，又乖乖地爬出墙头，散播在大有庄的角角落落，潜入每个人的鼻孔。

从那花香里，我们隐隐约约地还会闻到一股酒香。

5."孺子可教也"

我爷爷公冶祥仁也格外喜欢王家赠送的这株牡丹。只要没有病人，他搬着马扎，面对盛开的花朵，能端详一天。他更爱在雨下、月下独赏，小桌上放着酒盅，想起来就抿一口，若有所思，点着的烟袋，常常灭了火。一大早，他小心地剪下几朵，以花泡酒，用以治疗妇女病，如崩漏、产后腹痛等。掐花前，爷爷先洗了手，洗了脸，有块白毛巾，在屋门后面铺着，谁也不让动，他自己用。擦罢，把毛巾四四方方叠了，放好。再立在花下，平心静气，拱手朝着花枝一拜，然后下剪。

他爱抱着炕头上的《本草纲目》教训晚辈："别光背书，瞅瞅花再看书，就记牢了。你看，李时珍说，牡丹以色丹者为上，虽结子而根上生苗，故谓之牡丹。唐人谓之木芍药，以其花似芍药，而宿干似木也。群花品中，以牡丹第一，芍药第二，故世谓牡丹为花王，芍药为花相。欧阳修花谱所载，凡三十余种。其名或以地，或以人，或以色，或以异……”听得最仔细的，是我十一大爷公冶令安，听得最不认真的，是我大爷公冶令枢，爷爷说我大爷腔上长了个尖儿。

十一大爷公冶令安听到爷爷说"芍药为花相"，很是新鲜，拾在了心里。某日，到芝镇大集仁安门的西花市街去挑了两盆来，见花盆上有尘土，十一大爷去浯河边用水擦了，一盆擦出了姜太公钓鱼图，另一盆擦出了八仙过海图。十一大爷大喜过望。

我爷爷把两盆芍药分列那株牡丹左右，守着众人夸十一大爷："孺子可教也。令安让牡丹心安，有了左花相、右花相。老十一啊，《神农百草经》说：'牡丹味辛寒，一名鹿韭，一名鼠姑，生山谷。'……鼠姑，鼠姑……"

十一大爷说："记得早先芝镇南乡相州王家的闺女，要给俺七叔当媳妇的，也叫鼠姑。"

我爷爷回应："正是。祥恕跟她无缘哪！"

我忽然记起了雷震老师说的王辫，又想到在纪念《利群日报》创刊五十周年时，我翻旧报副刊版，常常会看到署名鼠姑的文章……

这株牡丹后来就传到了十一大爷公冶令安手里，十一大爷比我爷爷还爱那花，谨遵老一辈儿传下来的浇花程序，不过，他除了浇洗鱼的腥水和芝酒之外，还去芝镇买来豆饼喂上。

十一大爷公冶令安是个讲究人。比如在吃上就特别讲究，在芝镇叫"尖馋"。春天韭菜下来了，他吃红根的头刀韭菜，让十一大娘给包水饺，也不多，不超过十个。等二刀韭菜下来，再也不吃一口。鲜葱下来，他吃越冬栽培的娄葱（也叫芽葱），娄葱炒鸡蛋，吃一顿，再也不吃。香椿芽下来，只吃那芽儿，用盐腌了，放在小碟里；等香椿叶子海大了，他连看也不看。他还爱吃苦菜根，初春到西岭上去挖，蘸甜酱吃。杏子下来，吃最新鲜的，不多，三个两个就够。桃子下来，吃最新鲜的。我十一大爷真正做到了"宁吃鲜桃一口，不吃烂杏一筐"。每天三顿酒，一顿一壶，不喝茅台，就喝芝镇白干，不喝散装的，喝瓶装的黄皮，顿顿不落。小干巴烤鱼子、一小碟花生米、半个咸鸭蛋，我十一大爷是真正的美食家，会生活，会享受。他从来不下地，家人忙里忙外，他照喝不误。

他给牡丹搭了个一人高的天蓝色的席棚子，有角有棱，还做了个单扇门。夏秋天的早晨，头一件事是先去把花棚的天窗打开。

花开时节，十一大爷爱在棚子底下一边喝酒、啜茶，一边赏花，有时还填几首"醉花阴"词。十一大爷在家，谁也不敢动一个叶子、掐一个花瓣，不敢轻易打开花棚的门。

庚辰年春，邻家来给二大爷送千禧年挂历，带着的小孩调皮，在天井里乱窜，旮旮旯旯都跑到，竟然打开了花棚门，钻了进去，蹲在花下看着蜜蜂嗡嗡飞，嫩手就掐了一个叶儿。十一大爷一看，急了眼："你……怎么……怎么！"

七十多岁的人了竟然像小孩子一样朝着牡丹垂泪，屈嗤屈嗤哭了大半天，谁也劝不住。把那千禧年的挂历也撕了。邻家过来赔了不是，十一大爷还是不依不饶。喝多了酒，就对着那株牡丹嘟囔。

说也奇怪，那天才刚艳阳高照，忽地飘过一朵黑云，一阵大风刮过，刮歪了花棚，牡丹花枝乱摇，就听噼里啪啦雨点子斜插下来，十一大爷飞身进屋，拖出一截塑料薄膜，半个身子靠在花上，用两手高擎着那鼓荡的薄膜为牡丹遮雨，花白头发、胡子和脊背上的雨水往下淌。十一大爷在雨中觉得自己个子矮了，罩不到花顶，又跑到屋里，搬出方杌子，踩上去，没想到雨水打滑，方杌了有一个腿陷到泥坑里，十一大爷仰面朝天攥着塑料薄膜摔了下来……

6."还挂念什么心事？"

十一大爷的腿早年曾被打断过，是个老伤。这一摔，左腿又断了。众人嚷着要送他去大医院治疗，他心神不定，说啥也不愿意。我们把他抬到卫生院，他也是嚷着回家。十一大娘仿佛忽然明白了什么，赶紧回家掐了一朵最大的牡丹花，用博山琉璃瓶盛了，抱到医院，摆在了床头上，十一大爷才不闹腾了。牡丹花七日一换。来查房的主治大夫，来打针换药的护士，每次都端详一会儿，嗅一会儿，同屋的病友也眼不离花，绽放的牡丹花让病房里的压抑之气为之一扫。出院前一个月，花期过了，花瓶里只剩下牡丹的叶子，叶子上淋了几滴水。

本来身子弱，让雨一淋，在医院里又这么一折腾，十一大爷看上去更加瘦弱。四大爷公冶令棋用汤药给他调理，一直到了来年春，还不见明显好转。四大爷分析原因，说都是因为喝酒的缘故，吃药必须忌酒。十一大爷虽然满口答应了，但酒盅依旧"粘"手。四大爷很生气，来监督着他喝汤药，晚上也和他在一个炕上睡觉，这才逼着他把酒戒了。但是十一大爷的病情却一日重似一日。

一个初春的早晨，霞光刚抹到屋山墙上，十一大娘在窗下对刚推开屋门的四大爷喊："四哥，四哥，你快看啊，牡丹冒骨朵了。"四大爷也很惊讶："可不是嘛！"

十一大爷一听，忽地坐了起来。十一大娘一见，喜出望外，又倍感疑惑，都躺一年了，哪来的力气坐起来。四大爷赶紧进屋去扶，十一大爷摇摇头，自己穿上鞋，洗了脸，还在镜子面前照了照，戴上老花镜，一步一步挪出门，挪到花棚前，十一大娘把花棚的门往外掰了掰，拿过马扎让十一大爷坐下。可他偏不，蹲在牡丹花下，目不转睛地盯着，从上往下，再从下往上，像看一部竖排的古书，端详来端详去，自言自语："牡丹乃天地之精，为群花之首。叶为阳，发生也；花为阴，成实也。丹者，赤色，火也……赤花者利，白花者补，人亦罕悟，宜分别之。鼠姑鼠姑，佑我公冶，润我子嗣……开，开……"突然一动不动，木呆呆地，慢慢闭了眼。

听到十一大娘喊，我们飞跑过来，十一大爷身子慢慢变得僵硬了。

我抬头一看，那花骨朵儿，扑棱一下子绽开，是两朵，海碗一般大，一枝灿如红霞，一枝纯如白练。我揉揉眼睛，确确实实地那花是开了，花瓣上还滚着露水珠呢。再揉揉眼睛，那花瓣儿一点点地收缩，又闭成了花骨朵。

十一大爷躺到棺材里，因为他的左腿骨折，一直蜷着，棺材盖盖不上。我大爷抹把泪说："十一啊，你怎么了，还挂念什么心事？要有什么委屈，咱慢慢化开，把腿伸开吧。"可那腿就是伸不开，硬撅撅支楞着。

我跑到天井里，看着那一个个花骨朵，不敢下手。小心翼翼地摘了最底下的一片叶子，举着进屋，放在棺材里的十一大爷的脸庞一侧。一家人闻到了满屋的牡丹花香，是清而洁的香气。我们也都嗅着，嗅着。可是那棺木板还是盖不上。我大爷说："熊孩子，难道你不知道你十一大爷心疼那花，赶紧把叶子拿回去埋了。再替你十一大爷浇浇花。"

我把牡丹叶子拿出来，用铲子埋在了牡丹根下。十一大爷平时用洗鱼的腥水浇花，眼下一时没有这水，这可咋办？忽听门响，沙浯的大姐提着两条鲤鱼来看十一大爷。我赶紧拿盆把鱼洗了，将腥水泼在牡丹花下。十一大娘从屋里拿出芝酒，浇在埋叶子的地方。十一大娘说："这可好了，遂了心愿。"忽听屋里人大哭。我赶紧过去，十一大爷僵硬了的腿已经伸开，棺材盖也瞬即盖上了。

十一大爷公冶令安去世后的第二年，牡丹花没开。第三年秋天，村里来了个收古董的，打听到了这株牡丹花，出价五十块买走了。刨的时候，那牡丹根粘着土，收古董的用铁锹铲断。用力过猛，铁锹一回弹，把额头砸出了血。

听到儿媳妇把花儿卖了，赶集回来的十一大娘拍着大腿，蹲在挖走了牡丹的土窟窿沿儿上，哭道："三辈子的念想啊，几张纸就换走了！"

弗尼思对我感叹："那牡丹本是曹州府的，三百年前从相州王家辗转到了芝镇，转了一圈，又转回去了。辛卯年你写的通讯

《曹州牡丹走笔》，提到的那棵开花最大的牡丹，就是这一棵。你还说这花跟十一大爷公冶令安家开得一样大，一个味道。记起来了吧？德鸿，你有个毛病，就是健忘！"

7. "我就是那粒豌豆"

不说那牡丹，且说百年前的那个早上，六十多岁的王德备感念我四十多岁的老爷爷公冶繁翥救下孙女王辫，恳切地问了一句："公冶大夫，您有几个孩子？可有婚配？"

老爷爷如实相告："我家儿子排行第七的，叫公冶祥恕，还没婚配。转过年来十一了。"

王德备说："如若不嫌弃，俺这妮子就给您当个儿媳妇吧！"

八字合，遂找人提亲，懵懵懂懂的两个孩子就拴上了姻缘红线。这当口，六岁的王辫做了两件让她爷爷惊讶的事儿。

那是麦收之后，王辫的大姑来住娘家。刚住了一天，婆家捎信来说她的闺女突发重病。王辫爷爷王德备立马叫庞希松去送。

庞希松是谁？就是那个寒夜把小王辫装在粪篮子里去埋的觅汉，他在王家四十多年，是个孩子头。下坡锄地回来，定会带回几只蚂蚱，蚂蚱在苇笠的苇篾上蹬歪，腿蹬得苇笠响，小王辫总是跷着脚够苇笠。每当下河洗澡回来，将擦脸布子搭在肩上，庞希松手里摇的狗尾巴草上一定穿一串马口鱼，小王辫也总是跑到跟前抢。赶芝镇集，针头线脑，忙忙活活，他也总是要捎给小王辫和孩子们三五串蘸糖石榴。要是雪天，举在手里的蘸糖石榴像举着的一簇火苗。他眼里全是孩子，孩子们也爱黏着他。

庞希松头天晚上喝醉了，挣扎着爬起来，还头晕呢。王德备着急啊，一等不来，二等不来，他跺脚正要骂，见庞希松捂着头小跑着来了。一脸怒容的老人一烟袋锅子就敲上了，咬着牙连敲三下。庞希松捂着头上的疙瘩，不敢言语。

大家垂着手看王德备发火。小王辫看到爷爷抡烟袋，不干了，攥着小拳头跑着过来，一把薅过爷爷的烟袋锅子：

"爷爷，你怎么打人？！"

小王辫的母亲吕氏，吓得赶紧抱住她，把烟袋夺过来，双手捧给公公，满脸堆笑地说："爹，您别生气。"一边转身要捆女儿："反了你了，敢顶撞爷爷。"

小王辫不哭不闹，说："他打人就不对。"

"他是个下人。"

"下人，也是人。"

当娘的手掌举得老高，王德备赶忙制止说：

"孩子说得对，是我的错。"

王德备心里窝火，大女儿婚后不久就死了丈夫，现在外甥女又长了病，急火攻心，他才下了狠手。小王辫一薅烟袋锅，把他薅醒了。

王德备这个吉星堂主人，打记事儿来第一次认错，竟然是给六岁的小孙女。

老人家最疼爱的就是这个小孙女。他记得她五岁时，被嫲嫲、娘和照顾她的老孙妈缠了脚。当爹的王翔谦从北平回来强行放脚，还用夹板夹了底子，给她做成小靴子。可爹一走，王辫的脚又被老太太们给缠上了。老太太们还一唱一和："这时候叫她放了脚，到后来要受她的埋怨呀！"裹着的小脚肿了，她跑到爷爷面前哭，爷爷就给她解开："听你爹的。"

有了长辈撑腰，王辮更调皮任性。有一日，她爬到歪脖子柳树上去掏鸟窝，甩脱了小花鞋，裹了一半的小脚丫，有点儿扭曲，但不影响抱住柳树粗糙的干。她青蛙样儿一拱一拱地往上蹿，一霎儿工夫，就蹿到了树顶。在地下看着篮球那么小的一个鸟窝，可到了近前，却是比瓮还大。她低头，看到了爷爷正扛着一张锄头往这里走。这小王辮赶紧一屁股坐在了鸟窝里。

王德备早早就看到了小王辮，但他没喊，怕一喊，把小王辮吓得掉下来。他也不抬头，装着没看见。谁料，他刚低头走到树下，就听唰啦唰啦响，猛抬头，见是鸟窝里的事儿。小孙女早餐喝多了稀饭，一时憋不住，尿了。但王德备忍着没发作，抹把脸，一直朝前走。等走到了浯河边去洗了，才见小王辮溜下树。

晚饭后，王德备故意拉下脸，跟老伴说："妮子能下雨了！"

老伴没弄明白意思。

等听王德备讲完，老伴绷着脸不敢笑，只是训斥了王辮一句：

"还不快给你爷爷跪下！"

小王辮不跪，倚着门框瞪着眼，手握着从鸟窝里掏的一个鸟蛋。

王德备忍住笑，说："罢了，罢了。这小妮子，将来非得把天戳个窟窿不可。"

吉星堂的王家子孙辈上大多本本分分，唯独王辮是个例外。

在十一岁那年，爷爷王德备一拍大腿，同意了她去省城跟着父亲王翔谦念书。

多年后，王辫在自传中写道："铁锅底下烧着木柴，滚烫的大铁锅里翻炒着豌豆，豌豆咯吧咯吧爆着，木锨板子翻着，翻着，有一粒豌豆调皮，蹦到了锅台上，摆脱了被炒煳的命运。我就是那粒豌豆，从锅台上滚下来，滚到天井里的鹅卵石甬路上，要不是长工庞希松一脚踩到泥里，我也扎不了根。可巧下了场透雨，根扎结实了，发芽、抽叶，开出了一朵豌豆花，结了一个豌豆荚……"

8.世间脉象

我老爷爷公冶繁纛也是炒豌豆的好手，他竭力反对没过门的儿媳妇王辫去省城念书，无奈亲家固执，也就只好封了十块大洋，黑了脸送给王家作盘缠。

到了省城，王辫住在大明湖畔。她剪掉大辫子，穿上了碎花裙，远远看去，很像一朵镶着白边儿的淡蓝色豌豆花。坐在湖边，看着荡漾的湖水，她张嘴就跟爹说："我要跟公冶家退婚。"

她父亲王翔谦点头同意，可消息传到她爷爷王德备那里，得来的回话是，孙女啥事都依着她，就是婚事绝对不依。

就在王辫去省城念书六年后，我老爷爷公冶繁纛看出了个苗头：老七公冶祥恕去了趟岛城，骑着脚踏车回来，跟密州外号叫"王大耳"的青年王瑞俊同行，二人话语投机，回家吵着要去工厂做工。

　　我老爷爷有个习惯，家有大事，爱选在阴阳未动、气血未乱的早晨给自己切脉，右手的食指、中指和无名指搭在左手腕关节桡动脉的搏动处。这次，老人家闭目把了一会儿脉，觉得脉象紊乱，热盛邪灼，气旺血涌；再以左手的三指搭在右手腕切脉，脉形坚硬，重按则豁然空虚，有革脉之兆。眼前晃动着老七的影子：鞋子上的泥巴，头上的干草，眼里的血丝。最可气的是，剪了的辫子。老七的表现非同小可，事不宜迟，就像霜降后菜园里的白菜，再不用地瓜蔓子扎腰，那白菜就不能卷芯，发暄了。快刀斩乱麻：完婚。

　　觅汉老温陪着去亲家下帖，带着上好的两坛子芝酒，两条活鲤鱼，两只活公鸡，带根的一把葱、一把芹菜。一路上两头毛驴跑得飞快，赶到芝镇南乡相州，刚好撵饭碗。路上想好了托词，一遍一遍在脑子里过着：拙荆孔氏身体有恙，是场虚病，找人卜卦，得新人冲一冲才好，万望亲家成全，等等。

　　王德备正用儿子王翔谦从省城给捎的玻璃杯子泡茶，他盯着玻璃杯里的茶叶上下翻动，茶叶在水里一点点舒展，舒展，最后沉淀在杯底。感叹着，自己过了耳顺之年，也不就是那水中的茶叶吗？三晃两晃，来回那么几次，就到了瓶底。刚喝了一口茶，就听到了大门外毛驴的蹄声，吩咐觅汉庞希松："来客人了，赶紧炒菜。"盯着那玻璃杯子，听着我老爷爷的叙说，爽快答应了公冶家的请求。

　　二位长辈相谈甚欢，酒喝得也恣。我老爷爷再次确认了亲家的八字，回芝镇算了，大礼定在五月十二。

王德备打算四月中旬让孙女王鞿回家，提前打了信给儿子王翔谦。

王鞿听说母亲生病的事儿，泪珠立时滚出了眼窝。谁料，父亲却笑了："闺女，别怕，十有八九是你爷爷让你回去完婚。"王鞿一听，哭得比先前更厉害了。

王翔谦说先回去看看再说，"活人没有让尿憋死的理儿。"

次日一早父女俩打点行装，坐上火车，到家已是深夜。

我七爷爷公冶祥恕呢，听说要完婚，不敢在爹面前使性子，到了他大哥——我爷爷那里，又哭又闹。我爷爷呢，明里顺着老人张罗着上上下下的一切，暗地里支持七弟。

提前半月，公冶家的"喜公事"就开始忙碌，整个公冶家族都动起来。先要支起炉灶，请来厨师，炸肉、炸鱼、炸藕合、炸丸子的味道飘满了大有庄。邻里百家的孩子都趴在后墙上，鼻子伸得大长长，闻那香味儿。上上下下地忙啊，天天晚上要请客，一桌一桌，摆上流水席。

大典头三天，开始贴对联、挂红灯笼、扯彩旗，门楼上压红砖坯，这红砖坯，就是还没进窑的砖，砖坯底下放一双红筷子，砖、筷用红绸子包着，压在门楼上。这叫压"过门红"。这"过门红"，得我爷爷公冶祥仁压，他是老大。

我爷爷的七弟公冶祥恕却关门堵窗，抱着"王大耳"借给他的《新青年》，一遍一遍地读。我爷爷敲门敲不开，站在窗外对他说："吃了晌午饭，咱爹要让我陪你去上喜坟。"

晌午饭吃的是棒槌面（方言，玉米面）饼子，就着小咸鱼，我爷爷发现老七特别能吃，低着头跟谁治气似的一连吃了四个饼子。他很纳闷：七弟这是咋了？

公冶家的老墓田在村北，高大的柏树已有五百多年，小麦刚收过，棒槌苗子蹿得有二尺高，一座座坟上的青草都长满了。公冶兄弟扛来了铁锨，哥哥吩咐七弟压坟头纸，到荒堑上撅起土疙瘩。公冶祥恕弯腰将一个个土疙瘩搬过来，压在坟顶。我爷爷在压了坟头纸的坟边点上烧纸，说："列祖列宗，跟您汇报，我七弟公冶祥恕要结婚了……"

汇报完，我爷爷抬起头来，拿酒瓶祭奠，酒洒下去，酒瓶收起，说："祥恕，你来祭！"没有回应，回头看，人不见了，玉米棵子在迎风摇摆。我爷爷扯着嗓子喊，没有人影儿，他满眼看到的是刚刚压着坟头的红纸和一座座长满了草的坟头，远处，绿油油的棒槌苗子在风里摇动着。

七爷爷公冶祥恕跑了。

9. 之子于归

老爷爷公冶繁矗在吩咐爷爷哥俩去祭祖的那阵儿，又给自己切了切脉。左手脉象如屋漏残滴，一滴一滴，滴得很慢；右手脉象如虾戏水，跃然而去，须臾又来，伴有急促躁动。老爷爷大惊失色，屋漏、虾游二脉是无神、无根之脉呀！

老人家仰头看天，天上一团黑云穿过天井里的梧桐树梢，他盯着那团乌云，两行浊泪溢了出来。

恕儿不孝！走他的，走他的，喜公事咱照办。老爷爷让六爷爷公冶祥敬把本家侄子公冶祥笃叫来，请他替七爷爷祥恕行结婚大礼。

公冶祥笃比我七爷爷小一个月，个头、胖瘦差不多，低眉顺眼，说话跟蚊子哼哼似的，半天说不了一句话，尴尬地盯着我老爷爷。老人家把两块银元塞到他手里，说："大侄子啊，暂且救急，余下的事儿咱慢慢对付。咱公冶家族是书香门第，不能丢了这个脸面。"公冶祥笃眨巴着眼，点头应了下来。我六爷爷帮着他试穿了长袍马褂，试戴了礼帽，将一朵大红花别在他胸前，俨然就是新郎官儿。

迎亲头一天的大早，王家下奁房的队伍就吹吹打打地来了，乌压压有上百人，打头的到了浯河桥头了，那押尾的还在潍河北岸排着呢。孩童小厮们在人群里来回穿梭，嬉笑着，追逐着，抢夺着。按芝镇下奁房的习俗，人越多越好，显示娘家人丁兴旺，有实力。一个人搬得动的也要俩人来抬，比如四个腿的脸盆架，一个人能拿五个，也得两个人抬着一个，每人拽着两条腿儿，窄歪着身子。单那两个脸盆架就占了四个人。除了钻来钻去的孩子，大人们走路要肩并肩，处处突出"成双成对"的架势。若干年之后，大有庄里的人回忆起来，说还是公冶祥恕媳妇的奁房最排场，尽管新娘没娶进家门，那也风光了浯河两岸。

王家的管家是王辫的远房大伯，留着白胡子，头戴礼帽，脚蹬皂靴，坐在一乘小轿里，手里拿着水烟袋，跷着二郎腿，架势拿得有分寸。美中不足的是，额头上有一个马蹄样的印儿，头天喝酒喝多了，让媳妇扣了一勺子，一大早揉来揉去，就是揉不掉。

小轿后面是一辆马车，觅汉庞希松坐在马车上，甩着鞭子，唱茂腔《王汉喜借年》："大雪飘飘年除夕，奉母命到俺岳父家里借年去……"

听庞希松摇头晃脑地唱着，"女掌柜"撇撇嘴发话了："你可别喝多了，上次你送上房的大小姐，不是吐了人家亲家一鞋窟窿子吗？"庞希松呵呵一笑："这次不会！不会！你可得把钥匙收好了。""女掌柜"摸了摸那腰里，硬硬的，钥匙在着呢。她的职责是将箱柜一一清点了，把钥匙双手交给新娘的婆婆。

"女掌柜"是王礡的本家婶子，说话如六月里的过堂风："这女人啊，一辈子就风风光光地结婚这一天哪。只有这一天，你才是贵人，一家人都围着你转，你就是宝贝啊，是皇后啊，是凤凰啊，可得好好享受这一天，分分秒秒，仔细咂摸啊！过了这一天呢，又成了刨食吃的鸡了，没人在乎，没人疼你。咱家的大小姐啊，真不会享受。前天我去跟她交代，她拿着本书，还在跟我犟，干吗要结婚。你看看，都这么大了，还不懂事儿。真急死人了。爹娘劝了一天一夜，总算说动了。"

庞希松继续唱："忽听得那旁有人声，倒叫汉喜着了急。此处好像一房门，暂且进去躲一时……"

"这女人啊，从这家一轿抬到那家，不知是福囤，还是那雪窟窿。也难怪大小姐担心。自古都是这样的路，有谁还能让浯河倒流吗？""女掌柜"年近半百，深有感触。

过了浯河桥，管家下了轿。庞希松早住了嘴。

我爷爷、六爷爷等赶紧出门迎接，打眼一看，下宴房的队伍，热热闹闹，人人手里拿着东西，不拿东西的要么肩挑，要么背扛。觅汉老温点着数，梳妆台一个，檀木大柜一个，绣箱子两个，炕几一对，红绸被褥四床，四季衣裳两摞，暖瓶一对，茶壶一对，茶碗四只，插瓶一对，梳妆台一对，食盒一对，脸盆一对，拂尘一双，圆镜一对，蜀黍笤帚一对，炕狮一对，最显眼的是两轴字画和两盆金橘，也不知王家怎么养的，都五月了，金橘上的果子还挂在枝头上面没有落……都一一拴了红绸子，贴了红"囍"字。这下奁房讲究个"全活儿"，茶壶、茶碗、插瓶等不能打了，碰破了或碰去了瓷，不吉利。为了保险，王家专门备下了两个竹筛子，筛子上铺着麦穰，麦穰是光碌碡压过的，软和，麦穰里裹着茶壶、茶碗等易碎品。一路走来，打头的王辮的叔伯兄弟们见桥、井、村庄、庙宇，都要撒喜钱，贴"囍"字。

正对着王家的管家，老爷爷鞠躬致谢，迎到家里，宾主落座，各自入席。这王家的管家，出门时王德备千叮咛万嘱咐，万不可贪杯，谁料，他见了陈年的芝酒，就把叮咛忘了个干干净净，也不辞壶，一气喝了三五十盅。庞希松也喝醉了，扶着管家过桥，一闪手没抓住，俩人掉到了浯河里，你搋我，我扯你，在水里耍起了酒疯。

"女掌柜"看到河里的人，气得直跺脚，把随带的娘家给的体己钱填进柜子，这"填柜子"马虎不得。"女掌柜"填完，下奁房仪式才进入了尾声。

可是，下奁房的队伍还没回到王家，一封急信便送到了老爷爷手里。

10."祥恕吾儿，你好没福气！"

那是王辮写给我七爷爷的信。我老爷爷打眼一看，只见笔力峻激，颇得王羲之雄强之法；笔势跌宕，秀逸洒脱，满纸无女子气。再瞅一眼，又觉潇洒自然、恬静淡雅、秀敏灵动，心下感叹："祥恕吾儿，你好没福气！"继而，捋着花白胡子说："我公冶家族少了一脉！"

他环视了一下在场的人，命我爷爷念念。爷爷粗看了一遍，从容念道：

辩白：吾与汝缘悭一面，有媒妁之言，无相悦之情；有父母之命，乏相知之缘。吾不识汝，汝不识吾。俗语云，知人知面其心难知。觌面不识，何以心融？心不知而合卺，所为何来？吾坚拒婚事，即遭凌迟，亦无反悔。汝乐见庆贺未终，吊丧已至，爱情为结，怨仇旋生之恶果乎？否。故具为足下陈之。

囊日得令尊救命之恩，家公感激莫名，以余身相许，当无可非。余即肝脑涂地，鸿不可报。然令尊仁人君子，搭救之时，惟祈愿贱命康安。岂图回报乎？余求学省城，幸遇启蒙，始知天赋平等，婚姻自由。男女之事，盲信命相，求神问卜，此大缪也。女子之智识不输于男子，则其权利亦当无异于男子，而其能自立而不必有所依附亦无异于男子！闺阁者，不过须眉囚禁女子之监狱！顾此恨恨，如何可言？知己不逢归俗子，终身长恨咽深闺。鉴湖女侠呐喊之声犹在耳畔。

李守常君曰："恋爱为人生之真境，家庭而建筑于恋爱之上，纯实不杂者，则其人于兹世所遭之生活的风雨炎凉，皆能赖斯以避之安之。"君又言："家庭者，爱之泉源，而幸福之府藏也。而家庭之组织，则又基于婚姻，婚姻之结媾，以理言之，当为恋爱之结果。故无恋爱则婚姻不生，苟婚姻而非恋爱之结晶，徒拘牵于社会上之礼型而就，则有家庭与无家庭等，甚且为罪恶之窟，仇怨之府焉。"

吾侪自四五岁始而裹足，无罪无辜，却受终生无限之痛之苦，缠得小脚，第有何用？缠越千载，又有谁问吾等疼痛？古今人间之毒害，孰有如此事者哉！之子于归，侍公婆、奉夫婿、养育子孙，胼手砥足以尽其家，茹苦含辛，怀贞独守以终其年。鸣呼，屏息低首、婉转依附、深闭幽固、卑鄙污贱之非人桎梏，吾一日难忍也！？言于足下，意在自明抉择非余之私，实光复神圣女权使命在肩也。

吾与汝无缘无分，无冤无仇，亦无欲无求，恳望汝求索广宇，万勿以贵胄名分自居。芝镇至大乎？乃弹丸之地，目光心力，尽日营营于此极狭之圈限内，竭其终身之精神，争强弱于蜗牛之角，辜负青春！跃出芝镇，乃见天地之宽也，以国家之休戚为己身之休戚，实吾辈事也。余尝梦情投意合者，朝倚公园之树，夕竞自由之车，诞育佳儿，其和谐婚姻之良果，孰有逾于此者哉？循性而动，各附所安。其意如斯，以解纠结，并以为别。癸亥某日辨白。

六爷爷公冶祥敬听罢，怒气冲冲地吼道："爹，岂有此理，咱要写一封休书，先休掉她！再着人去把王家的祠堂砸了。要不，在芝镇，咱们公冶家族何以立足！忘恩负义的东西！当初就不该救她。"

我爷爷说："六弟，不可贸然从事。"

六爷爷站了起来，道："说退婚就退婚，拿大婚当儿戏！欺人太甚了，小瞧了咱公冶家。等等，我去叫人。"

说着，六爷爷气呼呼地就往外走。叔伯兄弟中，只有他跟我老爷爷一样还留着大辫子。

老爷爷一甩那大辫子，说："慢着！"

六爷爷立住了。

老爷爷看了看众人说："咱们的祥恕不也跑了吗？这姻缘本来就不结实。要是人家真过了门，咱怎么收拾呢？"

毛驴在驴棚里忽然大叫，四个蹄子在踢蹬。几年前，老爷爷就是在骑着它行医的那个寒夜里，将王辫救下的。六爷爷气呼呼地去给驴撒了一把草料。

骑着这头老驴，老爷爷一路赶到王家时，已是掌灯时分。王家早做好了公冶家来祠堂闹事的准备。祠堂里王家的用人、家丁都拿着大棍、砍刀在门外把守，王德备、王翔谦父子俩在天井里转圈。王德备一脸愁容："公冶家要真来砸，咱也认了。"

王翔谦宽慰父亲："我想，不至于……"

村头一个小厮，看到了我老爷爷和驴，飞报给老爷王德备。王德备一听，忙问："就公冶先生一人？"

"就一人一驴，驴背上还有个酒坛子。"

王德备慌忙迎出门，我老爷爷刚好要迈腿，还没下驴背。王德备扑通就跪在了驴蹄子前。

"使不得，使不得！"老爷爷滚下驴来，去扶王德备。

两位长辈不约而同地眼含老泪。

王德备抹一把脸自责道："都是我治家无方！管束不了我的子孙了。俺六十多岁，算是白活了。"

我老爷爷非但没生气，反倒安慰说："公冶和王家联姻没错啊，不是治家无方，是世道变了。"

11.忽开千叶一朵

酒摆在牡丹边的月台上，与牡丹紧靠的是月季，月季边上长着棵柿子树。月光从树叶、墙头、花墙那或方或圆的孔里筛过来，月台也就斑斑驳驳了。

"花间一壶酒，对酌有相亲。"老爷爷公冶繁鼟盯着那怒放的白牡丹说。那白牡丹海碗一般，大小跟我家里的那株差不多，只是我家的颜色是红的。

王德备端起酒盅与老爷爷碰了一下，叹道："公冶先生啊，后悔当初赠牡丹，没把这棵白的一块儿送过去。你看，只送了单棵，两个孩子的婚事就散了。牡丹也想牡丹啊，白牡丹想红牡丹，红牡丹也想白牡丹。生生地给分开，遭报应了！"

说起来，这一白一红两棵牡丹，原是芝镇南六十里逢戈庄的"刘罗锅"刘墉所赠。

清乾隆四十六年（1781）夏，河南、山东连日大雨，黄河内堤多处坍塌，大堤告急，涝灾加蝗灾，百姓流离失所。时任山东巡抚国泰隐瞒灾情，邀功请赏。都察院左都御史刘墉到曹州府访贫问苦，摸清真相，参奏国泰知情不报。乾隆帝亲访山东河堤，巡幸到曹州府段时心口痛。刘墉温了一樽芝酒，正要端给乾隆爷，一阵风过，两瓣牡丹花飘入酒樽，一瓣红，一瓣白。刘墉惊出一身汗，想把花瓣捞出，已来不及了。谁料乾隆喝下，心口痛居然好了。乾隆爷赞美酒好、花也好，就把白、红牡丹各两株赐给了刘墉。刘墉把牡丹移栽回了老家。两年后，刘家孙女嫁给了王家，就陪送了一白、一红两株牡丹。

弗尼思跳出来，在公冶德鸿的耳边说："我忽然想起一个人来，他是王粺在《利群日报》的同事，名孔孚，孔门之后，是个诗人。王粺去世前一年，还给孔孚书信探讨诗句呢。那年秋，王粺介绍重庆诗人吕先生与孔孚相识。吕先生到了泉城，在孔孚家中小聚，以茶当酒，诗兴遄飞。无意间，吕先生看到茶几上一只蚌形玻璃烟灰缸，形巧色工，忍不住赞道：'好漂亮！'那也正是孔孚珍爱之物。吕先生不是烟民，他的赞叹，不是拐弯抹角索取，只是对美的东西的本能反应。几天后，吕先生告别，孔孚来车站送行。就在火车启动的那一刻，孔孚从车窗外递进来一个纸包，嘱咐道：'拿好。'车轮滚动了，吕先生把目光从窗外孔孚挥动的手臂上收回来，打开纸包一看，'天哪！'他喊道，竟是那只烟灰缸。割己所爱，几圣矣。"

王德备叹道："当年刘墉送的这一对牡丹啊，我咋给拆开了呢！难舍，再难也得舍啊！老朽糊涂！"

"不能那么说，万物有灵，凡天下有情有理的花啊草啊，也和人一样，得了知己便极有灵验，这牡丹也是应着人生的。叫我说，咱依然是亲家，你家的红牡丹嫁给了公冶家啊。以后，牡丹花开了，我就采了来找您老人家喝酒，如何？"

"那敢情好！"

几盅酒下肚，话就多了，王德备敞开了心扉："咱这姻缘没成，我一开始都有到祠堂门口朝石狮子碰死自己的心。想来想去，忽然就想通了。咱们是不是管得太宽了？疼爱孩子，怕孩子受了委屈，为他们想着这想着那，用的是咱们的老法子、老路子。可老法子、老路子都过时了，咱们是不是要割爱啊？得放脚时且放脚，得放手时且放手。不裹脚了，难！咱的手是不是也'裹'着？裹着的手，放起来，更难哪！"

老爷爷回应道："您说得对。出了这岔子，我到祠堂里跪了半宿，老觉得自己什么地方不对劲，得罪了天老爷。天老爷要惩罚我，我也只好认了。可是，平时也都小心翼翼，我当大夫，不分贵贱，不论穷富，不辨长幼妍媸，怀一颗恻隐之心。这都没错，看来得换脑筋了。眼下都民国了，龙庭里已经没有皇帝，就比如说这辫子吧，你看年小的都剪了，我一开始看着不习惯，看长了，觉得很利索。"

说完，我老爷爷再次端着酒杯到了牡丹花下，忍不住称赞："贵孙女有牡丹之姿形，有咏絮之才，我见了她的信札，醒人耳目。"

王德备道："谬赞！家孙女出走，我给她摘了几朵牡丹花，还给她手抄了苏轼知密州时写的《雨中花慢》。"

苏轼的词序写得明明白白："初至密州，以累年旱蝗，斋素累月。方春牡丹盛开，遂不获一赏。至九月，忽开千叶一朵，雨中特为置酒，遂作。"

仰头看那明月，二人吟道："今岁花时深院，尽日东风，轻扬茶烟。但有绿苔芳草，柳絮榆钱。闻道城西，长廊古寺，甲第名园。有国艳带酒，天香染袂，为我留连。清明过了，残红无处，对此泪洒樽前。秋向晚，一枝何事，向我依然。高会聊追短景，清商不暇余妍。不如留取，十分春态，付与明年。"

就在这牡丹花前，明月之下，两个老人分别把脑后的辫子剪了。

12.碧浪一叶

王辫带着爷爷王德备给摘的牡丹花和苏轼的词回了省城，蹦蹦跳跳，一路小跑，欢快地到趵突泉汲来泉水，她感觉路人都在朝她笑呢。回到住处，她把泉水淋在花上几滴，插在博山瓷花瓶里，托着小腮，盯着晶莹水珠滚动着的花瓣。不满意的婚约，通过一封信就算解除了。"我自由了，自由了。"她几乎叫出声来，感觉自己如一泓汩汩清泉。

她又将那首《雨中花慢》词拿到大明湖边的装裱店裱起来，挂在墙上。山东国民会议促进会成立的出席证，就藏在这轴词后面，王辫担任促进会执行委员。

这年夏，王辫从省立女师毕业。两个月后，军阀张宗昌发飙，形势日趋恶化，组织安排王辫去上海团市委。让王辫喜出望外的是，她跟自己的偶像向警予成了战友。

像一团火一样的向警予啊！

向警予也喜欢牡丹。她十六岁那年进入常德女子师范速成班念书，当时班上有七个好姐妹，向警予年龄最小。七姐妹在迎风怒放的牡丹花前发誓："振奋女子志气，励志读书，男女平等，图强获胜……"

那株牡丹花目睹了七女子的庄严承诺。

王辫到上海报到第一天，向警予就直言相告，自己的乳名叫"九九"。王辫一下就喜欢上了这坦荡的女子。向警予梳一头短发，行走起来如草地上的一头活泼小鹿，特别是她那两只眼睛总让王辫想起济南护城河边上的任泉，任性欢快，清澈见底。王辫羡慕向警予的浪漫经历。一九一九年十二月底，向警予、蔡和森、蔡畅，还有五十多岁的开明的蔡母葛健豪赴法国勤工俭学。海上航行三十五个日夜，向警予和蔡和森在波涛中擦出了爱的火花。四个月后，两位新人捧着《资本论》捏了结婚照，在法国蒙达尼的婚礼上，他们将恋爱中互赠的诗作编印成书，题为"向上同盟"，送给亲友。

王辫羡慕一群青年男女海上漂泊的经历和在海外的点点滴滴。

"向姐，那三十五天，您印象最深的是什么？"她情不自禁，又颇为好奇。

向警予对好奇的王辫讲起了自己的所见所闻："有一个深夜，我一人来到甲板上，天上挂着月亮，真的是冰轮一般，玲珑剔透。看着月下的波涛，一只海鸥远远地飞来，贴着蔚蓝海面，我看到了海鸥翅膀激起的浪花，美妙无比。我想起了黑夜铁匠敲击灼热的铁块打出的呲呲铁花，我想把这浪花掬一口在嘴里。我有个强烈冲动，我就想啊，要是飞身跳下去，会是什么样子。"

"真的？"

"那一刻，我又想跳下去，又想飞起来，往上往下的那一刻，会是什么感觉，一定很美很妙，有说不出的欢欣吧。月光舔着海浪，海浪吻着月光，大海在呼唤我，蓝天也在呼唤我。我在海天之间，感觉在绽放……"

"海天一色。"

"是，星星不知道在天上，还是在海里……"

"大海……"

"倘若当时跳下去，也许，我成了一条鱼。"

"美人鱼。"

"真的，三十五个白天，三十五个黑夜，能让人变成鱼，心啊，肺啊，耳朵啊，眼睛啊，都洗濯得透明了。我要赤条条地，干干净净地，跳下去。我拢了拢头发，手指头碰到头发上的红发卡，我取下来挂在缆绳上。红发卡是蔡妈妈给的，蔡妈妈看到红发卡会知道我去了哪里。我的蔡妈妈，舍不得蔡妈妈。但我要走了，大海也像母亲，我抓着的栏杆松开了，我抬起腿来……"

"您真的？"

"就要松手了，我飞起来。忽然一阵风，是一阵风，把我拽紧，不，是一双大手拉住了我。那是他，我扑到了他的怀里。我的泪水打湿了他的脸，我看到他也是满眼泪水。从那个夜晚起，他就成了我的海，我是碧浪一叶。"

弗尼思知道，若干年后，王辫对自己的报社同事、诗人孔孚说起向警予描述的那个夜晚，孔孚对王辫吟道，"大海是个蓝毯子/各国朋友坐在周围/来呀/干杯。

王辫恍惚自己在甲板上，她问："向姐，您去过济南吗？"

向警予回答："去过啊，我喜欢趵突泉，喜欢它喷涌、奔突、向上的姿态。但我更向往大海。"

满脑子已是汹涌的波涛，月光洒满海面，如碎银铺了一片，天地一色……王辫幻想着自己的白马王子。

　　巧的是，与向警予相处三个月后，王辨接到通知去苏联莫斯科中山大学进修，得先坐七天的船到海参崴，再坐火车到莫斯科。

　　七天，不如三十五天，七天……也行！

　　临别，王辨对向警予说："等我回来，我给你去趵突泉接一瓶泉水。"

　　向警予笑着说："那我一定好好品尝。"她把一册《向上同盟》送给了王辨，在扉页上题了一句："大海在绽放，真美，美到——无垠。"

　　三年后，王辨从苏联回来，头一件事就是想见向警予。在一个雪夜，一人来到趵突泉边，在那三股水最旺的地方，灌了一瓶泉水。她要去看望自己的偶像，火车票都买好了，却得到向警予的死讯。

13.天赋异禀

　　清清楚楚，一辈子刻印在王辨脑海里挥之不去的，就是向警予拿着绣花剪在镜子里开心笑的那一幕，那刘海都笑得乱颤。一个风风火火的辣妹子！

　　那天傍晚，王辨跟向警予辞行，并不经意地说出可能会晕船的顾虑。向警予毫不含糊地说："婆婆曾告诉我一个海上防晕的秘方——把一块生姜贴到肚脐下，很管用。"

　　"婆婆？"王辨问。

　　"就是蔡和森的妈妈。"

王辫当然知道蔡和森的妈妈葛健豪，一个大名鼎鼎的新女性。五十四岁了，还毅然陪儿子蔡和森、女儿蔡畅到法国求学，成为中国第一个赴欧留学的裹脚女子。湖南《大公报》称她是"吾湘一点生机"。

"是谁点醒了蔡妈妈？"王辫不禁好奇地问道。

"是秋瑾。她跟秋瑾是亲戚。"向警予说。

听了这个并不意外的答案，王辫心里一颤，一句话脱口而出："很遗憾，秋瑾是被俺渠邱人李钟岳杀的。"

"李钟岳是你老乡？不过，他也是条汉子，奉命杀了秋瑾，悔愧难当，自杀谢罪，也算壮烈。秋瑾案昭雪后，李钟岳的神位入祀杭州秋瑾祠。"

"向姐，李钟岳跟我爷爷王德备是同年中的秀才呢！后来他又接连中举人、中进士，我爷爷就跟不上趟了。"

向警予平复了一下心情，说："李钟岳对秋瑾早有耳闻，仰慕她的才情。我看到当时报道，李钟岳将秋瑾带到大堂，说：'余位卑言轻，愧无力成全，然死汝非我意，幸谅之也！'话音未落，泪随声堕。"

"我老乡碰到难题了。"王辫叹道。

向警予解释道："'秋风秋雨愁煞人'并非口供，是秋瑾题赠给李钟岳的，万语千言，都在这一句里了。在法国，我看过评论家丹纳的《艺术哲学》，有一段话说，'人的心灵好比一个干草扎成的火把，要发生作用，必须它本身先燃烧，而周围还得有别的火种也在燃烧。两者接触之下，火势才更旺，而突然增长的热度才能引起遍地大火。'心灵与心灵碰撞，碰撞出火花，但光有火花还不行。如不呵护，一阵风就吹灭。悲剧就这样发生了。"

听着向警予的解说，王辫激动地站了起来："我去苏联，也是为了去碰火花啊！都准备好了，可唯一担心的是，俄语跟不上。"

向警予宽慰她："蔡妈妈每天攻克一个单词，前期苦记，后期让我们来提示和纠正，几个月就能用法语对话了。她白天苦学法语，晚上做刺绣补贴家用。她做出的绣品非常精美，一件可卖到几十法郎。"

"我要学蔡妈妈，一天认一字。"王辫顿时来了勇气。

盯着王辫，向警予脑海里浮现着出海前蔡妈妈给她和蔡畅剪头发的情景。"海上风大，不剪不行。"当时，蔡妈妈一边说着，一边剪刀就伸过来了，她和蔡畅都来不及躲。

"你头发还有点长。等等。"向警予打开抽屉，却找不到剪刀。王辫说："我回去剪吧！"向警予又翻找，一边找一边说，"你不知道，海上风大。"翻箱倒柜好久，终于在妆奁箱底下找到了一把明晃晃的绣花剪。扳过王辫的头，咔嚓咔嚓，一会儿就将她剪成了个男孩子。

向警予拿着剪刀对着镜子，看着她，两个女子相视大笑。

一周后，王辫从上海回老家跟爷爷王德备、母亲等亲人辞行，还有窗下的牡丹。

爷爷一见王辫，瞅着她的头，想说什么，但又忍住了。吃饭时，爷爷问："大上海，时兴狗啃的头？"一句话把王辫说笑了："可不是狗啃的头，是我老师儿给剪的。"王辫一向叫向警予"老师儿",不自觉地带上了"儿"话音。"老师儿狗啃头!"爷爷装作生气的样子说。母亲也觉得不好看,又给她用剪刀修了修,并嘱咐她出门要戴个帽子,可她偏不。

王辫有几分骄傲地说:"我的老师儿的老师儿是秋瑾。"

"是李崧生的坎儿啊!"王德备脱口而出。崧生是李钟岳的字,是他再熟不过的名字。"我和他一起考中秀才那年,他十八岁。我听说,问斩秋瑾后,他终日闷闷不乐,天天喝着从老家带去的芝酒,一边喝,一边念叨'我虽不杀伯仁,伯仁由我而死',自杀了几次未遂。家人防范他,不敢远离,但他死志已决。光绪三十三年九月二十三,喝了两壶酒后,悬梁自尽了。家乡的酒坛子在脚下摔得粉碎。他才五十三岁啊!当时距秋瑾遇难也就刚刚一百多天。他殉难后,我到他老家去,见到了他年迈的母亲。老人家语无伦次地说:'俺孩子心软啊!小时候,我领着他去赶集,看到有杀羊的,他捂着眼躲在我身后,回家再也不吃羊肉……'"

李钟岳在中秀才那年春天,曾拜访过王德备,特别欣赏天井里的牡丹花,还作了一首词呢。去浙江赴任那天,他又来到了王家。

"崧生好酒量!记得当时他在咱家喝了不少,我们还一起登上了超然台。他说,苏东坡从浙江到了密州,修了一座超然台。如今,我要去浙江,我能修个什么呢?当个好官,做个好人吧!我赠他一坛子芝酒,一包牡丹花茶。唉!古往今来,还没听说过因为违心地执法而去自杀的!绝无仅有,李钟岳有良心。"

王德备说完,低着头感慨了老半天。

14."安阳俺那娘来！"

对孙女负笈远方游学，当爷爷的王德备是又惊又喜，又自豪又担心。话题怎么会扯到了秋瑾——血洒山阴轩亭口的鉴湖女侠？说起一个活泼泼的生命，如一朵牡丹花，瞬间枯萎，心情就格外沉重。但一想起与自己同榜的李钟岳，想起某年去杭州西湖秋瑾祠内见到的李钟岳神位，心里就又少了些悲伤，多了些温暖。

他叮咛孙女："孩子啊，李崧生是个悲剧人物。后人该学他的骨气！知耻近乎勇。"

"他念叨'我虽不杀伯仁，伯仁由我而死'是什么意思？"

"伯仁是东晋时的人物，被朋友误解，遭冤杀。后来'伯仁'就代称亡友。"

默默地，当爷爷的给王辫包了自己采制的牡丹花茶。

每年春末夏初，牡丹盛花期过了，花瓣蔫了，一片一片开始落。王德备都会在花下摆上香案，燃上三炷香，以此"谢花"。邻居背地里笑话他是"酸秀才"，他也只是笑笑。眼瞅着烟篆在花间缭绕，净手，一剪子一剪子把那走了形的花瓣剪下，一朵一朵排成行，摆在莛秆穿的盖垫上。

最不能缺的一道工序，是把上好的芝酒倒在小白瓷碗里，指尖儿蘸着酒，淋一淋那枯萎了的花。说也奇了，见了芝酒，那软扑塌的花瓣竟然马上舒展开。他把花放到阴凉里，晾干。次日一早，再把酒坛放在盖垫边上，酒坛敞着口，让酒香灌满屋子。关门堵窗一天，老人在门外守着，眼前摆着酒盅，右手拿着《昭明文选》。那天，他翻到孔文举的《论盛孝章书》，看到"岁月不居，时节如流。五十之年，忽焉已至"，又想到了老友李钟岳，心里念叨，崧生也爱喝牡丹花茶啊。

王德备在茶里搭配上冰糖、桂圆、枸杞。枸杞粒粒饱满。

"枸杞是公冶家人去公冶长墓上采集的。每年公冶繁矗都会派人送红牡丹和枸杞……"王德备说。

"又是公冶家……"王羿噘着嘴嘟囔。

"我跟公冶繁矗有约定嘛。他去世了，他的后人还是遵照他的约定，年年来送，真是书香门第。这次来送的是公冶祥恕的大哥，叫公冶祥仁，也是个大夫。"

娘插话："前一阵子，我心慌，出汗。恰巧公冶大夫来送枸杞，我让他瞧了，开了六服药，吃了四服，好了。"

就要走了，娘哭哭啼啼拉着王羿的手。爷爷王德备没哭，塞给她个小纸包："老家的土，到了外国，拉肚子，就捏一把冲在水里喝了。"

王羿先回到了济南，把牡丹花茶匀给爹爹王翔谦一半。

爹透给王羿一个信息："莫斯科中山大学你们这是头一批，一共录了三百个。听说黄埔军校的学生也有考的呢，这里面就有校长蒋中正的儿子。"

远行之嘱，让王羿都有点儿絮烦了。她连夜上车，次日赶到上海，和其他学员会合。王羿去找向警予，门锁着。她只好怅然离去。

学员来自四面八方，南腔北调，彼此隔膜，但脸上都洋溢着难以抑制的兴奋。在一个深夜，他们秘密登上了去苏联的货轮。王辫第一次坐船，感觉就像梧桐叶上的小瓢虫，在狂风里被晃来晃去。她没体验到向警予海上月夜的浪漫。

很多学员呕吐了，王辫一开始觉得没事，可是刚一转身就哇哇地大吐。她赶紧把准备好的生姜切了一片贴在肚脐那里，用一块日本胶布糊着，可一点儿也不管用。她小时上树，风多大都不晕，上了船，完全不是在树上的感觉。她两眼无神，把着船舱的门吐，仿佛五脏六腑都被吐出来了。

吐完，满眼眶的泪，抬起头来，看到一个高个长脸学员端给她一碗清水。她接了，连说声谢谢的力气都没有。可是喝一口吐一口，喝两口吐两口。

这高个长脸的同行者飞身进了舱，一会儿又端着半碗清水跑出来，着急地对王辫说：“你张大口，使劲往下咽。”

王辫肚子里已经没有东西，但还是往上涌，她张大了口，高个长脸端起碗倒了进去。

王辫“啊啊啊”地大叫，眼泪都流出来了，她大叫着：“你这是啥东西，这么辣啊！辣死了！你辣出俺的包瘫，俺可怎么治？”

高个长脸不说话，端着碗，目不转睛地盯着王辫，耐人寻味地笑着说：“包瘫？不欲坐、不爱蛄蛹、不爱动弹、懒得晃……”叽里咕噜说了一串，王辫一听，扑哧乐了，其实他就说了一个词：生病。

她瞪大了眼睛：“你是芝镇的？”高个长脸笑着说：“是啊囊！是啊囊！不吐了吧？”

哎？怪，喝下去，竟然不吐了。王辫问："刚才灌的啥？"
高个长脸抿嘴一笑，说："高度芝酒，家乡的水。"

王辫伸着舌头，说了句地地道道的家乡话："安阳俺那娘
来！"

这高个长脸，就是我七爷爷公冶祥恕，因潜伏需要，改名弋
恕。

不过，我七爷爷滴酒不沾，沾酒就晕。他改名弋恕，真是芝
镇的"异数"。

不喝酒，却带着酒，我的这个七爷爷好玩儿。为啥不喝酒？
跟我亲老嬷嬷景氏有关系。

15."灌孩"

七爷爷治王辫晕船的法儿，也可以说，是跟俺亲老嬷嬷景氏
学的。

早年，我老爷爷公冶繁矗买了个丫鬟，后来被老爷爷纳为
妾，生了我爷爷和我五爷爷。这丫鬟就是我亲老嬷嬷。这话让我
大爷公冶令枢听着，得扇我耳光。他一直觉得这是家丑。

俺亲老嬷嬷景氏是个接生婆。大有庄里的人，有一半多是
她接生的。在若干年前，生孩子，那是大命换小命。俺亲老嬷嬷
接生用的是懒办法，不急不躁，只给当娘的鼓劲儿，等着瓜熟蒂
落，用剪子剪断脐带，敷上生石灰，包扎起来就中了。她从不大
呼小叫，虚张声势。她接生，就是一个字：等。

七爷爷公冶祥恕出生，也是俺亲老嬷嬷接生的。从早晨起来

就手忙脚乱地准备，天上黑影了还生不下来，老爷爷的正房——孔老嬷嬷肚子疼得很厉害，满炕打滚。俺亲老嬷嬷说："夫人您喝盅酒，我在壶里给您烫好了，酒止疼。"

孔老嬷嬷头摇得像拨浪鼓，头发湿得一缕一缕的，就跟从河里捞上来的一样。俺亲老嬷嬷把一条热手巾搭在她的额头上，一会儿就水淋淋的了。那咋办呢？那咋办呢？老爷爷也在天井里转圈。公冶家一堆大夫，在生孩子这事儿上，都不顶用。

俺亲老嬷嬷说："没事。"她挽挽袖子，让觅汉老温从锅里舀了一碗温乎乎的汤。老温手里端着汤掀开门帘递给她，那汤就是开水啊。她说："夫人您喝口汤。"孔老嬷嬷喝了一口。俺亲老嬷嬷让她大口喝，她又大口喝。过了一袋烟工夫，孔老嬷嬷又说口渴。俺亲老嬷嬷端起碗，让她喝了一小口。

等了一霎霎，孔老嬷嬷又在喊口渴，俺亲老嬷嬷使个眼色，让来帮忙的六婶子使劲摁住孔老嬷嬷的两条胳膊，说："夫人，夫人，你张大口。"

孔老嬷嬷大口刚张开，俺亲老嬷嬷真麻利，端起碗就灌了她一口。孔老嬷嬷"哎呀哎呀"杀猪似的大叫。

咋了？原来俺亲老嬷嬷给她灌进了半碗芝镇老白干。孔老嬷嬷一边骂着，一边使劲，猛地一用力，"哇"的一声，七爷爷公冶祥恕就生下来了。多沉呢？八斤六两。

老爷爷给七爷爷起了个乳名，叫"灌孩"。庄里人一般会认为，惯孩，就是老爷爷对这个老生子娇惯。其实应是灌孩，灌了半碗白酒生的。

说也奇怪了，七爷爷长大后，一滴酒也不能喝，一喝酒就头晕。我爷爷公冶祥仁娶亲，他去王家庄迎亲。迎亲得喝盅酒啊，不喝不行。可是喝了一盅就爬不起来了，差点上不去马。好容易扶上去了，走到半路，吐了马一身，也吐了自己一身。到了大有庄村头上，还是让老温回家取了新衣服换了，才有脸过了桥。

孔老嬷嬷说："老七滴酒不沾，都是因为叫景氏那个妈灌的。"但七爷爷对俺亲老嬷嬷很好，一点儿也不歧视她，从来不埋怨她。一有好酒，也总是想着拿回来给她喝。这是后话。

孔老嬷嬷骂了好几天。后来，她过生日，给她倒上盅酒，她也喝了。每次喝酒，她都要先数落俺亲老嬷嬷一顿，说："差点让你灌死，你这个死畜类啊！"孔老嬷嬷骂人，就爱用"死畜类"这句脏话。俺亲老嬷嬷是个乐天派，从来不恼，她说："夫人啊，我已是手下留情了，只倒了半碗呢！要是倒一碗，你试试？"

孔老嬷嬷就笑了，学着俺亲老嬷嬷景氏的样子，仰脖干了一盅："哈哈，你这个死畜类！"喝完，赶紧捂嘴。

闲言少叙。再说在海上，改名弋恕的我七爷爷公冶祥恕脑海里再次闪现出俺亲老嬷嬷的影子。他现在对王辫竭力掩盖自己的家庭身份，反复絮叨自己不是公冶家的后人，而是芝镇开烧锅的土财主的儿子。他从骨子里就讨厌老爷爷公冶繁鬻，还有留着小辫子的六爷爷公冶祥敬，听着他们说话就反胃。在家吃饭，他从来都不爱跟我老爷爷和六爷爷同桌。睡觉也宁愿跟觅汉老温挤在驴棚里的土炕上，听老温讲家长里短的故事。

话说那次在公冶家墓地里，突然决定逃婚出走，其实是好友王瑞俊给出的主意。王瑞俊已改名王尽美，像火球一样灼人。

王尽美到过莫斯科，出席了在那里召开的远东各国共产党及民族革命团体第一次代表大会，受到列宁的接见。会议间隙，有场文艺晚会，王尽美弹着三弦，即兴演奏了《梅花三弄》和《高山流水》，赢得一片"坡来克拉斯纳"（俄语，精彩极了）的赞誉。这在七爷爷听来，简直是天方夜谭。

王尽美灼热的革命精神，点燃了我七爷爷闯荡天下的心头之火。他南下广州投考黄埔军校没考上，却得到了莫斯科中山大学招考的消息，急切里想请教王尽美去苏联的事儿，谁料，王尽美却在这个节骨眼儿上不幸殁了。

在船上，七爷爷公冶祥恕隐瞒了身份，也隐瞒了逃婚经历，只是跟王辫透露了跟王尽美有一段乡谊。

前几年，我查芝镇党史，见过雷震老师写的一篇文章，提到过七爷爷跟王尽美的交往。他的记载可能有一点不对。文章记载了这样一个细节：化名弋恕的公冶祥恕在王尽美老家的乔有山上，与他一起开怀畅饮，裤子都被荆棘树撕破了。事实上，七爷爷并不喝酒。

当问起来时，雷震老师不慌不忙地解释说："开怀畅饮，我没具体说喝酒，喝的兴许是茶呢！徒弟啊，王辫母女的那张老照片是我给你爷爷的。"

16.海上邂逅

雷震老师抿着小酒，跟我聊王辫的那张老照片。他想起鬼子来芝镇头一天，感觉那天摸着哪儿都潮乎乎的。"那早晨的枪声湿漉漉的，是顶着一头雾水的湿……"

他爷爷雷以邕塞给他个湿漉漉的蓝布包，让他到芝谦药铺交给我爷爷公冶祥仁，"我爷爷雷以邕和你爷爷祥仁的手心和眼窝也是湿乎乎的。"

我爷爷打开布包，是一摞湿漉漉的黏到一起的《周易》手稿卡片，大大小小二百多张。老人家按照大小理顺，在卡片堆里，有一张相片，就是王辫母女的那张合影。

雷震回忆说："那张合影也是潮湿的，都变形了，发软，你爷爷捧在手里，他也没见过王辫，也就是差点成了你七嫲嫲的那个王辫。那天还闹了个笑话，你爷爷吩咐我，说门口有几个橘子，让我捎回去。我想，巧了，俺爷爷早就嘱咐我，买两个铜子回家铜尿罐。你爷爷说，什么铜尿罐，是橘子！我以为是铜子呢，长到八岁，我头一回见到叫橘子的水果，橘子皮上凝着几个水珠，湿漉漉的，我把橘子装进了口袋。"

芝镇大集上，那时候还没有橘子。

弗尼思对我说："比雷震见橘子还要早十几年的十一月末，王辫和公冶祥恕在海上一起待了十天，他们俩一同吃了个橘子。橘子是王辫从上海捎的。公冶祥恕说，'铜子'还能吃？王辫笑话他老土，公冶祥恕吃了一瓣。很遗憾，这本来的一对，却阴差阳错地没有精准对接上，公冶祥恕改名弋恕，说自己是芝镇冯家开烧锅的。而王辫呢，说自己姓刘，是芝里老人的小女儿，名刘惠。各自穿着马甲隐瞒着。"

在海上，王辫一直期待向警予的那种浪漫。陪她一起的，多是弋恕。二人是老乡，被酒那么一灌，灌出感情来了。弋恕呢，爱喝王辫的牡丹花茶。

弋恕说："你这牡丹花茶，让我想起我家东窗下的那棵牡丹，那是棵红牡丹，是我爹……"

"你家也有棵牡丹？"

"红色的，海碗大的花。做的牡丹花茶，跟你家的一个味道。"

"你说，你爹咋了？"

"我爹去卖酒，到芝南乡去，看上了王家的一株牡丹，就用一坛子酒换了过来。"

"哦，你家酿酒，你却不喝酒。"

凭栏眺望无边无沿的大海上被轮船劈开的犁沟，王辫若有所思。

有一天，夜很深了，王辫和弋恕还站在甲板上聊天。王辫突然想起了自己写给公冶祥恕的那封退婚书，故意漫不经心地问弋恕："几年前，在芝镇，听说公冶家收到一个女子的休书，把公冶家少爷给休了。你知道这事儿吗？"

弋恕盯着远处，很不经意地回答："听说过，当时我在岛城混饭吃。那事儿闹得沸沸扬扬的。不过，这个女子不简单。"

"其实，不过是……一封信。"王辫低头抿着嘴唇说。

一只海鸥飞来了，弋恕紧紧盯着，说："鸟啊，我真羡慕鸟，可以自由翱翔。一个人只能行走，而行走半径，决定了他的思维半径。在四合院天井里行走，思维半径也就不会超过天井。我们老家芝镇有多少人啊，一生就在自己的屋檐底下徘徊，在自己的天井里陶醉，那些裹脚的女人，一辈子就围着锅台、围着孩子转啊转啊，像遮眼的驴子拉磨，一圈一圈的，真是可悲啊！敢于抗婚的那个女孩，如果不去省城读书，她也没有那个胆量。还有，如果她的父母不开明，她也只好屈从。"

王豨心跳得厉害，她跟弋恕有点儿感觉了。她看到弋恕高高的鼻梁，还有那茂密的头发，话快要到嗓子眼儿了，又咽了下去。

"人人都麻木着，不知痛痒，也不关心别人的痛痒，只在乎自己鼻子底下的那一点儿。互相隔膜着，麻木着，冷漠着，封闭着，只要不威胁到自己喘气，就得过且过。每个人都在一潭死水里苟延残喘。谁要是喊一声，都以为他是疯子、神经病。所以，那个抗婚写休书的女孩子，在芝镇人眼里，就是大逆不道。她没有麻木，她还活着，她在一潭死水里扔了个石子。或者她就是那石子，跳进了死水，激起一层层浪花。在铁板一块的芝镇，这真是太罕见了。"

盯着拍打着船帮的海浪，王豨咬紧了嘴唇，觉得弋恕棱角分明。

"没想到，咱们老家还有那样的奇女子，要是她在船上，我真想跟她谈谈，她一定有不少新观点。"弋恕说。

王豨的心快要跳出来了，她有点儿慌乱，她抹了一抹自己的头发，后悔头发理得太短，要是长一点，风一吹，也许……她嗫嚅着说："我写了一篇白话小说，就是以这个女孩子为原型写的。请你指正。"

"你会写小说？"弋恕说。

一只游轮从他们的游轮边驶过，射过来的黄光拍打着她的脸庞，但那光没有反射过来，好像被她湿润的皮肤吸收了。他感觉她有种独特的美，美在哪儿，还说不上。

王辫回船舱，找到了草稿，选了一段，递给弋恕。弋恕说："谢过了！沐手一睹！"打眼看，小说写的是——

17.自传小说片段一

即使蒙上我的眼睛，堵住我的耳朵，我也能凭嗅觉从省城回到老家。老家的那棵白牡丹散发出的香味吸引着我，爷爷用芝镇酒炮制的牡丹花茶吸引着我。当然，我并没有什么特异功能，嗅觉器官也跟芝镇人没什么两样：鼻梁高高的，在月光下，像白蜡。

我家的白牡丹很特别，花绽枝头，香味扑鼻；花落了，叶子也香气四溢；叶子落了，枝干散香依然沁人肺腑。可是这两年，从学校回来，穿过芝镇，一路往南，我就有点儿迷失方向。牡丹香味儿老把我往大有庄的方向吸引，那香味阵阵往我身上扑，袭向我的鼻尖儿、睫毛、眼睛、耳垂、嘴唇、下巴、脖子，像嗡嗡嘤嘤的小蜜蜂一样钻进了我的头发，一直洞彻心底，我的确有点儿懵了。离老家还有二十里路呢，按说，那花香不至于这么浓郁。可奇妙的是，只要顺着花香走，就不免会走弯路。有一次，飘着的花香吸引着我到了大有庄的庄东浯河旁边。是浯河边几只喜鹊的叫声，把我唤醒了。方向不对呀！还得往南，我竭力摆脱着大有庄的牡丹花香，大踏步地往前走。

回到家，我便把这件莫名其妙的事儿跟爷爷王德备说了。

爷爷说："这就对了，大有庄是你婆家啊！公冶家有咱一棵红牡丹，跟咱家的白牡丹是一对。公冶大夫救过你的命，我送了他一棵答谢，也就定下了你的亲事。牡丹花香牵着你往大有庄那里走，是因为红牡丹想你了啊！"

"我的亲事？"很小的时候，我曾隐隐约约知道提亲的事儿，总感觉是个玩笑话，一直没往心里去。这是第一次从爷爷嘴里得到了这个准信儿。

我坚决不同意这门子亲事。爷爷这个前清秀才摇头晃脑地说："公冶家是中医世家，书香门第，人家七公子公冶祥恕一表人才，你有啥不喜欢的？还有，他父亲公冶繁翥还救过你的命。救命之恩，无以回报啊！你们的姻缘是我定的。"

"谁定的都不行！我要自己决定。"

"这个不依你！祖辈儿传下来的规矩。"

"你管不着！我是我。"

"你看我管着管不着！"

爷爷说不过我，拿起拐杖就要打。眼看快要落到我头上了，嫲嫲吓得喊我快跑，可我就是不跑。最终，爷爷的拐杖没落到我身上，却朝他自己的头上猛敲。一边梆梆敲，一边说："我该死！我该死！"

吓得我哇地哭了……

这次，我爹王翔谦早就知道是爷爷骗我回来成亲。爷爷站在村北头，我老远就看到了，爷爷像传说中的"牡丹王"，弓腰探着身子。小时候，听爷爷讲牡丹王的故事，讲到最后，爷爷总说："牡丹王，不过就是半截烂树根，只是花仙子喝了一口芝酒，借着那股酒劲儿，一口气把他吹成了王。"想到催婚，我开始痛恨那"半截烂树根"。

我一进门，看到我们王家已是张灯结彩，上上下下开始忙活。下套房的东西都放在临时搭的喜棚里。亲友都来馈送礼品，芝镇人叫送"点心"，还有来来往往帮忙的人，压轿童子，端新鞋童子，执壶送水童子，各就各位。谁负责铺红毡，谁负责分糖果，谁负责蒙"罩头红"，这一切都交给了庞希松安排。这庞希松忙得脚不沾地，偶尔在大堂里碰到了我，刮一下我的鼻子："做新娘了，再也不用抢我苇笠上的蚂蚱了。"一句话，差点把我的眼泪呛出来。

"宫花头上戴，身披红盖蓝。媳妇看绫锦，浮衣呢子毡。头戴珍珠翠，狄髻妙常冠。围花金银打，箍子鸾凤悬。响铃云肩上，飘带是八仙……"庞希松吟诵着《庄农日用杂字》，笑眯眯地忙他的去了。

我跟爹王翔谦，是父女，也是同志，我也是组织上的人。我跟爹说，公冶家是典型的封建家庭，当了少奶奶，一切都完了。爹当然知道，但他沉着地应付着一切。深夜了，爹还在跟我合计，悄悄地，关门堵窗，就我俩。

爹说："你也没见过公冶祥恕，要是他像王瑞俊那样，也是个开明青年，不就正好了吗？"

"那可能吗？"

爹对我说，眼下只能先进公冶家门，等回门后再提出去上学。我不答应。

我心乱如麻，赌气不理爹，迷迷糊糊地，竟然睡着了，都不知道爹啥时走的。天下雨了，淅淅沥沥，连着三天没睡好，这夜也是似睡非睡。正迷迷糊糊，就听娘在窗外喊："醒醒，时候不早了，该起来上轿了。" 我一骨碌爬起来，把剪子揣到红袄里。剪子尖儿早包了棉絮，剪子把儿朝上贴在前怀里。娘推门进来，逼着我穿红袄，红袄只一层薄棉，可也是袄，捂得我的脸红馥馥的。黑影里，晕乎乎地上了轿。四抬中轿在雨里走，呱唧呱唧踩着泥水。轿夫们一齐埋怨新郎公冶祥恕肯定是吃过不少鸡头。芝镇民间有种说法：小孩子爱吃鸡头，长大娶媳妇必下雨。

18.自传小说片段二

轿夫是公冶家从芝镇轿夫巷精挑细选来的，领头的舵把子叫崔鑫，是个瘦猴儿，喝上酒能飞。摇摇晃晃站在浯河边的树林子里，他能从这棵树飞到那棵树。不喝酒却憨乎乎的，蹲在芝镇街头，木橛子一般无聊地数着眼前来回走的老笨鞋。他在芝镇以轿把得稳而闻名，这个稳，主要靠那半斤酒。轿夫抬轿，讲究平稳，看重步伐，若前面人迈左脚，则后面人就迈右脚，反过来一样。若前面人突然停步，后面人要后仰缓冲。这一切，崔鑫得心应手。他有平衡技，还舍得卖力气。遇急转弯，他顺着酒劲儿，一路小碎步绕个九十度的大拐弯，轿身摆正。若要掉转头，崔鑫又是顺着酒劲儿一路小碎步绕个一百八十度的半圆，轿身才能转得过来，稳得下来。喝了酒的崔鑫不再是闷葫芦，跟轿夫们前唱后和，抑扬顿挫，变了个人似的。前唱："有陡坡。"后和：

"慢慢梭。"前唱："滑得很。"后和："踩得稳。"前唱："大坑套小坑。"后和："脚底长眼睛。"我在轿里听着直想笑。穷乐呵，穷乐呵。

刚说完，上一个陡坡，这前面的掉头子（方言，最前面的轿夫）一脚没踩稳地面，一个趔趄摔倒了。崔鑫那天少喝了一盅酒（公冶家的觅汉催着早走，絮絮叨叨不停，气得他一推盅子拔腿就走），这会儿一把没把住，四抬的中轿歪了。这还了得！

我一骨碌被从轿子里甩了出去。一双绣花新鞋踩到了泥水里，我顶着盖头红任雨淋泡。雨兜头泼下，身上的红嫁衣让雨浇透了，紧紧贴在身上。冷风一激，我打了几个寒战。崔鑫草鸡（方言，着急）了，这一回，他算是闯下大祸了……芝镇有个风俗：新娘子中途下轿不吉利。为了避免下轿，新娘子一天都不喝水。这倒好，我这新娘子不仅下了轿，还淋得浑身湿透，这不是要人命嘛！崔鑫急得冲我打躬作揖，又叫喜童央求。可我就跟长在那儿似的，站在雨里一动不动，脸上的脂粉早让雨冲洗干净了，瓷白发亮，像一块大理石。

僵持了有两袋烟工夫，崔鑫强堆起一脸笑，走到我跟前，扑通一声跪下，膝盖碰地，溅了他一脸泥点子。我看了他一眼，还是没动。他急了，就地一滚，泥水里猴子一样，滚成一个泥人。我盯着那泥人捂嘴笑了，说声"走"，上轿又走。

可我怀里的剪子不干了，它挣脱出来，跟我使性子，闹别扭。那把剪子咬牙切齿地咔嚓着，逼我用手攥住，照准我的胳膊一顿猛扎，我一点儿也不觉得疼，血流出来，我的胳膊麻了，腮也麻了。

呼啦呼啦，是浯河的涛声，我迷糊着听到了。就听舵把子崔鑫惊叫："血，有血，停下，停下。"三个轿夫都停下，轿夫们看到轿子在往外滴血。崔鑫喊出喜童，喜童搓着眼掀开轿帘，我正攥着剪子朝脸上猛扎，脸上手上全是血，轿子里全是血，轿夫脸上、喜童脸上也甩上了血。

这舵把子带着哭腔大喊："不得了了，新娘自杀了啊。"

舵把子崔鑫打发喜童往家跑，浯河桥边，黑压压的迎亲队伍都站满了。公冶繁蒿拄着拐杖，颤颤巍巍地跟着喜童，往轿子这里跑。他吩咐舵把子掀开轿帘，我咬住牙把剪子往外捅，满脸苍白"啊呀"大叫："我不下轿！我不下轿！"

公冶繁蒿看到了我满脸的血，嗫嚅着说："这是——咋了，孩子你这是咋了？不嫁就不嫁，可别糟蹋身子。"

我浑身流着血，蹲在了轿子里，地上是雨水和血水。我使出浑身的力气喊："我不嫁！"

娘听到声音，跑过来问："这是咋了？这是咋了？"见我被子蹬到了炕下，两个胳膊在挥舞。原来是做了个噩梦。我满头大汗，摸摸手脸，毫发无损。梦咋跟真的一样呢？

饭也顾不得吃，关在屋里，写了一封给公冶祥恕的信。

让我想不到的是，新郎公冶祥恕也跑了。

……

弋恕看完小说，把稿纸贴住嘴唇，说："写得还行，只是新娘的心理刻画少了些。在轿子里，肯定思前想后，最后选择自杀，这得需要多大的勇气啊！"

王辫说："那是她做的一个梦。"

弋恕朝王辫微微一笑。

王辫问："他为啥要跑？"

"他没见过她啊，见了也许就不跑了。"

"哦。"

二人正说着，船员说到海参崴了。他们都忙着下船，在海参崴待了几天，登上去莫斯科的火车。火车烧松木，开得很慢，一路西行，沿途看到的全是皑皑白雪。半月后，才到了莫斯科。莫斯科中山大学坐落在莫斯科河西岸的沃尔洪卡大街上，是一座四层小楼。

王辫和弋恕在这里学了三年，他们爱情的火花擦得多大，谁也不知道。只知道王辫学会了喝伏特加，而弋恕仍然滴酒不沾。

弗尼思对我说："要是你七爷爷沾酒，王辫真就成了你七嫲嫲了。"

19. "你猜我喝了多少酒……"

王辫跟我七爷爷公冶祥恕成了最要好的同学，毕业后又成了亲密战友，可最终没能成为我的七嫲嫲，却成了我的报社前辈。三十三年前的初春，《利群日报》建报史馆，社长派我和摄影记者老徐去北京采访王辫、牛兰芝等老报人，还有在北京的其他报社老前辈。

王辫八十二岁了，满头银发，皮肤白皙，腰板挺直，走起路来仍脚步轻盈，两眼炯炯有神，笑起来露出一口白牙，看上去仿佛六十多岁。我想，要是我七爷爷还活着，该多好啊！

老人家仿佛猜出了我的念头，突然说："上学时，我们都喊弋恕'孔夫子'，说话做事，一本正经。毕业时他给我本子上的留言是：'温故知新，修己以敬。'你猜我给他留言是啥，'我什么时候能懂鸟语？'哈哈。"

王獬的声音稍微有点儿沙哑："人一辈子，要活个明白，活就活个自在。现在八十二岁了，我要把它活成二十八。心里不长皱纹，你就拿我没办法。当个乐天派，死不悔改。"

王獬的儿子说，年前母亲查出肝癌晚期，做了消融手术。王獬接过话去："老家来人，我就说不够啊！我跟你说，肿瘤消融，是刚开展的一个新手术，针打进去，像电气焊一样，把病灶烧焦。那个大夫说，打针很痛，给你全麻醉吧。我问道，能疼死人吧？医生扑哧一声笑了。我要求不全麻，因为还急于写东西。全麻后，两三天还缓不过劲来。那个期间，我在写《回忆录》嘛。没想到不全麻真疼，牙咬得那么响。当时，我一直一个劲儿地想那些过去的战友们，被捕后尚能忍受敌人严刑拷打，灌辣椒水，我怎能就忍受不了这点小手术！……我写过一篇随笔——《我是一粒豌豆》，引用了关汉卿的话，我就一遍一遍地默诵，我还改了几个字，你听：我是个蒸不烂、煮不熟、捶不扁、炒不爆、响当当一粒铜豌豆。同路人谁让你们钻入他锄不断、斫不下、解不开、顿不脱、慢腾腾千层锦套头？我看的是沂蒙月，饮的是芝镇酒，赏的是牡丹花，攀的是浯河柳……你便是落了我牙、歪了我嘴、瘸了我腿、折了我手，天赐予我这几般儿歹症候，尚兀自不肯休！则除是阎王亲自唤，神鬼自来勾。三魂归地府，七魄丧冥幽。天哪！那其间才不向革命路儿上走！"

《我是一粒豌豆》是孔孚编辑向王辫约的稿，发在《利群日报》副刊上。

那次，我带着那张老照片，还特意带了两瓶芝镇白酒。王辫打开酒瓶，闻了闻说："还是家乡的味道啊！"她说，几年前回过故乡，参观了芝镇酒厂。

"你猜我喝了多少酒……"她伸出一个中指。

我说："一杯？"她摇头。

"一碗？"她又摇头。

"一瓶？"

她举着那个中指，笑了："一'指'喝！一'直'喝！家乡的酒啊，我喝不够。那晚上我跟老伴拌嘴，我就跟他犟，家乡酒不醉人，我只是喝高了。老伴把我架到房间，我就不省人事了。那一天啊，我想我的爷爷和父亲了。脑海里是漫天大雪，爷爷和父亲盘腿坐在火炕上，芝酒燎热了，端起来，抿一口，爷爷捋一把胡子，父亲摸一把下巴，我闻着酒香，这正是咱老乡臧克家所说的'长辈贪杯我闻香'啊！"

盯着她两三岁时的老照片，她说，不记得是在哪里拍的了，只记得，她怀里抱着的白牡丹花是她最喜欢的，就种在月台下。在莫斯科中山大学毕业的时候，她把照片留给我七爷爷公冶祥恕做纪念。到底雷震老师说得对，还是王辫说得对呢？

弗尼思说："公冶德鸿，也许王辫在莫斯科给你七爷爷一张，又在老家给雷震一张。别纠结了，咱还是说说你老爷爷公冶繁矗的那张百年老照片吧！"

为把老爷爷留下的这张老照片琢磨透，我反反复复端详过不知多少次，我总觉得老爷爷、三爷爷、六爷爷这些离去的先辈的面孔里藏着我急于了解的公冶家族的秘史，唯恐遗漏了一点细节。

让我惊讶的是，尽管时光流逝了一百多年，可在老爷爷身上依然保留着一种光亮，在老人的目光中，在他挺直的身板中，在他手上和脚上，有着某种发亮的、跳动着的东西，它们也许不是别的，也许只是芝镇的土、风和雨雪锻造的一种硬气的东西，也许还有芝镇上空的云彩映衬的，当然也许还有芝酒的那股冲劲儿浇灌的东西……

这种独特的东西，我在王辫的眼里也捕捉到了。

老照片正中位置，是德国自鸣钟，长方形古铜色外壳的"U"字形顶端，有三个线条凸出的棱角，钟盘上镶嵌着古罗马数字，镀金钟摆下端，绕着一圈细腻的花纹图案，钟壳内有钟表出厂商标，圆形的商标图案上端拼写的字母是"CLOOMEDAL"，中间标出的字母是"LIND-DCHINE"。钟表指示的时间是十点十分。

老爷爷捏相片的时间是十点十分吗？

摄影记者老徐说："也不一定。"

听老徐说，我抿嘴笑了，我想起了爷爷的鬼名字。

20.老爷爷赶了回时髦

摄影记者老徐有他的理解："座钟只是个道具，十点十分一般是固定的。当然，不排除正巧就在那个点儿拍的。十点十分，像不像英文中的字母'V'，指针呈V字形，是胜利的象征。指针形状如鸟展翅，给人以奋发之感。还有，十点十分代表'十全十美'呀。如果你把钟表看作人脸，时针和分针，就是眉毛。你看十点十分，是不是微笑的样子啊！"

哎呀，并不起眼的指针里还有这么多学问。

一百多年前的那个初春，乍暖还寒。傍晚，行医归来的老爷爷公冶繁蔼为暖暖身子，多喝了两盅。南屋那酒坛子里泡着虎骨，劲儿有点大，老爷爷眯着眼，用拇指和食指捏着小酒盅，跟我孔老嬷嬷闲聊："今日去芝镇北乡看病，看到人家的玄关摆着一张相片，说是德国人捏的，跟镜子里的人一模一样。"孔老嬷嬷说："捏相，对着镜子不就照了吗？没有镜子，对着浯河也能照。"老爷爷一听，来了一句："妇人之见。"又端起盅子，干了。晕晕乎乎地就忽然来了兴致，一拍大腿："老三、老六，明日一早，跟我去捏张影！"

次日一早，骑上毛驴，三爷爷公冶祥礼贴着老爷爷的脊梁骨，六爷爷公冶祥敬在老爷爷前怀。老爷爷对孔老嬷嬷说，"你去对着尿罐照镜子吧！"说罢，朝驴腚一拍，老爷爷的大辫子晃悠晃悠地很有豪气。孔老嬷嬷"呸呸呸"地吐着唾沫，三寸金莲使劲跺地，也跺不出个响儿。

弗尼思说："鲁迅有篇名文叫《论照相之类》，足可以知道，当年照相，还真得有点儿勇气。鲁迅说，'S城人却似乎不甚爱照相，因为精神要被照去的，所以运气正好的时候，尤不宜照……只是半身像是大抵避忌的，因为像腰斩。自然，清朝是已经废去腰斩的了，但我们还能在戏文上看见包爷爷的铡包勉，一刀两段，何等可怕，则即使是国粹乎，而亦不欲人之加诸我也，诚然也以不照为宜。所以他们所照的多是全身，旁边一张大茶几，上有帽架，茶碗，水烟袋，花盆，几下一个痰盂……'"

同事老徐说："一百多年前没有彩照，照相馆就给相片上的人脸涂上一层红颜色，人们看了惊呼：'坏了，坏了，照相机把血都捏出来了，你看你看，都滴到相片外边了，你看看，那血都干了。'还好，照相馆没给你老爷爷上色儿。"

我老爷爷、三爷爷、六爷爷也是全身照。别看三爷爷比六爷爷大几岁，但胆子小。六爷爷呢，小大人似的，东瞅瞅、西望望，两眼不够使，还动手摸了摸挂钟，挂钟当的一下响了。六爷爷一颤，把手收回来。老爷爷剜了他一眼，轻轻咳嗽了一声，挺直了腰板。

面对照相机，老爷爷、三爷爷、六爷爷父子三人都使劲瞪起眼。老爷爷正襟危坐，手里拿着水烟袋，不到五十岁，胡子却白了，已经留得有一尺长。捏影师拿过一把小梳子，给老爷爷梳了梳。

父子三人去捏了张相，这一瞬间在芝镇的照相馆里定格。当时捏这样的一张相要花的钱能买半亩地，这事不知我们大有庄里的人怎么看。老爷爷为啥要赶这时髦，没人知道。我觉得他是沾酒了。

感谢芝镇的酒，要不，无缘见到老爷爷真容。

一个人知道自己父母的名字，以及爷爷的名字，可是又有几个人知道老爷爷的名字？有谁记得老爷爷的模样？更有谁知道老爷爷的脾气、爱好？有几个人知道老爷爷的故事？那再往上推，老爷爷的爷爷是什么样儿呢？

老相片，让我看到了老爷爷的真容，这是我的幸运。但是，老嬷嬷呢，是什么样儿呢？每个人身上都传承着先辈的基因，看不见，摸不着，嗅不到，但确实存在，就流淌在你的血脉里。有些隐秘的独一无二的信息，会在你的长相，比如眉毛、嘴角、鼻子、耳朵、下巴等器官上表现出来，有的会不经意间从你的眼神、喘息、微笑或者步伐里透出来，那是家族的神秘气息。那信息穿越百年、千年、万年，甚至更浩瀚的远古，那是生命独一无二的密码啊！静心想一想，就觉得自己不再单薄，不再孤立，而是像一条长河里的一朵浪花，一刻不停地跳跃着，一直往前……

没想到，我大爷公冶令枢对老爷爷捏这老相片意见很大。那天，他溜下火炕，放大了嗓门对我说："你老爷爷偏心眼儿，你爷爷是老大啊，都没捞着捏相。就因为你三爷爷和你六爷爷都是你孔老嬷嬷生的，人家是正出；你爷爷和你五爷爷是你老嬷嬷景氏生的，是庶出啊！但别忘了，你亲老嬷嬷景氏，对咱们公冶家有恩，她伺候了咱老少四辈子啊！没有她，也就没有我和你爹，更没有你啊！可别忘了你这个亲老嬷嬷景氏啊！她的命苦，她委屈，多亏她心大啊！"

酩酊内伤

MING DING NEI SHANG

第 四 章

1.为一行字，哥俩杠上了

爷爷公冶祥仁丙午年五月初二去世。临终前，守着众人，时断时续地念叨着一个字"景……景……景……"，他是想他的母亲——我的亲老嬷嬷景氏了。

癸酉年三月新出的《公冶氏家谱》上，关于亲老嬷嬷景氏仅有一行小字，写在老爷爷公冶繁翥名下"纳景氏子二"。那行蝇头小楷像趴在泛黄家谱上的一串蚂蚁，咬噬着我大爷公冶令枢的心，更像我刚出生时肚皮上那黑线一样的胎记，怎么洗也洗不去。

为这行字，我大爷朝四大爷公冶令棋发了大火："咱嬷嬷不是扶正了吗？怎么还是纳？"

在那一行小字上，我大爷和四大爷叔伯兄弟俩杠上了。

在我们家族里，四大爷公冶令棋学问最大，他主持修谱三年才成，头发、眉毛、胡子都修白了。初稿修完，正在家里埋头写序言呢，展纸拿笔，写了半头晌，只开了个头。

四大娘给沏了壶热茶，递给他，他竟然发了火："你眼瞎啊，没看见我正忙着吗？"四大娘就把茶壶端走了。一会儿，四大爷口渴，又喊："茶呢？"四大娘又过来递上茶碗。四大爷眉头一皱："什么茶？另泡！"四大娘嘟囔："拉不出屎来，你怨茅房！"四大爷说："你说啥？"四大娘一撇嘴，把茶水泼在猪圈里："就知道朝老婆使厉害。"那声儿从窗棂子里，钻进四大爷的耳朵。四大爷把毛笔朝砚台里一戳，砚台翻到了地上，四大爷的心情如那洒了一地的黑墨。

　　四大爷苦恼的是，序言怎么写也写不过老辈人，老辈人的古文底子厚实。他一下笔就是白话文，清汤寡水，没有古意，没有韵味。一想到后人看自己写的序言，就后脊梁发凉。四大爷很爱面子，像鸟爱惜自己的羽毛。他在芝镇是有口皆碑的名中医，也是我们公冶家族正宗的妇儿科传人。我老爷爷熬了二十七个曾孙、十二个曾孙女，无一人学中医，我们公冶家族的中医世家已是徒有其名。

　　四大爷为自己写不出序言发愁，也为自己没有传人而惭愧。

　　恰在这个节骨眼儿上，我大爷公冶令枢进来一顿质问，气得四大爷脸憋得通红，心里说："景氏可不是俺嬷嬷，俺嬷嬷是孔圣人之后。景氏就是个妾，在早里时价，就是个丫鬟，在我眼里，永远是个'妈'。"

　　在芝镇，新中国成立前，"妈"是对妾、姨娘的称呼，"妈"是偏房，比使唤丫头待遇稍高一点儿。自己养的儿女叫她"妈"，等有了孙子孙女，也管她叫"妈"。下人呢，一律也管她叫"妈"。她永远享受不到"嬷嬷"的尊称。而偏房生的孩子管正房的夫人叫"娘"，偏房生的孩子的孩子，也叫正房的夫人"嬷嬷"。

　　四大爷是正出，模样随我孔老嬷嬷，长方脸，面皮白净，说话慢。他也就偶尔对四大娘使点厉害脾气。他在外景里，见人就满脸堆笑，有涵养，有城府，给人的感觉永远是慈眉善目。

　　面对我大爷，他心里想着，但嘴里没说出来，嘴里说的是："修家谱，就是修史啊，要以事实为根据。"

　　大爷平时嘴谝，可在正理儿上说不过四大爷，只好妥协，希望别出现"纳景氏子二"。四大爷支支吾吾答应了。可是半年后，家谱印出来，原样没动。

大爷不干了，挽起袖子要上门去找四大爷算账，被大娘给拽住了。大娘跟四大娘是叔伯姊妹，一家人进了一家门。我的各房里的大娘，包括我的娘，进我们公冶家的门当媳妇，都是送上门的。我的爷爷辈们给看好了病，人家就把闺女许给了我大爷辈的。我大娘十四岁就进了公冶家。我大爷和我四大爷也算是一担挑吧。

大娘堵着大门口，朝屋里说："咱妈都过世这么多年了，她在咱心里就是亲嬷嬷了，还计较这些陈谷子烂芝麻干啥呢？这个名分又不能当饭吃。"大爷一听就火了："咱——妈啊，咱——妈啊！这是俺一辈子的伤疤啊，他这是在咱头上泼粪。"

大娘来个激将法，从灶台上摸出一把刀，朝咸菜瓮沿儿上嚯嚯荡了两荡，塞给我大爷："你去啊，你去把老四的头剁下来吧。我用它当尿罐。"大娘知道，大爷也就是动动嘴，他杀鸡都吓得捏不住鸡脖子，哪还敢跟人拼命？但我大爷嘴硬："你以为我不敢去？"一刀把门枕上的一根秫秸剁断了，劲儿使大了，刀卡在门枕上。

大爷叫着四大爷的乳名在天井里大骂，连着说了一大串"可恶"。五大爷提着鸟笼子，听着俺大爷在骂，也不进来劝。他知道俺大爷出出气也就算完了。鸟笼子里有一只鹦鹉，鹦鹉叽叽喳喳学舌，五大爷路过四大爷家的门楼，那鹦鹉还在叽叽喳喳。

俺大爷指着我和他的子侄辈们大骂："一群窝囊废，一群窝囊废！都给我好好上学，等你们修谱，把这个事儿正过来，给你亲老嬷嬷平反！"

弗尼思说："德鸿啊，没有疤的内伤，还在疼……"

2.嘴里重复着"妈啊妈啊……"

看着大爷公冶令枢噘着两撇胡子张飞一样的怒容，我脑海里钉子一样揳进了个念头——亲老嫲嫲景氏的血还在奔流。

大爷好酒，不喝酒还是个正常人，一喝上酒就上墙揭瓦，掀桌子，训人，有时还抡着拳头打。平时没多少大力气，一喝上酒，手劲儿就特别大。我好心好意去把他从四大爷家拖回来，不料刚扶他到他家天井里，他就狠狠地朝我的胸膛打了一拳："打你老八这个不肖子孙！"我抱住头说："大爷，我是老九，您打错了。"大爷继续说："老七，你找死！"我说："我是老九，不是老七。"大爷的拳头又抡了过来："叫你装老九！"嗵，一拳把我的眼镜打碎了。

大爷醒来时，日头已经骑在了猪圈的墙头上。大娘晒的被子挡了窗户，屋里发黑。他一睁眼就说："都下半夜了吧？"大娘说："你喝上口猫尿，就成牲畜了？你看把老九打的，眼镜腿都掉了一根。"大爷梗着脖子说："我哪戳老九一指头？我教训的是老七、老八！"就这样，我替七哥、八哥挨了顿揍。

早年的下雨天，大爷最爱跟我谈酒，我也爱听。他说他十四岁那年冬天，喝了第一瓢酒，是一满瓢啊。那是个雪天，我爷爷把他送到田雨的烧酒锅上当学徒。田雨不在家，剩下几个伙计在烧酒锅上。他们捉弄他。老伙计说，要入伙，就得喝酒。他们舀来一瓢刚酿出的冒着热气的酒，让他站在雪地里喝。他端着比头还大的瓢，嘴刚触到瓢沿儿就感到嘴巴烧着了，鼻子烧着了，眼睛也烧着了，眉毛、头发也都被点燃了。伙计说："喝，大口喝。"他不敢，两手使劲捧着那大瓢，身子哆嗦得像筛糠。瓢里的酒晃荡着。一个伙计把旱烟袋搭在肩上，到墙根下扽着腰撒尿，尿浇出一个雪窟窿。伙计头扭过来，喊："灌下去，咽下去。"他终于咬了咬牙，闭眼一扬脖子，咕咚——，咕咚——咕咚，酒液入肚，就像通红的烙铁顺着肠子滋啦就烙下去了。"我感到天旋地转，脚离了地，像鸟一样，开始满天飞……我醒来的时候，两个灌我酒的老伙计在雪地里跪着，田雨拿着大烟袋，一会儿用烟袋锅敲敲胖伙计的头，一会儿又敲敲瘦伙计的头，呵斥道：'要是把孩子灌出个三长两短来，我剥了你俩的皮！'事后睡了一小觉，我竟然浑身轻松，手脚舒坦。后来，田雨出去送酒就带着我，让我替他喝酒。酒啊，真好！"

出家谱的那天，大爷喝上一瓶半芝镇白干，一抹嘴巴子，扛着一张铁锨，要去把四大爷铲死。大娘一把没拉住。

从大爷家到四大爷家，有一片杨树林，杨树叶子落了一地，大爷的脚呼啦呼啦地踩着杨树叶子，杨树叶子飞舞起来，黄灿灿一片，日光照得晃眼。大爷眨眨眼，弯下腰，把杨树叶子捧在手里，朝天一扬，喊："妈啊——"他大概想到七十多年前我亲老嫲嫲领着他到浯河边穿"梓椤叶"的事儿啦。亲老嫲嫲管白杨叶子叫"梓椤叶"，他也跟着叫，穿成的"梓椤叶"长虫（方言，蛇）一样，拖拉在后面，拖回家，烧火用。

大爷往回走几步，停一停，前仰后合，折返身继续走，嘴里小声重复着"妈啊，妈啊……"

四大爷从芝镇医院退休后，在老家的三间土坯房里开了中医门诊。所用的楸木药斗子，还是爷爷留下来的，是芝镇有名的木匠戴善术做的。药名都模糊了，四大爷蘸着墨汁正在把那模糊的字描一描：木通、泽泻、金钱草、丹参、云木香……

那天，四大爷午睡起来，他的徒弟正好骑着脚踏车进门，后座上带着一捆栝楼，带着绿秧子。近前一看，不是栝楼，是马兜铃。徒弟小金说："马兜铃，像栝楼。"四大爷纠正道："不像。栝楼像茧子，马兜铃呢，像乒乓球，长成了，像挂在马脖子上的响铃。马兜铃清肺降气、止咳平喘、清肠消痔。"小金赶紧拿出本子记，一手捏着本子，一手抹着笔。

我笑话小金像个小学生："俺四大爷咳嗽一声，你是不是也得记下来？"小金结巴："别……别……打岔！"四大爷笑着说："不用记。你去哪里采的？"小金说："去大昌镇牛沐岭。"

"那里有渠邱的八大景之一，叫牛沐钟声。"

四大爷手托着一颗马兜铃，看着小金说。

人上了年纪，爱唠叨。四大爷开口就唠叨到了一千多年前，那是大宋朝。

说是牛沐村村南，鲤龙河与乌鸦河交汇处，有一个大龙湾，湾里藏着一头神牛，那神牛喜欢酒。每逢中秋月圆之日，这里的百姓家家摆酒庆贺，酒味就钻到了深水神牛的鼻子里。闻着酒味儿，神牛龇牙咧嘴，醉了。那神牛的头比磨盘还大出一圈儿，头一晃，河水泛滥，村里人恨得咬牙切齿。

3."人一跪着，看着狗都高啊！"

后来找仙家看了，说出了秘密，原来这是头酒牛啊！再到八月十五，老百姓都不敢摆酒了。可是酒牛有了酒瘾，到了这天想酒想得发疯，依旧出来闹。

老百姓没法啊，凑钱在村北辛兴岭的最高处建起一座寺院，供奉佛爷和王母。寺门正对着龙湾，祈望两位神仙能镇住那头酒牛。果然，命名瑞应寺的寺院建成，酒牛不再嬉水。每逢八月十五，有人就看到那酒牛沿浯河哭着往北，到芝镇上去闻酒香去了。

小金谦恭地请教师父："牛沐，也就是牛戏水沐浴之意吧？'牛沐里'这个地名，可能就是从这个传说来的吧？"

四大爷公冶令棋点点头，补充道："那一口悬挂于瑞应寺（也有人叫牛沐寺）主殿的大钟，有一吨沉，早年我见过，后来被土匪张平青弄去了。牛沐钟声的钟，说的就是这口。这钟声是公冶家族的伤痛啊。"

洗了手，四大爷拿过刚印出的《公冶氏族谱》，翻开第一页说："我们的谱，最早修在晋朝，也就是公元二九一年。有这么早吗？有人怀疑，我也拿不准了。但这个序言，每次读，都怦然心动。"四大爷大声诵道：

古人云，谱以萃涣，信有然也。以我族支分派远，播迁散置，不有家谱，何以叙世系、联情谊，使阖族支子孙皆为一祖一及之遗留也哉？用是序次成书，家藏一册，则一族之中皆知水源木本之义而不敢不敬不忍不爱者，端有在也。而且不宁唯是我祖若宗音容，虽不可睹，而可妻之声称在耳。言行即不可留而人世之传闻不衰，且也受业孔子获籍太蟒其事际之列在传记者，无不般般可考。以我为其苗裔，竟不克侧身修行以自进于圣贤之域，宁不愧哉？第无所触于目，斯无所警于心，而晏然不自觉耳。自兹谱一叙，目为击而手为搏，则见家谱如见前人，亲谱籍如亲几杖，而法祖敬宗之情，庶觉其油油而不能自已乎？以故我族中或忠厚朴诚无大修为已，不克为先人之肖子，若复身入匪彝，欢好而流为戏谑，憎恶而酿成斗讼，饥寒不相恤，患难不相扶，荡王法，缓钱粮，甚且党邪为非，酗酒赌博，岂不坠我祖若宗希圣希贤之声也哉。我愿弟子侄孙辈，列黉序，则深心经史，切戒浮薄；在陇亩，则竭力耕耘，勿为游堕。息一朝之忿，百忍非多；怀五刑之威，九思居要。切修省自当进于贤哲，深功力久，自底于圣域。此惟于祖若宗见契至圣之品概，身体而力行焉耳，是为序。晋康帝元康元年辛亥荷月望日二十八代孙侠沐手撰

念完谱序，四大爷讲起了一段家国往事。

说的是女真族完颜阿骨打建立了金朝，挥鞭南下，占领了山东。四方平定，唯有渠邱人不服，于是金人大开杀戒，尸横遍野。那些见了血的老百姓，一开始还奋力反抗，但后来看看真是打不过，就不得不服软了。"唉！就这样，草民的血性一刀一刀被割没了。老百姓坟头上的草啊，都是血养出来的，只不过看上去是绿的。血能把人的血性吓跑，当然血也能把人的血性激发出来。在咱这里，血喂养出了人的奴性；有了奴性的人，就会跪地求饶。这些跪下的人慢慢地也就有了权力，为了敛财，逼着牛沐里百姓捐资重修瑞应寺，又逼寺内和尚到民间化缘，收铁铸钟。"

四大爷说，过去家族有大宗、小宗之分，嫡系长房为大宗，余子为小宗，后来也泛指嫡系为大宗，旁支为小宗。大小也好，正庶也罢，讲究的是秩序啊。在宋代，公冶家族的旁支，就住在瑞应寺边上，其中一家小两口家徒四壁，唯一值钱的就是一口铁

锅。铁锅没了，咋做饭呢？公冶娘子穷得连条裤子都没有，蜷缩在炕上的草窝里，听到有人揭锅，顾不得羞耻，光着身子跳起来去护她的锅。火炕上，一对孪生姐弟在哭。丧失了人性、跟畜类一样的衙役，就把这一对小姐弟用胳膊一边一个夹着往外走。一路走，俩娃娃一路哭着，直哭到寺院里……

"谁心硬得听那孩子的哭声不揪心啊！"四大爷提高了嗓门。

平地矮檐下，多是低头人。寺院内，铸钟的人，服服帖帖地，干得满头大汗，拉风箱的，添炭的，抱柴火的，砸铁片的，担水的，都不闲着。看人家都干，咱也得干啊，得过且过。忙了三天三夜，大钟还是铸不成。金人正要发怒，忽听得屋子里传来孩子嘤嘤的哭声，才想起掳掠来的公冶家的俩小姐弟。小姐弟的父母把唯一的那口大锅献出来，要赎回自己的孩子。铁锅献上了，孩子躲在母亲怀里发抖。

四大爷喘了一口气，越讲越气愤："汉奸不光在日本人来时有，在金代就有，元代又多了起来，清代更是不计其数。历朝历代的汉奸啊，那是真坏！我见过汉奸，最痛恨的就是汉奸。可悲的是，汉奸都是跪着的。人一跪着，看着狗都高啊！"

4."难道风骨南迁了？"

一个满脸横肉的汉奸差役对长官说："听说钟要铸成，得用童男童女活祭，不行咱试试？"听了汉奸出的馊主意，长官惊讶地问："能有这事？"那个汉奸差役一口咬定："过去铸剑，可都是这样的。"长官点点头，眼睛像烧红了的铁钩子一样四处扫，扫见那对公冶姐弟，一声令下，姐弟俩在撕心裂肺的哭声中被扔进沸腾的汁水中。

"可怜我公冶家族的一对骨肉啊！"

四大爷紧紧握着一卷族谱，感叹着，又往下说。

和尚们目瞪口呆，纷纷双手合十，齐诵阿弥陀佛。忙着铸钟的工匠也吓呆了，舀铁水的勺子掉到地上，烧破了自己的老棉鞋。

说来也怪，这一次，钟铸成了。两口一模一样的巨钟，一口悬挂在牛沐寺的钟楼上，一口悬挂于县城东门城楼，两钟相隔八十里。只要撞击其中一口，另一口就嗡嗡作响，仿佛公冶两姐弟作答。更奇怪的是，每当钟声响起，寺院周围的鸟儿，不管是喜鹊、斑鸠、麻雀、老鹰，都不再乱飞，有的站在树杈上，有的立在墙头上，飞在空中的鸟儿，也便定在了云彩上，一声不叫，伸着翅膀，仔细地聆听。那钟声其实是孩子的哭声啊，湿漉漉的，发潮。

"这段惨痛的故事，现在人都忘了。我们公冶家族的人似乎都健忘，伤疤好了，就把疼忘得一干二净。所以要修族谱啊！修族谱，就是防止遗忘。我把这段悲惨故事写到了族谱序里。唉！不知何时，面对异族入侵，咱们北方人奋起反抗的精神竟然还赶不上南方人刚烈了，所以啊，清代在南方就有了'扬州十日'和'嘉定三屠'的血洗。"四大爷生怕扯远了，又把话题拉回来，自言自语地嘀咕了一句："难道那个年代有血性的人一个也没有吗？"

想了想说："血性之人当然有，辛弃疾算一个。"

当年金主完颜亮大举南侵，无人敢出面硬碰。二十二岁的辛弃疾在家乡济南聚集了两千人起义，带着辛氏族谱，入了由耿京领导的义军队伍，一路冲杀。第二年，他出使回来，听到耿京被汉奸张安国杀害、义军溃散，他义愤填膺，率领五十多人袭击五万人的敌营，将叛贼擒拿，带回南宋，交给朝廷处决。

"辛弃疾上阵前，途经芝镇，还带走了公冶家族的几个兄弟和几坛子芝镇的酒。喝了壮行酒，把酒碗收起。德鸿啊，现在电视上动不动喝了酒，就把酒碗摔了，这是不知珍惜啊。那年代造一只酒碗，多难啊。辛弃疾说，打虎亲兄弟，上阵父子兵，咱们都沾亲带故，棺材都准备好了，谁没了，活着的，会照顾好你们的爷娘。上吧！就冲进去了。五十人的轻骑队，进了五万人的金军大营。这豪气，得有口酒顶着！那时岳飞已去世二十多年，辛弃疾正值青壮之时，一腔热血，随时准备北伐。不幸的是，宋高宗不看好他，辛弃疾被任命为江阴签判，一个闲差。"

"空有一腔热血，却不被重用，只好借酒浇愁。临终前，还在大呼杀贼。这才是齐鲁男儿应有的血性和阳刚之气，可这一切也许统统被辛弃疾和李清照带到南方去了。难道风骨南迁？"

"小时候，我听你爷爷讲辛弃疾的词，听不大懂。但我记得他说辛词是'英雄之词'。"四大爷对我说。

弗尼思说，辛词不同于晏殊、欧阳修、秦观的"文人之词"，不同于柳永、周邦彦、康与之的"词人之词"，与苏东坡超旷平和的"学士之词"也不一样。

讲到这里，四大爷看了看我，又把眼光转向徒弟说："小金啊，学中医，也别老盯着医书，也可看看诗词。比如辛弃疾，辛弃疾把诗词当成'余事'，咱们也可把诗词当'余事'。辛弃疾还喜欢以药名填词。有一首词，就用了二十多个药名呢。"

小金一听，来了兴趣："师父，是首什么词？"

5. "我管你什么马兜铃"

辛弃疾武能带兵、文能填词、医能救人。他在新婚之后去抗金，打仗的间隙，竟用药名给妻子写了首《满庭芳·静夜思》，那词写的是：

云母屏开，珍珠帘闭，防风吹散沉香，离情抑郁，金缕织硫黄。柏影桂枝交映，从容起，弄水银堂。连翘首，惊过半夏，凉透薄荷裳。一钩藤上月，寻常山夜，梦宿沙场。早已轻粉黛，独活空房。欲续断弦未得，乌头白，最苦参商，当归也！茱萸熟，地老菊花黄。

"词中除用了云母、珍珠、防风、沉香、郁金，还有哪些中药名？"四大爷考徒弟。

"硫黄、柏叶、桂枝、苁蓉（从容）、水银、连翘、半夏、薄荷、钩藤、常山、宿沙、轻粉、独活、续断、乌头、苦参、当归、茱萸、地黄、菊花……"小金说。

"古人啊，活得多潇洒。都要打仗了，还要作首词，词里还要用药名。要学这种从容。"

盯着四大爷，小金瞪大了眼睛。

族谱蓝色布面，八函。四大爷兴致不减，转而对我道："过去修谱都是小楷缮写，你老爷爷公冶繁耄就写过，那字真是漂亮，比印出来的好多了。可惜，一辈不如一辈，现在的孩子都不会拿毛笔了。"

四大爷把马兜铃连同绿秧子，往枯了的石榴树杈上挂。他回头叮嘱小金记住《本草纲目》上的话，"马兜铃体轻而虚，熟则悬而四开，有肺之象，故能入肺，气寒味苦微辛，寒能清肺热，苦辛能降肺气……"四大爷一挂没挂住，树杈不结实，马兜铃掉了一地。他正弯腰去捡拾，忽听门外大喊：

"老四，拿命来！"

大爷拖拉着铁锨进来了。四大爷家的天井里铺的是鹅卵石，鹅卵石透着肉红色，刚被雨水洗过，显得很干净，太阳一照，晃眼，大爷的铁锨就巴拉巴拉地在鹅卵石上摩擦着。

大爷的光头一直往前拱，拱到四大爷的肚子上："咱——妈，咱——妈对你不好吗？咱妈对你不好吗？你这样糟践她。你小的时候在她的背上又拉又尿，你忘了？你是畜类！"四大爷见大爷满嘴喷着酒气，两只通红的眼睛好像在喷火，只好一步步倒退，倒退到那堆马兜铃上，把几个马兜铃踩扁了。他怯怯地说："大哥，大哥，小心马兜铃。"

大爷声色俱厉："我管你什么马兜铃、牛兜铃、驴兜铃，我叫你什么都是零！"

四大爷爱干净。大爷一个撕扯着四大爷的褂子，把一个纽扣撕掉了。我站在一边，不知如何是好。

小金忙把本子放在咸菜瓮的盖垫上，猫着腰走近我四大爷。大爷举起锨把，照着小金的脊梁就掠了过来。哎哟一声，小金疼得弯下腰去，捂着头躲到猪圈里，把着猪圈门的门缝往外瞅。

听到吵，邻居都过来劝架。不劝还好，我大爷是人来疯，这一劝，更来劲儿了，他舞弄着个铁锨乱抢拉，谁也不敢靠近。铁锨抢到四大爷窗下的磨盘上，铁石摩擦，哧啦哧啦冒火星子。

　　大爷的酒劲儿越来越大，四大爷招架不住了，捂着头弯腰朝屋里钻，被我大爷薅住衣领子拽了个趔趄。四大爷大叫："哎哟，我的腰，我的腰！"

　　只听到门外使劲地一声咳嗽。咦？怪了！我大爷身子一软，面条一样躺倒在鹅卵石铺的甬路上了。

　　支书铭柏披着那件黄军大衣，拄着拐进来了，语气不轻不沉地问："又咋了？又咋了？"铭柏好像问我大爷，也好像问我四大爷，更好像问看热闹的人。他眼瞅着天井里那棵杏树，用木拐敲敲我大爷的头，说："喝两口猫尿，就不知道东西南北了。走！去大队屋里说。"

　　铭柏收了木拐，一瘸一拐地往外走。四大爷搓着手，把他送出门外，喃喃地说："都是兄弟之间的事，老哥啊，您别见怪。"

　　我大爷最怕的是铭柏。有一年，大爷跟着村里出伕（方言，指抽出人或被派去做临时性的修建、运输等事的夫役）去峡山修水库，他负责点炮眼儿。铭柏吩咐道："谁也不能喝酒，尤其是公冶令枢，你点炮眼儿，喝上酒，腿脚不听使唤，要炸死了，算你有福气；要炸掉一条腿，你就遭了大罪了。"我大爷回答："好，不喝酒。"可是憋了三天，就憋不住了，休工回家装了两个酒葫芦，偷着在工地的窝棚里喝，躺在山坡上也喝。那天不是他点炮，他歇班，太阳很暖和，他躺在那里脱下棉袄捉虱子，捉够了，又摸出酒葫芦抿一小口。放炮一般是在傍晌天，喇叭先喊，提醒大家避开，避得越远越好。点炮手把炮点上了，远远地都能看到炮信子的白烟。我大爷喝多了，迷迷糊糊地还在山坡上打盹。铭柏当过兵，参加过三合山战役，为人警觉，点着下巴数人头，怎么数也缺个人。

"令枢？！"他大喊一声，没有回应。他心想坏了，坏了，赶紧往山上跑。刚跑到阳坡那儿，就听到轰的一声响。

6."你有胆量，你就撕"

想时迟，抬脚快，铭柏像一阵风掠过斜坡，大鸟一样扑在俺大爷身上。听到身边轰隆一声炸响，大爷心里想，完了，小命没了。忽听得有人过来喊着铭柏的名字，铭柏的右腿上落了一块大石头。我大爷吓蒙了，被众人扒拉到一边。大家搬开石头，铭柏的裤子已被血染红了，从芝镇医院转到渠邱医院做了截肢手术。一个月后，铭柏回来了。俺大娘挎着一筢子鸡蛋去探望，铭柏问道："他婶子，令枢呢？"大娘说："那个酒晕子吓得没敢来。"铭柏又问："还在家喝？"大娘说："还喝？再喝，让他赔你的腿！"

大爷老实了一年，可他馋啊！狗改不了……（对不起了，大爷，我掌我嘴）但只要想到铭柏的拐杖，就又收回了摸酒瓶子的手。煎熬啊，他连闻到喂猪的烧酒糠，也会急得抓耳挠腮。慢慢地，喝一点儿，再喝一点儿；先喝半盅，再喝一盅，又一顿喝上了一壶。从一盅喝到两盅，花了仨月；从一壶喝到两壶，用了两天。大爷又叫酒俘虏了。只有铭柏在场，他老实。

那天在四大爷家天井里，大爷躺了一袋烟工夫，见没人来拉，很不情愿地自己爬起来。脸上磕了块青，使劲揉了揉。心里窝着的那股火还没下去，掏出揣在怀里的那单册的家谱就要撕。

四大爷急了，喊："老大，你撕，你撕。你有胆量，你就撕。你是从石头缝里蹦出来的你就撕！"大爷两眼瞪着四大爷，他哪能不知道族谱的分量。早年，公冶家族有人撕了家谱，被族长，也就是四大爷的爹六爷爷公冶祥敬用了家法，打折了腿。

大爷扛着铁锨狼狈还家，拿出毛笔，把"纳景氏子二"这行字的"纳"给涂黑，在旁边工工整整地写上了"继配蒙县"四个字。

四大爷不放心大爷，跟到大爷的天井里，带着一罐蜂蜜塞给大娘，说给老大冲点水解酒。大娘说你哥哥这一桩就这么着了，你就把他当一抔牛屎糊在南墙上吧。

大爷蜷缩在炕上，头朝里，不搭话。

听了四大爷说辛弃疾，还没听够呢，我就请他再说说。四大爷朝我大爷后背努努嘴，开了口。

"辛弃疾爱酒，也喝醉过，和……一样，"四大爷下巴朝大爷后背一抬，"比如《西江月·遣兴》里就写道：'醉里且贪欢笑，要愁那得工夫。近来始觉古人书，信著全无是处。昨夜松边醉倒，问松：我醉何如？只疑松动要来扶，以手推松，曰：去！'"

大爷的肩膀动了动。

我见老哥俩还僵持着，赶紧凑上来打岔："四大爷，您说辛弃疾来过芝镇，这靠谱吗？当时有芝镇吗？"

我嘴还没合上，一声京戏道白洪亮地传来："当然——老辛来过芝镇啊——呵呵！"

是谁？屋门咣当推开，是多日不见的雷震老师进来了，手里提着个黑皮包，一屁股坐在炕沿上，微笑着掏出烟，给四大爷。四大爷不抽。给大爷，大爷点上了。看这客气样儿，雷震老师得喝了六两酒。

"辛弃疾当然来过芝镇啊！"

"雷老师好，这么多天没见您，您到哪里去了？"我问他。

雷震老师一拍大腿说：

"别提了！上个月我去北京拜访昔日北大老同学。在北京街头游逛时，走进武平院士开的成人生理保健品中心，武平院士你知道吧？"

"知道，知道，我国著名泌尿外科专家。"

"他还写过一本《性医学概论》，你就不知道了吧？他在关心老年人性生活，在北京开设了这个成年人性保健品中心，让我大开眼界……"

7."你真是为老不尊"

雷震老师猛地吸一口烟，继续说：

"老同学拉着我进去一看，咦？！还有这个啊！我被一件件花花绿绿的男女生理保健器吸引住了，弄得我心旌荡漾，我的脸发烫，感觉就跟做贼一样，饱了已力不从心的眼福。后来，抠抠索索掏出钱包买了二十个中老年男性用的保健理疗环，就是男性在使用时套到生殖器根部使其勃起的。看看，就是这个。"

雷震老师拉开黑皮包，掏出一个透明塑料袋，塑料袋里就装着那个理疗环。

"我从北京回来后，拿出来，让老伴看，老伴先把我骂了一顿。老伴没文化，我不怪她。后来啊，她就不骂我了嘛。让我没面子的是，我到了芝镇酒厂老干部活动室推销，本意是传播一种新生活方式，也算是开明之举，时代发展了，生活水平提高了，老年人年龄普遍延长了，要改善一下生活质量，增加生活情趣。"

大娘进来续茶水，看到炕上的理疗环，问这是啥玩意儿。

雷震老师对着大娘做个鬼脸，左手的拇指和食指指尖相扣，成一个圆圈，右手的食指穿过，说："大嫂问得好，办事能起棒槌硬劲的叫娘们哼哼半夜的那玩意儿，这是你跟大哥办事用的幸福环儿。你看看。"

大娘一开始没听清，拿过来端详，大爷瞅她一眼，她突然明白了，说雷震你这张狗嘴。

雷震哈哈大笑："你看看，明明是张人嘴，你偏看成是狗嘴。为你好，你不知道好。瞎驴牵了槽上——喂你不知道喂你！你看嫂子的走相……我对老干部们说，只收个原价钱，不收我的跑腿费了。我说完，老干部们都不理我，照旧该打牌打牌，该搓麻将搓麻将，把我撂在一边。老干部知道我的禀性脾气，没人敢惹乎。就一位离休老厂长说：你真是为老不尊。哎哟，哪受得了这个冷场，我说你们这些老不死的！"

大爷和四大爷都笑了。四大爷说收起来收起来，别让儿媳妇看见。

我赶紧问："老师您说辛弃疾……"

"老辛啊，来过来过，'芝镇'一名最早见于元史《顺帝本纪》，传说宋仁宗景祐年间，在芝镇数次发现过灵芝草，地方官向朝廷上表献瑞，由此名之曰'芝镇'，也有说叫'景芝镇'，意取景祐年间灵芝献瑞的意思。辛弃疾崇拜苏东坡，苏东坡在芝镇喝了多少酒啊，他不得也来尝尝吗？……这个理疗环，德鸿你还小，你用不着。令枢、令棋，你哥俩一人来一个吧？我给成本价，十五块钱一个。很管用。"

大爷令枢先摆手："我用不着，我喝酒就行了。"

"用不着？你喝酒，越喝越疲软。"

四大爷也摇头。雷震老师感叹一声："唉，这就是芝镇啊！小地方，小地方，不开化，连公冶家族都这样地保守。对了，公冶家族就该保守。"

"吴阶平教授曾经接受采访说，男人'性福'在衰退，调查公司有个统计，说中国人年均性生活六十九次……"

四大爷插话说："是不是跟喝酒有关？"

雷震老师说："有关，也无关。咱说酒！在国家博物馆内，陈列着一只蛋壳黑陶高柄酒杯，明确标注是在山东芝镇出土的。黑如漆，亮如镜，薄如纸，硬如瓷，掂之飘忽若无，敲之铮铮有声。杯壁多薄？仅有一毫米。这可是大汶口文化中晚期的珍贵文物，至今已有五千年历史。孔子、公冶长距今不过才两千多年。我说他们喝过芝镇酒，大家都不信呢。孔子主张'沽酒不食'，他觉得市上的酒存放时间长，容易腐败，主张喝自家酿或酒坊里刚酿出来的酒。遥想当年，孔子来住闺女家，女婿公冶长投其所好，常骑着毛驴到芝镇——当时还不叫芝镇——来买新酒，供岳父孔子喝。所以我说啊，公冶家族喝酒是遗传的。"

其实，四大爷也爱喝两盅，他说，只有降住酒、拿住酒，酒才属于你，也就遂了天命，有了故事。"酒能致肺热，马兜铃能除肺热……"

我想，老爷爷公冶繁蓦因为喝酒，爱管闲事，在朦胧的月夜救下了王犨。要是不救，也就没有那一串故事。又因为喝酒，一拍大腿跟儿子去捏了一张影，赶了个新潮。要不，我也永远无法看到他的尊容。我爷爷呢，因为喝酒，而与陈珂、牛二秀才、芝里老人、李子鱼、汪林肯成为至交。因为喝酒，还能跟张平青搭上话。没有酒，他怎么能在芝镇立住呢！我大爷呢，好酒，却拿不住酒，也没有多少精彩的故事……

扪心自问：我这好酒的做派，是不是得了我公冶家族的真传？

8.她的抱怨，谁能听见

下雨的秋夜，是喝酒的夜，三两好友，在小亭子里。雨丝扯着你衣角，微风吹着你脸颊，耳畔是淅淅沥沥的雨滴。四周黑着，草垛被小虫子的唧唧声抬着，好像在动。端着盅子，想喝了就抿一口，记起来就说两句。

有一个喝酒夜，我跟文友尝高度芝酒。得意便忘形，不用说，喝高了，醉了一天一夜。醒来，老娘问我："你这嘟嘟囔囔一晚上，跟谁在说话？"

说来奇怪，跟亲老嫲嫲聊了一夜。

老娘嗔怪道："瞎说！你亲老嫲嫲我都没见过，你咋会跟她说话？"

我说真的，清清亮亮地，听亲老嫲嫲唠叨了一天一夜。她没有哭，一直在笑，开心地笑，高兴了还唱呢。

我大老嫲嫲姓孔。从我祖先公冶长娶了孔子的女儿，我的家族跟孔家一直联姻了两千多年。大老嬷嬷是孔子第七十五代孙女。

　　孔老嬷嬷下夵房的阔气，一直是大有庄好几代的传说。那天肩扛人抬，花花绿绿不说，单陪送的那个高大的樟木书柜，就足以让人大惊。书柜四个人抬，累得满头大汗，书柜里装的是雕版《三国志》和《旧唐书》《新唐书》。据说，孔老嬷嬷在洞房里考我爷爷"门虽设而常关"是谁写的，有什么寓意。

　　这难不倒老爷爷这个秀才，他脱口而出："陶潜的《归去来兮辞》：'园日涉以成趣，门虽设而常关。'意思是，因少有俗人造访，故清幽自在。"

　　孔老嬷嬷说："亏你还是个秀才？这说的是家风，关门，不为外邪所侵。"

　　老爷爷辩解："陶潜说的是诗意。"

　　孔老嬷嬷说："什么诗意？'家人卦'初九、上九，是不是如两扇门，里面一家人，风火家人。家人，女正位乎内，男正位乎外……"

　　一百多年后，亭下雨中，端起酒杯，我还在同情老爷爷公冶繁鬊，洞房花烛，却让背书。扫兴！我在未来的窗外着急啊！老爷爷赶紧合卺啊，喝酒啊！拿大杯！灌她！

　　而我的亲老嬷嬷景氏，是个丫鬟。哦，对了，想起我的亲老嬷嬷，我一下子就想起当年给我叫魂的那个神婆藐姑爷，她俩长得有点像。

　　我亲老嬷嬷也有一头黑亮的长发，平时绾纂，看不到。每天早晨到浯河边梳头，临水站着，一头长发就像垂柳的柳丝，在清澈的河面上轻拂。好多人会远远地看。天上的鸟儿打着旋儿绕着看。浯河里的马口鱼跳起来，想咬住我亲老嬷嬷的头发梢儿，咬不住，急得嘴里吐泡泡，河面上蹿起一串串白色的浪花。而那时，霞光把整个浯河都染红了。我的亲老嬷嬷就站在这变红了的浯河边。

马口鱼头大，嘴大，但娇贵，游在清澈的水里。水一浑，它就游走，气性大，游走了再也不回来。等我记事时，浯河上游建了小造纸厂，马口鱼就不见了。马口鱼好吃啊，油煎得干黄，焦酥，那味道，隔着几个胡同都能闻到。那是最好的下酒菜。俺老爷爷去芝镇捏相片前喝酒，酒肴就有马口鱼。

在我心目中，亲老嬷嬷不是老态龙钟的老太太，她永远年轻。尽管她也抱怨，但她的抱怨除了鸟儿，谁也听不见。没人的时候，她抱怨给枝头的鸟儿听。她抱怨她生不逢时，没有看到新中国，没有见过高楼大厦，也没有想到电灯、电话，更不会想象坐汽车、火车、轮船、高铁、飞机；不知道微博、微信、公众号、抖音和今日头条，不知道网购、网约车，没见过洋娃儿和洋玩意儿，没出过国，没到过北京，没出过省，没出过县……她还该抱怨，没穿过军装，没穿过裙子，没穿过高跟鞋，没抹过口红，没使用过卫生巾、洗面奶、胸罩，没剪过短发，没烫过头，没住过宾馆，没吃过满汉全席……这一切，她也不可能想象到。如果知道有今天，她倒真会感叹她到人世走了这一遭，是出生早了。当年，她烦恼的是自己的小脚，遇到鬼子，跑不动，就爬，吓得钻到地窨子里，扭伤了她的三寸金莲。当然，她如果知道有今天，也可能会说自己经历得还太少，一辈子没遇到大地震，没遇到过疫情……

　　我亲老嬷嬷喜欢唠叨给河边柳树上的喜鹊、麻雀、斑鸠们听。这些可爱的鸟儿呢，经过传宗接代，又唠叨给我听。叽叽喳喳，叽叽喳喳，喜鹊的语速比主持人的语速还快呢。我庆幸，我懂鸟语，我也就知道了亲老嬷嬷的好多故事。

　　其实，我们家里还有一部家谱，丝绢面的，一九一一年所修。那部家谱封面上有亲老嬷嬷的血，她拼命护住了家谱。

　　我端着酒杯敬亲老嬷嬷："您说说咱家的老家谱吧！家谱上有您哪。"

　　亲老嬷嬷回应道："家谱上哪会有我？男爷们修的家谱，哪会有俺娘们的份儿！……"

酒酿归宁

JIU NIANG GUI NING

◇ 第 五 章 ◇

1.归宁父母^①

　　俺娘家姓景，虚岁十五那年，俺让爹卖到公冶家当丫头，也没个名儿，上上下下，南屋北屋，东西厢房，邻里百家，都叫俺西乡里的丫头，也叫俺笑佛，俺就爱笑。后来你老爷爷公冶繁纛收了俺，就成了公冶景氏。

　　不过，你爷爷没人时爱叫我"茵"。为啥呢？这是个秘密。

　　来大有庄三年没回娘家，刚来那阵儿想家想的呀，都哭湿了枕头。俺兄弟来信说爹病了，俺爹病里想俺，想得黑夜里直撞屋山墙，屋山墙的墙皮都碰去了一块儿，头肿得像个大倭瓜。俺兄弟的信从蒙县半个月才到大有庄，又在你孔老嬷嬷的枕头底下压了半个月。直到你老爷爷来睡觉，觉得你孔老嬷嬷的枕头不软和，从炕几边的被垛上又抽下绣花枕头来换换，一换，才把那封信换出来，信瓢鼓鼓囊囊。

　　俺兄弟这封信是年底写的，这会儿是三月出头，洺河水都解冻了，堂屋里刮着小风，柳絮杨絮飞得眯了眼。你老爷爷和你孔老嬷嬷并排坐在太师椅上，俺在他们前面，坐在树墩子上。你老爷爷就念给俺听，他一念，俺那泪啊就止不住了，不说像断了线的珠子噼里啪啦掉，倒像屋檐下的冰溜子见了日头。俺咬住嘴唇，可是咬不住那泪滴，鼻子酸溜溜的。

　　你孔老嬷嬷说："哭啥呀，都是鸡毛蒜皮的一堆事儿，'头

---

　　①此章均为"亲老嬷嬷"说的话。

肿得像个大倭瓜'，也会形容，不就是'头大如斗'嘛。"

你老爷爷朝她吼道："你知道个啥？"

你孔老嬷嬷嘴一撇，甩着手帕抬腿就走。

你老爷爷对俺说，收拾收拾回去看看吧，毕竟父女一场。你老爷爷的话才出口，你孔老嬷嬷刚刚扭捏着身子迈过了堂屋门的门枕，又把三寸金莲收了回来："什么，回去？不能回！她这身子怎么回？都五个月了，孩子掉了咋办？这可是咱公冶家的骨肉！"

你孔老嬷嬷过门四年没开怀，请仙家掐算，仙家让你老爷爷收个小的引一引，你老爷爷就把俺收了。这不就引来了你爷爷，那会儿才五个月，我瘦，不显肚子。

你老爷爷端着大烟袋抽了几口，把铜烟袋锅子在瓷缸沿上敲了敲。那天他中午喝了一壶芝酒，心情也好，就说："叫觅汉老温赶着大车去，老温牢靠。"

你孔老嬷嬷就是不依，我扑通一声跪倒在当门里。地是方砖铺的，硌着膝盖疼。我说夫人要是不允许，俺就不起来。你孔老嬷嬷紧闭着嘴唇，就是不吱声，俺和她僵持着。你老爷爷插话说，让她去吧。

拗不过，你孔老嬷嬷说："你这就死着快去吧。"

我一听赶紧站起来，含着眼泪笑着向你孔老嬷嬷鞠躬。你孔老嬷嬷有个口头禅——"那你就死着快去吧"。意思是，你可以去了。我说："夫人，我这就死着快去死着快回。"

你孔老嬷嬷啊，口里的这个"死"字只对我说，对别人，从来不说。好像这个"死"字，是俺俩人之间一个亲昵的耍物。是也不是，俺也说不好。

你孔老嬷嬷是大户人家的小姐，人不坏，就是规矩太多。俺早晚都要给她请安，早晨还得倒尿盆，刚来时是跪着请安，后来我收到屋里，就改成站着请了。

你爷爷长大了，我跟他说，我收到屋里，就一样变了，不用给夫人倒尿盆了。其他的，一样，就是个大丫头。我心粗，最怕抹桌子，一个八仙桌带四把椅子四个方凳，桌围子雕有镂空花格，擦格子啊，手掏来掏去，要擦得铮亮。

你孔老嬷嬷见俺分腿坐就唠叨："女人家，要坐有坐相，站有站相，把腿并上！"

刚来公冶家头一年，大年初一，我下馉饳，下着下着，馉饳下破了几个，我说："坏了，坏了，下破了。"你孔老嬷嬷微笑着说："不是，是挣了，挣了。"馉饳下了个整好两盖垫，吃得没剩。你孔老嬷嬷笑容收敛了，用眼剜我，我不明白错在哪儿，心里直发毛，也不敢问。一直过了初九，天老爷爷生日，又过了初十，石头爷爷生日。你孔老嬷嬷心里装的生日可真多，谷子有生日，石头也有生日，什么物都有生日。正月十一的早晨，你孔老嬷嬷把我叫去，劈头就给了俺一擀面杖，问："知道为啥打你？"俺摇头说不知。"你记好了，正月初一下饺子（你孔老嬷嬷管馉饳叫饺子），饺子要煮得多，要余下，叫年年有余；吃完，你锅里要放上块豆腐，叫顿顿有福。你咋能说饺子破了，不能说破，是挣了，说吉利才有吉利。这些你娘没教你？"我说："俺娘死得早，没来得及教俺。"你孔老嬷嬷又问："你知道为什么初一不教训你？"俺又摇头，她说："正月初一，祖宗们都回来过年啦，要净口，不打不骂的。"哎呀，跟着你孔老嬷嬷学了一大堆规矩。

弗尼思对公冶德鸿说："夜里，我听你孔老嬷嬷一个人在堂屋里嘟囔：'薄污我私，薄浣我衣。害浣害否，归宁父母。'"

2.路上走，平安酒

觅汉老温套了咱家的驴车，是那辆枣木轮子车，头年你老爷爷到芝镇定做的。我头一天把该洗的衣服都在浯河里洗干净了，晾在天井里还没干。俺嘱咐杨妈给收拾了。

天不明就出门，一路朝西，大车子上垫了两床碎花新褥子，是咱西岭上种的新棉花絮的，软和。你孔老嬷嬷嘱咐了一遍又一遍，嘱咐得我都忘了她打我嚼我的滋味了。她唠叨得像个婆婆。

枣木车轮子一转啊，我那颗心，就跟着转起来、碾起来、飞起来了。

老温是咱公冶家的把头，五十多岁，从十几岁就在咱家，老实巴交的一个庄稼汉，满脸胡子，长得像个李逵，但心和头发丝儿那么细。他头戴一顶毡帽，披着蓑衣。你孔老嬷嬷给我也戴上一顶黑毡帽，我要出门了，她喊住我，从锅底下掏了一把锅灰，抹在我脸上，那时候也没有镜子，我的脸一定黑得像个小黑鬼儿。她把我露出来的头发掖进毡帽里，两手搭在我的肩膀上，说了句体己话："妹妹啊，回娘家跟您爹捎个好，快早点给俺死着回来。"

边说边用手帕抹眼泪。你孔老嬷嬷头一回叫俺妹妹，叫得俺都不敢答应。

木轮车上放着煮好的一鱼鳞坛子淡青皮鸭蛋，一四鼻罐子醉毛蟹，三件打好的新蓑衣。这是浯河的"三宝"。浯河鸭蛋好吃。芝镇人管鸭子叫扁嘴，也叫老歪或嘎嘎。一大早，各家都把一群扁嘴放出来，扁嘴嘎嘎嘎嘎叫着，歪沟歪沟就歪到了浯河里，在河里游着，还是嘎嘎地叫成一个蛋。扁嘴吃的是浯河鱼虾，那鸭蛋腌出来，蛋黄冒油，卷在煎饼里吃，杠着香呢。

毛蟹也就小孩儿拳头那么大，爪上全是细毛。差不多是秋后了吧，家家户户拿着笊篱去捞蟹子，有的人家还用站网。秋里天高，白天云彩在河里飘着。我就爱站在岸上看水里的云。

那些年天旱，浯河河面变得很窄，窄的地方也就两三米宽，小伙子使使劲儿，绷着嘴一步能飞过去。老太太呢，踩着浯河里一字排开的石头，走丁字步，有时不小心，掉到石头下，也不要紧，顶多湿了鞋袜。下站网的，在浯河上游选一处最窄的地方，先贴着两岸各砸进一根木橛，再在河中央打两根木橛，当中留道门上网。又回家抱来一捆秫秸，在小门两侧扎成栅栏，水能流淌却堵住了蟹子，逼着毛蟹往中间的网里钻。一直等到后半夜，成群结队的蟹子来了。借着月光，可以看到河蟹往秫秸扎成的墙上爬，秫秸很光滑，爬到一半又掉下来，只好从水流很急的口子里过，前头的游过去，后头的又跟上来，一只只河蟹就乖乖地进了网。芝镇有句老话，蟹子过河，随大流。真不假。

捞上来的蟹子放在大瓮里，咱大有庄，田雨家的大瓮最多，一排十几个，他腌了到芝镇去卖。他家的醉毛蟹最好吃，俺带着的就是从他家弄的。怎么是醉毛蟹？用盐腌上，再倒上酒，是酒腌啊，一个月就可以吃了。

你老爷爷最享受的就是这一口。天黑了，掩上门，盘腿坐在热炕上，听着雪花敲打着窗棂，豆油灯映着枣红色的炕几，炕几上的小白瓷碟里趴个醉毛蟹，温乎乎的一壶酒。撕下醉毛蟹那毛茸茸、干倔倔的腿，端起酒盅，嗞——一下，嗞——再一下，把蟹子腿在嘴里那么一咂，用筷子在咸鸭蛋黄那儿一戳，那蛋黄滋滋地冒油啊，送到舌尖上。

我就爱看你老爷爷喝酒，后来你爷爷大了，我也爱看你爷爷喝酒。男人嘛，不喝酒还算男人？！

那蓑衣草就更不用说了，长满了浯河两岸，秋后都去割，搓草绳，打蓑衣。割草的时候，经常碰到野鸟蛋，在草窝里。

老温还给放上了几块西岭的火镰石。咱大有庄西岭上的火镰石很多，遍地都是，每次犁地回来，老温就拣回一大筐，放在南墙根堆着，样子像鸽子蛋，颜色像鸽子肉。你爷爷长大了，跟我说，火镰石叫鹅卵石，也叫鸽肉蛋子。

哦，还有一坛子芝镇烧酒，是田雨烧锅上的。临上车了，你孔老嬷嬷又抱出一坛子，说路上要有劫道的，就给他，回来咱再酿。

"路上走，平安酒！从来有。"你孔老嬷嬷说。

老温拉着俺走了一天，天黑了，就着月光又走一段，想到镇子上住一宿。

刚刚上了一道坡，路两边是一片坟地，坟地里是松柏树，那树被呼呼的风刮着，枝子朝路上扑。

老温用手拍了一下驴腔，那头驴蹄子使劲跺地往前挣。我从布帘子缝里看到有几个人在柏树后面弯着腰挖什么，光看到铁锨往上挖土，一堆土边上还有几个罐子。有一根人腿担在新土上"哎哟哎哟"地叫，老温不说话。

恰这工夫，驴子忽然昂哧昂哧叫了几声。柏树林子里的人突然都不见了，只有那根人腿担在新土上。

车过去了，后面窜上了两个人，大喊："赶驴的，停车……"

3.路遇盗墓贼

我回头，见一胖一瘦两个人从柏树林子里钻出来。那胖的高，眯着小眼，戴着狗皮帽子，一只帽耳朵还忽闪着；瘦的呢，个子矮，穿着个棉猴，敞着怀。俩人手里平端着铁锨。

老温喊住驴，胖子摘下狗皮帽子扑打着身上的土，粗嗓子大吼："到哪里去？也不问问这是什么地方。"

瘦子把棉猴的扣子系上，第一粒扣子扣错了，第二粒怎么也找不到眼儿。他边扣扣子，边喊："车上拉的啥？"

老温牵着驴车就往回走，隔着布帘子悄声对我说："盗墓的。别慌。"

刺啦从驴车后头抽出那把板斧。老温昨天就对着磨刀石，把板斧磨得锃亮。

老温不紧不慢地从车上跳下来，笑着说："哥们，完活了吗？"老温把板斧朝天上一扔，接住，用板斧的斧刃儿抠手指甲的灰。

一脸横肉的胖子看了看板斧，把狗皮帽子戴正了，说："丧气，有个伙计伤着头了，兄弟借光，帮着给捎段路。"

老温挼挲着胡子，显得不耐烦："可我还要急着赶路，天都黑了。"

"都是道上的，帮个忙。"

车停在路边，老温给我使了个眼色，我下了车。

干瘦干瘦的那个矮子，色眯眯地上下打量我，发出一声怪笑。

老温调转车头，来到墓地边上。

瘦子低头去拉土堆上的那根腿。

"再让你见了钱罐子拉不动腿！"

拨拉拨拉那人，那头就跟枯了秧子的葫芦一样。瘦子使劲拍拍那人的腮："灌口，灌口，你醒醒，你醒醒。"

叫"灌口"的没有声儿了。

胖子过来，蹲下摸了摸鼻子，站起来，哭丧着脸道："俺叔挂了，弄回家吧，要不俺婶子得找俺算账。"

"算啥账？你弄回去，你婶子能饶得了你？"

"……"

胖子在"灌口"脚前，跪下，磕了个头："叔啊，不是俺心狠，要不是你那一跳，哪会有这结果。"

"灌口"头上的血还往外冒，胖子摁上一把土。磕完头，把那死尸抱起来，"嗨"一声，扔到刚挖开的坟窟窿子里。又磕一个头，大声说："叔啊，去跟俺爹做伴吧，明年的一年坟，也给你上了啊。"

瘦子嘟囔着："你轻点放！小心你叔缠着你。"

"喘气是个人，死了是块土坷垃。"

忽然刮来一阵旋风，风里旋着一张烧纸，那张烧纸不偏不倚，正贴在了胖子的脸上。胖子把烧纸撕下来，朝地上吐了口唾沫："死鬼！"

老温拗不过，捎那一胖一瘦走一段吧。他们一人背着一个大包袱，都是从坟里挖的。老温让我牵着驴，嘱咐我手别撒了缰绳，我知道他是怕我害怕。我不时地回头。

老温用板斧的柄敲敲车梆，不经意地朝后面一抢拉，说："大兄弟，挖的是新坟啊？"

瘦子头一偏，躲闪开："嗯，你问他。"

胖子不语。瘦子替他说了："看到了吧？他那个死了的叔，叫'灌口'，真不长人肠子啊。林财主家的大婆老了，他去帮忙，入殓的时候，他看到绫罗绸缎，公里公道说，那会儿他还没动心。等到快封坟时，他看到林财主的大公子双手捧着一个小金佛，放了进去。放金佛的时候，日头照着佛头，照得他恨不得立即抢过来抱回家。在火炕上滚了一黑夜，翻来覆去睡不着，等林家上了五七坟，第二天，他就领着俺俩来了。"

胖子说："俺叔爱财。"

他那爱财的叔，等坟一扒开，看到一个物件闪亮，他以为是那尊金佛呢，往下一跳，头磕到那道光上，那是一把竖着的刀。刀刃从眉心里切西瓜一样切了进去。

"不说了，晦气，车上有酒味。"瘦子说。

老温回头说："有酒，咱们喝点？"

没有酒盅，没有酒碗，对着酒坛子的嘴儿喝吧。你一口，我一口，胖子和瘦子抢着喝。

瘦子色眯眯地抱着酒坛子，喊："小娘子，你也来一口。"

我说不会喝。老温干脆停了车，把驴拴在道边的槐树上，说："来，我陪你们喝个够。"

月亮挂在树梢上，树梢被风吹得吱儿吱儿响，我感觉是死了的"灌口"在喊"侄儿""侄儿"呢。那胖子抱着他叔叔一下子扔到坟窟窿子的样子，在我脑海里盘旋着，我头皮都发麻。

有老温和他腰里别着的板斧，我倒不觉得害怕。

老温喝上酒，胡子挓挲着，更像李逵了。

一胖一瘦说着醉话。

"其实啊，我这个叔啊，不是看上那小金佛了。"

"看上啥？"

"看上林财主大婆手上戴的镯子。那镯子是上等翡翠的。"

瘦子抹抹嘴巴子在包袱里摩挲，摸出了一个镯子。胖子一下子扑上来，说："就是这个镯子！"

两个人在车厢里抱住抢那镯子，扭打得驴车摇晃。

老温赶紧拉开这一胖一瘦说："大兄弟，咱再使劲喝点酒。"

抱着酒坛子咕嘟咕嘟，又一通喝。俩人烂醉如泥。

老温把他俩掀下驴车，两个包袱也扔下来，用剩下的酒，浇在驴车的车把、车厢、车轮上，对我说："去去晦气，快上来。"

老温赶上驴车开始飞跑。

4.树梢年，老百姓遭罪啊

世道不济啊！断道剪径的多如牛毛，一路上，俺和老温走得提心吊胆。

老温说他活了五十多年，这大半生不是兵荒就是马乱的，整天提心吊胆，"我听老辈儿人说，不管哪朝哪代，千万别碰上'树梢年'，偏偏我这碰上了。"

我问他，啥叫"树梢年"。

老温说："这朝代啊，就是棵大树，一开始扎根，往土里扎，树长的时候，一圈一圈年轮，它忘不了土，可是，树大了，就把土忘了，那树的神经末梢，不知道土在哪儿了。到了王朝末年，就是树梢年。树梢年，老百姓遭罪啊！"

就着朦胧的月光，我盯着路边的树，看着树梢上站着一只鸟，那树梢朝天，在不停地晃呢。

一座山爬过了，又一座，木轮车咯吱咯吱响着，轮轴那里，老温淹了三次豆油。就在老温趴在地上淹油的工夫，又来了三个劫道的，大喊大叫着过来，说是压着他家的狗腿狗尾巴了。老温满脸堆着笑求告，最终，那一鱼鳞坛子浯河鸭蛋又被抬到了车下，外带着两块火镰石。

在镇子上，找到一个店家，住了一夜。第二天，天一露明就赶路。到了下午才赶到了俺蒙县，俺是牛头镇马头峪村人。俺家在村子的最南头，门前有个大湾，小时候，俺就在湾边上洗衣裳。我来的这会儿，那湾都干了。

远远地，就看到俺家的那棵皂角树了。俺家屋边的这棵皂角树，枝干粗壮，树冠大，叶子稠，好像一把收不拢的大绿伞，大夏天，树底下全是凉风，吃了晚饭，左邻右舍，在树下站着的、坐着的、躺着的、蹲着的，天南海北地神侃。我爱躺在一张麦秸打的稿荐上，直到被凉风吹醒，雨点打醒，或被妖怪吓醒，有时还被爹揪着耳朵拎醒。

我正发着呆，忽然就听到了一阵嘤嘤哭声。

唉，重孙子啊，都是命啊。人活一世，就是命啊。

俺刚进村看到皂角树，看到皂角树上一只乌鸦在干枝子上跳，朝着俺叫，呀——呀——呀！俺听着就头皮发麻。还没进门呢，俺家的二婶子缠着白头布子朝我这边跑，一路小跑着到了俺跟前，拍着俺的肩膀哭："侄妮子啊，你来晚了一步，俺哥哥下葬了。"

二婶子一溜烟窜过来，抱着俺呜呜大哭。

家里不知道俺来，没有准备扎头布子（方言，孝布），二婶子把自己头上缠着的那块一把扯下来，努着劲儿从中间哧地撕开，一半给我缠在头上，一半缠回自己头上。孩子啊，哭吧！可我哭不出来，怎么也哭不出来，脑子里轰隆轰隆地转磨盘，脚底下在拌蒜。道边上的苦菜子、曲曲芽都钻出来了，麦苗在风里摇着梢子，我看到那苦菜子、曲曲芽还有麦苗都是黑色的，俺眼前发黑。

二婶子哭罢，扶着俺就往后山里走。一边走，还一边劝："你有身孕了，别伤心厉害了，人都没了，你哭也哭不回来。孩子啊，听话。谁想他走得这么快，头天晚上他还说，俺等着看外甥呢。扳着指头数你走的日子。这样好，把你盼来了，外甥也盼来了。"

那坟头刚刚筑起来，俺弟弟在坟上插了一根秫秸。俺知道，那叫打狗棒，怕俺爹在那边害怕，这秫秸是打狗的。打狗棒上的秫秸叶子还没摘干净，风吹着呼哒呼哒响。

俺趴在新坟上抓一把湿土，喊一声爹啊……就昏过去了。

重孙子啊，俺其实最恨的就是俺爹啊！

俺十岁上就没了娘，俺娘个不高，双眼皮，大眼睛，清清秀秀。记得俺娘给裹脚，我喊疼，她就说，小脚一双，眼泪一筐。不裹脚，大了谁要你。这女人啊！一辈子就裹着，你往哪里跑也跑不了。

俺娘是害痨病死的，自从埋了她，俺再也没到她坟上去哭过，都说骨肉亲，骨肉亲，亲哪里去了，亲到土里去了。这次娘跟俺爹一块儿合葬了，俺哭得死过去好几回，俺娘沾了俺爹的光了。俺那爹呀，俺那狠心的爹啊！

俺爹开着个小油坊，上南山去卖豆油，翻过两座山。有一天豆油还没卖完，天已经黑了，还没到家，就借宿在山峪里一户人家。这家人爷几个在喝酒，俺爹就把油篓里的豆油倒了一碗给主家，说，别嫌少，我也算一份。就入了伙，盘腿上炕跟着喝起来，稀里糊涂的，就喝大了。不知是谁提议，搓麻将，让俺爹也上凑，他一开始不敢，架不住三说两劝，就也玩上了。一黑夜一白天，把卖的油钱输了个精光，两眼红红的，推着俩空油篓回了家。那时俺娘还活着，俺娘盼着卖油的钱，盼来了俩空油篓。黑夜里俩人吵架，一开始声儿还小，一会儿越来越大，俺爹把俺娘拍了一木锨，拍得俺娘差点憋过去。

千不该，万不该，俺爹沾染上了赌博，俺是一辈子恨赌博的。俺娘痨病没钱治疗，天天扶着皂角树祷告，一阵猛咳嗽，刚刚直起腰来，又喘不动气了，手使劲儿掐着腰再蹲下，又是一阵咳嗽，憋得脸铁青铁青。

5.娘笑起来真好看

现在想想，俺娘这辈子没大有过笑脸，只记得她笑过一回，是跟俺爹在皂角树下聊天儿。那是个暑天，头天夜里下了一夜的雨，早晨凉快，俺娘咳嗽轻些。她一咳嗽，黑皮肤憋得通红。那天，他俩有个对话：

"二尺？"

"三尺！"

"三尺？"

"就三尺！"

"那就三尺！"

俺爹一拍腚，笑着戳一指头俺娘的额头，担着扁担，哼着小曲走了。俺娘脸红了，一缕头发耷拉下来。俺娘笑起来真好看！眉毛弯着，嘴一抿，墙头上的瓦片反光，照着娘的两眼和腮，娘用手遮着那反光，弯腰把磨盘上的一根鸡毛捏下来。

手捏着鸡毛，笑脸突然就冷了。皱着眉头去看鸡窝，两只鸡趴在软和土里打盹呢，娘才放了心。她瞅一眼天井外场院的草垛，草垛里有一窝黄鼠狼。

俺爹啪嗒啪嗒走远了，俺娘想起一件事，大喊："还是买二尺吧！别忘了买爿鳌子啊！"俺爹"嗯嗯"地答应着摇晃着身子下了坡。

俺娘就馋爿鳌子，有了鳌子，就不用去邻家里借了。等俺爹从集上扛回鳌子，俺娘就在鳌子窝里，烟熏火燎地，一边咳嗽，一边摊着煎饼。俺娘用起鏊子来可是仔细，用油搭拉（方言，油抹布）擦一遍，鏊子都跟镜子一样，放光。

自从有了鏊子，俺就犯了愁。愁啥啊？愁推磨呀。俺家里的泥盆有四个，最大的盆叫"大盆"，不大不小的叫"二盆"，比二盆小的叫"三盆"，最小的叫"小盆"。头一天娘就把地瓜干泡上了，还有两瓢棒槌（方言，玉米）粒子。看着天井里泡着的一"三盆"、两"二盆"，俺就恨那爿鏊子。

推磨啊！推磨啊！榆木磨棍磨得光溜溜的。

天不亮，俺娘就起来推，推完一"二盆"，窗纸才明。我躺在被窝里，娘一遍一遍喊我起来，我听着那磨盘哼儿哼儿哼儿地转着，更想睡了。叫了几遍，我不起来。娘停下磨，掀起门帘掀被子，笤帚疙瘩扬起来，是吓唬俺呢。俺也不跑，赶紧下炕去，抱起磨棍。这哪里是推磨，我没使劲儿，也就是跟着娘转圈。那磨棍时常掉下来。唉，现在想，我不懂事啊，要是懂事，稍微用点力气，娘也不会满头大汗。娘不光推，她还得添磨，收磨糊子。

俺娘干活真是麻利。竹杈子、铁勺、炊帚、油罐子、油搭拉、盖垫，都早早摆弄好了。弯着腰在大门底下支鏊子，用三块半砖头支起三根鏊子腿，后腿垫得高一些，掏草灰省劲。直起腰来捶捶腰眼，咳嗽着坐在蒲团上。

不知为啥，娘不说"摊"煎饼，说"抹"煎饼。俺在门外跳房子，她喊："妮儿，抱草去，草垛边上的干豆秸。"

我抱了来，蹲在她身边看她"抹"。鏊子热了，用油搭拉抹一遍。俺问娘："'抹'煎饼，是'抹'鏊子啊？"

娘点点头："你看我抹……"从瓦盆中舀出一勺糊子倒在鏊

子正中，滋啦一声，赶紧拽着竹枇子左抹抹右抹抹，煎饼糊子跟着竹枇子一圈一圈就抹匀了，慢慢变成黄白色，等全变了颜色，趁热两手揭下来，放在秫秸盖垫上。

俺娘摊的煎饼，又圆又薄又脆。

每次煎饼快摊完了，娘就喊我把锅台上的四鼻罐子抱过来，四鼻罐子里腌着切成块的辣菜疙瘩，还有一个鲅鱼头或者是鳞刀鱼头。

娘用力把四鼻罐子的盖儿扣紧，埋在带火星的热草灰里；再用碗和面，做两个面鱼儿，用桲椤叶包着，也塞进草木灰里，有时也埋进去几个地蛋（方言，土豆）。

四鼻罐子和面鱼儿在草木灰里闷一夜，第二天早晨扒出来。面鱼儿干硬得像石头蛋子，全是黑灰。娘在地上摔，摔干净了，弟弟一个，我一个。

四鼻罐子里的烂鱼头咸菜，一打开盖儿，就冲出一股鳞刀鱼或者鲅鱼的香味儿，煎饼卷着，筷子伸到四鼻罐子里，叨一块烂乎乎的咸菜，真好吃。

那天娘让俺出去剜野菜，临出门，我磕了个跌，膝盖磕破了，渗出了血。娘抓一把土给摁上，对着草垛絮絮叨叨。

"草垛有啥啊？有黄鼠狼。"娘捂着我的嘴，不让说。

我疼得抹泪，一瘸一拐地又挎着筐子往外走。听到娘小声嘟囔："都十岁了，还不懂事儿，还抹泪呢，得学着抹煎饼了，抹啊抹啊抹一盆。"

谁想到，这是俺娘对俺说的最后一句话。等俺傍晌天回来，俺娘的脸压在鏊子上，都让鏊子烙糊了。煎饼摞在盖垫上，两

"二盆"煎饼糊子都已经摊完。

俺娘老的那年多大？不到四十。

等俺娘没了，俺就常常想着她和俺爹的问答，想着俺娘的笑。二尺、三尺，二尺、三尺，是什么呢？是红头绳，还是碎花布？俺就记住了她的笑，那天太阳刚冒红，俺娘的脸红馥馥的，像喝了一盅芝酒。

让俺惊讶的是，俺娘出殡那天，天上飘着几朵云彩，云彩上镶着一圈金边儿，云彩下，九个黄鼠狼蹲在墙头上，呜呜呜地朝天叫。俺爹对黄鼠狼们作了个揖说，仙家啊，走吧，走吧。

俺爹说俺娘顶着仙。

6.一阵风刮来顶黑礼帽

俺娘是不是顶着仙，俺不知道，可她能跟黄鼠狼说话，黄鼠狼还乖乖听她的。有一天晚上，月亮白得能照清人影儿，黄鼠狼领着它的几个崽子围着草垛转，弟弟拾起块砖头去砸，俺娘一边对弟弟大声喊着，"别打！别打！"一边对黄鼠狼说，"别显摆了，赶紧回窝里去吧！"黄鼠狼就都乖乖地一个个钻进草垛里。

俺娘老的头一年八月十五，下了连阴雨，俺家的鸡丢了。俺娘就站在草垛前骂："你真不是东西，你的崽子我都给你看得好好的，不打你，不骂你，你却管不住它们。你再发邪劲，再偷俺的鸡，我就点上火把这草垛盙（方言，慢慢烧）了，烧成灰。"

第二天早晨，俺娘打开门一看，一只小死黄鼠狼横在泥水里。俺娘说，这是"黄师傅"动家法了。

十岁上没了娘，家就不像个家了。我不会摊煎饼，只会糊饼子。糊饼子忘了添水，煳了锅，挨了俺爹一鞋底。

俺家的油坊结了蜘蛛网，雇的人也走了。俺爹出门越来越早，回来越来越晚，回来都是喝得浑身酒气。有一回还喝尿了裤子。一天下午，南山里来了几个大汉，冲到俺油坊里，拆了门，卸了门框，砖瓦也都揭了。一会儿，搬得光剩了个墙茬子。俺爹蹲在老屋底子上喝闷酒，俺弟弟趴在他的膝盖上睡着了。

俺爹还是赌，把三间草屋都赌丢了。俺爹就临时搭了一个秫秸小团瓢，团瓢透风撒气，下雨天，外面大下，里面小下，一会儿，团瓢就泡在了水里。可俺爹还是出去赌，把俺和弟弟留在家里，东家一口西家一口，俺俩常常饿得肚子咕噜咕噜响。

俺舅看着俺爹不争气，指着俺爹的鼻子骂，骂完了，问俺爹还赌不赌，俺爹不吭声，俺舅就把俺弟弟弄回家养着。

俺爹心肠其实也不狠，有时有口好饭，比如不知从哪里弄到几个热包子，用手帕兜回来，给俺吃。他自己不舍得，就看着俺吃。可一赌上，就成了铁人、石头人。他最后竟然打俺的主意，要把俺卖了。

那天是蒙县大集，俺记得是个冬天，路上一层薄雪，路边的梧桐树杈上挂着冰凌子，风刮得俺腮疼。俺爹用毛驴驮着俺赶集，走到半路上，俺觉得轻飘飘的，好像腿啊脚啊都没了，是冻麻了。俺打着哆嗦跟爹说，俺想下来跑跑，冻得都找不着脚了。俺爹把俺抱下了驴，俺穿着蒲窝的脚不听使唤，一腚就坐在了雪窝里。我打小就没穿双布鞋，穿的都是蒲窝。

重孙子，你知道蒲窝吧？蒲窝啊，就是用浯河里的蒲子做的草鞋，我这双蒲窝，还是俺娘在的时候给打的。

俺爹把我拉起来，给我揉了揉脚，这才走动了。俺爹扶着我在雪地里一小步一小步地往前挪。

爷俩走了一山又一山，爬了一岭又一岭，俺也不知道害怕，就只跟着爹走，听着驴蹄子吧嗒吧嗒响着在山道上走。到集上，已经是晌午了。俺爹给俺买了两个炉包。俺两手抱着一个热乎乎的炉包，嘴唇刚靠近，那炉包仿佛一下子就滑到嘴里，咽下去了。另一个，俺不舍得吃，递给爹，爹说不饿。俺看着爹的眼圈里有泪。俺又把炉包靠近嘴唇，炉包就又滑到俺肚子里去了。你说怪吧，本来不饿，吃了俩热乎乎的炉包，更饿了，饿得难受，好像肚子里有个竹耙在挠。闻着炉包铺子里的香味，俺都拉不动腿了。

在同济堂药店门前，围着一些人，俺爹也拉着我去看。

一阵风来，一个黑礼帽沿着马路牙子骨碌骨碌往前滚，一直滚到了我的脚尖那儿，俺就把礼帽接住。礼帽的帽檐上沾了一些雪沫子，俺扑打扑打那黑礼帽。抬头一看，一个留着胡子的男人就喊了俺一声："你是？"

我抬头看到的正是你老爷爷，方脸大耳，是那阵大风把他的礼帽刮掉了。好大一阵风啊！重孙子啊，是那阵风把我刮到了大有庄啊！要没有那阵风，怎么会成了公冶家的人呢。要没有那阵风，就没有你爷爷，也就没有你爹，更不会有你。那阵风是俺和你公冶家的缘啊！

你老爷爷伸出手来接礼帽，俺爹一把就把礼帽从我手里夺过去，戴在了自己头上，拔腿就往回跑。你老爷爷醒过神儿来，一跺脚在后面追，我也跟着他俩跑。在拐角处，你老爷爷撵上了俺爹，或者是俺爹等到了你老爷爷。拐角处人少，俺爹气喘吁吁地指着你老爷爷的鼻子说："大天白日地耍弄一个女孩子。"你老爷爷辩解说："没有啊，我只是礼帽叫风刮跑了。"俩人在大声地吵，先是俺爹的声音高，接着是你老爷爷的声儿压过了俺爹，一会儿又是俺爹的声儿高了。好在是一个背风的角落，没有人来看热闹。过了不一会儿，就是俺爹的声音低了，低到俺也听不到，低到像蚊子哼哼。

俺看着你老爷爷的黑胡子贴着俺爹的白胡子了。两个刚才还在吵架的男人忽然变得亲热起来。

7."奇了怪了，这是你做的梦？"

看那架势，俺爹是在跟你老爷爷谈生意，俺爹逼着你老爷爷买走俺。俺爹都快要给你老爷爷跪下了，只听见他低三下四地说好心人你行行好，给孩子赏口饭吃。

你老爷爷面有难色，摊着两手一直在往后退。俺手上的冻疮一直痒痒，忍不住使劲抓，使劲挠，挠着挠着都出了血丝，俺低头想找点干土沫子沤一沤，可是地冻得干硬，雪也压实了。路边杨树下，有几个干叶子在风里乱飞，我扑住了一个，可手被一只脚踩住了，踩得俺钻心疼。猛一抬头，看到个菁葵着腮帮子的半大小子："这是俺家的树叶子！这是俺家的树叶子，不准动！"俺泪在眼眶里逛，哀求他抬脚，可他就是不抬，还使劲踹搓。

我哭着喊爹。爹过来问："咋了，咋了？"那半大小子说：

"这杨树叶子是俺家的。"俺爹上前解释说,又不是偷你的叶子,就擦擦手。好说歹说,那半大小子才把脚移开。俺的手都被踩烂了。

你老爷爷看了俺一眼,俺的泪一下滚出来。

"让孩子跟我走吧!"

你老爷爷瞪了一眼那半大小子,蹦出一句。

俺到现在还记得那天杨树上有两只喜鹊,喳喳地在树枝上跳来跳去,朝着俺叫,俺瞅着那喜鹊。谁知,那半大孩子也盯着那喜鹊,他喊一声:"叫你再叫!"举起弹弓,皮子一拉一松,那喜鹊一头栽了下来。另一只呢,飞得没了影儿。我不敢去捡,那半大小子拿起喜鹊,跟另一个半大小子说,喜鹊肉发酸,不好吃。

俺靠在爹身上暖和。抬头找那另一只喜鹊,只看到一团云彩在天上飘。

买卖谈成了,得找个保人。满大集上寻,找到了铁匠铺子里的老杨头。老杨头痛快地答应。俺爹,老杨头,还有你老爷爷在风口里,站着喝了一壶芝镇烧酒。那是一壶冷酒,也没烫一烫。你老爷爷活着的时候,常常提起这事儿,喝了一壶炸牙的冷酒。

这算是交接了。酒钱是你老爷爷拿的。你老爷爷先把一盅酒泼在地上,然后跟俺爹碰了盅。

你老爷爷盯着俺手上的冻疮,又上下打量了俺。俺觉得你老爷爷的眼神不凶。俺爹从你老爷爷那里接了钱,给我招了招手,小声对俺说:"跟着东家好好过日子吧。"

他抹了一把眼泪,头也不回地走了。

我怔怔地站在那里,盯着俺爹的后背,他的棉袄后背上破了个窟窿，棉花露出来了。爹突然回头，看我在看他，又把头扭了回去。

你老爷爷说："给你爹磕个头，咱走。"

俺就大喊"爹"，跪下磕了个头。

爹没回头，也没答应。

俺把那只没有冻疮的手递给你老爷爷。你老爷爷从腰里找出一块布子缠住了俺有冻疮的手，把俺抱上了驴车。

长到十四岁，从没出过家门。这一出家门，就叫爹跟卖白菜一样卖了。你老爷爷的驴车上有几包草药，我闻着草药味儿，不难闻，感觉有种香味儿，直往鼻子里钻。反正我也不知道东西南北，在你老爷爷的驴车上晃啊晃啊，迷迷糊糊竟然睡着了。

我是笑醒的，睁开眼，你老爷爷抱着鞭杆子看着我问："丫头，你笑啥，梦到什么了？"俺不搭话，低着头，把手上缠着的布紧了紧。早前，我见的都是村里的邻居，嘻嘻哈哈的，老的少的，乐呵着，热乎着。可你老爷爷，俺是头次见，眼生。

你老爷爷逗俺，"一定是梦到家了，梦到家里屋梁上的燕子了吧？"还别说，你老爷爷说得对，我开始梦的确实是我家的那窝燕子。小燕子张开的嘴比头都大，嘴怎么会大过那头呢？你感觉填不进去的大蚂蚱竟也能一口吞下去，你认为填得不少了，可它还张着大嘴要。抬头往燕子窝上看，只见红通通一片嘴，唧唧唧唧，就像喊救火一样，叫得人心里火烧火燎的。老燕子飞出去飞进来，穿梭一般。

你老爷爷问我："你十几了？"我说："虚岁十五。"你老爷爷说，他十五岁时也玩燕子，在新苇笠的内里脊骨上缝上一个小布袋，把雏燕放进去，顶着。我说："我弟弟也那样顶着燕子。"你老爷爷连声说"是，是"。

我嗫嚅着，跟你老爷爷说："我梦到自己牵着一只条白条白的狗，鼻子、嘴、耳朵、身子全是白的，抱着一只条白条白的大公鸡，连鸡冠子也是白的，还提着一斗条白条白的盐，往前走啊走啊，看到一棵歪脖子松树，松树底下坐着一个胡子条白条白的老头，老头的寿眉耷拉到腮上，他对我说，'闺女啊，坐下歇歇吧。'我就往下坐，坐在了一个条白条白的兔子上，那兔子软乎乎的，一坐没坐稳，四仰八叉了，老头呵呵笑了，我也就笑了。"你老爷爷回头看了我一眼，惊讶地问：

"奇了怪了，这是你做的梦？你再说一遍。"

我又把梦说了一遍。

听完我的复述，你老爷爷喊住驴，把车子停下了。

8."这茵啊，有多种……"

你老爷爷听到我说的梦，嘴里念叨："带灵宝符，牵白犬，抱白鸡，包白盐一斗，及开山符橛……"

我听不大懂，盯着你老爷爷，他从酒坛子里提出一提酒。你老爷爷啊，一辈子活得真仔细，赶集上店、出门看病，都带着酒坛子，也带着酒提和酒盅。酒提把儿上，还拴着个滑石猴。他把酒提里的酒倒到手心里，搓了搓，又在脸上搓了搓。他这是要干啥呀？

俺听他接着说："葛洪《抱朴子》记载过那梦。灵验了吗？灵验了！"大步迈上山坡。

山上有一些松树和柏树。没有风，那树都一动不动。你老爷爷在一棵树下停了一停，摸一摸树干，再到另一棵树下停下来，摸一摸树干。一边拍树干，一边嘴里背诵着："葛洪《抱朴子》这本书上说：芝有石芝、木芝、草芝、肉芝、菌芝……"

向前走走，向后退退，突然，他停在一棵两搂粗的黑松下，大声向我喊："丫头，丫头，快把酒坛子抱过来。"

酒坛子挺沉，我提不动，只好两手抱在怀里，蒲窝上沾了残雪。这时，远远的一股药香飘来，我顺着药香走去，只见你老爷爷站的地方，是一堆扒开的雪。雪窝里，有一丛干枯的蒿草，蒿草掩盖着一朵棕色的大莲花，顶上还有一个旋着的小孔，花秆儿是白的。你老爷爷一字一字地说："这叫灵芝。"

灵芝？记得俺娘扒瞎话时说过这种仙草。

你老爷爷眼不离那灵芝，在自言自语："这可是好东西，古人管灵芝叫'茵'。天降祥瑞啊。"他忍不住又说了一句："茵啊！"

我不由自主地"嗯"了声。

忽然，你老爷爷抬头看着我，问道：

"丫头，你叫啥名？"

"俺娘叫我妮儿。"

"以后我就叫你'茵'，中不中？"

"老爷你叫啥，俺就是啥。"

"茵？"

"嗯。"

说完，你老爷爷攥一把地上的雪，呼出一口热气道：

"公冶子长公啊！感念您的保佑。这茵啊，有多种，天芝、地芝、人芝、山芝、土芝、石芝、火芝、雷芝、龙芝、丹芝、玄芝、甘露芝、青云芝、云气芝、白虎芝、车马芝……"

我听着你老爷爷一会儿"茵"一会儿"芝"地说着，不知如何是好。

"你姓景，也可以叫景芝。"

"嗯，景芝。"

我回答得很干脆，觉得你老爷爷身上的瘆人毛好像褪去了不少。

你老爷爷支派我把酒舀出来，围着这"茵"浇了一圈。他跪下磕完头，爬起来，额头上顶着一撮雪。

我脑海里想起梦里的白。

你老爷爷小心地两手抠，抠不出来。他激动得都有点儿结巴了："去……去，去驴车上拿铲子。"

驴车上咋啥都有？铲子也有。

我们开始一点点剜。剜一会儿，端详一会儿，摸一摸那灵芝的圆弧，软乎乎的。你老爷爷说，要是灵芝在三千年松下，松脂沦地，化为茯苓，晚上都会放光，吃了能长生不老。

你老爷爷眼力真好，他满眼都是药草。他指着一丛落尽叶子的干枝子说，"这是柘木"。说完，顺手用刀子剜出几块发黄的根。

"你看着这颜色像什么？"

我摇摇头。

"皇帝的龙袍，就是用柘木根染的。这颜色千年不褪。"

他满含兴致地说，柘木根泡酒，能治耳聋。说着，他把剜出的柘木根放在口袋里。

到家时天已上黑影了，先见过了你孔老嬷嬷。你孔老嬷嬷盯着俺，那眼神像俺爹看古书。末了，冒出一句话："长得还算周正。"

你老爷爷把灵芝摆在堂屋的正中。摆了两天，觉得不行，又放到祠堂先祖的牌位边和弗尼思并排着。弗尼思边上，摆着青铜觯，那是你老爷爷当乡饮大宾时赏的。

俺跟你老爷爷到了大有庄，才知道你们家的规矩那可是真多，都是孔圣人留下来的那一套。我跟用人一块儿在小南屋里吃饭，吃饭还不允许说话，筷子放的时候要轻，筷子还不能拄着，也不能横在碗上，吃饭时嘴巴不能吧唧吧唧出声……

当了三年丫鬟，你老爷爷跟我圆了房。然后有了你爷爷和你五爷爷，俺当了几个孩子的妈。你爷爷是光绪十二年生的，你五爷爷是光绪十四年生的。还生了你一个老姑，一个跟一个差了两岁。

一年一年真快，不知不觉，你爷爷、你五爷爷都长得跟我一样高了。过年拜祭，你爷爷悄悄跟你五爷爷说，灵芝也不是什么神奇之物。

你老爷爷听到这话，嗙—— 一拐杖抡到你爷爷的头上。你爷爷脾气犟，毫不示弱，竟然拿李时珍的话来压老子："时珍尝疑：芝乃腐朽余气所生，正如人生瘤赘，而古今皆以为瑞草，又云服食可仙，诚为迂谬。……"还没背完，嗙——又挨了一拐杖。"混账！"

……

俺那天就在埋俺爹的新坟上哭啊，谁拉俺也拉不起来。那坟啊，就像吸铁石把俺这铁末子吸住了。俺的指甲都扒掉了一块，也没觉得疼。俺想着和爹的最后一面，也就是他卖俺的那个雪天，俺给他磕头，他头都没回，就留给俺一个脊背，还有破棉袄上露出的那一团棉花套。

狠心的爹啊！俺肚子一阵揪着疼。那时，你爷爷在肚子里，是不是他也知道了疼俺呢。

9."回去得谢罪啊！"

从老墓田回到娘家。这个家啊，是俺舅帮着俺爹盖的三间草屋，窗棂上的榆树皮都还没剥呢。弟媳进了家门，才像个家了。

俺把头上的那半截白孝布子还给二婶子，二婶子没要。孝布子是为人披麻戴孝赚的。那年头不济，啥都缺，连一点孝布也稀罕着呢。弟媳妇把俺的鞋子要了去，一会儿工夫给褙了满白。弟媳问老温的鞋子还褙不，俺说不用了，省下块白布吧。

一句话倒提醒了老温。他把俺拉到一边，说："妈啊，是不是得赗个人情啊？"

我就去问俺弟弟，弟弟回得干脆："人都葬了，就不用赗了。"

那咋办呢？还是老温的主意多。他对俺弟弟说："用俺少奶奶的体己钱，贴补点家用吧。"就留下了一摞钱。老温给俺面子，守着俺弟弟一口一个少奶奶地叫，还夸口说，在你老爷爷面前可好了，受不着一点委屈。俺弟弟摆上酒，跟老温喝。老温把酒坛子搬下来，说："喝这个，喝这个，芝镇的，劲儿大。"俺弟弟不让，说到俺家得喝俺家的酒。两人谦让着，一会儿喝得脸通红，眼也通红。

俺弟弟猛然回头看俺一眼，就又抹起了泪。

回去的路上，俺就怪罪老温："在娘家咋叫俺'少奶奶'呢？乱了规矩！"

老温说："妈啊，孔夫人又不在跟前，叫你声少奶奶，咋了？她也听不着，对啵？"

俺说："俺就是个当妈的命呀！"

老温说："命里当啥都不要紧，心好就中。"

走前的晚上，俺跟弟弟说，想挖棵小皂角树捎着。弟弟跟弟媳妇嘀嘀咕咕了半夜，早晨起来，弟媳妇开始忙活，用沙子炒了半袋子长生果。俺说家里有，不必带。弟媳妇说您有是您的，回趟娘家，不能空手回。又给烙了一摞煎饼，煎饼里还有豆油拌葱花，烙得很干，吃着嘎嘣香脆。忘了说了，煎饼在俺那里叫"家宁"。

早晨醒来，站在天井里，不见了弟弟。赶忙出门，见弟弟正扛着一棵皂角树呼哧呼哧地走来。皂角树墩上全是土。我说不用这么大的，拇指头粗的就中。弟弟不说话，老温用铲子去剜那树墩上的土。弟弟在旁边说："你别动，可不敢动，那是老娘土。"接着又带着几分疑惑回头问我："姐姐，您嫁到东乡芝镇里，刚去的时候，是不是拉肚子？"我说："是啊，是啊，你怎么知道的？拉了一个月，拉得光剩了三根筋挑着个头，虚脱了，吃了几服汤药，都不管用。"

弟弟提醒说："唉，你走的时候，得带把咱这里的土啊！咱爹老的时候，反复在念叨：没给你姐姐带上把土走，我糊涂啊！你要带把咱老家的土啊！到了东乡，到了那里，喝水时，把土放上，就不拉肚子，也不想家了。"

弟弟和老温小心地把皂角树竖放在驴车上，老娘土还是往下掉，弟媳妇去找了一个腊条编的破筐头扣上，那晃着的土就漏到了筐子底下。皂角树干贴着了驴腚，怕磨着驴，老温把自己的擦脸布缠在树干上，走一会儿，老温就检查一回，检查了一路。

看一眼屋前的皂角树，看一眼远处山坡下的爹娘的坟，看一眼老屋的门窗、天井里的草垛，俺真不舍得走，不舍得走也得走啊。刚拐下坡，弟媳妇又撵上俺，道："姐姐，二婶子嘱咐，您回去得谢罪啊！爹老了，咱们身上有罪啊。"

二婶子也跟上来了，对俺交代了一番。

按说，出庄就可以把扎头布子摘下来了，老温说戴着吧，戴着抢劫断道的可怜咱，就不会难为咱。土匪也是人，咱家里人殁了，他们也不好意思下手。果然，俺扎着白头布子，一路安全。只是到了雹泉，遇到一小股土匪，没难为俺，算是有惊无险。

回到大有庄，俺想到弟媳妇说要谢罪的嘱咐，让老温先回去禀报，通报了俺爹殁了的凶讯。一会儿，你老爷爷、你孔老嬷嬷出来了。俺就远远地跪下，哭着说："老爷、夫人，贱人不孝，戴罪之身……"你孔老嬷嬷上前几步，扶起俺来，抹了几把泪，问了一路上的辛苦。问了俺爹老的时辰、岁数，一起到路口发了纸钱。俺再给你老爷爷和你孔老嬷嬷磕头，才进了家门。

咱芝镇栽树有讲究：前不栽桑，后不栽柳，桃树不冲着后门口。皂角树栽在了咱家场院大门的左边。你老爷爷说，前朱雀后玄武左青龙右白虎，只许青龙高万丈，不许白虎抬头望，适合种在左边。就在二月初九栽上了。我从树墩上掰了一小撮土，后晌自己在屋里，把那撮土放在热汤里喝下去。俺对俺爹祷告："爹啊，放心吧！俺喝了老娘土了。"

那棵皂角树一直在咱公冶家的场院里，是最高的一棵树。俺把自己也栽在了芝镇，栽在了大有庄。

弗尼思对公冶德鸿说："皂角树在西域被视为最洁净神圣之树。摩西带百万奴隶出埃及，制定十诫，装十诫的约束柜就是用皂角木打造的。《本草纲目》木部，皂荚释名：皂角、鸡栖子、乌犀、悬刀。皂荚：辛、咸、温，有小毒。皂角子：辛、温，无毒。皂角刺：辛、温，无毒。木皮、根皮：辛、温，无毒。主治……"

10. 家宁？家宁！

皂角树合该是公冶家的树，两天就缓过神儿来了。可是，枣木车轮上的那团血都干巴了。不过，你老爷爷眼尖，过了一集，还是让他看到了。他早晨起来上圈，弯腰扎棉裤，瞒着墙头，伸长脖子问老温："血？这是咋啦？"

你老爷爷的两眼盯着枣木轮子上的那坨深土红，惊恐地眨着。他一辈子就怕血。

觅汉老温岂能不知道！看到锅台上俺从蒙县捎来的那摞煎饼，他欲言又止。俺也着急啊！心里想老温啊，你倒是说啊！可老温就是不说。他慢吞吞地拿起叠得有棱有角的一摞米煎饼，打眼看，那煎饼湿乎乎、温乎乎、潮乎乎、面乎乎、圆乎乎，俺看着就想咬一口的煎饼啊！老温两手托着，托到你老爷爷的胡子梢那儿，说："老爷啊，你猜这叫啥？"

你老爷爷看看老温，脱口而出："煎饼啊！"

"不！老爷，在蒙县，不叫煎饼，叫'家宁'！"

"家宁？"

"家宁！重音在'宁'那儿。家——宁！"

那天俺要走，俺弟弟把炒熟的长生果塞到老温的驴车上，又抱着一摞小米煎饼塞进去，对我说："姐姐，这摞'家宁'，您带上。"我当时也没当回事儿啊！

"舅老爷，不，俺妈的弟弟，就在俺临上车那工夫，蹿到车轮底下，给车轴淹油，使劲一抬头，不想碰到车梆的橛子上，把头碰破了，血滴到车轮子上，怎么擦也擦不了去。"

我知道，这是老温编的瞎话。老温这么老实的人，竟然也会扒瞎话（方言，说谎），车轮子上的血，是他的。

老爷爷笑着说："老温啊，别编了，你一扒瞎话，下巴颏就抖颤。"

老温挠挠头皮，仰起头来，看着屋檐，吞吞吐吐地道："老爷，怕……您担心。"

回家途中，俺和老温在雹泉遇到了土匪。几个半大小子吆吆喝喝地上来就要掳俺。俺吓得躲在老温身后，土匪朝着老温就想打，老温掏出板斧，说："谁也别靠近，我这斧头，不敢见血，见了血，摁不住。"

土匪头儿那像钳子的手掐着俺的肩膀。老温的斧头举起来，咔嚓把自己的小拇指头削去了半截，血咕嘟咕嘟往外冒。他从地上抓一把土摁上，攥着那节小拇指头，在枣木车轮子上抹了抹，说："谁还想抹，俺家的枣木车轮子用得着。点了枣子一样的红色，转得快！"

僵持着，天都快黑了。有个土匪转到老温背后，趁老温不备，伸手去夺那板斧。老温早有警觉，把板斧朝后一扬，那人的鼻子差点儿被削掉。谁料，前面的小喽啰，一人一边抱住了老温的脚脖子，老温下身动弹不了，被掀到了地上。土匪一哄而上，把他摁住了。

土匪的头儿抱住了俺，俺怎么挣扎也挣扎不了，被抱到了驴车上。他在俺身上乱摩挲，又掐又拧，还把那带着酒腥气的嘴唇朝俺嘴上蹭。俺被压在驴车的车厢里，下身被那汉子撕开。

俺突然感觉很饿，想起了车把上挂着的小米煎饼，不知为什么就喊了一句："家宁，俺想吃个家宁！"

那汉子已经褪下裤子，露着下身了，听到我说"家宁"，突然提着裤子问："你说什么？"

"我想吃家宁！"

"家宁？"

"嗯！"

"你是哪里人？"

"俺娘家是蒙县。婆家是芝镇。"

"蒙县哪里？"

"牛头镇马头峪村，俺在公冶家当丫鬟，后来成了妈……"

"嗨！"那汉子背过身去，把裤子提上，对着他的弟兄们没好气地大吼，"都给我滚！"

俺和老温刚刚定了神，准备朝前走，一个小瘦子跑过来。他跑，老温赶着驴车加紧地跑。可是，那小瘦子居然跑得比驴车还快。他撵上来，扔给俺一个布兜。那瘦子喊："俺的头儿说，老姑啊，对不住了。俺不配吃家宁！"

那布兜里有一摞家宁！老温把布兜挂上驴车，俺真有点饿了，掏出一块，又掏出一块递给老温说："老温，家宁充饥！"

老温对俺说："这事儿瞒着老爷吧。"就瞒下了。

你老爷爷盯着老温说："把手套摘下来。"

他看着老温的手，看着枣木车轮上的血迹，又看了俺一眼，把煎饼捏住，也不卷，像提着一张宣纸，进了西厢房，那是私塾先生歇息的地方。

"拿酒来，拿芝镇老酒！拿大碗！"

老温去后厨拿酒，抱着一个坛子，进了西厢房。一会儿，老温又抱着坛子跑出来。俺问："咋了？"老温说："老人家嫌酒年岁不够，嫌度数不够，没有劲儿！"

在西厢房窗外的黄杨木下，俺看到你老爷爷猛灌了一碗酒，摸一摸下巴上的花白胡子，把煎饼铺在樟木案子上，比量了又比量，提起笔架上的羊毫楂笔，在煎饼上写了俩大字：家宁。

写完，你老爷爷把笔一甩，高声叫道："快哉！真快哉也！家宁，一家安宁，此生何求！"

弗尼思对公冶德鸿说："你老爷爷写的'家宁'这俩字，两个宝盖头，覆其下又各有姿容，结构稳重，点画疏密有致，浓浓的饱墨依着沉实的笔力，如同铸铁一般印在小米煎饼上，墨黑与米黄骤然分变，立体凸显。可谓力透煎饼。"

吞咽浊酒

TUN YAN ZHUO JIU

第 六 章

1.爷爷其实不会叫"娘"

　　我爷爷公冶祥仁叫孔老嬷嬷"娘"叫得很甜，人前人后，都甜。有时有尊贵的客人来，他也叫孔老嬷嬷"夫人"。春末夏初，已经在芝镇开了药铺的爷爷，买来鲜樱桃，樱桃叶子绿绿的，也不舍得摘掉。爷爷总是把樱桃放在白瓷盘子里，到浯河边洗好，端到孔老嬷嬷的炕头上，让孔老嬷嬷先尝。孔老嬷嬷吃三两个，把白瓷盘子一推，说："给你妈尝尝吧。"爷爷才把樱桃端给妈——我亲老嬷嬷景氏。亲老嬷嬷呢，总说她不爱吃樱桃，"都给孩子们吃吧。"爷爷摘下俩最大的樱桃，硬递到亲老嬷嬷手里，说："你吃。"亲老嬷嬷瞅瞅爷爷，再瞅瞅爷爷，笑一笑："我……还吃？"我爷爷说"吃，吃"。

　　亲老嬷嬷遮住嘴，吃了。

　　爷爷从不叫亲老嬷嬷"妈"，更不叫"娘"，每逢见面就是打憨，笑笑。

　　直到我大爷娶我大娘了，我爷爷依然如此。他其实不会叫"娘"。深秋里，迎着风，爷爷的白胡子都刮乱了，骑着毛驴出诊回来。七十多岁的亲老嬷嬷闲不住，坐在灶间里的蒲团上择菜或者拉着风箱烧火，我爷爷带着略显抱怨的口气，对着门口说："天井也不扫扫，你看一地的树叶子。"这就算跟俺亲老嬷嬷打招呼了。不是嫌弃亲老嬷嬷不勤快，纯粹就是招呼，表达的意思是"娘，我回来了"，但他就是叫不出"娘"。

　　亲老嬷嬷也心领神会，说："头晌风大。"算是应声。

爷爷拿起笤帚就扫天井，把落叶扫到簸箕里。我大姑小樽从屋里蝴蝶一样飞出来，我大姑，也就七八岁，梳着朝天辫子，两手攥住笤帚把儿有模有样地扫。把簸箕里的落叶倒在亲老嬷嬷的脚底下。落叶都干了，能接着添到锅底下。

爷爷又问亲老嬷嬷："夜里脚后跟还疼？"

"差些了。"

"用热水烫烫。"

母子俩就这样，有一句没一句地说，心照不宣。

有时，爷爷还没进门，听到驴子叫，亲老嬷嬷就喊："小樽，小樽，你大大回来了。"那是说给我爷爷听的，也是说给我大姑小樽听的。有时小樽并不在屋里，亲老嬷嬷只是借孙女的名儿说话。等爷爷进了门，不见小樽答应，亲老嬷嬷自言自语："小妮子，知不道又疯哪里去了。"

亲老嬷嬷不会说"不知道"，只会说"知不道"，对她来说，"知不道"就是"不知道"，"不知道"就是"知不道"。芝镇的人也都这样说。

常常地，在芝镇的大湾崖边，有几个人蹲在那里说话。

"今后晌能下雨吗？"

"知不道。"

"那天，芝里老人喝了几碗酒？"

"知不道。"

"牛二秀才办学呢，听说找黎元洪大总统给题的字。"

"知不道。"

聊够了，那人扔下一句，倒背着手往家走，腚后面跟着大黄狗，夹着尾巴的大黄狗舔着他的手指头，另一只手里攥着大烟袋杆儿，烟袋锅里烟灰没磕干净，还冒着烟，猛回头对同行的人说："知道，知道就是神仙了。"

爷爷下了驴背，亲老嬷嬷站起来，倚着门框说：

"驴缰绳得换根新的了。"

"嗯，我找老温换。"

"家宁干啥去了？"

"知不道。"

家宁是我大爷的乳名，亲老嬷嬷给起的。大爷都娶了我大娘了，爷爷和亲老嬷嬷还叫我大爷乳名。

"芝镇的绿豆糕。您尝尝。"

"又花些钱。"

"柿子树上叫的，是什么鸟啊？"

"知不道。"

亲老嬷嬷捏下一小块绿豆糕，放在嘴里。芝镇的绿豆糕，是新下来的绿豆做的，永和糕点，爷爷每次去，阜丰泰糕点店杨老板都单独包一份。杨老板知道爷爷要孝敬亲老嬷嬷，把绿豆糕先包一层透明纸，再包一层火纸，附上"阜丰泰"的印花，四四方方地扎起来。后来，杨老板把孙女给我爷爷当儿媳妇，杨老板的孙女，就是我的娘。可惜我娘没见过我亲老嬷嬷，但她常常提起我爷爷如何孝敬我亲老嬷嬷，说我的老姥爷就是认上了公冶家的孝顺家风，才把她送上家门的。

日子就这样一天天过着，像门前的浯河水，从南往北，哗哗而下。爷爷当年五十多，我现在也五十多了。爷爷和亲老嬷嬷就是这样交流的，不靠嘴，不靠眼，靠心。孔老嫲嫲过世后，亲老嫲嫲可以上桌吃饭了。端上煎好的浯河马口鱼，爷爷先用筷子叨过来，把鱼刺挑干净，双手递到亲老嫲嫲跟前。亲老嫲嫲不吃，爷爷不动筷子。爷爷喝酒，都是先给亲老嫲嫲倒上一盅。亲老嫲嫲总微笑着说："我……还喝啊？"一脸的满足，皱纹都舒展开。

爷爷再劝一劝："喝，喝。"

亲老嫲嫲就用袖子遮着嘴，把盅子干了。大姑小樽有一年托梦给我说："你亲老嫲嫲喝一口芝酒，就像仙女呢，是七仙女。七十多了，还害羞。"

我大姑小樽是大有庄乃至芝镇最美的姑娘，她的模样随我亲老嫲嫲，可惜我小，见过她，但不记得她的容颜。

2.亲老嫲嫲为啥恼了？

我们公冶家的晚饭总比别人家晚，不论谁出去了，都要等齐了再吃。冬天里，一家人围在热炕上。亲老嫲嫲说："一个都不少啊，围着圆桌，满屋子热腾腾的，团团圆圆，看看这个，瞅瞅那个，真好。"她老人家爱盯着爷爷上房门上写的春联出神，上联写的是"一室儿童喜"，下联是"满堂笑语喧"。年年写，年年都一样，偶尔把"喧"字改成"温"字。有时楷书，有时隶书，亲老嫲嫲看不够。有一年爷爷顺手换了草书，亲老嫲嫲瞅了半天说："不好看。像风刮的，东倒西歪。"过了一年，爷爷又换成了楷书。

不过，晚饭要等到一块儿吃，办饭的（比如俺嫲嫲）就不高兴，她得下炕热菜呀，有时菜得热两三回。寒冬腊月里，谁不愿意在热炕头上把手抄在袖筒里坐着拉呱儿呢。

晚饭都要烫上或者燎上一锡壶芝酒，男爷们喝着解乏，天南海北地闲扯。这是若干年传下来的规矩。我爷爷每次回来得都晚，在路上碰到熟人或病号，就耽误了回家。

这一天，天都黑透了，爷爷才进了大有庄的大梢门。

窗台上的红泥碗豆油灯花儿映着白窗纸，映着亲老嬷嬷的脸，也映着桌子上煎得干黄的马口鱼。爷爷挨着亲老嬷嬷盘腿坐，一团团人的黑影儿在白墙上晃，大姑小樽在大人堆里插空闹。爷爷照例把马口鱼托在手掌上，给挑了鱼刺，递给亲老嬷嬷，亲老嬷嬷"唉——"地长叹了一口气，没动筷子。爷爷补了一句："这可是鲜鱼，早晨刚摸上来的。"可亲老嬷嬷依旧不动筷子。不但不吃鱼，连小米黏粥也只喝了半碗，皱着眉头，也不看我爷爷，把头抵到盘腿的膝盖上，只撂下一句："我肚子胀饱。"

把鱼放在桌子上，爷爷也皱了眉头，不动筷子，低了头。他知道，亲老嬷嬷是生他的气了。亲老嬷嬷生我爷爷的气，从不发脾气，但我爷爷能感觉到。

我爷爷很少惹亲老嬷嬷生气。他忽然想起，若干年前家祭在祠堂里跟老爷爷顶嘴的事儿，老爷爷奉灵芝为神灵，而他却用李时珍的话"芝乃腐朽余气所生，正如人生瘤赘，而古今皆以为瑞草，又云服食可仙，诚为迂谬"反驳，被老爷爷在头上打了两个"木疙瘩"（方言，肿包）。从祠堂出来回家，亲老嬷嬷剜了他一眼，没说话。爷爷夜里醒来，影影绰绰看到亲老嬷嬷在炕前坐在方机子上盯着他。爷爷装睡，亲老嬷嬷轻轻用热毛巾给他焐头上的"木疙瘩"。当时他觉得委屈，内心里，一直认为是老爷爷错了，灵芝就是寻常物嘛。

老爷爷早已不在了，亲老嬷嬷也七十多了，那棵灵芝依然摆在祠堂里，年近五旬的爷爷忽然觉得自己错了。李时珍没错，是他错了。他当时伤了老爷爷的心，也伤了亲老嬷嬷的心。少不更事啊！爷爷想张口说说这段往事，话到嘴边了，又咽了下去。

那天晚上，一桌子人都不敢说话。活泼的大姑小樽也老老实实地挨着我大爷坐着。等吃完，亲老嬷嬷下炕去解手，找不到拐杖了，说："俺老了，眼花了，看啥都模糊，再老，就瞎眼了。唉，你说我活这么大岁数干啥，早死了，眼不见为净。"

听到亲老嬷嬷的话，爷爷一惊，一股悲凉的气息从后脊梁拔上来，这股凉气差点逼出他的泪。他知道，亲老嬷嬷是真恼了。看着亲老嬷嬷弯着的背，摆摆手，让我大爷去扶着老人出去。

亲老嬷嬷气的是：你公冶祥仁都快五十的人了，在芝镇有头有脸了，怎么会跟土匪张平青拜了干兄弟？他满手是血。你比那个孬种大十七八岁，咋还这么冒冒失失跟他套近乎？即使公冶家的祠堂保不住，也不能去拜他呀！

亲老嬷嬷该生我爷爷的气。在芝镇，人人都怕张平青，连小孩听着张平青的名都不敢哭。亲老嬷嬷哄我大姑小樽睡觉，大姑在炕上斗花狸猫玩儿，亲老嬷嬷说："老老实实的啊，再不睡，张平青来了。"大姑小樽一听"张平青"就乖乖地躲在被窝里，一会儿就睡着了。大姑小樽那时候还不认识张平青，后来，她竟然当了张平青队伍上的话务员，差点成了张平青的儿媳妇。后来这些事儿，亲老嬷嬷已经过世，她看不到了，也听不到了。

张平青本名张云霓，他老觉得这个名字不称心，打听到芝镇藐姑爷会掐算，就找上门去，让给取个新名。

　　藐姑爷本是女流，常年跟她爹剃头，后来嫁给了孙道，孙道行二，懒老婆也就叫了孙二娘。芝镇人都说她顶着仙家，能喝一燎壶酒，喝够了酒，天眼就开了，一会儿是男人腔，一会儿是小孩儿腔，一会儿又是老太太腔儿……

3."就为了那一句话啊！"

　　在芝镇，好像只有藐姑爷可以世袭。孙二娘的三姑娘，后来出嫁，也说顶着了仙家，又成了藐姑爷。这三姑娘的闺女，找了个婆家是芝镇的，住在芝镇酒厂边上的小胡同里，也叫藐姑爷，有时人称"三仙姑"。二十年前报社搞文艺晚会，我扮演"皇上"吓着魂儿（其实是感冒了），就是叫这个藐姑爷给瞧的。有意思的是，藐姑爷一代酒量大起一代，一代一顿一盅酒，二代一顿一壶酒，三代一顿一瓶酒。但芝镇老辈人都说，这新藐姑爷不如老藐姑爷灵，一双财神眼珠子。

　　那藐姑爷喝上一盅酒，解释给张平青，霓者，虹也，在天上也待不长，就一霎霎儿。张平青问怎么能长，藐姑爷给他改名"应龙"，字"天梯"。啥叫应龙呢？藐姑爷解释："这应龙又称飞龙、黄龙，是祖龙，它有翅膀，想飞多远就飞多远，想飞多高就飞多高，也就是真龙。皇帝，就是真龙啊，不是说真龙天子吗？"

　　张平青很满意，带着卫兵回到营房，营房设在他的老家芝镇东南十五里的双寺村。

　　晚上，张平青睡不着又琢磨，天梯也不好，万一让人家把梯子抽了，岂不要摔个少皮没毛、碎骨粉身？转而一想，自己是能飞的应龙，跌不着的。谁料，夜里起来查岗把脚崴了，觉得不吉利，又骑马去了芝镇，后面的卫兵骑着头驴，驴背上驮着半袋子袁大头，一路上紧撵慢撵，才不至于落得太远。藐姑爷燃起三炷香，下了半天神，又给改字"平青"——取"平步青云"之意。

对"应龙"这名字，他还是不放心。那天恰逢芝镇大集，他脱了军装，化装成卖豆腐的，在人空子里钻来钻去，找到测字先生李东道。这李东道很神道，跟藐姑爷不同，上过私塾，穿着个油乎乎的长衫摇头晃脑，之乎者也。他对张平青说："《山海经·大荒东经》上记载：'大荒东北隅中，有山名曰凶犁土丘。应龙处南极，杀蚩尤与夸父，不得复上，故下数旱，旱而为应龙之状，乃得大雨。'龙乃帝王也，云从龙，龙在天，如您能得到水的辅佐，将来必定前程似锦。"

张平青听了，咧嘴直乐。打这以后，他的军队驻防，都是有意找那些村名里带水字的村庄，如百尺河、甘泉、胜水、井上、水泊等。他办平青中学，那个青，也改成了"清"，要求学生的名字也要有一个带水的字，没有的现改，不改不让进学屋门。

他让儿子张发改名张泼，儿子就不改。张平青的娘也说"张发"这个名儿好，"张泼"不好，泼是泼水啊，水泼出去收不回来啊。张平青不听，逼着儿子改了。

这张泼长得很帅，他差点成了我的姑父。可惜我没见到。

张平青的老家双寺村，也改成了双泗村。

藐姑爷算定张平青有十五年红运，张平青就在老家双寺村（双泗村）边上的王爻村建了藐姑爷庙，藐姑爷的形象照着孙道之妻孙二娘的样子塑的。孙二娘的鼻子有点矮，眼睛有点小，塑像时垫高了，放大了，供了神位。张平青每次带兵出去，都要到藐姑爷庙祷告，求个平安。

儿子张泼不信邪，黑夜拿着弹弓把藐姑爷的鼻子打掉了。张平青把张泼吊在槐树上用皮鞭蘸着水抽得血肉模糊。张平青的娘要不是来得及时，张泼的小命都没了。

这张平青有三大爱好：爱枪、爱马、爱美人。他先后娶了八房姨太太。大太太和三太太都是芝镇人。第七房姨太太娶罢，又看上了密州府前街开明绅士张太白的女儿。张太白痛恨张平青，一听说要娶自己的闺女，气炸了肺，一介草民，奈何张平青不得，白天黑夜长吁短叹，不久一命归西。丧事没办完，女儿就被一顶小轿抬着，进了张平青用部队营房改成的新房。

万万没想到的是，这个张小姐全没父亲的骨气，成天嗲声嗲气，像一条长虫一样，黏黏糊糊缠磨着张平青，把张平青迷得晕晕乎乎，她说啥，张平青就听啥。迷就迷吧，枕头上还不垫好话。

有一天，八姨太跟邻居拌了几句嘴，晚上就气呼呼地吹起枕边风，说她在哄孩子玩时，曾听到邻居脱秀锋说了一句狠话。

张平青问："什么狠话？"

八姨太道："他说八路怎么还不快来。"

张平青又问："真这么说的？"

八姨太说："嗯。"

张平青仰脸吐出一口气，道："好好好好好。"连说了五个"好"字。

半夜，张平青起来解手，站在天井里打了个呵欠，跟站岗的卫兵嘀咕了几句，回来问："今日初几啊？月亮这么圆。"没等八姨太回答，倒在炕上起了鼾声。一会儿工夫，清脆的枪声传来，回头看张平青，依旧呼噜声打得震天响。

第二天早晨，八姨太才知道邻居脱秀锋父子吃了枪子。她吓得捂住了肚子，疼得在炕上打滚儿。到了傍晚，下身出血不止。

弗尼思对我说："两条人命，就为了那一句话啊！"

4.爷爷恍惚中被蒙了头

那年秋，雨水大。是个黑夜，雨滴砸着窗户下的磨眼、磨盘、磨道。磨眼满了，雨滴进出的花儿滚来滚去，还有屋檐滴下的雨泡儿，吧唧吧唧。窗纸被风吹得呼哒呼哒响。竖在屋门口的铁锨，也哐当一声被风刮倒了，把天井里的鸡食瓢给打翻了，瓢里积的雨水混着鸡吃剩下的食渣渣，打了几个旋儿，顺着阳沟流出了小院。忽然又一阵风吹过，压在咸菜瓮上的一页瓦被掀掉了，哐当哐当甩出老远。看门的黑狗睡着了，风声压过了狗的鼾声。这狗往日都是耳朵贴着地睡，稍微有点响动，汪汪汪地叫得人心烦。今夜却怪，找了门楼过道底下的秫秸趴着睡，两只耳朵耷拉着，无精打采。

天气不好，看病的人少。爷爷闲坐着，盯了一下午墙上芝里老人的诗句，刚到傍晚就提着一坛子芝酒，骑驴来到了芝南村。芝里老人能掐会算，早早地让觅汉老四备了下酒菜，少不了的是那刚煮好的芝泮烧肉。本来一人喝了一壶，就准备吃饭。芝里老人有个习惯，酒后小米煎饼吃一个，粥喝一碗。这晚，他却忽然来了兴致，又各自门前倒上一盅，并念叨了一句："饭后酒，从来有。"吱干了，既然一盅干了，也就不差第二盅，又倒上，干了。"唉，老伙计啊，事不过三嘛。三盅、三盅。"第三盅又干了。仿佛意犹未尽，一摇那小锡壶，说："不多了，咱壶了吧！"我爷爷也连忙响应："中，中。"老哥俩一壶酒很快就喝下了肚。爷爷醉得连驴都骑不上去，还亏得芝里老人家的觅汉老四抱住他的腰，硬撺上去的。驴子路熟，爷爷迷迷糊糊地被驮到家。他不由自主地打个响鼻。老温闻声出来开门，把爷爷扶进了小南屋。小南屋是老温住的，与驴棚接山，平时一刮风，总会有驴粪、马粪的味儿飘过来，爷爷觉得那味儿是股青草香。而这晚上，他感到扑鼻而来的却是股浊气，不由得问道："老温，豆饼是不是沤烂了？要不就是喂多了。"老温早给爷爷泡了一壶浓茶，笑着说："您都能当兽医了。"

爷爷喝了酒爱跟老温聊天，聊着聊着就睡着了，顺便就住在小南屋，主要是怕亲老嬷嬷知道他喝大了，想躲着。爷爷从来不怕俺嬷嬷。

夜里口渴，爷爷想起身倒杯浓茶润润嗓子，正低头找鞋穿呢，屋里一下子亮了。一根耀眼的火把从窗户棂子里伸进来，冒着黑烟，把爷爷的眼耀得视线模糊。刚回过神来，只见一支枪管从另两根窗户棂中间伸进来，火光下闪着蓝幽幽的光。随即听得雨声里有个声音嗡嗡地传来："公冶大夫在吗？请跟俺走一趟。"

爷爷像做梦一般，恍惚中被蒙了头，塞进一辆大马车。一开始还记得是向南，又向东，隐隐约约过了石人坡；再后来七拐八拐，就辨不清方向了。蒙眼布一掀开，我爷爷就见一口大钟挂在钟楼上，心想这不是瑞应寺的那口大钟吗？自然意识到这是到张平青的营帐里了。

刚坐定，便听有人小声道："张司令到了。"

"公冶先生受惊了，内人血崩，呕吐不止。"张平青进来，握住爷爷的手。爷爷觉得他的手很软，握着像握一团新棉花，又感觉这只大手好像少了点什么。张平青分明意识到我爷爷在疑惑，便把手举起来，解释说："'吾少也贱，故多能鄙事。'不瞒先生，我的这个小指头，是小时候在猪圈里耍，被猪给啃掉了。"

爷爷若无其事地"哦"了一声，装着不看那手上的明疤，说："先看病吧。病人呢？请带我去。"

卫兵上前，被张平青一把摁住。用那只有四根指头的手拉着我爷爷走到一个砖砌的小窄胡同，进了八姨太的房间。

八姨太躺在炕上，从白帐子里伸出手。我爷爷给她把脉象，左手把了，又把右手，还是拿不准。张平青急不可耐地冒了一句："公冶大夫，还需要……"

未等他的话说完，我爷爷急忙回应："要是夫人不介意，我看看她的舌苔。"

"不介意！不介意！"

说着，张平青一下子把帐子拉开了。只见八姨太侧身歪在炕上，粉红色的被子直遮盖到脖颈窝，一头乌发胡乱铺在枕头上，衬得一张脸雪也似的白。大概是让突然射进帐里的光线刺痛了，她双眼紧紧一闭，倏地又睁开，眼珠儿滴溜溜地，视线扫在俺爷爷脸上。她脸上显出一道笑纹，越来越深，越来越重，像云层一层层、一层层散去，露出来的鱼肚白；又像是一点点、一点点剥开荔枝的壳露出粉白的嫩肉来。又似清风带走微尘，笑容转瞬即逝。石榴红唇绽开，蛇吐信子一般，丁香小舌在嘴唇上舔一圈，长长地伸到俺爷爷面前，差一点就舔到俺爷爷的脸。

"先生……"

那叫声碎碎地、颤颤地，悠悠忽忽，蛇一样缠绕住俺爷爷的神经，憋得他喘不上气。

爷爷闭了一下眼，很镇定地说："不碍事！夫人，别说话。"

5. "我德薄福浅，哪有这福分？"

那妇人果然是一等尤物，单就一双眼睛就够勾人魂魄。撤了帐子，扑面而来的是一股邪气。

爷爷皱了皱眉头，对张平青道："夫人是肝气郁结，致患血崩，这才口干舌渴，呕吐吞酸。"他开的方子是平肝开郁止血汤：白芍（醋炒）半两、白术（土炒）半两、当归（酒洗）半两、丹皮三钱、三七根（研末）三钱、生地（酒炒）三钱、甘草两钱、黑芥穗两钱、柴胡一钱。

吩咐下去，少不了的是拿药，煎药，服药。

这一系列完了，疲惫的爷爷有气无力地说："天已放亮，我该回去了。"

爷爷平时都是早睡，这一夜折腾，还真有点儿腰酸腿疼。

张平青捏捏我爷爷的袖管，说："不急嘛！公冶大夫，你难得来一趟。"还没等我爷爷搭话，他又接着说："吃了早饭。您先休息。"

爷爷无奈，只好从命。他在卧房一觉醒来，已是下午。

他呆呆地瞅着屋笆，如坐针毡，心想：在土匪窝子过夜，这污点要传出去，跟狗皮膏药似的，揭也揭不掉。可张平青不放他走，每天好酒好肉伺候。再加天不亮就听着到处喊"杀杀杀"的训练声，爷爷满嘴起了燎泡。

第一天，八姨太水煎一剂，止住了呕吐；第二天，止住了干渴；第四天，血崩痊愈。

说话满口之乎者也，张平青不像个恶魔，倒像个白面书生。他平时喜欢读《水经注》，随手就把书放在了茶几上。我爷爷闲着无聊，拿过来翻看，见在《潍水》这一章有折页，有一段文字被划了几道红杠杠："又北，浯水注之，水出浯山，世谓之巨，平山也。《地理志》曰：灵门县有高山、壶山，浯水所出，东北入潍。今是山西接浯山。许慎《说文》言水出灵门山，世谓之浯汶矣。其水东北迳姑幕县故城东。"

我爷爷脱口而出："张司令还有如此雅兴。"

张青平笑道："咱都是喝浯河水长大的，谁不爱自己的家乡？"

"那是，家乡是自己的根。就跟草药一样，咱这里的草药，能治咱这里的病，草药跟人是一样的水土，所以相合。江南的草药，尽管名字一样，可是药效就不同了。一方水土养一方人，一方草药也医一方人。"

"家乡是自己的血地，咱不守，谁守呢。都说我是绿林中人，其实我跟他们还不同。我就想保一方平安。"

"难得张司令有此爱心，浯河两岸之幸啊。"

"还望公冶大夫成全。"

"我不过是一个大夫……"

"我手下正需要您这样的人。"

"您高看了。无用之人。"

正当我爷爷跟张平青你一言我一语聊天时，一个卫兵进来跟张平青附耳低语了几句。他点点头，站起来就出去了。不一会儿，他搀扶着一个妇人过来，轻声告诉我爷爷："这是家慈。"

打眼看去，老太太一头白发，圆脸，尖下巴，眉眼仁慈，左腮边一颗黑痣，上身穿黑绒对襟袄，拄着一根褐色拐杖。我爷爷觉得她有五十多岁光景。

夫人话说得也得体："有劳公冶先生大驾。我这个嘲巴儿子动刀动枪的，没吓着您吧？"

爷爷赶紧说："张司令礼贤下士。"

张平青搬过方杌子。老太太坐下，脚尖儿冲下，绣花鞋并不着地，鞋后跟蹬着方杌子下面的横木。

妇人朝儿子使个眼色，张平青起身跟我爷爷施礼后即先告退。妇人才有点儿不好意思地跟我爷爷说："老身经水忽来忽断，时疼时止，找了若干大夫，就是治不好。"她面带羞红，诉说自己的症状。爷爷听完，伸手诊了脉象，看了舌苔，笑着说："无大碍，我给您开几服汤药调一调，用不了几天就好了。"

爷爷给开的是加味四物汤。没几天，老妇人吃了四服，果然好了。

张平青又摆了丰盛的一桌宴席。我爷爷呀，就是爱酒，也就不推辞，端起盅子开喝。喝到一半，张平青的母亲领着八姨太来了。老妇人走路没有声儿，像水上漂着的鹅毛。她执意要给我爷爷端盅酒。我爷爷连说"使不得""使不得"，慌忙从炕上出溜下来迎接。

八姨太早已斟满了一盅酒，双手递上来，两眼直盯着我爷爷。那眼睫毛忽闪着，湿湿的。我爷爷眼角一瞥，不再看她，鞠躬谢过，干了一盅。掩面捂嘴，把酒盅举到盘子里。

张平青的母亲听着公冶大夫跟儿子天南地北地说着，静静地坐着，也不插话。

喝到半酣，老妇人突然说："看着你们聊天，倒觉得像兄弟俩，不如拜个干兄弟好了！"

爷爷一听，突然就醒了酒，端酒的手发颤，酒洒到了桌子上，额头上渗出豆大的汗粒："使不得，夫人，使不得！我德薄福浅，哪有这福分？再说，家有老母在堂，这事我哪里敢做主？"

张平青一拱手："公冶兄，你就留在我这里，我们一起共图大业。如何？"

爷爷刚要开口，忽然弯腰捂着肚子，慌忙中胡子都耷拉到炕沿上："哎哟，哎哟，我肚子不好受。"

说着，步履蹒跚着跑进了茅房。

6."爷爷这是晚节不保啊！"

好不容易脱身回到家里，我爷爷如此这般，一五一十地跟亲老嬷嬷说了这几天的遭遇。亲老嬷嬷惊恐地用手捏着大襟褂子的布扣，紧锁眉头，念了声"阿弥陀佛"，拿起筷子，夹起煎得有点糊了的马口鱼的鱼尾，举在脸前看了看，抿在嘴里。

觅汉老温百思不得其解，在那天夜里忽然找不着了胳膊和腿，找不着了嘴，迷迷糊糊地看着我爷爷在雨里被掳走。天亮了，才感觉能动了，到堂屋里去结结巴巴说了夜里的事儿。公冶家上上下下炸了锅，六爷爷公冶祥敬召集人到处打听。

爷爷六天六夜没回家，亲老嬷嬷一直没合眼。

"平平安安回来了就好。"老人家说，"我啊，就想守着老老小小的，过几天安稳日子。"

爷爷脑海里，亲老嬷嬷的幸福时刻是这样的：秋天里，她手提着马扎，弯腰在场院里走，不时地看着那棵皂角树。天上的白云飘着，偶尔的秋风扫过，皂角树的叶子唰拉唰拉响，皂角干了，白刀一样悬着，一粒粒比猪牙还小的果子噼里啪啦砸下来。她一粒一粒地捡起，放在布袋里。口袋满了，回家一把一把掏出来，放在炕几上的小白口袋里，扎好。再慢慢出门，挪到皂角树下，坐在马扎上歇一会儿，又捡，一粒一粒。白口袋三天就能捡满，再换个布袋。

晚上，给爷爷指一指，爷爷笑笑："您捡的？"

亲老嬷嬷满足地说："嗯，开水烫了，洗头发好。小樽的头发我就让她用这个洗。你看黑亮黑亮的。"小樽把辫子解开，甩给我爷爷看。

爷爷说："皂角是中药，这么多！我不用买了。"

抱过小樽，爷爷考她皂刺叫什么。

"叫天钉。"

亲老嬷嬷把从皂角树上掉下来的天钉放在窗台上晒着。

"对，叫天钉。天钉扎手，可别去摸它。"

这时，大爷公冶令枢走进来，手里恰恰拿着一根皂刺，说："我刚看了《神仙传》，上面说，大约是唐朝时，有一个叫崔言的，他在左亲骑军中任职。有一天得了病，眼前发黑，咫尺之间的人和物都分辨不清，眉毛和头发自行脱落，鼻梁塌陷。皮肤上生出像疥似的疮。看情势不能救活了。崔言所任的职是什么谷的归寨使。这一天，一个先生从他任职的这个谷中走出来，说要见他。等见到他后，也不说自己的姓名，就传给崔言一个药方，并说：'采一二斤天钉，把它烧成灰。蒸一个时辰，晒干，把它捣成细末。饭前将皂刺灰、大黄末用匙调入大黄汤中，一齐服下。'崔言就按这个先生的方法弄来了药，然后吃下，过了十天左右，崔言的胡子、头发又重新长了出来，皮肤也有了光泽，疾病痊愈，眼也比平时明亮了。那先生传完这个药方以后就回到山里，不知到什么地方去了。"

爷爷说："这都是些传说，姑妄言之，姑妄听之吧！真正学医不可信这些东西。"我大爷满脸堆笑，说："我也只是听着玩儿。"

爷爷正色道："学医不是儿戏，人命关天。趁着年纪小，把《汤头歌》都给我背熟了。"

亲老嬷嬷笑着说："才刚轻松了一霎儿，你又在教训人。"

我爷爷朝亲老嬷嬷笑笑，不说话了，捏着酒盅，干了。

见我亲老嬷嬷把夹起的鱼吃了，我爷爷这才心安了。

从此，我爷爷跟张平青的关系麻团一样扯不开了。那阵子，他时常被人接到双寺村。去的时候，都是瞒着亲老嬷嬷。

双寺村，不！一个瓢都能扣过来的双寺村已经被张平青改成了双泗村。每晚天还黑得像锅底，起炕钟挂在青砖垒的钟楼上，村里的老百姓就听到那钟当当当地响，青砖是干垒的，也没用水泥嵌缝，看上去像个临时混。

这起炕钟确实是从牛沐岭上的庙里抢来的。负责敲钟的秃头钟夫天天拿根剥了皮的榆木棍捣那口钟，像跟钟有仇似的，下着狠劲，一边捣，一边忍不住伸手到裤腰里去摸虱子。

钟声一点不悠扬，村里的人听得头皮发麻，也不敢埋怨。张平青说："老少爷们有耳福还不觉得。这是牛沐钟声！"

爷爷上了这青砖钟楼，一摸到这口大钟，就想起了公冶家的那对童年童女。生铁冰凉，却火一般地烫，再听这钟声心里就隐隐作痛。

一日，与张平青喝酒，不知怎的，就谈到了这口钟上。张平青说："我知道这口钟的传说，这是抵抗外侮的见证。"

我爷爷说："是啊，是啊。但愿平青兄能抵御外侮，保我家乡，以雪我公冶家族儿女的血泪之仇啊！"

"居安思危，警钟长鸣。"

张平青一边端起酒杯敬我爷爷，一边咬着牙念出这八个字。好歹他听了我爷爷的劝告，用洋灰重新把钟楼垒了。四个人把那口大钟抬上去的时候，焚香祭奠，士兵朝天开了一百响。

我着急地对弗尼思说："我爷爷这是晚节不保啊！怎么真跟土匪混在一伙了？我亲老嬷嬷最担心的也是这个呀！"

弗尼思安慰我说："你先别急，往下看。"

魔浆壮胆

MO JIANG ZHUANG DAN

第 七 章

1."胡闹！高作彪！给我叫高作彪！"

每日清晨，双泗村操场上总是尘土飞扬。从炕上爬起来的士兵揉着眼睛，集合跑操，五颜六色的衣裳上落满了醭土。看着像毛驴在地上打了滚似的部下们，张平青说："好好跑，马上就给发军装。"

张平青也跟着跑，规定每人跑五十圈，有时他跑恣了，就号令跑一百圈。气喘吁吁地跑完，列队，张平青手里提着根牛皮带，瞅着蔫儿吧唧的就抽那么一下子。

初夏的一天，下着小雨，雨点小得落在青纱帐挨密挨的玉米叶儿上都听不到，是睫毛雨，不影响出操。也好，没有了飞扬的尘土。张平青依旧在队列前挨个踅摸。第三排第二个，是个瘦高个，低着头，裤子肥大，松松垮垮。他见不得这没睡醒的样儿，就喝命："你，出列！"

瘦高个夯拉着眼皮，朝前一大步，立正站好。

张平青问："咋了，愁啥了？跟得了鸡瘟似的！"

"报告司令，没愁。"

张平青的脸往下一拉，踢了那士兵一脚，说："还说没愁？"

"报告司令，我愁找不上……媳妇。"

队列里的人都哄地笑了。

张平青大声说："笑啥笑？你听着，从现在起，你就是三排长了。把媳妇娶到家再回来。归队！"

瘦高个大名高作彪，芝镇芝街里人。归队后，他心口还在扑通扑通地跳，满头大汗珠子往下滚。小雨突然变了大雨，高作彪让司令的命令弄迷糊了，冒雨又围着操场跑了一圈。

第二天一早他照样来出操，跑得比谁都卖力。没想到还是让张平青一眼就把他"揪"了出来："媳妇娶了？"

"没有，俺还没回家。"

"给我滚回家去，穿上军官服！"

高作彪屁颠屁颠地回到了芝镇。赶巧了，张平青被韩复榘任命为国军少将第二路游击司令，他心情畅快，为每人做了一套新军装。

早先张平青的残部都有土匪性儿，回家都是偷偷摸摸，灰头土脸，且赶在夜里。高作彪这次不一样了，穿着军装，大摇大摆地回家。因第一次穿上了皮鞋，走路都是高抬着腿。成了政府在编军人的高作彪说媳妇，那真是风快呀。邻居帮着他收拾好了房屋，翻盖了门楼，连堂屋里也扎了福棚。不到半月，新媳妇就敲锣打鼓进了家门。高作彪喜滋滋地用红包袱包着炒熟了的长生果、栗子、糖棋子、糖馓馇，回到双泗村。

张平青上下打量着高作彪，点点头，"嗯"了一声，然后夸奖说："任务完成得不孬！脱了这身皮，继续当你的马倌。"抓过高作彪拿来的一个糖馓馇，塞给卫兵："替我吃了，沾沾喜气！"

当了不到两个月排长的高作彪又当起了他的马倌，每天伺候着几十匹马，张平青叫他半月回趟家抱抱新娘子。

张平青的妹妹张小嫚也喜欢马，尤其喜欢一匹枣红马，三天两头，常来瞅瞅。每当高作彪喂枣红马，她就夺过竹筛子自己去喂，还要摸摸马头、马耳、马眼、马鼻子，搂搂马脖子。趁没人，还央求高作彪把枣红马牵出来，兴冲冲地骑上去，在场院里溜达几圈。高作彪牵着马，胆战心惊，怕司令突然从草垛后面冒出来，一枪碎了他的脑瓜子。

张小嫚人长得俊，却是男孩子性格，不仅敢骑马，还敢赶马车，甚至敢喝酒。她央求高作彪偷偷领着她去芝镇赶大集，从此迷上了芝镇东南门的转秋千、芝镇炉包、老杨家的阜丰泰糕点、六瓣火烧，还有泥瓦盆的羊肉老汤。在芝镇酒楼，张大小姐还吃了芝镇小炒和鸡脯丸子，喝了两盅芝镇白干。高作彪给张小嫚开了眼，她在马棚里的笑声越来越多。

不出半年，高作彪媳妇的娘家哥哥打听到妹夫不是排长，是个喂马的。再说了，在张青平手下干，匪性能改？将来会有啥结果，谁也说不准。干脆趁黑夜把该拿的打了包袱，领着妹妹离家出走。

这高作彪又变得无精打采了。张平青一时也没有注意到，他把心思放到了刚看上的密州城里台家的大小姐身上了。张平青不顾台小姐还在密州十三中读书，软磨硬泡。台小姐三次上吊寻死也无济于事，只得认了命，做了张平青的九姨太。

张平青张罗着娶新姨太太，一忙乎，就是半月过去了。

那日张平青跟台大小姐的合卺酒刚吃完，送客时，不知是大门上的红对子映的，还是芝镇老白干烧的，一张脸通红。他迈步朝天井里走，迎面跟妹妹张小嫚碰了个满怀。

"哥哥，我想跟高作彪过。"

"哪个高作彪？"

"就是那个马倌。"

"他不是有家口了吗？"

"听说他不当排长，媳妇跑了。"

"不行！"

"俺肚子里有……"

"有……了？"

张平青大眼一瞪，高喊：

"胡闹！高作彪！给我叫高作彪！"

高作彪一听喊他，早吓得躲在麦秸垛旮旯里直打哆嗦，伸手摸摸自己的脖子，长叹一声："完了！明年的今日，就是俺的一年坟了。谁能给俺烧一刀纸呢？"

2."张平青，你找爷爷啥事？"

"高作彪，你这个弼马温！你给我死出来！"

张平青的脸气得铁青，他站不住，一霎霎儿也站不住，在天井里转着圈儿来回走，一脚将一只在啄食的母鸡踢到墙头上。墙头上一页灰瓦让那母鸡爪子蹬下来，那母鸡咯咯地叫着扇着翅膀又飞。张平青骂："叫！叫！叫你娘的浪腔！"

妹妹张小嫚跟在张平青后面，像蚊子哼哼一样："哥哥，你别杀他啊。"

"我不杀他，我活剥了他的皮！"

长兄为父，父亲临终前嘱咐他，要把妹妹应撮好。也就是说，他爹给他安排了个差事，给妹妹找个好婆家。这倒好，一直盯着呢，没想到灯下黑，让这个缺心眼的弼马温给占了便宜。一棵脆生生的带着露水珠儿的嫩白菜，让一头脏乎乎的狗熊给拱烂了。最可恨的是，把自己的脸盆大脸也给拱烂了。

"弼马温高作彪，你是找死！不得好死！"张平青攥着拳头，一拳捣在影壁墙上，那头也碰到了影壁上，喊了一声，"爹啊！爹啊！"他回头用两只红眼剜着张小嫚抱怨："妹妹啊，你咋这么糊涂啊！"

忽然看到队副过来说事，张平青拉下脸说：

"滚出去，谁也不让进来。"

弼马温高作彪听着张平青的吼叫，还有那皮靴在鹅卵石甬道上的咣当咣当声，筛糠一样哆嗦着，把头钻进了麦穰垛。好汉不吃眼前亏，咱不是好汉更不能吃亏，张平青心狠手辣，杀人就和杀鸡一样容易。一句话，毙了，就毙了！高作彪亲眼见过，也亲自执行过张平青杀弟兄的命令。

不行，不行，不能让他毙了，先在草垛里躲一躲，使劲朝草垛里拱。他恼恨那麦穰垛，当初垛得有点儿结实，拱着很费劲，使劲！再使点儿劲！他的光头忽然触着了一样东西，圆乎乎的，一丝凉意，哦！原来是酒葫芦。咋把它给忘了呢？

那酒葫芦上刻着一个"高"字，还有半壶老酒呢。夜里起来喂马，都是扒出来喝一口过瘾，喝两口当神仙。因喝三口就耽误喂马了，平日他只喝两口。他摸摸淡褐色的酒葫芦，酒葫芦上拴的铜钱叮当响。这酒葫芦是他爷爷高铭乾传下来的，他爷爷临死前抖动着满手的鲜血把酒葫芦递给他爹高春峰说："儿啊！酒是好东西，能上天入地，能担事。"

　　清咸丰十年半，捻军"老毛子"进犯芝镇那年，高作彪的爷爷高铭乾成了英雄。为啥说咸丰十年半呢？雷震老师考证，捻军进犯渠邱县的时间是一八六一年的农历二月二十三，进犯芝镇的准确时间是三天之后。咸丰皇帝当年驾崩，同治皇帝继位，当年仍算咸丰十一年，次年方称同治元年。因咸丰十一年没过完，老百姓就叫了咸丰十年半。高铭乾领着人抵抗。那天是清明节，芝镇人跑得丢了满街的鸡蛋和三页饼。因为当时芝镇没有城墙，当地老百姓用木制独轮二把手车子围起来当营寨抵抗，死了不少人，芝镇的团练很敢打。在那个乍暖还寒的时节，高铭乾却穿着单褂，充当团练的骨干。他的特点是：酒量大，饭量大，胆子大，力气大。高铭乾捡起地上的鸡蛋，掏出酒葫芦，把鸡蛋当了菜肴，正一路走一路喝着呢，被一个"老毛子"一刀从后面捅了。这高铭乾会硬气功，一手拿着酒葫芦，一手拽住捅穿了他肚子的刀刃子，血滴满了手，他咬住牙，一运气，一个翻身，把那捻军摔倒，用膝盖硬生生把那"老毛子"顶在地上碾得断了气，再把那酒葫芦从脖子上摘下来，对在嘴上一阵猛喝。高铭乾那喝酒的姿势，很标准，一直微笑着。芝镇的团练头儿把他弄到炕头，高铭乾长叹一声："唉，别无牵挂，再也捞不着喝酒了啊！再给我一口吧。"可惜酒葫芦空了，高作彪的爹高春峰让爷爷高铭乾把嘴张开，使劲晃那酒葫芦，滴出了一滴，滴到张着的嘴里。高铭乾微笑着，极其满足地把酒葫芦推给了儿子高春峰，一声"喝够了"就咯嘣一下咽了气。

　　高春峰擦干眼泪，到田雨烧锅上装满了酒葫芦，在酒葫芦上用刀子刻下了一个"高"字，开始学着喝酒，慢慢地酒量大了起来。

跟爹不一样的是，高春峰酒量虽不小，但就是脾气软了点儿，惹了一场官司，竟然气死了。高作彪一发狠就当了兵，可是酒量比爹大，胆量却比爹还小。

当了张平青的弼马温后，他把酒葫芦埋在草垛里。看到酒葫芦，就像看到了烙铁烙，烫手。

高作彪这会儿满脑子是长辈的影子，他拽开那软木塞，在心里骂了一句："要杀要剐，随你了！"他觉得爷爷高铭乾就站在他后面磨刀呢。

咕嘟咕嘟，半葫芦老酒一饮而尽。胆量像浇在头上的一锅沸腾的水，烫得他直跺脚。他撕扯开褂子的扣子，撕扯着自己的头发，瞪着血眼，迎着张平青而来。

高作彪上前一步，张平青也向前一步，两人的鼻子就要碰到了鼻子。满嘴酒气的高作彪，有半葫芦酒劲儿垫着，哑着嗓子大吼道："张平青，你找爷爷啥事？"

张平青扬起一只大手来，就要打了，却突然又收回去了。

3.瞅一眼张平青的背影，他吓尿了裤子

这时，一只野鹊蹬掉了墙外梧桐上的一根干巴枝子，把高作彪头上顶着的麦穰打掉了一撮，还有一撮耷拉到眼眉上。张平青上前用手给摘了去，掏出白手帕递给高作彪："你看你这个熊样！擦擦手。"

高作彪一把夺过，攥在手里，噗地吐了一口痰："什么脏褯子！爷爷不要。"一抬手扔了。

张平青扬手把手帕接住，咬牙捣了高作彪一拳，大声骂道："喝上口猫尿，不知道姓啥了？！"

高作彪被张平青那一重拳打了个趔趄，扶住一棵小槐树，眼冒金星。他拍拍胸脯，喷着满嘴酒气，继续放着高腔："姓张的，你跟爷爷说啥？"

"喝醉了，拖出去给我打！灌一桶马尿！塞一嘴马粪！"

妹妹张小嫚踉跄着跑过来，给哥哥使个眼色，小声说："哥哥，他喝醉了。"

张平青嘿嘿一笑，说："小样儿，装醉？醉人不醉心，还跟我耍心眼。过来！"

高作彪依然迷糊着，靠近了一步："姓张的，你说……我就是把你妹妹睡了。要杀，要剐，随你！"

"妹夫！有种！哥哥成全你。"

张平青叹口气说。

听到张平青表态，高作彪一睁眼，"司令说的可是真话？司……令，司……令……"

张平青一手攥着手帕，另一只手的手指头敲敲自己的额头，长舒一口气："不，不，叫我大哥，叫我大哥。"

高作彪看看天，忽然摸摸头，觉得膝盖发软，但是酒劲儿顶着，不能怂，他在心里使暗劲，又站直了，上嘴唇打着下嘴唇，上牙打着下牙，哆嗦着说："大……哥……我错了。"

张平青也突然地想开了似的，上来了劲儿：

"妹夫，大点声叫。"

"大……哥！"

高作彪的酒劲突然泄了，扑通一声跪了下去。他耳边仿佛听到爷爷高铭乾和父亲高春乾的两声长叹。

张小嫚也跟着跪下了："哥哥。"

看着跪在眼前的妹妹和高作彪，张平青眼窝发湿。他一手一个拉起来，还拍打着妹妹膝盖上的土。

"对俺妹妹好点，要不，我骗了你的蛋子！"又一拳打过来，高作彪站稳了，一动没动。

摔打着皮带，张平青说："咱们就是亲戚了，婚事要办就办个风风光光。"

妹妹说："不用，俺就跟着他过日子就是了。"

"那不中，办不好，咱爹在地下也不会饶了我。"

儿子张泼抱着一摞书打这儿经过，一边走，一边还蘸着唾沫乱翻。张平青喊住他，把书的折页抚平，责怪道："你怎么好这样糟蹋书！"张泼不敢说话。正要抬步走，张平青又指着高作彪让他喊"姑父"。

张泼没弄明白，一会儿说不能糟蹋书，咋又扯到"姑父"上去了。正丈二和尚摸不着头脑呢，被张平青踢了一脚，他稀里糊涂，嗫嚅着喊了一句："姑父……"一抬头，看着高作彪搓着两手痴痴地笑，却不答应。

"万物都在无常中啊！"张平青大发感慨。张泼想，可不！他最受不了的就是爹的脾气，一会儿云，一会儿雨的，像一头豹子，喜怒无常。

马棚后面杨树林子里的知了扯破嗓子在叫，叫得高作彪头轰轰地像有个磨盘在脑子里转。刚才发生的一切，他感觉像是在做梦，他摸摸自己的头，还在。这头差点搬了家啊！

瞅一眼张平青的背影，他吓尿了裤子。

"避马瘟，弼马温，我听说是将母猴子的尿与马尿混合在一起喂马，可以避免马生瘟。天老爷让孙悟空当弼马温，看来是对了。"张平青自言自语着，吹着口哨大步进了自己的新房。刚进去，又出来，伸出半个头喊住妹妹问："找人算算卦，你俩属相合不合？"

妹妹说："他属虎，我属猪。"

张平青扳着指头："黑鼠黄牛正相合，青虎黑猪上等婚，红蛇白猴满堂彩……嗯！命相呢？"

妹妹说："他是水命，我是火命。"

张平青立即拉下脸来说："两金夫妻硬对硬，水金夫妻坐高堂。雷风不相悖，水火不相容。不合？"

"……"

张平青低着头，突然抬起来，瞅一眼妹妹已经凸起来的肚子，一拍脑门说："罢了！罢了！你们既已瞒着锅台上了炕，就这样吧。找藐姑爷去给破解破解吧！"遂摘下脖子上挂的一块和田玉，塞给妹妹，"去的时候，带上给藐姑爷，她有办法。"

其实，张平青对娶的姨太太都不在乎《卜筮正宗》说的这一套，看好了的就收到房里，哪管什么水克火、火克金，哪管什么雷风不相悖、水火不相容。打眼盯上，就往篮子里剜。却对妹妹这么上心，这也难得。母亲看到张平青为妹妹的事儿忙前忙后，喜上眉梢。

我正写到这里，弗尼思飞到了我的窗台上，两只眼睛眨着，对着我叫："有子曰：其为人也孝悌，而好犯上者，鲜矣；不好犯上，而好作乱者，未之有也。"

我说："弗尼思，你可知道我在写张平青？"弗尼思瞪我一眼，忽地飞起，隐入天际。

4.忽地一闪，那枚母钱没了踪影

高作彪的婚礼果然办得风风光光。芝镇老辈人都还记得，张平青陪送了妹妹六大马车的奁房。结婚那日，两乘大轿是张平青早赁好的，时辰一到，青地金龙花轿上坐着高作彪，红地彩凤轿里坐着压轿的小花童，沿着芝镇南北大街，一路吹吹打打到了双泗村，新娘穿金戴银，蒙罩头红，踏红毡入轿。

八匹枣红马左右陪送，高作彪纳闷，自己只喂过三匹枣红马，那五匹是从哪儿凑的呢？没一根杂毛，一个色儿的马还真不好搭配。一拍大腿，这大舅哥够意思，管它呢，咱做咱的新郎官儿。八匹枣红马在芝镇大街上嗒嗒嗒走过，马背上是直腰扮相儿的骑兵，还都斜背着明晃晃的盒子枪，那是真威风。马粪滚在芝镇的大街上，拾粪的老头都抢，为了一抔马粪，粪铲子乱抢拉，竟然打破了头。为啥抢啊？张平青的战马吃得好，比人吃得都好，粪的肥力大啊。这抢粪的老头中，有一个是牛二秀才的岳父。这都是后话。

高作彪是我爷爷公冶祥仁的一个远房亲戚，他一直喊我爷爷表舅，也不知从哪里论的。芝镇是个亲戚窝，这儿比周边乡镇富庶些，芝镇的闺女呢，也都自贵，大都不愿嫁到外地穷受罪，就你托我我托你地说亲，嫂子把婆家小姑子介绍给自己的娘家弟弟，妗子把娘家侄女介绍给婆家的外甥，这样，三论两论，可不就论成了亲戚。芝镇人紧紧箍在浯河上，浯河是一条葡萄藤，浯河两岸的人家就是那一粒粒葡萄，上面枝蔓的葡萄跟下面枝蔓的葡萄都连着呢，一牵都动弹。

高作彪是走了我爷爷的后门才当了兵。我大爷公冶令枢晚年还说过，那年他十四岁、高作彪十九岁，陪着我爷爷去了双泗村，中午张平青酒菜伺候，喝到一半，上来一盘油光纸包着的阜丰泰点心，张平青顺手把点心的印花扔在地上，那纸上写着"杨氏"二字。我大爷弯腰就捡起来，叠得四四方方，放在桌子沿儿上。

张平青正往酒壶里倒酒呢，不经意间看到了，就问我大爷："你喜欢这张纸？"我大爷说："不是喜欢，俺大大说，要敬惜字纸。"

看了一眼我爷爷，张平青说："让公子留下吧，我看这孩子有出息。"

我爷爷赶忙说："贤弟啊，不行，这孩子缺心眼儿。等回去再学几年。"

"在这里学不一样吗？"

"哎呀，我的那个老娘啊，一霎儿看不见他这个孙子啊，都不放心哪。"

"哦。"

这事儿就放下了。没想到高作彪没放下。中午，酒足饭饱回去。在路上，高作彪就跟我爷爷说他想当兵。我爷爷问他为啥当兵，高作彪说有好吃好喝。我爷爷笑笑，摇摇头，说："但凡有别的出路，就别当。还有啊，你们年少的，热闹处少去，凑热闹，有时能凑出祸端。"

不光年少的，年老的凑热闹，也凑出了事端。高作彪的爹高春峰一日晚上闲来没事，去芝镇大湾崖边上乘凉，扇着芭蕉扇，跟芝镇那帮忙活了一天的伙计，东一句西一句地闲扯。忽见几个人过来，声音很小，一个说："让我看看，让我看看。"就着灯影儿，几个人头凑成一团，像个大酱球。另一个说："这可是宋代的靖康通宝母钱。"

"什么是母钱？"

"母钱就是做钱的样钱，样板儿钱，造币局做给皇帝看的。皇帝看了，下一道圣旨说，照着这个做吧，就开始照着这样子做，做的都是子钱，母钱生的嘛！母钱流到世上的很少。"

"够珍贵的。"

"听说是从芝里老人家里弄出来的，芝里老人家里有好东西。"

"芝里老人，你说的可是芝镇芝南村的刘大同刘大人？"

"除了他，还有谁？他早年在大清为官，家里有好东西。"

高春峰一听芝里老人，赶紧凑了上去，那枚"靖康通宝"在一个人手里托着，跟普通的铜钱差不多，怎么就那么金贵了呢？高春峰忍不住伸了手掌，那枚"靖康通宝"母钱刚贴着了他的掌心，他分明试着了一丝凉意，可忽地一闪，那枚母钱没了踪影。

给他递钱的那人大声着急地喊："我的母钱呢，我的母钱呢？"
高春峰也着急呀，手一直伸着，说："对呀，对呀，那钱呢，那
母钱呢？"

那人带着哭腔一把捽住高春峰的衣领子说："你还我的母
钱，那可是我的性命啊！"

呼啦围了一群人，高春峰被围在了中间。几个人扭着他，不
让他走。几个人证明，那枚母钱就是让他拿走了，可是搜身上又
搜不出来，高春峰的褂子裤子边边角角都捏遍了，没有。那递给
高春峰母钱的人一口咬着高春峰有同伙，一定是同伙惯偷，眼疾
手快给顺走了。高春峰连说冤枉，几个人折腾了他一夜，最后赔
了六亩半地，才算是了下了这事儿。

高春峰从此一病不起。我爷爷给找了几个大夫，吃了好几服
汤药，都不行。最后没熬过年，撒手而去。

高作彪家里一贫如洗，找到我爷爷说去张平青那儿。我爷爷
叹了口气说："孩子，你可想好了。日后啊，你可别埋怨我。"

5."表哥你昧着良心了"

我这叫高作彪的表叔，邻里街坊都称他"高彪子"。结了
婚，张平青就不让他当兵了，出资给他在芝镇弄了个小烧锅作
坊。他爷爷高铭乾的风骨没留多点，只一味游手好闲，好吃懒
做，天天喝酒天天醉。小烧锅雇人经营了不到半年，就结满蜘蛛
网歇了业。

我这表叔摸透了张平青的脾气，年啊节下的，备下芝镇的小

吃，去双泗村走亲戚，几句好话就把张平青糊弄住了。他也摸透了张小嫚的脾气，打了她也不敢跟哥哥说，怕一说了，哥哥要了男人的命，自己守寡。所以，我这表叔啊很不"创人"（方言，要脸面），家里没吃的了就打媳妇，还不是轻打，有时抽下门关子打，劈头盖脸，逮哪里打哪里。好在这媳妇能忍，你怎么打，她也不哭不闹。

打完，媳妇哭着回了娘家。在娘家住上一夜，第二天自己赶着马车拉回一车粮食。一见了粮食，我这彪子表叔就恢复了好脾气，娘子长娘子短地叫，高了兴，还让媳妇陪着一起喝一壶两壶酒。没有粮食了，又抽下门关子打，媳妇就再回娘家，拉回一车粮食。那装满粮食的马车上的铜铃铛嘎嘣脆地响着，坐在车上的媳妇摇着鞭子，鞭梢子上还系着红头绳，肩膀一耸一耸的。这在芝镇是一大风景，直到现在还有人讲说。有些光棍不怀好意地看着媳妇胸前一颤一颤的俩大奶子，喊："你看那饭，你看那大饭啊。"芝镇人管乳房叫"饭"，那是孩子的"饭"。

车轮滚滚，日子就这么骨碌骨碌地滚过，一直滚到芝镇解放，滚到张平青在岛城被杀。高作彪两口带着六个孩子进了新社会。

每年正月里，高作彪都要来看我爷爷和我亲老嬷嬷；亲老嬷嬷和爷爷去世了，就看俺嬷嬷，年年如此，挎着筢子，筢子里有蒸好的饽饽。挨饿的那几年，没有面，他到芝镇烧饼铺里去打烧饼，四个烧饼就装满了筢子，烧饼上面，用莛秆穿几根"香油果子"（方言，油条），筢子上盖一方干净的毛巾。俺嬷嬷去世了，他还来走亲戚，来看他的表兄、表弟——我的大爷辈。那几年日子穷，没有好菜招待，但无论做什么，高作彪每次都吃得津津有味。

我那时上初中了，还陪着表叔吃过一顿饭，他笑着对我说："可叫你爷爷俺这个表舅给坑煞了！"

我说："为啥呀？"

高作彪说："你说，我这表舅要是把我介绍给八路军，打鬼子，杀豺狼，南下北上多威武，我现在肯定是离休干部啊，离休金每月都得上万，吃药打针还全报销。他把我介绍给国民党的杂牌军，我这当了二十多年的坏分子，一年到头就是扫街啊，在家里抬不起头来。"

俺娘插嘴说："表哥你昧着良心了，可别这么说。俺听说，当年也是你央求着俺大大去给你谋的个差事。一开始，俺大大不愿意你去，可你来了三趟。当时他老嬷嬷还在着呢，她也不同意你去。"娘看看我说。

高作彪说："德鸿他老嬷嬷啊，咱那个妈啊，白白净净，真好心肠。她老的那年，我还来给她送殡呢。我记得她姓景，是西山里人。俺表舅真是个孝子，从芝镇买回的炉包怕凉了，裹了三层笼布。"顿了顿，又说："你说的也是，也是。都是为了混口饭吃。还有就是，咱去当了兵，俺高家的祠堂就没有人敢来抢了。"

张平青这个妹妹张小嫚，也就是我这个表姊子，跟哥哥张平青不一样，是菩萨心肠，邻里百家，谁家缺个东西，问她借，从不推辞。她活了九十多岁。

那时我这彪子表叔已经过世二十多年了。冬天建桥，彪子表叔站在冰水里把腿冰出了毛病，从那一病不起，转过年来就殁了。

　　有一年正月，娘叫我去看望表婶子。我问老人家当时看上了表叔啥了。老太太说："还不是叫芝镇的炉包、小炒、蘸糖石榴、驴肉火烧，还有芝镇的烧酒馇来的啊！呵呵！人老了，不怕你笑话了。端起那碗热腾腾的芝镇金丝面啊，就不舍得放下。那大碗是博山白瓷，镶着金边儿，细溜溜的金丝面冒尖冒尖的，黄澄澄的，劲道，里面有炝糊了的葱花、洋柿子卤子、香椿末、蒜泥、麻汁、芫荽梗，再捏一点青岛虾皮，搅拌匀了，哎呀，一筷子下去，那个香啊！我能扒三碗。还有那三页饼比纸还薄，比绸子布还软，焦柔可口，抹点豆瓣酱或辣椒酱吃，或者将土豆丝等卷到饼里吃。我最爱吃的是，过寒食节，三页饼卷鸡蛋，再贴一块芝泮烧肉，我能一口气吃六卷。那时候，女人家大门不出，二门不入的，就和驴戴着个遮眼子，一圈一圈在磨道里转，啥都看不见。到了芝镇，觉得眼都不够使，踩高跷的，耍堂野的，耍狮包、耍猴的，耍景真多。这不，也红过也紫过。一辈子就这么过来了。俺妹妹，哥哥给找了个土匪军官，那土匪杀了不少好人，俺妹妹受这男人连累，也挨枪子给崩了，连个后也没留下。你看，俺这一大家子人。"

　　老人在耳边絮叨，一切恍惚是昨天。正听得入心，就听弗尼思在喊我："你亲老嬷嬷等着你说话了。"

报人小酌

BAO　REN　XIAO　ZHUO

第 八 章

1. "哦，娘，还有娘味儿？！" ①

重孙子啊，俺侄子来看俺的那工夫，离俺回娘家可能四十年都不止，日本鬼子占了芝镇两年多，听到枪响俺就睡不宁。听说俺娘家那里有了八路军。八路，小鬼子，二鬼子，刘黑七，张平青，俺也不知道谁好谁孬，俺就觉得不打仗好，管老百姓死活就好。打仗死人啊，孩子生下来，一把屎一把尿的，拉巴大多不容易。你说说，叭勾一枪，打死了。谁疼啊？娘疼！

那一年也是冬天，天真冷，屋檐上挂着明晃晃的冰溜子，日头照着，晃人眼。俺侄子骑着一头骡子来看俺，他夜里走路，先到了咱芝镇，又从北边折回来到了大有庄。到咱家时都落了日头。

那天，俺在浯河边上看人凿冰。入了冬，大有庄家家户户都会用化了的浯河冰水做豆腐过年，用那冰水做出的豆腐味儿正，也瓷实。大家吆五喝六地用凿子、铲子凿着。凿上来的冰，四四方方，舔一口，能把舌头粘住。

"嗨哟！嗨哟！"两人把冰块抬着放到蜡条筐里。俺远远地看到一个人，牵着头灰骡子，黑面袄上斜背着一个灰布袋，过桥时，骡子腚朝后坐，那人使劲拽着，勉强过来了。

咦！俺猛抬头，是来客人了，朝着咱家走呢，一定是找你爷爷看病的。傍下晌，看小孩病的往往多些。四天前，后院村有个新生孩子的娘得了急病殁了，这小孩儿每天一上黑乎影就哭，

---

① 此章均为"亲老嬷嬷"说的话。

天天哭，孩子的爹着急啊，抱着小孩来找你爷爷。你爷爷给小孩
子开了安神丸灌服，可是三日还是不见好。你爷爷说："应该会
好了，怎么回事呢？"俺是接生孩子的，俺就嘱咐你爷爷，让他
嘱咐孩子的爹，找出孩子娘穿过的衣裳，顶好是没洗过的，裹着
小孩睡觉。孩子的爹照办了，果然，夜里就不哭了。你爷爷很惊
讶地问我："这是咋回事呢？"俺说："母子连心哪，娘的衣裳
没洗，衣裳上有娘的味道。"你大姑小樽说："哦，娘还有娘味
儿？！"你爷爷听了，朝俺笑笑。俺感觉这牵骡子的，就是那小
孩的爹，他怎么又来了呢？

　　俺顺着河边往北走，见那人走路时脖子朝前一拱一拱的，好像
在哪儿见过，样相怎么这么熟啊！可一时间又想不起来。正使劲想
呢，来人喊了一声"大姑"。哎哟，可了不得了，这不是俺娘家的
弟弟嘛！上下一趸摸，怎么叫我"大姑"？原来是我侄子！我那不
争气的眼泪啊，骨碌骨碌滚了出来。俺娘家可来人了！

　　俺侄子小声对俺说，那头大骡子是队伍上的，他入了八路
的队伍。他是去渤海区送情报，顺路来看俺。走时他跟队长汇报
了，队长说，姑姑过得不容易啊，该去看看。队长还塞给俺侄子
一包猪头肉，那猪头肉冻得跟石头蛋子一样硬，鼓鼓囊囊，用一
张报纸包着。

　　一晃四十多年过去了，俺弟弟也有了三个孩子，俺这个侄
子是老三，模样越长越像他爹，走路也像，脖子朝前一拱一拱
的，只是没有胡子。我就问他，现在解放了，解放是啥样。俺侄
子说，解放了，有地种了，老百姓都欢气了，黑夜睡觉也安稳，
八路军给站岗呢。俺问，还有赌博的没有。俺侄子说，那都是陋

习，八路军不让赌，谁赌就批斗他。

你爷爷跟俺侄子，相差十九岁，俩人碰着酒盅喝啊喝啊，一开始还能听到声儿，鼻子碰着鼻子，末了儿，没声了。俩人关上门，也不知道说什么，也不让俺听。真像亲哥俩。你爷爷很兴奋。送走俺侄子，你爷爷展开包猪头肉的纸，在案板上抚平了，一个字一个字地端详，那是一张一九四一年的《利群日报》。我记得你爷爷说上面有个将军写的一首诗。

弗尼思插嘴："亲老嬷嬷，是'千古奇冤，江南一叶，同室操戈，相煎何急？'周恩来写的，他当时是国民革命军的中将。"

对，我想起来了。俺别的不行，就是记性还行。你老爷爷啊，就一样好，把俺收到屋里，不歧视俺，教俺认字。你孔老嬷嬷最看不惯的是你老爷爷在俺手心里画字。俺的记性好，你老爷爷说一遍，画一遍，俺就能记住。你孔老嬷嬷脾气不好，可心眼儿不坏，人家是大户人家的小姐。看到她在月台上看线装书，我也偷着瞅一眼。她也不烦，什么"爨"啊，"攥"啊，这些字，都是你孔老嬷嬷考我考出来的。我这满脑子的字啊，三成是教的，三成是偷的，三成是考的。还有一成，是你爷爷大了，指给俺的。你爷爷指给俺的，多是些药草和药方，什么"马齿苋治风热毒疮"啊，"茵陈治黄疸"啊，俺听着这些稀奇古怪的药方子，似懂非懂。

俺给大有庄里的妇人"捞"孩子，一辈子没失手，没丢过一个孩子，靠的就是识俩字啊。

你爷爷对俺说，《利群日报》上刊登的那就是"皖南事变"，自己人打自己人。你爷爷跟我说，皖南，就是安徽南。那天，他把那张报纸叠好，夹在一本医书里。

也不知是啥时候，你爷爷用这张报纸做了《公冶氏族谱》的封面。那年头，缺纸。

2.你猜那短头发女八路是谁

俺侄子那晚上就着灯影儿对俺和你爷爷低声说，一九三八年八月的一天晚上，八路军到的俺蒙县牛头镇马头峪村，庄里的人都害怕，关了寨门。当兵的就在寨门外的墙下蹲着啃窝头，窝头很干，他们都用手接着掉下来的渣渣。俺侄子纳闷啊，在围墙上看这些兵，他们怎么不砸门呢？俺侄子胆儿大，看到战士干裂的嘴唇，就用绳子把半桶水续下去，让他们喝。他们喝了，还说声"谢谢"。这些兵不是"老总"，慢慢地，庄里的人都试探着把门打开了。

刚开始八路军帮收庄稼，俺侄子害怕口粮被抢，转弯抹角不让他们帮。后来，看到八路军收完庄稼不但不要，还捆好送到家里，渐渐地就打消了疑虑。俺侄子说："自古以来，没见过这样的队伍啊。"

再后来，村里一半的青年都参军去了，俺村成了堡垒村。

包猪头肉的那张《利群日报》是在俺庄里印的，俺侄子说："就是在咱家里印的。"

俺侄子和侄媳妇把结婚新房让出来当了印刷厂。侄媳妇姓柳，长得不丑，是另一个山坳里长大的山妮儿。

听说老景家娶媳妇，八路军来贺喜，来的是一男一女，男的大高个，提了一瓶酒；女的提着一个篮子，剪着短头发，篮子里盛着枣和栗子。大红对联很喜庆，俺侄子说："这对联还是一个短头发女八路给写的呢。八路队伍里有能人，连女人都那么厉害。"

真是不是一家人，不进一家门！重孙子啊，你猜那短头发女八路是谁，是王辫！就是你老爷爷给你七爷爷公冶祥恕定下的那个媳妇。结婚那天，你爷爷领着你七爷爷去上喜坟，你七爷爷偷着跑了。还记得吗？老七啊，还改了个名字叫弋恕。人家王辫写来了一封信。你看看，转来转去，又转到自己家里来了。

王辫问俺侄媳妇叫啥名啊，俺侄媳妇一听，脸先红了，说："女人家，都没名儿。"沂蒙山的女人，在娘家是"妮""妮"地叫着，出嫁后被"他大娘""他大嫂""张三家里的""李四屋里的"称呼着。山里的女人都这样一辈一辈像那山沟里的荆条，没想到还能有个名儿。这里旧规矩多，女人还不能与自家的男人平起平坐，不能直呼自家男人的名儿，怎么叫呢？"当家的""掌柜的"。

"怎么能没有名儿呢？"王辫看着门外吐着的柳芽儿，脱口说："就叫柳萌，好不好？"王辫大眼盯着俺侄媳妇，侄媳妇懵懵懂懂看一眼俺侄子，俺侄子不说话，光笑。王辫拍着俺侄媳妇的肩膀说："你丈夫叫景学明，你叫柳萌，'萌'，是'明'上面一个'草'字头，现在正好是柳芽儿吐丝。"

俺侄媳妇说："好啊，俺就喜欢春天的柳树芽儿。"

俺侄子说："奇了怪了，名儿就像一把钥匙，打开了一扇门。"侄媳妇柳萌原来不爱说话，现在可爱到女人堆里扎呢。

那天给俺侄子贺喜的，那个抱酒瓶子的八路，上坡时，差点摔倒。他是个副队长，从队长那里借了双皮鞋，不跟脚。他说，皮鞋是从日本鬼子那里缴获的。他那双鞋露出了脚趾头。为啥叫副队长来贺喜呢？队长不沾酒，他呢，酒量大。

在俺老家，都是喝散酒，瓶子装的很少见。八路副队长说："这酒是从芝镇烧锅上弄来的，听说好喝，我也没喝过，咱今晚上喝着尝尝。"俺弟弟好酒，俺侄子更好酒，俺侄子瞅着这个酒瓶子就拿不下眼来，越看越好看，他心里是不想开那个酒瓶子，就使劲搓搓手说："八路同志，您到俺家来贺喜，哪能喝您带的酒呢！要喝，也得喝俺这里的喜酒啊，就别开这瓶酒了。中不中？"

八路很痛快："也行，咱实实在在的，别准备啥菜，就着咸菜疙瘩就行，没有咸菜疙瘩，光喝酒也行。"

俺侄子连声说："有啊有啊有啊！"他没去咸菜瓮里捞咸菜，转身去灶间端出中午招待客人的一点儿剩菜。在俺这里，客人来做客，酒可以使劲喝，炒肉的菜，都拣着青菜吃，把肉闪出来。为啥闪出来呢？留着下一顿炒菜继续用。客人明白，主家也明白，都心照不宣，筷子都躲避着那肉丝，肉丝金贵啊。没有肉丝炒菜，怎么待客呢？俺侄儿端出来的，就是剩下的肉丝，菜梗都让客人白天吃了。八路推辞说："这不好吧？"俺侄子说："有啥不好的，你们是远方来的贵客，不一样的。"

八路又推辞了一下，看着那肉丝也挺馋人，大概也有半年没吃过肉了，拒绝的态度不坚决，答应了。俺侄子还觉得菜不够，就又从仓囤里摸出了两捧长生果。长生果还带着泥，生的，也算一个菜吧。

八路不动那盘里的肉丝，剥着长生果。开始喝，越喝越热乎，越喝越投缘，仿佛是一门子老亲戚。八路说，准备在村里办报纸，需要租个房子。想打听打听谁家有闲房子，当印刷厂用。俺侄子就扳着指头从南到北挨家数。一边数，一边喝酒。数来数去，没有闲房子。长生果的果皮都堆成一小堆了，那盘里的肉丝，八路没动，俺侄子也没动。

3. "老哥咱放心地喝。房子有了！"

俺侄媳妇柳萌跟王獬在炕下说着话儿，不错眼珠儿地盯着王獬的短发，觉得王獬哪儿都长得宇阔。她把炒熟的槐当啷籽泡的浓茶推过来，又接连问起王獬的娘家还有什么人啊，结婚了没，等等。王獬笑着一一回话。哎呀，要是当时王獬知道这里跟公冶家还是亲戚，备不住……

听王獬说走南闯北的事儿，一会儿济南，一会儿上海的，还出了国呢。俺侄媳妇的耳朵都不够用了，她听着啥都新鲜，可还得留神八路跟俺侄子说话呢。出嫁的时候，她娘早就嘱咐了，男人是家里的主心骨（山里的女人啊，都听话），啥时候也别慢待了。她左耳朵听王獬滔滔不绝地讲她的传奇，右耳朵听俺侄子在扳着指头数房子。干吗数房子呢？哦，是八路要借房子印报纸。什么是报纸呢？她哪儿知道。

柳萌听了一会儿，站起来，对王獬说："你等等，我去堵上鸡窝。山里的黄鼠狼子多。"

到了天井里。一会儿，她朝俺侄子招手。俺侄子一抬头，说："有啥怕人的，来咱家的都不是外人。"嘟嘟囔囔着出去，侄媳妇就趴在耳边小声对着俺侄子嘀咕了一堆话，俺侄子笑着，"嗨"的一声转身回来。

给八路满上酒，俺侄子自己也满上，放大了嗓门说："老哥咱放心地喝。房子有了！"

　　八路不解："有了？咋就有了？"

　　俺侄子说："把俺的结婚新房腾给你们。"

　　八路一听，愣住了，说："那不行，那是新房啊。你同意，嫂子也不同意啊。"

　　俺侄子回头指着他媳妇："是她答应的。"

　　八路也回头，看到俺侄媳妇正朝这边笑呢，手里捧着大碗茶。

　　拿起酒壶，给俺侄子倒上，那胖乎乎的八路憨厚地说："这……多不好。"

　　"好，这才好。"

　　"是新房……"

　　男八路酒量真不小，喝了四壶。他不知道俺这山里的规矩，得辞壶，他一直没辞壶。客人不辞壶，主人不能停盅啊。俺侄子就一直劝着喝。家里的酒喝完了，翻箱倒柜地找，说："我记得还有酒呢，怎么就没了？"

　　八路说："就喝我捎来的芝镇老烧锅吧！"

　　俺侄子不好意思地提过酒瓶，打开，把酒倒进酒壶里，酒瓶小心地放在窗台上。

　　这瓶酒又喝干了，酒瓶空了。那时候啊，家家缺啥？缺瓶子。大瓶小瓶，都是稀罕物。

　　俺侄媳妇从天井里掐了一朵月季花，插到酒瓶里，笑着对八路道："俺结婚就想要一对插瓶，这酒瓶就算一个，要是你们再喝酒，倒出酒瓶来，给俺，中不中？"

　　八路回头看着那瓶子："中，中。"

俺侄子不依："插啥花啊，留着盛酱油。"

侄媳妇笑了笑说："知道知道，俺先看一霎儿。"

王粲看着俺侄媳妇抱着的月季花，说："我想起老家种的牡丹来。俺家有两棵牡丹，据说是乾隆皇帝赐给刘墉刘罗锅的，刘墉的后人又送给我爷爷的，一白一红，我爷爷呢，又把红牡丹送给了他的好友公冶先生。我爷爷经常用洗鱼的腥水浇牡丹，有时候，还掺上一盅芝酒。"

重孙子啊，王粲还记得送给咱家的红牡丹啊，那棵红牡丹真好，开起来有碗口大，一开花，整个大有庄从南到北都飘香呢。

那白牡丹、红牡丹的姻缘啊，王粲没说。

那八路端详着插了花的酒瓶，嘟嘟囔囔。

弗尼思对公冶德鸿说："那晚上，八路朗诵的是谭嗣同的《望海潮·自题小影》：'曾经沧海，又来沙漠，四千里外关河。骨相空谈，肠轮自转，回头十八年过。春梦醒来么？对春帆细雨，独自吟哦。惟有瓶花，数枝相伴不须多。寒江才脱渔蓑。剩风尘面貌，自看如何？鉴不因人，形还问影，岂缘醉后颜酡？拔剑欲高歌。有几根侠骨，禁得揉搓？忽说此人是我，睁眼细瞧科。'"

八路还好有情趣呢！沾了酒，竟然有了诗兴。

俺这活了这么大岁数也真解不开，这么一群活蹦乱跳的年轻人钻到山沟里，缺吃少穿，忍饥挨饿，人家原来可都是阔少爷阔小姐，要啥有啥，他们跑出来图啥呢？难道他们享福享够了，换个活法，图个自由自在？也对。你看，王粲也是大小姐啊，她要进了咱公冶家门，也就成了笼子里的鸟儿了。

我听你七爷爷说过，王粲能喝酒，王粲晕船，你七爷爷还灌了她一碗呢。可在俺娘家的那晚上她没喝。她倒是看到八路副队长喝得有点站不稳，忙说："别喝了，醉了。"

"没醉，没醉。"男八路又补充一句，"谭嗣同的词曲，是俺在省乡师范时，老师教的。"

八路还是没辞壶。俺侄子就没法儿了，硬着头皮说："同志哥，过两天再喝，行不？"八路说"好好好"，身子一歪，倒在了锅台上。

第二天，支队长听说了在俺家喝醉酒的事儿，带着点心，上门道歉。听说喝酒的这个八路副队长受了处分，在会上做了深刻检讨，被扣了一个星期的伙食费。

4.崭新的报纸诞生了

俺侄子说，那年是虎年，是十一月初十夜里，村里下了场大雪，好多年都没见过的漫天大雪呀。王辫从七八里外的旺庄（报社编辑部在那里）来，浑身是泥巴，胳膊吊着根绷带。头一天，她下山去采访，躲避鬼子追赶，掉到山坳里去了。那夜里，她和另一个小战士拿来了报纸的版样和编好的稿子，包在小红包袱里，一层一层揭开，那可是宝贝啊。王辫对俺侄子说："明天是一九三九年元旦，咱们的《利群日报》就要创刊了。"

印刷机器在俺侄子的婚房里，婚房是个小草屋，很窄巴，六七个人在里面，都掉不过腚来。机器得用脚蹬、手摇，咣当咣当闷响，那响声被大雪捂住了。俺侄子在窗台上弄了两个黑泥瓦盆，倒上豆油点着，排字工说光太暗看不清铅字。咋办呢？

侄媳妇柳萌又把自己小南屋的一根结婚用的蜡烛拿过来，排字工把蜡烛栽在字盘上，这才看清那一排排铅字了。王粹帮着排字工排字，头贴近字盘，使劲瞅那字，忽然头顶滋啦滋啦响，可了不得，刘海和眉毛给烧焦了。柳萌摸摸王粹的头，王粹说："没事，戴着帽子看不见。"

另一个排字工拿铅字，伸到了蜡烛上，烫了手，"哎哟哎哟"，直跺脚。柳萌端来一碗凉水，说用凉水拔一拔止疼。俺侄子从饭屋里找了半天，翻出一小罐獾油，递给王粹，让王粹给那小排字工抹上。

天太冷了，嗖嗖的寒风裹着雪花从墙缝、门缝里灌进来，柳萌抱了柴草烧锅。火苗舔出来，映红了柳萌、王粹和几个排字工的脸。

在天井里，俺侄子用脚把雪拨拉开，举着镐头使劲刨，土冻住了，干硬干硬。冻土层一尺厚，他刨出了一个坛子。哎呀，重孙子，那坛子酒，还是俺和咱家的觅汉老温回娘家时捎给俺弟弟的，他没舍得喝呢，掐指头算算得多少年了，冒四十年了！

把坛子一打开，一股浓烈的酒香，那可是好酒啊！坛子里的酒都像粥一样了，倒上一瓢温开水。俺侄媳拿来一个粗瓷碗，倒满，排字工轮着喝，喝一口，都"啊啊啊"地喊着过瘾，俺侄子把带土的长生果也捧过来，当酒肴。

粗瓷碗轮到了王粹那儿，王粹接了，抿了一口，笑着说："好酒！酒是好东西，能御寒，酒还能治难产呢。"

王粹说："我有个叫弋恕的同学，是芝镇的，他出生时，可能是难产，母亲一直生不下他来，让接生婆灌了一碗白酒，他母亲一使劲，生下来了。他的小名叫'灌孩。'"

俺侄子对王辫说："俺大姑就是芝镇的。"

王辫看了看俺侄子，接了一句："是吗？俺和她是老乡呢。"

这个王辫啊，差点成了你七嬷嬷的王辫！她要知道是我把弋恕灌出来的，得笑岔了气！她在俺娘家的那天晚上，我干啥呢？我在咱大有庄里纳鞋底呢。

那天晚上王辫说："在海上，那是我第一次喝酒，我同学弋恕灌的。到了莫斯科，喝过几次伏特加。"

喝上酒，排字工们不冷了，气氛也活跃了，一个对俺侄子说："王姐可是厉害，她是编辑部里为数不多的会办报的。她从莫斯科带来一本书《列宁的生活》，书里面都写着列宁怎样办《火花报》呢。"

王辫说自己跟总编匡润芝同龄，过了新年就三十三岁了。"匡润芝的发刊词写得好。"王辫说。

俺侄子后来跟着排字工人认了不少字，有时还能帮着拣字。

天快亮的时候，四千份报纸印完了，齐刷刷地摆在秫秸帐子上。

村里的张志佩四十多了，他是报社的发行员，他早已穿着蓑衣在外面等着，天井里的雪都让他踩瓷实了。

他喝了俺侄子给的一碗酒，抹抹嘴，挑着装有三百份报纸的担子，冒着大雪，挑到旺庄，然后再往下分发。张志佩是个老实人，后来牺牲了。

早晨，照王辫的话说，这是新年的早晨。雪还在下，大家把剩下的酒又掺上水，端着碗喝着，庆贺报纸出来。

王辫端详那张散发着油墨香味的报纸，用指头比着，一行一行地看。她突然说："有个字好像错了。等一等。"她说着往天井里跑，刚跑出门，一弯腰，扑通一下扑到雪地上。

柳萌跑出来扶王豨，一摸，王豨的身下湿乎乎的，是血……

5.一壶没烧开的水

俺媳妇柳萌把王豨扶上热炕，倚在被垛上躺下。王豨是小产了。柳萌是刚过门的媳妇，哪里知道女人这些啰唆事儿，她吓得手都不知道往哪儿搁。王豨让柳萌关了门，脱下棉裤，自己处理。一根胳膊吊着，一根胳膊很费劲地扯来扯去，她让柳萌去烧开水，身上冷得打哆嗦。柳萌呢，也不知道给王豨泡点儿红糖水。家里穷得可能也没有红糖。

等王豨忙活完，一点点地跟柳萌说，柳萌这才红着脸，忽然开了心窍。山里的女人，哪里知道这些事儿。

报纸的头版有个字排错了，这让王豨觉得别扭。王豨对排字工说，晚上怎么瞅也瞅不出来，可是一印出来，瞄一眼就看到了，真是奇了怪了。这可是创刊号！让后人看了，可不得笑话咱前人粗心哪！重孙子啊，你看过那张报纸吧？是在博物馆？发黄了？没看到那个错字？那你才是真粗心。

俺侄子说留一张报纸做纪念，王豨答应了。

她对柳萌说，报纸啊，就像一盏灯，一阵风就刮灭了；也像小孩子，可得小心着呵护，一不留神就出岔子。她先前有两个孩子夭折了，一个是在东北牡丹江的穆棱县，一个是在沂蒙山的蒙县。在穆棱县生下的那个男孩，白白胖胖，她可喜欢了，出门开会、打柴、赶集，猛不丁的脑子里会出现孩子的笑脸，耳边是孩子的笑声。可是快到一岁的时候，孩子夜里发烧，呕吐不停，拉的臭臭是绿的，第二天早晨就不喘气了。王辮抱着变硬了的孩子不撒手，丈夫使劲儿掰开，把孩子埋了，不敢告诉她埋的地方。她整天对着墙哭，关着门，谁也不想见，闭上眼就是孩子，总感觉孩子还活着，是被邻居抱出去玩儿了。有时莫名其妙地就到了邻居家，手要敲邻居家的门了，却缩回来。直到丈夫被五花大绑地抓走，才把她从孩子影像里拽出来。她找人营救，把心放在了丈夫身上，暂时把孩子给忘了。等丈夫被营救出狱后，孩子的影子又追过来了。"我最怕黑夜，整晚整晚地睡不着，闭上眼睛全是孩子的眼睛，像天上的星星一样，不停地忽闪忽闪。我真的想这么跟着孩子去了，这样我可以陪着他。一个小宝贝，怎么说没就没了呢？"

王辮说着说着眼圈儿红了，柳萌也跟着抹泪。她也不知道怎么劝说，傻乎乎地问了一句："他，孩子的爹，是在船上灌你酒的那个吗？"

王辮摇了摇头，叹了口气说不是。从莫斯科回来，她和弋恕一直在一起，先被组织分配到广州，负责搜集、翻译情报，两人配合得可默契了，严丝合缝。后又到了上海，也是做这些，有时还假扮夫妻出去执行任务。在人前，弋恕拉着她的手，装得很亲密，很像一对恩爱夫妻，可是单独在一起，弋恕又周吴郑王，像个小圣人，不苟言笑。她有时开玩笑说，他是不是还要父母之命、媒妁之言啊。弋恕也不接话。"他明明知道我想要的，他就是不给，这是不是伤害呢？"王辮一直猜不透。

其实，她跟弋恕在莫斯科的时候就很要好，但她总感觉弋恕就是个大哥哥，什么好事都想着她，对她太好了，好得都有点儿腻。就是，阴天了他会给你找好伞，下雪前给你晒好了被子的那种。可就缺那么一点点。缺什么呢？她也不知道。她对柳萌说：

"俺俩啊，就跟燎水一样，火苗舔着壶底，滋啦滋啦响了，壶盖眼看就要动了，这档口，柴火没了，那壶水就没开，一直没开，慢慢地，壶就凉了半截。我也不知道是咋回事，那把柴火，总是让弋恕给抽了，或他在柴火上泼了一瓢水。"

王糁又把她跟弋恕以前定亲、逃婚的事儿跟柳萌说了一遍。柳萌听得目瞪口呆。

女人跟女人一旦熟悉起来，啥都敞开了。王糁不停地说啊，说啊，她说到了自己的婚事，说组织上派她到安徽芜湖，弋恕继续在上海。王糁在芜湖搞情报时被发现，坐牢坐了两年半。她一直牵挂着弋恕，想等出狱后跟他表白，可是出了牢门，怎么也打听不到他了，就这样断了线。接他出狱的小伙子叫赵志坚，高高的个子，干练，热情。他跟弋恕不一样，多数场合一本正经，有时还不正经地开个玩笑，一下子引起了王糁的注意。

一九三一年春，党组织分配王糁和赵志坚一同去沈阳，在中共满洲省委文书处工作。由于日本人强占了东北三省，不久中共满洲省委遭到了破坏，王糁和赵志坚转移到安东，独立开辟阵地。就在那会儿，王糁喜欢上了赵志坚，两人走到了一起。

为维持生计，赵志坚贩卖干鱼之类的杂货，王糁呢，做糕点沿街叫卖。叫花子一样一步步往前挪着，但心中的那团火苗没有熄灭，一有空闲他们就往民众堆里扎，王糁就是在那里生下了第一个男孩。

另一个孩子生在沂蒙山，都八个月，会叫爸爸妈妈了。有天半夜接到命令，部队要转移，孩子不能带着，得往老百姓家里送，王粹在马上抱着孩子，困得不行，过一道山坡，那马往上一蹿，一颠，王粹母子被摔下来……

6. 找铅字，河里都站满了人

孩子的头碰到岩石上，血也止不住，一开始还哇哇地嚎，慢慢地哭声没了。孩子嚎得让人钻心疼。第二个孩子没了，王粹也是撕心裂肺，可没有第一个孩子夭折时那么难受，埋了孩子，擦干眼泪，又上马飞跑。王粹说，她的心一下子变硬了，眼泪也少了。

两个女人在夜里谈着，一会儿哭，一会儿笑，不觉天窗发亮了。爬起来吃早饭，王粹对俺侄子说："一张报纸在新房里开印，真是天意啊！报纸沾了你们的喜气了。"俺侄子搓着两手说："可不敢这么说，可不敢。"

从闺女到媳妇，几天工夫，俺侄媳妇柳萌就像换了个人似的。她觉得王粹哪儿都洋气，连坐相、站相、走相、吃相，她都跟着模仿。她见王粹晃着干脆利落的短发，就很羡慕，新媳妇刚刚上了头，盘了发髻。她也想剪，可是瞅一瞅村里的女人，都没有剪的。

剪了辫子会咋样？俺侄子可能不会说啥，他年轻，脑子活泛，喜欢八路那一套。她回娘家可就不好说了。不光她爹娘，族里的大娘婶子、叔叔大爷，唾沫星子能淹死个人。再说了，祖祖辈辈都讲究个盘发，你咋敢这样？

柳萌一遍一遍在心里念叨着王粹的话："我是俺老家芝镇南

乡最早剪头发的闺女。我原来叫王赟，后来，剪辫子了，干脆改名叫王辫了。芝镇那些老古董们可气坏了，说，女孩子都叫那个姓王的妮子带坏了。"

又不知从哪里弄来一台印刷机器，几个人满头大汗搬进堂屋，摘下帽子扇风，头发上的汗也往下滴。俺侄媳妇冲了茶，一人一碗，大家猛喝。

侄媳妇着急地往耳屋里走，一根钉子挂着了发髻，头发盖着了半边脸。赶紧进屋，一阵忙乱地收拾，出门碰到了王辫。

"王同志，你快帮个忙，帮俺把头发给剪了吧，碍事！"

"你愿意啊？"

"愿意，那样利索。"

说剪就剪了，村里的女人围着看，柳萌只好"大婶子""二婶子"地叫着，免不了她们还是会叽叽喳喳地扳过来摁过去地看，看够了，商量一晚上，也就照俺侄媳妇，剪了。有妯娌俩一块儿的，有婆媳俩一块儿的，俺这个小村一时热闹起来。俺弟媳成了女人的头儿。

俺侄子说，八路来办报，庄里的人像过年似的，可高兴了。他们白天闲了教小孩子唱歌，晚上还把村民召集起来，在煤油灯下识字呢。俺侄子还跟着去听了两回。

我听了怪新鲜。看来要变天了。

俺侄子还说过一个事儿。报社的铅字，都是从日本人手里缴获的，大家把它们看得比自己的命还金贵。有一天鬼子来扫荡，报社的人将铅字装在一个木箱里，放在小木车上，过石泉河的时候，水流得急，小车被冲倒，那铅字箱子上的挂钩是铁的，生了锈，水一泡就开了，铅字哗啦一声砸到了河里，不少铅字被急流冲走了。大家一时都慌了，挽起裤腿下了河。那是深秋天气，水凉啊，谁都顾不得了。有的帮着推车，有的下水捞字，不大一会儿就把铅字捞出来了。当时，有敌人在后边撵，来不及清点，待下半晌排版时，发现铅字少了几个。俺侄子几个人听说了，又一次来到河里，他们排成一排，弯下腰用手摸，用笊篱捞，用脚踩，用绝户网拉，一遍又一遍，越来越多的人下河找铅字，河里都站满了人，才把遗落的铅字找到。哎呀，俺也不懂，铅字就这么金贵啊。

俺侄子还送过报纸，他说跟他一起送报的人被打死了，他抱着一摞报纸爬上一个山坡，又把被打死的那个人的报纸背在背上，一点点地往山顶爬，看到一个鬼子正端着枪对准他，他张开口刚要喊，好像一股风，嗖地一下，一颗子弹从嘴里穿进来，从后脖子那里打出去。要是再偏一点，俺侄子就没命了。他跟俺说，当时也没觉得疼，血顺着脊梁骨往下淌，有些发凉，他抱着那摞报纸滚下山沟，报纸全染成了红的。一直等到天黑，鬼子走了，他才找到了自己人。

你爷爷给俺侄子装了两坛子芝酒，还有一大包草药。俺侄子牵着骡子走了，俺脑子里还是想着俺娘家的那些事儿。要是我再小十岁，我可得回去看看。

鬼子来咱芝镇大有庄那年，俺七十三了，老话说，七十三、八十四，阎王不叫自己去。俺也不怕啥了。青壮年都往河东跑，往岭上跑。我说我在家看家，你们都躲着去。我从小在山里长大，胆儿大。鬼子，我就见了一个，其他的都是二鬼子。咱芝镇这么大，也就有俩鬼子，蜷缩在炮楼子里不出来，出来的都是二鬼子。二鬼子跟鬼子一样坏，听说张平青的人也成了二鬼子，翻箱倒柜，什么也抢，什么也拿。

大门外，我隐隐约约地听一个人在说："这家人家跟蒙县那边有亲戚。蒙县，是不是有通共的东西？"

7."咱妈为了家谱，差点搭上条命啊！"

听到门外人说话，俺突然想起咱家谱的封皮上的那张报纸，赶紧进屋，一抬腿俺就恨这小脚啊，一步挪不了几指头，越着急越跑不动啊，捣蒜一样往前挣，挣到炕前，打开绣箱子，在最底下翻出了那本家谱，揣在大襟褂子里。

窗台上摊着几十根皂刺，我扫到筐头里，撒在大门口的过道底下。扎那些畜类！扎死这些不作人料的死畜类！

咕咚！咕咚！门使劲响，俺想你响吧，反正我不出去，三晃两晃，也敲也砸，嗷猫鬼叫，不出点人声。那门就开了。俺听到一声惊叫，"这是啥钉子？"皂刺扎上脚了。皂刺硬，使劲扎，猛扎！

二鬼子凶巴巴地端着枪，骂骂咧咧进了堂屋。我赶忙把家谱压在身子底下，那个二鬼子拿起枪托朝我头上就打，另一个捏着带皂刺的枝子朝我身上抽。我一开始还觉得疼，后来就觉得敲在咱家的磨盘上，都麻了。你看看，我的头顶上这块疤还在，不长头发了。

唉，救俺的，还是那根皂刺。一个二鬼子拿着皂刺抽俺，不知怎的，一根皂刺飞到了墙上，哗啦一声，墙上一张画子掉下来，随着那画子掉下的还有一张相片，那是你爷爷照的。那人盯着相片，喊："先别打。"二鬼子住了手，拿相片的那人"嗯"

了一声，说了一句："这是公冶祥仁先生家，走。"

我迷迷糊糊地听着他们的脚步声走远了，才爬起来。俺满头满脸的是血。

那硬枪托使劲砸在俺身上，把俺的老蓝布褂子都戳破了，俺就是趴在家谱上不蛄蛹。后来，我问你爷爷，是不是给二鬼子或者是给二鬼子的亲属瞧过病。你爷爷直摇头，说不记得了。

我可感激那根皂刺。夜里没人，我一个人去给皂角树跪着磕了几个头。皂角树啊，俺娘家的树，一直在保佑俺。

咱家那部家谱就留了下来。你六爷爷公冶祥敬想换封皮，一开始用报纸包家谱，他就老大不满意。这会儿，他嫌上面滴着俺的血，更不愿意了，那血还滴得真巧，"公冶"俩字全成红的了。你六爷爷说："晦气，真晦气！"你爷爷平时没脾气，什么事儿，到他那里都好商量，可在这事儿上，一点不让，说："六弟啊，啥事都依你，就这个不能换。咱妈为了家谱，差点搭上条命啊！这血，也是在提醒后人们，要护好咱们的根脉。"

你六爷爷是咱公冶家族的族长，家族里的婚丧嫁娶等大事小事，都得他点头。每年的祭祖大典，都是他主持，家族里的人都敬着他，他也说一不二。

家谱上我那血早就干了，看上去像两个窟窿。能换就换了吧。可你爷爷上了犟劲，就是不让换！

每次过年过节，你六爷爷搬出家谱，总要剜一眼那封皮上的血，那眼要是把小铲子，早就把俺的血迹剜去了。他叹了口气，说："罢罢罢。"叫人在家谱外面又糊了一层牛皮纸，把带血的那层盖住。

你六爷爷嫌我是个丫鬟出身啊。你老爷爷娇惯他，捧着他，护着他。他呢，也有那个威，从小会指使人。我记得他四五岁的时候，他蹲在月台上喊俺："那个妈！给我鸡毛掸子！"你六爷爷喊我，都是叫"那个妈"。我在忙着盖咸菜瓮呢，盖完才进屋把鸡毛掸子取来递给他。他嫌我拿晚了，接过来照我的脸就抽，我躲过了。他又喊："过来，过来。"我过去，鸡毛掸子抽到了我脸才算完。你老爷爷说："怎么好打人！"你孔老嬷嬷正好打这儿走过，笑着对你老爷爷说："你看看，这孩子有杀威。"后来，你六爷爷就接了公冶家族的族长。

重孙子啊，我忽然想起一件事儿。那是俺侄子来看俺的那天，雾大，迷了路，到家的时候，天都上黑影儿了。俺跟侄子说，先去拜见拜见族长吧，也就是你六爷爷。你爷爷说不用，等明日一块儿喝酒再见不迟。

第二日一大早，我领着俺侄子把那冻猪头肉割了一半带着，敲开了你六爷爷家的门，你六爷爷见我和侄子去了，慢条斯理地说："来了，坐吧。"俺侄子说："表兄一向可好？"你六爷爷"嗯"了一声说："好，好。几时来的？"俺侄子就照实说了。

你六爷爷一个人端着大烟袋吃烟，这时一只猫跳上了炕，他用烟袋锅子敲了敲那猫头，嘟囔了一句："好不懂规矩，谁让你上来的。"

俺侄子搓弄着两手，欲言又止。六爷爷说："听说你们那里有了八路，分地主的财产？"俺侄子说："表兄，也不全是。一些平时为人不好的，欺男霸女的，就斗争了。"你六爷爷"哦哦哦"着也没下炕，指挥六嬷嬷："送送贵客呀，大老远来的。"

一出门，我就埋怨俺侄子："你怎么一口一个'表弟'叫着啊，该叫族长，该给族长磕个头啊。"侄子说："大姑，都新社会了，不兴这个了。"可俺心里想，这不是在公冶家嘛！

正说着话呢，从墙头上飞出了一块砖头。

8."谁管着了，他就是俺表弟啊！"

俺侄子说："在咱老家，族长啥的，都斗争了。"俺也不知道什么是"斗争"，只是听着。侄子又说："斗争就是斗他们的威呢。"

正说着，从你六爷爷家的墙头那儿，砰地扔出一块"砖头"，俺低头一看，是俺侄子捎来的那块冻透了的猪头肉。俺捡起来，抱在怀里，俺侄子啥也没说。

第二天晌午，家里摆上酒，算是给俺侄子送行。打发你大爷家宁去叫你六爷爷，酒菜都摆好了，你六爷爷还没来，问你大爷他在忙啥呢，你大爷说，他在家写大仿。等得菜都凉了，他才端着杆大烟袋踱着方步走过来。

我早嘱咐好了俺侄子，见了一定磕头，这是走亲戚呢。等你六爷爷进门，俺侄子还听话，赶紧跪下，说："族长表兄好！"你六爷爷满脸堆笑，说："起来吧！不要那些礼数。"俺侄子上去搀着把你六爷爷迎上了炕，坐在上席。

喝酒时，你爷爷管俺侄子一口一个"表弟"，喝了一盅又一盅。喝到一半，你爷爷端起酒盅，跟俺侄子的酒盅碰了，说："这盅酒，你捎给俺舅！给俺舅和妗子问好。"

你六爷爷皱着眉头不大说话，吃了一会儿烟，说还有个事要去忙，就端了一盅酒，喝了。下炕回家去。

走到屋后，俺在皂角树下坐着呢，你六爷爷没看见俺，俺就听他对你六嫲嫲说："什么表兄表弟啊。我跟他论的是哪门子亲戚！你看老大一口一个表弟叫着！我听着就憋屈。"听到你六爷爷的话，俺的心拔凉拔凉的。俺回来，拉过你爷爷说，别再叫俺侄子表弟了。你爷爷说："谁管着了，他就是俺表弟啊！俺不叫表弟，叫啥？"

俺就捂了他的嘴："小点声。"

弗尼思见公冶德鸿懵懵懂懂，插话说了一段故事：

"袁世凯袁大总统是姨太太刘氏生的，很不为袁氏家族待见，十七岁另立门户，与河南大土豪于鳌的女儿于氏喜结连理，觉得自己的腰杆儿硬了。于氏跟袁世凯完婚之后，还算恩爱。袁家每年用白酒漤柿子，结婚第二年的霜降，于氏从园里把柿子摘来，放在陶瓷盆里，喷上白酒，三四天后，涩味清除了。第五天，漤好的柿子用瓷盘端上来，袁世凯问于氏：'给咱妈送去了吗？'于氏很不情愿地说：'送去了。'平时她对'妈'也多是冷眼。袁世凯回头正拿着柿子要下口，忽然看见于氏腰间系了一条裤带，上面绣着大红花，很显眼，便对她开玩笑：'你打扮的这个样子，特别像个马班子。'于夫人听见这样的话很不开心，'马班子'是河南话，娼妓的意思。于夫人觉得丈夫是在羞辱自己，站起来正对着袁世凯说：'我可是有姥姥、有舅舅的人，也是你明媒正娶进来的。'袁世凯一听，忽地站起，上前一步，把手里的柿子摔到于氏脸上，破口大骂：'马班子，马班子！你漤的啥柿子！麻口！'又摔碎了桌上的一只茶杯，气呼呼地离去。袁世凯躲到菜园的屋子里，拿过酒瓶，对着嘴吹，一气喝了一瓶酒，一直到第二天晚上才醒来。他为何动怒？庶出的孩子是没有姥姥家的。从说了那句话，于氏便守了活寡。袁世凯死后，于氏大哭大骂起来说：'袁世凯你这个王八蛋，你娶了九房姨太太，留下三十多个孩子，都丢给我，叫我怎么办？'啊哈，谁让你说人家没有姥姥、没有舅舅呢！活该！活该！袁世凯这个人物很复杂，他称帝后，还把于夫人摆在了皇后的位置上。不过可笑的是，于氏却不肯就座受礼，众人要给她穿凤袍，于氏连连推辞，最后还是被四名宫女摁住，才算全了礼。

　　"给袁世凯伤口撒盐的，还有他的同父异母的哥哥。袁世凯是个孝子，曾带着娘亲刘氏到了赴任的朝鲜，直到甲午战争爆发前才派人送回。一九〇一年六月辛丑条约谈判正急之时，刘氏去世。按常规，袁世凯要申请离职丁忧，但朝廷正自身难保中，当然不会批准。一年后，袁世凯升为直隶总督兼北洋大臣。九月，慈禧太后亲封袁的生母刘氏为一品诰命夫人，并赏银三千两，给假四十天，令其回籍葬母。结果遭到兄长袁世敦的刁难：'在外你是国家大员，在家你是妾生小子，葬仪还得按家规来。'袁世凯生母不得入祖坟与父亲袁保中合葬。袁世凯屈尊下跪哀求，袁世敦不但不让步，还不着孝衣，穿起了红袍。袁世凯忍着这奇耻大辱，另辟新茔葬母。他在袁寨东北十五里处选择了洪家洼新墓地，占有耕地一百二十亩：坟园四十亩，新建四合院瓦房十数间，由看坟人常年看守，竖牌坊、立十四块石碑，石人石马排列两厢。母亲安葬完，袁世凯关在屋里，喝得酩酊大醉，号啕大哭了一天，谁也劝不住。"

德鸿啊，都熬过来了，你亲老嬷嬷我这一辈子说一点儿不苦是假的，可俺不感觉苦，只是担心你……

9."你写你老嬷嬷写过头了"

德鸿啊，我担心你啥呢？担心你的嘴和笔。容我慢慢说。

你老爷爷公冶繁翥教我识字。他是秀才，还有个秀才架子。平时端着个烟袋，见谁也不笑。他看书，从来不在炕上歪躺着，都是坐在炕几前，板板正正地看，这叫什么"敛身正坐"，什么敛身不敛身的，也就是我能逗逗他。我说："秀才、秀才，不如喝酒的一盘'就菜'。"

等你爷爷公冶祥仁大了，他教我识字，把字写在小纸板上，他是怕我闷得慌。你爷爷在高密古城上的洋学堂，他有个要好的同学叫汪林肯，个子不高，来过咱家。他们识洋文呢，什么"古德拜、拉死狗、三块肉"。这个汪林肯不说话便罢，一说就绷着脸，一本正经，等着别人笑，他不笑。听说他当了司令，又被撸了，撸了好像没事人一样，讲笑话板着脸，讲正事呢，脸带笑。汪林肯可是个人物，不光在芝镇，在全国也数得着，你得好好写写他。

说来都是命啊，你看看，《利群日报》头一张报纸在俺娘家印的，俺侄子给《利群日报》送过报纸，差点送了命。王辫呢，没成了你七嬷嬷，却成了报社的记者；王辫她男人赵志坚是《利群日报》的发行部长。还有呢，牛二秀才的女儿牛兰芝，后来拜了你爷爷做干闺女，也去利群日报社干了编辑。德鸿你啊，我这重孙子，也成了《利群日报》的记者了，这都是命啊！干报纸的命。你爷爷说，字和纸都顶着神，都得敬着点，别随意了啊。我有时想，鬼子进了咱家，不是我护了家谱，是家谱护了俺，家谱的字密密麻麻，是你老爷爷一个个写上去的，都是心血啊。

　　你爷爷的干闺女牛兰芝，论辈分，你该叫她姑，后来去北京见了毛主席。她来看俺，那会儿俺就长病了，她说去开的是全国第一次妇女代表大会，她是代表，还是记者呢。她讲了好多趣事儿，讲到孟良崮战役钢铁担架团的一个叫董力生的姑娘，见到了毛主席，人家都抢着跟毛主席握手，这个姑娘却让别人走在前面，自己靠后缩。牛兰芝使劲推她："还不快上去，你磨蹭什么？"她说："咱一个庄户妮子，抢啥呢，先让那些大英雄握手吧。"等毛主席过去了，她又后悔地直跺脚，哎呀，你看这姑娘多可爱！牛兰芝说，董力生这个姑娘不简单，当年抬担架的四千多人，就她一个姑娘，有的人笑话她说："大闺女抬担架，真个稀罕。"孟良崮战役，她领着担架队和部队一样，熬了十八天十八夜，差点没了命。后来，她成了咱这一片第一个女拖拉机手。俺就佩服这样的好姑娘，可惜俺没赶上好时候啊！我赶上了，我也能抬担架，就是小脚跑不动。

　　前几年你们报社搞创刊七十周年纪念，你还写了篇《老嬷嬷舍命救报纸》，写得不好，你没说实话，我舍命不是救报纸，我是怕报纸让鬼子拿了去，咱一家人性命不保啊。私藏共产党的报纸，那可是要杀头的。再就是咱的家谱不能丢。你写你老嬷嬷写过头了，写得太好了就假。其实啊，我吓得尿了一裤筒，鬼子走了，我大病一场。你爷爷给我压惊，天天给我倒上一盅酒让喝。我就天天喝，酒还真不难喝，喝着喝着，就喝上瘾了。

你可得好好当这个记者，别说假话，别说瞎话，更别说浑话、胡话，要说就说人话，说冒热气的好话。听说你在你们的报纸上开了一个什么文艺观星专栏，专门骂明星，你又不是神仙，还会看星象了？我看你成了长舌妇了！东扯葫芦西扯瓢，你学学你那七嬷嬷王豂（在我心里，她就是咱公冶家的人了），学学你姑姑牛兰芝。她们俩当记者当得都比你好。

可能你不记得了，有一年清明节你去给我上坟，给你老爷爷老嬷嬷坟上添土。那天风很大，一棵棘子树在坟边上，你弯腰时，我就让棘子树把你拽住了，你火急火燎地，好像是要赶火车，或者是要赶酒场。我知道我这重孙子是个酒徒，贪杯，这一点，你不随你爷爷，你爷爷爱喝酒，可是从来不喝醉，可你倒好，喝酒，一喝就醉。你随你大爷家宁，你大爷不能沾酒，沾酒就不是"家宁"了，家就不宁了。多写好稿，少喝酒。

我说重孙子啊，你那个评论专栏我也看了，叫我说，一杯白开水，颠三倒四，躲躲闪闪，拐弯抹角。有些明星不孬，你没写出不孬在哪里；有些明星孬，你也没写出孬在哪里。俺最痛恨吃喝嫖赌的明星，这些真该骂，使劲骂，你得骂到点上啊。隔靴搔痒，越搔越痒。还有，你表扬的一些官儿，没边没沿，吹成一朵花，头也好腔也好，鼻子耳朵心眼好，老实孩子一个。可你刚表扬了几天，就被抓起来，成罪犯了。你早怎么没看出来，你近视眼，还是贪官装清官装得像？你得学学你爷爷，学会把脉啊。

我是接生婆，接生的孩子数不过来，你说还要给我写个传记。我有啥可传的，莫言给他姑写了个《蛙》，人家写的就没过头。哦，莫言他姑也是个接生婆？和我一样。

弗尼思对公冶德鸿说："看老嬷嬷的那双手，那是一双神手……"

10."出了嫁，才知道冤枉了我这笑佛啊！"

都说我记性好，好啥呀？陈谷子烂芝麻的，一大堆，又不值钱。我也不知道为啥，经过了的事，就是忘不了。就跟咱家的那口八印锅，裂了璺，那道璺怎么擦也擦不去了。大有庄千把口子人，谁的生日时辰我都记得，都刻印在我脑子里；谁生出来啥样儿，我都记得。孩子生下来，味儿最好闻，有奶味儿，有甜味儿，有薄荷味儿，有鱼味儿，每个孩子有不同的味儿，但味儿都是清亮亮的，没有怪味儿，这味儿一直跟着他长大。我"捞"的孩子，你不用看，倔哒（方言，走）到俺眼巴前，我一闻就知道是谁，骗不了我的。

你大爷家宁，小脑袋才生出一半，就嗷嗷地嚎啊，尖尖的，满屋子都是他的嚎啊，你看他一辈子都大嗓门，他就不会小声说话。还有，他一说话，好像是训人，其实心里没别的，就是嗓门大。你大爷生下来是什么味儿呢，三月的梧桐花味儿。他一辈子都喜欢树，喜欢梧桐花，喜欢种梧桐。有一年，他还把梧桐花泡在酒坛子里，让我喝，我喝着发苦，可是他滋滋地喝着倒是很得劲儿。

咱村里的人，周围村子里的人，大都是我"捞"的。在咱芝镇，接生孩子叫"捞"孩子、"拾"孩子。从河里"捞"孩子这个说法，也不知是从哪里传下来的。孩子大了，问："我是从哪里来的？”爷娘就说：“是用柳编笊篱到浯河里捞的，像捞鱼摸虾。”他们有时还加上句，“是大门台子上的笑佛给捞的。”我爱笑，人家都叫我笑佛嘛。我就是“捞”孩子的命。孩子在水里，在羊水里嘛，我给“捞”上来。有人还跟孩子一本正经地说，姐姐长得俊，妹妹长得丑，就有说法了。姐姐是笑佛用半篼子挎的，就是说，用笊篱把孩子“捞”上来，放在崭新的半篼子里，挎回家。而妹妹呢，是用粪篮子背回家的。在粪篮子里，臭哄哄、脏兮兮的，孩子就熏丑了。有些小姑娘，小时候噘着嘴埋怨我，一直埋怨了十几年，到出了嫁，才知道冤枉了我这笑佛啊！

生孩子，可比从河里捞鱼摸虾难，那是大命换小命，难过的鬼门关啊！你爷爷是中医，学的是妇儿科，他呀，不会接生。我“捞”孩子啊，就是懒办法，不急不躁，只给当娘的鼓劲儿，等着瓜熟蒂落，孩子生下来，用剪子铰断脐带，敷上生石灰，包扎起来，就中了。孩子的胎衣埋在自家的天井里，嘱咐要多人踩踏，这样孩子长得才结实。主人家递给我一碗红糖水，等孩子三日，会早早地叫俺去吃头一碗长寿面，讲究的人家，给打两个荷包蛋。

有些“捞”孩子的，孕妇生不下来，把孕妇的头发塞到嘴里往肚子里嚼、吞，惹你呕啊吐啊，催生。俺不这样。要说别的法儿，还真有，就是让产妇喝温乎白酒，不喝咋办？就灌，使劲灌！你别笑，就是让她喝酒，骨盆开裂，疼啊。尤其是站生的孩子，就得让娘喝酒啊！把酒烫热了，喝上一盅，或者两盅，两盅不够就三盅，三盅不够就一壶。喝下去就不疼了。也有娇气的。不说别人，就说你孔老嬷嬷吧，她那个娇气啊！别提了！

你七爷爷公冶祥恕出生，那也是我给用酒灌出来的。你孔老嬷嬷是大小姐，娇气？可不，怎么灌？不能掐着脖子灌啊。我有法儿，她不是想喝汤吗，我就让觅汉老温端来一碗汤。喝了，还想喝，不给了，渴着她，一直渴得她在炕上打滚儿。我说："夫人，您真想喝？"你孔老嬷嬷说："小死畜类，嗓子冒烟儿了，你渴死我呀。"

"这可是你说的，你要喝的。过后可别找后跟子账啊！"

"不找，不找！给我喝。"

你孔老嬷嬷那樱桃小嘴刚张开，我端起大白碗一口就给灌了下去。你孔老嬷嬷"哎呀哎呀"杀猪似的大叫，骂着俺是小畜类，要谋害她。咋？俺这是给她灌进了半碗老白干酒。你孔老嬷嬷一边骂着俺，一边使劲，猛地一下，你七爷爷哇地生下来了，多沉呢？八斤六两。怪不得难产呢。

你老爷爷也真是的，啥名字不好起，就给你七爷爷起了个乳名叫"灌孩"。庄里人以为是"惯孩"，你老爷爷这是要娇惯老生子儿。不对，就是白酒灌出来的孩儿。

这下我可惹了祸。你孔老嬷嬷见了酒就没好拉歹嚼（方言，骂）俺，见了酒坛子也嚼，见了酒杯酒盅酒葫芦更是大声嚼，一直嚼到你七爷爷三岁，才不嚼我了。我对你孔老嬷嬷说："夫人啊，俺都叫你给嚼烂糊了。我问你喝不喝，你说喝。你自己愿意的啊！"

德鸿啊，你说也奇怪了，你七爷爷长大了一滴酒也不沾，一喝酒就头晕。但你七爷爷对我很好，不像你六爷爷公冶祥敬。他从来不嫌弃俺，也从来不埋怨我，有好酒，自己不喝，揣回来给俺喝。你孔老嬷嬷呢，我灌了她那一碗白酒啊，能喝酒了，酒量还不小，一顿能喝一壶，端着酒盅一边笑一边嚼："小死畜类，都是你灌的毛病。"

你孔老嬷嬷嚼我,有时是使厉害,使威;有时呢,纯粹就是找个想喝酒的借口。

11. "你读了一肚子书,白瞎了!"

生头胎孩子难,就跟鸡下蛋,头胎鸡蛋温乎乎的带着血丝,再下就好了。有的女人在孩子下生前,一直在地里干活,锄地啊,拔草啊,送粪啊,搂柴火啊,掰棒槌啊,地里的活儿、家里的活儿沾在手上,掰都掰不下来。等到孩子掉在裤裆里,才低下头喊一声"可了不得了",放下锄把或草筐风风火火往家赶,家里有热炕头啊!打发人把俺叫来,用一把剪刀将脐带剪了。芝镇的女人啊,比男人受罪!芝镇的男爷们个顶个,香油壶倒了都不去扶,更不会伺候女人。酒壶比亲娘都亲!酒盅子比老婆都亲!喝醉了酒不喊老婆喊娘,"俺那娘啊娘啊,难受死了"地叫唤,这就是让人爱也不是恨也不是的芝镇男人。

"捞"孩子的事儿啊,耽搁不得,小命大命都在攥那个时辰,不早不晚,就那个点儿。俺"捞"孩子"捞"多了,差不多就能知道谁家的女人要生了。有时坐在咱家胡同南头的大门台子上,忽然就烦躁,坐也不是,站也不是,恍惚看着有两只小手在叫俺呢。黑夜我正睡着觉,忽然醒来睡不着了,不大一霎儿就会有人敲窗户,喊俺:"妈啊,孩子要生了。"俺早就起来穿戴好,等着了。

我这一辈子,就是给牛二秀才的媳妇接生,出了岔子,心里那个难受啊。这先得怪牛二秀才,也怪我。

牛二秀才是个仔细人，为了媳妇坐月子，早早就把俺搬到他家里。他也是好意，说："在家里待长了，出来走走，透口气。"也好，平时我就一天到晚在家里转，再就是围着村里生孩子的女人转，忙起来不烦，闲下来闷得慌。

俺啊，爱出来逛逛。可俺来了一集（五天），牛二秀才的媳妇还没见动静。为让俺解闷儿，牛二秀才用骡车拉着俺去芝镇李子鱼的同乐会去听茂腔。牛二秀才的媳妇呢，更是戏迷，她从小就跟着爹走南闯北跑场子，听着戏就拉不动腿。她也要陪着去，也挺着大肚子去了。可巧，村西头开杂货铺子的曹香玉来牛二秀才家串门，一说听戏，也要跟着。那晚上听的戏是《罗衫记》，苦命的女人郑月素一出来，俺就跟着哭，牛二秀才的媳妇和曹香玉也哭。曹香玉哭，我不怕，怕的是牛二秀才的媳妇哭。我一下子拉了她一把，为啥？她不能哭啊，都快生了。可这牛二秀才的女人哭得更厉害了。散了场回家，还没事儿。曹香玉一个人过，她就让俺住到她家的炕上。这曹香玉命苦，一晚上，她跟俺拉呱，男人怎么进了广州黄埔军校，怎么战死了，怎么守了寡，絮絮叨叨一直拉到鸡叫了头遍才睡。

第二天一露明，牛二秀才来敲门，俺才从炕上起来。我问："急不急？"牛二秀才说："不急，不急。"可我心里烦躁，总感觉牛二秀才的女人该生了，但看看牛二秀才的样儿，又不像那么急促。曹香玉去给俺打了两个荷包蛋。俺又问："急不急？"牛二秀才笑着说："不急，不急。"俺就慢悠悠地把荷包蛋吃了。在路上走，牛二秀才扶着俺，还说"不急不急"。可我心慌得厉害，我是小脚，走不快，急出了一身汗。

哎呀，等俺从村西头走到村东头的牛二秀才家，一进门，俺吓傻了，孩子是站生，一根小腿都下来了。哎呀，保大人吧。孩子没了。

这个牛二秀才啊，脸皮薄，其实女人的羊水早就破了，他塞给她一个脸盆，淌了半脸盆，牛二秀才又叫用毛巾堵一堵，媳妇就堵了。他这才跑来找俺。要是俺早去，兴许孩子的命就保住了。可是，他见俺刚睡起来，还没吃饭呢，就说"不急"，你看看这个牛二秀才。

我接生了五十多年，难产，也碰到过，都顺顺利利接生下来，就碰上牛二秀才媳妇这一个把孩子给耽误了呢。我指着牛二秀才的鼻子数落："秀才啊，你读了一肚子书，白瞎了！读成书呆子了！"

牛二秀才就笑笑，不多说。他脸皮薄，爱将就人，不爱求人。牛二秀才也是标准的芝镇男人。

从那以后啊，俺见有人来叫去接生，再也不问"急不急"，放下筷子碗，抬腿就走。

谁哪天哪时生的，我记得准，可是谁哪天老的，我记不住。我对人家说，我是管生不管死啊！你老爷爷公冶繁薹哪天老的，我记不住了，只记得他止不住地拉稀，他口渴，是让病人传染了霍乱。你老爷爷老的那年才五十岁。

重孙子啊，少喝两盅酒，多写东西，要写就写《芝镇传》吧，芝镇上奇事多，奇人多。不说别的，芝镇的城墙有一米厚，有九个城门。我年轻时城墙就有了，听你老爷爷说，好像是同治爷当皇帝的那年建的，是为了防"老毛子"。"老毛子"头一次来芝镇，没有城墙，杀了不少人，芝镇大街上全是血啊，你表叔高作彪的爷爷高铭乾好像就是那年被杀的。

弗尼思对公冶德鸿说："据老辈人传说，芝镇为挡捻军侵袭修建的芝城九座城门，名字出自同治二年进士、芝镇人冯尔昌之手。冯与张之洞、边宝泉同年同科。"

12. 刀刃刮眼球，独门绝技

芝镇城墙刚垒起来，"老毛子"又蝗虫一样乌泱泱地来攻，再也打不进来。据说，"老毛子"到了城墙下，不敢进呀，城墙上有绿袍红脸的关公瞪着大眼提着灯笼在巡城。

芝镇人说，"老毛子"没打进来，是叫关公吓跑了，城墙上有关公的塑像。后来芝镇大街小巷的十字路口、丁字路口，都冒出了关公庙，高的、矮的、大的、小的。

芝镇的城，仿照北京城建的。

你老爷爷说，北京有永定门，芝镇有永贞门；北京有东直门，芝镇有镇东门；北京有崇文门，芝镇有启文门；北京有阜成门，芝镇有阜康门；北京有朝阳门，芝镇有景阳门。除了这几个，芝镇还有四个门，分别叫作望阕门、障浯门、保元门、众成门。我问你老爷爷，有门就得有灯，这门那门的，得挂多少灯啊。你老爷爷说，有的是灯，好比茂腔《赵美蓉观灯》，什么"白菜灯赛蓬松，摇头散发的荒荽灯，黄瓜灯一身刺，茄子灯紫绒绒，韭菜灯赛马鬃，葫子灯弯中儿中儿，南瓜地里造了反，北瓜地里乱了营……"

你说，小小的芝镇还敢仿效北京城，大门上挂着大灯笼。怎么这么大胆呢，不怕被定个犯上作乱罪？

芝镇有一个玉皇阁。皇帝不是叫天子吗？天老爷的儿子。

玉皇大帝就是老天爷啊，俺记得，天老爷是正月初九生日。每年这天，你孔老嬷嬷都要拉着俺到天井里焚香跪拜。皇帝能住九门城，玉皇大帝当然更有资格住九门城了。别看玉皇大帝是神，是泥胎，但他也能唬人。

玉皇阁边上住着藐姑爷。我知道你们报社过年演节目，你扮演了个皇上，后来你发烧，让藐姑爷给治好了。给你看病的，是第几代藐姑爷了？第三代，还是第四代？啥藐姑爷，装神弄鬼的。你不是吓着了，是那天上台前换衣裳，龙袍单薄啊，一层棉，你没穿内衣，一阵风吹过，冻感冒了。你这识文解字的人，咋还信这个？你见的这个藐姑爷，不是我见的那个，都叫藐姑爷。藐姑爷是个神仙，让凡胎顶着就是了。

我见到的那个藐姑爷，在玉皇阁边上开了一家剃头铺，当时她还不叫藐姑爷，叫啥呢？忘了，就叫她"这闺女"吧。这闺女给爹打下手，她爹雇了两个剃头匠。在咱芝镇，过年前最忙的是剃头铺子。年前，男人都要剃头。在芝镇有个讲究，正月里不剃头，剃头死舅，这也是迷信。迷信归迷信，芝镇人都很遵守，都不敢正月里上剃头铺子。

我听你老爷爷说，这正月里不剃头，该大清的多尔衮的事儿。多尔衮前世八成是个剃头匠，他弄了种奇怪的头型，将头发从前边到脑顶的统统刮了，再把四周的发际全部剃光，只留下当中的一小块头发，拧成一根长长的大辫子。谁当了皇帝都一个样儿，要实行自己的一套，但这剃头的事儿惹恼了众人。见大家不愿意，皇帝就颁布了一道令，"留头不留发，留发不留头"。实在没法儿了，男人们只好剃了，却以"正月里不剃头"来糊弄，起个名堂叫"思旧"。你孔老嬷嬷说，芝镇人特别在乎正月，正月里土啊、墙啊，啥都不能动，头发也不能动。怎么是"死舅"呢，一年的正月是年头岁尾，留发思旧，思旧，思旧，慢慢就成了"死舅"了。到了二月二，龙抬头，剃头铺子才开张。

有一年到了年三十，顾客开始少了，该剃头的都剃了。到了下午，这闺女的爹就给两个剃头匠红包，让他们回家过年。她爹说，走之前咱喝个过年酒吧，两个剃头匠说好啊，三个人就喝酒，一喝喝到天上了黑影。三个人都醉得扶不起来。

这闺女自己守在剃头铺子里。天都黑尽了，还不见爹晃荡回来，她正准备打烊，推门进来一个中年汉子，说要剃头。剃就剃吧，他要剃个光头。汉子也是喝了酒，满嘴酒气。这闺女烧开了水，给中年汉子洗了头，放下剃头椅子，让那人躺好了开始刮，一刀一刀下去，那中年汉子舒舒服服地竟然睡着了，直打鼾。这人还说梦话，连说了三遍"酒啊酒"，是在梦里划拳呢。

我听咱家的觅汉老温说过，这闺女和她爹有独门绝技，别的剃头铺，能刮脸还能刀刃掏耳郭，那刀刃在耳朵眼里一旋，能旋得浑身麻，而这闺女和她爹能用刀刃刮眼球。刀刃刮眼球，那得多大胆量啊。老温说去刮过，眼睛掰开，刀刃像一滴凉水，噌噌噌地在眼球那里响，刮得人天旋地转，晕晕乎乎，飘飘欲仙。我说："没把你的眼珠子刮破啊？"老温就笑，说："也就图个享受，刀刃刮眼球，像喝醉了酒，真恣。"

弗尼思对公冶德鸿说："藐姑爷，其实是藐姑射（yè）之误。庄子《逍遥游》曰：'藐姑射之山，有神人居焉；肌肤若冰雪，绰约若处子；不食五谷，吸风饮露；乘云气，御飞龙，而游

乎四海之外；其神凝，使物不疵疠而年谷熟。'藐姑射，有人说
是山，有人说是仙。其实藐姑射山远得很，在山西临汾，离芝镇
这儿八百多公里呢。"

13. "舅啊，我剃了头，你就等死吧"

这闺女不慌不忙、不紧不慢地刮着刮着，她性子慢，干啥都
慢吞吞的。磨磨蹭蹭地剃光了头，她掀开那人的眼皮，正要下刀
刮眼球，鼾声一抽，没了，她一摸，没气了。她吓得哆嗦着，要
扶那人起来，可那人很快僵硬，哪里扶得起？

门外已经响起了家家户户过年的鞭炮声，这闺女六神无主。
这可咋办呀！忽然窗子哗啦响了一声。她猛一抬头，就见一缕烟
忽忽悠悠钻进来，那光头僵硬的身子平着飘在那缕烟上，像一个
八卦风筝，又忽悠忽悠穿过窗户棂子出去了，什么声儿也没有。
她回头看看剃头椅子，上面堆着一摞东西，仔细一瞅，是花花绿
绿的一堆冥币，冥币上还有玉皇大帝的笑模样，身上穿着龙袍。
地上的头发茬子也被一阵呜呜的旋风旋了个干干净净。

这闺女一腚坐在地上，脑子嗡地一下，迷糊了。一直到过了
年，出了大正月，她才苏醒过来，眼睛木木的，发直，突然就变
了一个人似的，披头散发，说是开了天眼，每次给人看相，先得
喝上一壶酒……后来，这闺女嫁给了芝镇的孙道。她不是给土匪
张平青算卦了吗？

张平青，就是拉杆子扒玉皇阁的那块货。

玉皇阁住着一个姓郭的老道士，老道士左眼有个疤，芝镇人都

叫他郭大疤眼子，他的外甥叫薛授益。薛授益家里穷得揭不开锅，投奔舅舅住在庙上。这个外甥长得人高马大，就俩爱好，一是爱喝酒，一是爱戳事儿。他力大得如腱子牛，喝多了酒，光着膀子，膀子上垫块白披布，举着家里的石碌碡玩儿。有一回，喝多了酒，举碌碡，天井里刚下了雨，打滑，他失手砸伤了脚，从此就成了瘸子。这瘸子，在芝镇倒是不祸害人，就是爱逞能，好吃懒做。有一年大湾崖边上杀牛，那腱子牛被绑得好好的，谁料，三挣两挣，又挣脱了。这外甥喝醉了酒，正好碰上，有人就撺掇他，说："你能把牛放倒吗？"这个愣头青说："等着，看我的！"朝着腱子牛走去，还没靠近呢，就被腱子牛的牛角一下子顶到大湾里，好在那湾水浅，脚能踩着底。湿漉漉地从大湾里爬上来，他端着个铁锨，照准腱子牛的头就一顿劈，铁锨插进腱子牛的头，拔不出来，他不往下搂锨柄，一个箭步冲过去，抄起牛的前蹄，把一头牛就撂倒了。杀了牛，人家赏了他个牛头。他把牛头背到玉皇阁大殿里，郭大疤眼子正眼也不看。这外甥就把牛头炖了，吆五喝六招来狐朋狗友喝了三天吃了三天，搅扰得四邻不安。更气人的是，他还把那个牛头骨挂在玉皇阁门口的砖墙上。芝镇的头面人物不干了，把他舅叫了去一顿狠铆。他舅没辙，打又打不过他，大骂了他一顿。

　　这外甥真是个人物，正月初三，喝了一肚子酒，晚上砸开剃头铺子，这剃头铺子应该是薮姑爷的老祖宗开的。浪荡子外甥说要剃个光头。老祖宗一边剃，一边哀叹。这外甥说："老人家你叹啥气，哪有舅不救外甥的！"老祖宗给匆匆剃完，叹口气说："好了。"可这外甥还要享受，说要刮眼球。老祖宗说："今日我可是喝了酒，要伤了你，剃瞎了眼，可不赖我。"外甥才吓得爬起来，大摇大摆地又来到玉皇阁，他舅一看，吓得关了门。这外甥在门外喊："舅啊，我剃了头，你就等死吧。"

这浪荡子看着舅舅不待见，拍腚走了。前脚刚走，那牛头就让舅舅扔到了浯河里。可是这当舅的害怕啊。这外甥也太无情了，怎么好正月里剃头呢？

那浪荡子回家正赶上他母亲老了，他大哭一场。当舅的，本该来给老姐姐送殡，可吓得病了，不能下炕。这浪荡子把母亲用芦席一卷，埋进一个大树坑。奇怪的是，当天晚上刮大风，那阵风把树坑里的土刮成了一座坟，这浪荡子忽然头晕，醒来觉得变了个人似的，等安葬了母亲回到玉皇阁，跪下发誓："今后我要发迹了，重修庙宇，再塑金身。"这浪荡子到了胶县一带，在戚继光部将柳升手下当差，能吃能喝能打能冲，但就是一样，不服管束。他是个伙夫。有一次，集合号吹响了，他早炊还没忙活完，随手将饭倒掉，那做饭的锅还是热的，他把这热锅扣到马屁股上追赶自己的队伍，马被烫得撒腿就跑，不想，一口气跑进倭寇的大本营。倭寇迷迷瞪瞪，还没反应过来，这浪荡子一刀取下了倭寇总头的头。

后来，这浪荡子薛授益被朝廷封为武侯，赐名"薛谦若"。百姓念白了，说成了"薛天若"。他想起了在娘坟前发的誓，运来了十八驮银钱重修了玉皇阁。我问过你老爷爷，十八驮，是十八个马驮的吗，你老爷爷也没说清楚到底是十八匹马还是十八匹骡子，还是十八匹骆驼驮的，反正是钱海了海了的一大堆。大人不让小孩上庙去看塑神像的，说是谁去就照谁的模样塑，那就被神夺去性命当侍童了。可"一大盼子"不怕。

"一大盼子"是谁呢？说出来，你认识。

天地流罡

TIAN　DI　LIU　CHANG

第 九 章

1.好一道"硬菜"①

　　我弗尼思是一只神鸟，曾供奉在公冶祠堂里若干年。祠堂拆了，我就随便栖居在芝镇一棵树的枝头上或屋檐下，有时也飘在云上。芝镇的人与事，从古到今，旮旮旯旯，我都清清楚楚。

　　就说"一大盼子"吧，他不是别人，是前面提到的公冶德鸿的老师雷震的鬼名字，按说，公冶德鸿不能这样叫，他得为尊者讳。

　　"一大盼子"这个鬼名字，是公冶德鸿的亲老嬷嬷景氏给起的。雷震这学名呢，是公冶德鸿的爷爷公冶祥仁给起的，他还有三个妹妹。公冶祥仁给他大妹妹起名雷巽，二妹妹雷离，三妹妹雷兑。咋起这名字啊，叫着拗口，公冶祥仁说这是因《周易》而起。雷巽大了，自己改名雷迅迅。雷离大了，易名雷丽丽。雷兑呢，"兑"加了个竖心旁，叫了雷悦悦。

　　公冶祥仁大夫就是死板，不就是起个名字吗，还摇头晃脑地引经据典。公冶祥仁跟着雷震的爷爷雷以邙学的《周易》。雷以邙，芝镇人都管他叫昌菽先生，他字昌菽，上知天文下知地理，以算卦精准出名。这老头很怪，孙辈名字，他不给起，他眼睛半睁半闭地说："上辈子不管下辈子事儿，祥仁，你给起！"公冶祥仁也不推辞，遵师父之命，就起了：震、巽、离、兑，占了四卦。

　　雷以邙在玉皇阁摆卦摊，风雨无阻，卦摊边上摆着酒壶，那酒壶是锡的，壶嘴歪了，是他喝醉了酒，摔到石头上磕的。摊上

――――――――――

① 此章均为弗尼思说的话。

还有几盆花，一小碟干炸花生米、一块干巴鱼头。没人算卦，他就抿一口。这老头一是迷恋花，二是迷恋酒。在他的四合院里，房前屋后，全是花，除去冬天，雷以龟家的蜜蜂最多。站在枝头的杏花、桃花、梨花、枣花、梧桐花、石榴花就不说了，月台上的栀子花、玛瑙、金橘、鸡冠花，窗下的牡丹、芍药、月季、水蓼、蜀葵，墙角的马齿苋花、地瓜花，屋后花园里则是鸢尾花、玉簪花、苦菜花、婆婆丁，等等。凡是花朵，老人家都喜欢，只要瞅上，就拿不下眼来。他最喜欢的是菊花，堂屋里挂着一幅郑板桥的四尺条幅："菊花盘里是明珠，金碗红心翠叶铺。凉风未来霜未落，秋风富贵尽堪图。"老人家在芝镇古董市里买的，说是真迹，但公冶祥仁端详着不像。

秋到雷家，满院金黄，什么点绛唇、二乔、飞鸟美人、金背大红、金皇后、龙吐珠、鲜灵芝等，大大小小、高高低低一片。

晚上关了门，雷以龟一人在家独酌，一根蚂蚱腿，喝一口，把蚂蚱腿在嘴里咪拉一下，鼻子一抽，嗅一嗅那浓烈的菊花香味，闭上眼，气沉丹田，自我感叹："有酒有花有口气，夫复何求？"再喝一口，再把蚂蚱腿在嘴里咪拉一下。油尽灯灭，他就着朦胧的月光喝，依然是喝一口，咪拉一口蚂蚱腿。一高兴了，前仰后合哼两句白乐天的菊花诗："满园花菊郁金黄，中有孤丛色似霜。还似今朝歌酒席，白头翁入少年场。"

有个初秋之夜，给人看病看累了，公冶祥仁打着灯笼去找雷师父拉呱，这雷师父住在赵三支祠西边的小胡同里，一进胡同，菊香就往鼻子里钻了。拍了半天门才开，老人耳背，正喝着呢，公冶祥仁就着灯影，看到雷师父嘴里呷摸的是一个生锈的钉子。

公冶祥仁说："师父，您怎么就着钉子喝酒啊？"雷以邕举着那枚钉子道："我就着蚂蚱腿，哪是钉子？"伸过来，放在灯影里一看，哈哈笑了："嗨！我说呢，这蚂蚱腿味道不对。命啊，我算着一卦，今晚有道硬菜，我一直等着人送呢，原来是这个。"蚂蚱腿在雷师父脚底下。雷以邕也就有了个鬼名字叫"硬菜"。

五六岁的雷震，长得浓眉大眼，虎头虎脑，是个可爱的小肉墩子。公冶德鸿的亲老嬷嬷景氏常常逗他玩儿。

景氏七十多岁了，接生了一辈子孩子，就是爱孩子。她爱说："天上的星星地上的孩儿，抬头低头解恼的丸儿。"她特别稀罕雷震，雷震是个孤儿。雷震小时候不会走，抬腿就跑，身子往前拱，一拱一拱，两根胳膊使劲甩着，两条腿飞快倒腾，从后面看，像是一个小青蛙在扒水。他玩累了，就到他爷爷雷以邕的卦摊那儿。雷以邕呢，一边算卦，一边卖花。

这么多年，我就没见他卖出一盆花去，倒是送出去不少，有人喜欢了，他一摆手："端走吧。"那花就长了腿，带着花盆里倒扣的鸡蛋壳，飞到了芝镇的某一个院落。老人家一点也不嘎固（方言，小家子气）。

与其说雷以邕是卖花，倒不如说是赏花。老人有时对徒弟公冶祥仁说："看着花算卦，有灵气呢。我在找有缘人。"

花和酒，是老人熬日子的寄托。冬天花少，老人折一根蜡梅枝子，插到袄领子那儿，寒风吹着那蜡梅枝子直戳着他的大耳朵，看上去很滑稽。他也不在乎，仰头喝一盅酒，抹了嘴巴子，低着头打盹，鼾声如雷。有过客的脚步声近了，他立时就睁了眼，摸摸老花镜的眼镜腿，朝人笑笑，继续闭眼打鼾。

2. "神经病，老不正经！"

老人随遇而安，但有时又极其讲究。比如过年，大门、二门、厢房门、猪圈门、井旁、磨盘上的对联贴完了，西墙角鸡窝那儿一定也要贴，上书四字"鸡有五德"，是老人家特别钟爱的颜体。他会自问自答地考雷震哪五德，不等雷震回答，他就眯了眼道："记住！头戴冠者，文也；足傅距者，武也；敌在前敢斗者，勇也；见食相告者，仁也；鸣不失时者，信也。"

玉皇阁平时人不多，也就有附近的老人们蹲在这里扯闲篇。芝镇大集的时候，这儿就热闹了。雷以豳坐北朝南端坐在马扎上，开了腔："过路君子算一卦，有钱的给钱，没钱的，给两块糖果也行。要是喜欢花呢，就端着。"这糖果就成了雷震的宝贝，三块五块，十块八块的。他一时吃不了，就藏起来，藏在玉皇阁的不知哪个旮旯里。

有一天，公冶德鸿的景氏老嬷嬷说："雷震，给我拿块儿糖吃。"雷震一点也不嘎固，答应着就往玉皇阁里跑，景氏老嬷嬷跟在后面，他一边跑一边喊："你不要过来，你不要看。"他将玉皇阁的一个小窗户阁子关上，隔着玻璃，他又大声说："不要看，不要看，要等一大盼子才能看啊。"翻动了一会儿才把窗阁子打开，把一个糖块儿递给景氏老嬷嬷。景氏老嬷嬷笑着说不吃。他去掏糖块儿，总要说等"一大盼子"，景氏老嬷嬷就给他起了个鬼名字叫"一大盼子"。

"一大盼子，过来！"这样喊一声，雷震就过来了。有意思的是，雷以岜也认可，他也管孙子叫"一大盼子"，觉得这四个字好，雷嘛，轰地一下，震动"一大盼子"！

公冶祥仁看不惯雷以岜的，就一点，老人家好色。给妇人看卦，摸着女人的手，黏糊着总是不愿意松开，东拉西扯，有时还拍拍女人的腮帮子，拽拽女人的头发梢。有一次一个少妇找他算卦，那少妇瓜子脸，浓眉大眼，眉心里有颗痣。老人家问了八字，低头嘟囔了一会儿，说："唉，有缘无分啊，有缘无分啊。"那少妇不解地盯着老人，老人抬起头来说："对不住，对不住，失态了，刚才失态了。看到你的八字，我想起了一个人来。"少妇问想起了谁，老人摇摇头，笑笑，说："请伸过右手来。"把手捧在自己的手里，戴上老花镜端详，眼睛里竟然有了泪。那少妇很尴尬地把手抽回去。"咋这么像呢。"老人说。妇人气呼呼地站起来就走，扔下一句："神经病，老不正经！"

芝镇街头一帮闲人，都跟着起哄。他们哪里知道，老人家看妇人的八字、手相，想起了两个人，一个是儿媳妇，一个是小黑母鸡。

鬼子来芝镇那年冬天，儿媳到后园的白菜窖拿白菜，一个人把白菜举着往上扔，扔到第三棵，就被一只手攥住了，那是鬼子的手，后来鬼子进了白菜窖，儿媳不堪凌辱，上吊死了。儿子本来有白喉病，也在当年不幸殒命，雷震成了孤儿。至于小黑母鸡嘛，唉！先不说了。擦干眼泪，雷以岜依旧笑呵呵地给人算卦。

有时雷以岜、公冶祥仁师徒二人对酌，趁着酒劲儿，公冶祥仁会说师父："您给妇人看相看的时候长，一看就看'一大盼子'，您看您都这么大岁数了，别给后人留下个为老不尊的名声。"

雷以岜一听哈哈大笑："徒弟啊，这你就不懂了，我是'一大盼子'的爷爷啊,我是'一大……大盼子'啊!"

雷震下放回芝镇,在芝镇中学给公冶德鸿当语文老师。有一次不知怎的跟公冶德鸿说起了景氏老嬷嬷,他对德鸿说:"你老嬷嬷在玉皇阁喊我'一大盼子……不嘎固''一大盼子……不嘎固'。那个老婆婆啊,慈眉善目,像个菩萨,她不笑不说话,大有庄的人都叫她'笑佛',真好。'一大盼子',就是一大会儿的意思。你老嬷嬷爱说话,坐在炕头上纳鞋底,她七十多了还能纫针,我亲眼所见。你嬷嬷当年不到五十岁,拿着一根针怎么也穿不到针鼻儿里,你亲老嬷嬷笑着一把拿过针线,照准,一下纫上了。你嬷嬷就说'俺服气您了'。你亲老嬷嬷纫完针,还牵挂着在炕下的你大姑小樽:'丫头,你看看饽饽发开了没有,要发开了,就装锅烧火蒸。'你大姑小樽一会儿回来说:'面温温,还没有开,装锅还得艮艮儿着。'听明白了吧?我给翻译一下,你老嬷嬷问饽饽发酵发开了没有,你大姑小樽回答,刚发酵微起,还得待会儿。'艮艮儿'跟'一大盼子'近似。嘎固——小家子气。'嘎'的古汉字应为'尕'字,尕乃小的意思,西北地区、四川称嘎娃,嘎固乃尕家之变音,家字古语读姑,尕固,乃小家子气也。"

雷震老师的考古癖又来了。

"一大盼子"雷震的爷爷雷以啙算了一辈子命,就是没算着自己的命,在天老爷爷生日那天中午,殁了。

3.秋夜雨潇潇

雷以啙那天算卦攥住少妇手的暧昧之举,在芝镇被添油加醋传说了好多年。其实，大家有所不知，这里面有个惊天秘密。

　　世上竟然有这样的巧事，算卦的少妇、雷震的儿媳、小黑母鸡三人的八字相同，一字不差。更让人惊奇的是，三人的长相、说话口气、走路姿势都一样。

　　雷以邶怎么记小黑母鸡的生辰八字这么准呢？那是他造的孽呀，一切都因那个雨夜。

　　黑母鸡公冶秀景跟雷以邶家住在一个胡同里，也喜欢花。她隔三岔五爱到雷以邶家里掐个月季、芍药、水蓼啥的，拿到家里放在插瓶里养几天，等蔫儿了再到雷家去掐。雷以邶也愿黑母鸡来掐。有一年秋天，黑母鸡来雷以邶家掐了几朵菊花，又问雷以邶要牵牛花的种子。雷以邶最喜欢的是菊花和牵牛花，他家的牵牛花，紫的、蓝的、红的、黄的都有，有一株开了一百多朵。他掐了几朵，制成了标本，贴在本子上。雷以邶拿出来让黑母鸡看，黑母鸡惊呼："干了的花还这么俊，要是在蔓子上，该多美呀。"

　　"再美，也不如带着露珠的牵牛花好，那是活的。墙上的美人再美，也不如你公冶秀景，你会眨眼啊。"

　　雷以邶盯着公冶秀景，把她的脸都盯红了。黑母鸡低头看雷以邶贴牵牛花标本的本子，上面写的是："种子植于盆中，越七十日始着花，姿色白边，花缘线爬上墙与树者为小。"

　　花种子分成一小包一小包，在小南屋里放着，雷以邶招手让她进屋。从太阳地里迈步进去，漆黑一团。雷以邶就在那团黑里箍住了她："你撞着我的神经了。"黑母鸡扭动着身子，雷以邶松手，后退，念叨着"我是君子"，轻轻捏了捏黑母鸡的手，说："手真巧，手巧心灵啊。"黑母鸡低了头拿着菊花和包着的牵牛花种子回家去了。

　　那个秋天雨水特别多，这都影响了雷以卺摆摊。原来在玉皇阁真武大殿前面的空地上，没法遮雨。李道长跟雷以卺对脾气，有时二人还下两盘象棋呢。李道长点头，让雷以卺搬到了玉皇阁旁边的凌霄宝殿的一角，为了避让玉皇，用一米半高的屏风挡着。有天快要收摊了，刚要关门，听到身后扑通一声响，他回头一看，见一个妇人挎着筬子，筬子里的饽饽磕到地上，滚到泥水里。那妇人弯腰去捡，雷以卺一头扎进雨里帮着拾，把饽饽递过来，方见是黑母鸡。黑母鸡的头巾都湿了，头发贴在脸上。他喊："公冶秀景，先别拾了，回屋里躲会儿雨。"

　　进了屋，雷以卺递给她条毛巾，让她擦水，衣裳褶子贴着身子，雷以卺眼就傻了，嘟囔道："吴带当风，曹衣出水。"绕着黑母鸡仔细踅摸了一圈，黑母鸡不明白，雷以卺说："古人画画，说美人从水里刚捞出来，美啊！线条美！该凸的凸，该凹的凹。"黑母鸡说："不好好说话，你还是表哥呢。"也不知从哪里论成了表兄妹。

　　黑母鸡是回娘家大有庄给公冶祥仁的娘孔氏上一年坟回来遇到了大雨，想到玉皇阁躲雨呢。

　　她一边拧衣裳的水，一边跟雷以卺羡慕孔老夫人："老婆婆修得好啊，上坟的时候，太阳好好地挂在天上，刚上完，飘来一片黑云，那雨就像天塌了窟窿。我有个苇笠，走了一半叫风拽了去了。"

　　"你跟公冶祥仁是几服姊妹啊？"

　　"四服。"

　　"哦。我要是画家，我就给你画下来。"

黑母鸡把袖子拧了，又拧裤腿，一会儿就站在了水里，雷以邙撒上了一铁锨香灰。

一阵风穿堂而过，那香灰刮到了黑母鸡脸上，手一抹，脸花了。雷以邙一看，哈哈笑了，拿过镜子让黑母鸡看，黑母鸡一拳打到雷以邙身上："死鬼，都是你造的孽。"就往回抽手，却怎么也抽不回去，黑母鸡使劲挣脱，没想到越挣脱越紧，雷以邙的胳膊像两根粗铁丝紧紧箍住了她，一点力气也没有。

穿堂风如浯河的顺流水，把挡着的屏风也刮倒了。

黑母鸡没想到雷以邙还有这么股子劲儿，她惊恐地说："这是凌霄宝殿啊，表兄。"

一语提醒了迷糊人，雷以邙赶紧拉了黑母鸡跪下，念叨道："玉皇大帝大恩大德，下雨天，留客天，留不留？留！感谢成全。"

雷以邙一人饰俩角色，一会儿是他，一会儿成了玉皇大帝，自问自答。黑母鸡捂着嘴笑。

爬起来，紧张的嘴唇乱哆嗦。雷以邙拿过酒葫芦，使劲喝了一口，递给黑母鸡："你，也喝一口！壮胆！"

黑母鸡接了，咕咚咕咚喝了三口，那腮就绯红了，软绵绵地倒在了雷以邙怀里。

雷以邙在那热腮上亲了一口，说："我算了一卦，今天是颐卦。玉皇大帝会高兴的。"

把酒葫芦扔到了玉皇大帝塑像的脚底下，上去扯了黑母鸡的衣裤，扔到香炉边，自己的裤头也蹬掉，大喊一声："来吧，老天爷啊！"

黑母鸡沾了酒，头晕目眩，摊开手脚，如天上的云朵。雷以瓮平时蛮斯文的一个人，走路说话慢条斯理，这会子却像滚下雪山的雪豹，没命地冲锋陷阵。黑母鸡先前还哎哟哎哟呻唤，头发乱颤盖满了绯红的两腮，后来就闭了眼，咬着牙，一声不吭，昏死过去……

玉皇阁外一道闪又一道闪斜劈下来，轰隆隆的雷声，在密实的雨声里滚过。

4.他抽出九龙桃木剑

那个雨夜啊，那个扯天扯地的雨夜！那个罪孽深重的雨夜！雷以瓮抱着昏昏欲睡的黑母鸡，猛抬头看到了玉皇大帝正睁着大眼盯着他，他感觉浑身发冷。

雷以瓮后来一喝上酒就扇自己耳光子，糊涂！糊涂！糊涂！明白了一辈子，失足在一夜。

那个雨夜过了俩月，雷以瓮刚刚摆下卦摊，黑母鸡过来了，指着肚子，蹲在他面前，皱着眉头："表兄啊，你干的好事，有了，你的。"

雷以瓮快六十岁了，耳背。他把手贴在耳朵那里，眼盯着黑母鸡，黑母鸡又说了一遍。他把手缩回来，说："嗨，还有这事儿？我的命里没有孩子了。"

"你是不是让我站在玉皇阁说一遍？"

雷以瓮挠挠头皮，端着酒盅，仰脖而尽，憋出一句："能不能不要？"

"你说得倒轻巧，来了，也就收着吧。你不要，我要。"

　　黑母鸡肚子还不明显时，提前到了公冶家，找到了公冶德鸿的景氏老嬷嬷，不说别事，就是来闲扯篇。景氏老嬷嬷是何等人，一眼就瞥见了，问："几个月了？"黑母鸡说："不到仨月。"景氏老嬷嬷点点头。在大有庄的娘家，黑母鸡生下了孩子，景氏老嬷嬷给"拾"的，孩子生下来，看看鼻子眼儿，景氏老嬷嬷就知道是谁的了。她趴在黑母鸡的耳朵边上小声说："孩子命大啊，玉皇阁的天老爷赐的啊。"黑母鸡脸像蒙了块红布。

　　黑母鸡仗义，每天到玉皇阁求保佑，到卦摊上来一趟，拿点零花钱。黑母鸡在芝镇人的指指点点中，一个人把孩子拉巴大了。芝镇人猜测小黑母鸡的爹，怀疑了一圈，就是没猜到雷以岜头上。

　　孩子长到七岁，黑母鸡来到卦摊前说："给闺女起个名字吧。"黑母鸡的婆家姓赵，丈夫早年殁了。雷以岜正在看《周易》，翻到了归妹卦，《象》曰："泽上有雷，归妹。"就顺口说："叫归妹吧。"黑母鸡也不深究，就归妹归妹叫起来。年龄小，不懂事，叫着还行，长到十岁，归妹就改成了桂梅。雷以岜不听，他叫他的归妹。他觉得天底下数着这归妹俊，脸上带着股仙气，那脸蛋儿像刚撕下来的一节朝霞，那眼眸像夜空里的星星。

　　日本鬼子一来，全镇上的人都在骂黑母鸡母女，这母女俩从芝镇大街上走过，女人们都朝她们身上吐唾沫。雷以岜听说了归妹的行径，整宿整宿睡不好觉。想起自己的儿媳妇被鬼子强奸，不堪污辱而死，雷以岜头疼欲裂。

　　我这归妹跟自己的儿媳妇八字相同，可是命运咋就不一样了呢？还有那个眉心里有痣的闺女，是什么命运呢？

　　归妹不知道自己的身世，但知道雷以岜这个表舅好，黑母鸡让她喊表舅。她跟母亲一样，爱到表舅这里，表舅会给她留着糖果。每次归妹离去，雷以彭都会盯着归妹，直到身影消失了才把目光拉回。可是鬼子一来，归妹就少来这卦摊了。

一夜一夜睡不着觉，躺在床上，他脑海里时不时地闪一下砒霜或者卤水把归妹……那卤水就在后窗户上放着，他意念里把归妹叫到卦摊那儿，让她喝卤水，或者把耗子药包在包子里，可是又下不了手。想着想着，老眼里竟然涌出了泪。

芝镇习俗，过了腊八，喝了腊八粥，就开始忙年了。第一个事，就是扫屋，选一个风和日丽的日子，把屋里的东西都拿出来晾晒，桌子、凳子、茶几等全部清洗后，摆在天井里，还有被褥、炕席等，都要拿出来。屋子空了，把破布头绑在竿上清扫屋顶、福棚、墙壁上的尘垢蛛网，这叫除尘。

雷以彭往外搬桌子时，抽屉里突然掉出两双千层底鞋，这是儿媳妇给他和儿子做的新鞋。盯着这两双新鞋子，雷以彭心如刀绞。吃完晚饭，夹着这两双鞋子、烧纸，在芝镇的十字路口烧了。阴影里，有两个人在说闲话。

"嘿嘿，黑母鸡，刚才是黑母鸡。"

"不是，是小黑母鸡——桂梅。"

"小黑母鸡，也不知是谁的孽种，越来越浪了。没脸没皮。"

"听说是黑母鸡跟雷……"

一阵风把后半句旋走了，雷以彭挓挲着耳朵没听清，心却怦怦乱跳。莫不是满芝镇人都知道了我是归妹的爹了？不会，不会。自己跟跄着往家里去。

走到门口看到儿媳和归妹蹲在那里嗑瓜子呢，儿媳都死了一年多了，怎么又……雷以嵒很纳闷。儿媳把瓜子皮吐到归妹脸上，归妹也把瓜子皮吐到儿媳脸上，噗噗俩人忽然就掐了起来。雷以嵒猛地咳嗽一声，再一睁眼，哪里是儿媳和归妹，是两只黄鼠狼蹲在门口。这两只黄鼠狼也不怕他，瞪着四只蓝眼睛。雷以嵒觉得腿发软，弯腰拾起块砖头，照准黄鼠狼的头就要扔过去，一声"表舅"把他拉了回来。他眼前真真切切站着归妹。

"这么晚了，你这是来干啥？"

"俺听说，俺是你的闺女？"

"别胡说。"

"俺娘也说不是，说是您在浯河里捞的。"

"嗯，是个大雨天。"

雷以嵒额头都出汗了。

"少到日本鬼子那里去。人要脸，树要皮。"

"……我这没爹没娘的孩子，无依无靠。"

雷以嵒听着，眼前归妹的声音忽然就变成了儿媳的声音："爹啊，爹啊，你得给我报仇啊，杀鬼子啊！"

是归妹让黄鼠狼附体了？雷以嵒看到归妹披头散发要撞墙，他推门进屋，拿出那把肥城九龙桃木剑。那桃木剑是他八十大寿时，徒弟公冶祥仁所送，桃木剑上拴着红穗头，剑鞘上雕着七条龙，剑柄上两条龙，龙口各衔一圆珠。雷以嵒抽出来抵住归妹的眉心，喊："还不快滚！"

归妹整个儿变了只大黄鼠狼，龇牙嘎吱嘎吱啃门框，啃下的窸窸窣窣的末子像锯末子一样细，一边啃一边浑身筛糠一般颤抖。雷以嵒用桃木剑拍，也用桃木剑的剑鞘戳，可不管用，归妹开始抱着门框抽搐。

雷以邕手足无措，进屋从书架上搬出刚抄好的《周易》，翻到"归妹"卦，带着哭腔喊："闺女啊！回来吧。"说完，从咸菜瓮里舀一瓢老盐水兜头泼到归妹脸上。

忽然雨住云收，归妹冒出了一句："觳觫俺了。"长叹了口气，那声儿一下又回到了原来，眨巴着眼："我刚才是咋了？"

"走吧，没事了。"

夜色里，雷以邕举着那把桃木剑。见归妹走出几步，又喊住她，递上那把剑："拿着，辟邪的。"

5.卖的就是缺货

玉皇阁最热闹的是正月初九，这天是玉皇大帝生日，四面八方的人前来赶会，少不了的跪经、祈福、瞻拜、参观，人头攒动，半个芝镇水泄不通。这天玉皇阁上要放大鞭，从早到晚，爆竹连声不绝，尤其天黑以后，一丈五高的花桩那儿，只听咚——咚——咚，一道一道寒光带着哨声冲上了天，夜空里就有了"钻天箭""葡萄架""倒垂柳""猴子点灯""和尚变驴""仙人摘桃""荷花仙子"等好看的图影。这烟花，顶数芝镇南院老杨家的最响也最俊。

这一天，也是雷师父最忙碌、进项最多的时候。他的卦摊挪到了东跨院北边，紧挨着道士的静室。他往往都是初八这天傍晚先来打扫了，静待次日的来客。

要在往日，晚霞映着玉皇阁的飞檐，雷师父觉得那飞檐镀金一般，也把他的心气儿镶了一层金边。而在这年初八的傍晚，则是大雪弥漫。他平日摆卦摊的地方，早被二尺厚的雪覆盖了。他从李道士那里扛来大铁锨，撅着腚埋头铲雪。自打那晚归妹被黄鼠狼附着，雷以鬯感觉身体一下亏空了，能量大不如前。过去扫天井，一边扫一边将《杂卦传》在脑子里过一遍，顺着背诵的节奏扫地，不觉得累。可是，现在背不了几句，就迷糊着背不下去了。

他脑海里不时插进归妹的影子，插进那个雨夜，林林总总，黏黏糊糊。来扫地前，他瞥见归妹烫了个鸡窝头，穿着旗袍，挎着小包，在跟芝镇的小贩李登陆吵架，心一下又揪起来。

李登陆三十多岁就剃了光头。芝镇人在他这个年纪，都是出大力流大汗的，而他不，常年抽着烟袋蹲在芝镇摆摊。深冬里，眼前铺块灰布，布上摆着不多却很实用的小物件，有几个虫眼的大枣，摆成一堆，枣身显得干净明光；一把小枣放在一个瓷碗中，其中一个已有些破裂，其余的也有点干瘪，不知是藏了多少日子了；一把新长生果子，白生生；几个栗子，与灰布一个颜色，只觉得灰布上多了一块凸起的灰；一团红头绳，一团大红色的毛线，吸引着大姑娘、小媳妇；几块包着喜字的糖块，让围观的几个小子们接连咽了几次口水，眼巴巴地瞅着自己的娘。娘呢，知道孩子馋虫已萌动，捏捏自己包钱的手帕，装作不知一样。灰布上，还有痒痒挠、挖耳勺、旧毛笔、徽州墨、几张宣纸、几张大红对子纸；小孩子带的珐琅手串，大姑娘最喜欢的腮红、胭脂、雪花膏，小媳妇最爱用的擦眼霜、描眉笔、修眉粉，老太太常用的缝衣针，纳鞋底的针锥、顶针儿。

最吸引人的是灰布正中央，那里放着个花皮西瓜。瓜不大，瓜蒂处的瓜秧干成了瘪瘪的树枝状。这西瓜，是夏天李登陆拾芝镇大集的"集头"拾的。大集快散了，卖瓜的要收摊，挑剩的西瓜论堆卖。这李登陆连盛西瓜的篓子都要了，把西瓜放在地瓜井里，用沙子埋了，等到大雪飘舞的时候摆到芝镇大集上。有那病榻上的老人，咽气前就想吃口西瓜，到哪里买去？只能到李登陆这里，独此一家。孝子来到摊前问："西瓜扭子多少钱了？"李登陆猛吸一口烟袋："哼？西瓜扭子？你再找找哪里还有，我把头割了给你。两块！"孝子一听，讹人这不是？走了。转了半天，连块西瓜皮都没有啊，又来到摊前，掏出两块钱，李登陆伸出四个指头。孝子一看，拔腿就走。李登陆说话了："一看就不孝顺。老人不就是想吃一口吗？"拿刀把西瓜切了一半，往嘴里扔。那孝子忙掏出四块。李登陆伸出两只手，喊："十块！买不买？不买我自己吃了。"那孝子一看急了，掏出十块，把那一半西瓜扭子抱走了。

　　李登陆的生财之道，卖的就是缺货！

　　这一大早的，李登陆指着归妹的鼻子骂她"浪"，在芝镇，这可是骂人最难听的话了。雷以岜顺着骂声走过去，塞一把零钱给李登陆，给归妹使个眼色，归妹识趣地撤了。

　　雷以岜转过身来劝李登陆："别跟孩子一般见识。"这光头摘下毡帽，把毛票塞到毡帽里缝的小口袋里，又戴上："老雷啊，我就看不惯这玩意儿，到鬼子窝里去鬼混，少皮没毛的，还这么抠门，一把芫荽，少给两毛，你说气人不气人？也不知是谁撅出了这么个孬种、孽种！"

　　"积点口德。"

"哎呀，雷先生，你怎么也替她说话，黑白不分？！"

"我……"

6. "雷以尅啊，我真是破了财了啊！"

雷以尅不再接话，那李登陆还不住嘴，平时总蔫儿吧唧的，好像没睡醒，可是一扯起男女荤素之事，这李登陆就来了精神，他爱添油加醋地嚼舌头。一激动，右腮黑痦子上那根毛就跟硬钢丝一样挺起来。他扳着雷以尅的耳朵说："听说，这小黑母鸡是黑母鸡跟公冶祥仁的？嘿嘿。"李登陆一脸的猥亵，那根"钢丝"戳到了雷以尅的左脸。

"不……不……会……吧？黑母鸡是公冶家的人。"

"我看着那鼻子眼儿都像，尤其那鼻子。"

雷以尅头缩着，皱着眉头，缩到自己的卦摊那儿，他觉得对不起自己的徒弟，心里骂着李登陆这张破嘴。

李登陆忽然来了兴致，喊雷以尅："昌菽先生，给我看个相。"

雷以尅抬头看了一眼李登陆，心想半晌不夜的看啥相呢。随意地说："二十年后，你得破个财。"

"破在哪？"

"破在你的名字上。"

"那怎么解？"

"无解。"

"无解？俺看着小黑母鸡像你，是你的种？给鬼子干事，就是汉奸。"

雷以邕扬起拳头，拉下脸来："登陆，可别胡说。"

"那有解没？"

"无解。"

果不其然，二十年后，平地一场浩劫，像龙卷风，卷住了李登陆。他的父亲李越清是第一次世界大战的华工，走了四年，回来时手里提着个牛皮箱子——他的全部家当。恰好儿子落草，妻子让他给起个名字。起啥呢？他想起自己参加英法联军在土耳其盖利博卢半岛的两栖登陆行动，因为诸兵种之间的协同配合不一致，作战意图被提前泄露，致使后来的登陆行动损兵折将，跟他同去的芝镇人也是他最好的朋友，就是那时被打死的。遗憾的是，他这个好朋友还没成家。他一拍大腿说："就叫登陆吧。"

我翻过"一战"史，果然翻到了李登陆的爹李越清的名字，他到过法国、英国、苏联，帮着修路架桥。公冶德鸿说，他的一个远房姥爷也跟李越清一同去的欧洲。芝镇人一共去了十三个，回来了十二个。为啥用山东劳工？能吃苦。有个杂志这样描述："彼等于旅行途中，能忍风霜雨雪之苦，敝衣褴褛，毫不介意，背负大粗布之囊，内储自制馒头，彼呼之曰'饽饽'，约数十日之量。遇食时，则憩息路旁有井水之地，汲井水而食饽饽。其唯一佳肴，则以铜板一枚，购生葱伴饽饽而食之，入夜不肯投宿客栈，常卧于人家之檐下。一旦就位，不辞劳苦，不避艰辛，虽酷热严寒，彼等亦无大碍，唯孜孜焉努力于劳动而已。"

一九一八年协约国总司令、法国元帅福熙评价华工为"第一等工人，亦可为卓越之士兵"。

回国后，李登陆的爹李越清绝口不提欧洲的事儿，只是看到墙角的那个牛皮箱，有人要问了，他会说一句："大老远背来的，结实。"再不言语。后来，解放了，李越清在生产队里喂牲口，忽听说从某年的年底开始人死后要火化，他睡不着了，自己买好了送老衣裳，晚上喂了牲口，摸摸马头、驴头、牛头，回家对儿子说，家后的老墓田西北角不孬。李登陆不明白爹是啥意思。第二天，李登陆等着爹吃早饭，一等不来，二等不来，到牲口棚寻也没寻到。刮了一夜风，李越清挂在了老墓田西北角的第二个松杈上。李登陆抱着爹的遗体大哭，在松树边上，李越清已经自己挖好了墓穴。李登陆买了一副薄棺材，土葬了。这是芝镇最后一个没有火化的老人。不，还有一个呢，闻听李越清殁了，公冶德鸿的那个远房姥爷让儿子用独轮车推着来吊唁，他到李越清家去，摸了摸从欧洲捎回来的牛皮箱，趴在皮箱上，鼻子贴上去，嗅了嗅，回家喝了卤水，家人要送医院，老人家说，不必了，我们该登陆了。

浩劫中，小将们质疑"李登陆"这个名字，强行给改成"李东风"，把他的存货，那一堆破破烂烂的东西，抱到门外，架起火烧。李登陆穿着的袄还鼓鼓囊囊，村里有个人说，这李登陆除了夏天，三季都不离开这个破棉袄，一定藏着变天账。小将们一听，来劲儿了，把他的袄扒下来，扔到火堆里，李登陆看着火堆，号啕大哭，哭了一下午，任谁也劝不住。只有他知道，破袄里没有棉絮，全是钱票。他长叹一声："雷以岜啊，我真是破了财了啊！"

那天，雷以岜扫完雪，站着发呆。突然，身后听到了咄咄咄的脚步声，这脚步声在芝镇很少听到，芝镇人穿的都是老粗布千层底的老笨鞋，脚步声发闷，而这咄咄之声，是皮鞋声，要是踏在雪上，什么鞋子都是闷声的，可是那皮鞋踏的是刚扫出的地面。这皮鞋声在雷以碧听来，是牛马的呻吟。他不爱听这呻吟。

一抬头是黑母鸡，黑母鸡穿着一双棕色高跟牛皮鞋，正使劲跺着鞋上的雪泥。雷以碧不理，继续铲雪。

黑母鸡一把拽住雷以碧悄声说："表哥，明日一伙鬼子过芝镇……"

7."小鬼子其奈我何？！"

黑母鸡这个鬼名字，盖过了她的本名公冶秀景。大有庄的人都不愿意提她，公冶家族的人更是讳莫如深。

公冶秀景找的婆家是芝镇大户赵家。黑母鸡长得黑，除了脸有点儿黑，还有她的眼珠黑，头发黑，像炭一样的黑，只要一见她，瞅上她一眼，都会被她的黑迷住，那黑是黑上加黑，惊艳！鬼名字"黑母鸡"就是这样来的。黑母鸡的女儿归妹，脸很白，但那眼珠儿和浓密的头发，比娘更黑更密，是个美人胚子，瓜子脸，尖下颌，大高个，一头黑发烫了，穿着旗袍在芝镇大街上走，后面的人指指点点，有当面骂的，有朝她吐唾沫的。她挺着胸，晃着那两个"饭"，旁若无人，人越多，她的胸挺得越高。雷以碧远远地看见她的身影，一脸的皱纹都乱了，乱了的还有心。

黑母鸡往雷以碧身上凑，雷以碧呢，拿着铁锨往后面躲。鬼子占了芝镇后，他闻不惯黑母鸡身上的味道了，那味道说甜不甜说酸不酸，有点烂地瓜味儿又有点臭鱼的腥味儿。可是奇怪的是，那个雨夜，怎么会沾了她的身子呢？那时候黑母鸡身上是晒干了的青草味，是切开了的苹果味，是浯河上苇扎鸟嘴里的露水打湿了的苇叶味，是刚出锅的烧酒酒头的蒸气味，那个雨夜之后，他能在黑夜里，嗅着那气味拐弯抹角找到她，后来找不到了，人味是会变的吗？

黑母鸡的皮鞋踩着了雪。雷以乸把雪用铁锨端起来往一边送，小声说："归妹好几天没见了……你得教着她学好。"

黑母鸡跳到了一边，搅起的雪沾上了牛皮鞋。她使劲跺着脚："又是谁嚼舌头根子，我啥时不领着她学好呢？"

"那就好。"

"你可千万小心，鬼子明天过队伍，他们要去扫荡，来祭拜玉皇大帝。"

雷以乸问："鬼子要来？"

黑母鸡说："归妹说的，你明日就别出摊了，在家好好歇着。"

"归妹……二十？十九？"

"接新年就二十一了。"

"该说婆家了，那样混着，不是个法儿。得过常人的日子。"

"你教她算卦吗？你个老东西！"黑母鸡嗔怪着回了一句。

雷师父低着头，没说话，拿起扫帚，继续扫脚底下的残雪。

黑母鸡转身进了道士的静室。雷师父心里直打鼓，这鬼子过队伍，是要到哪里开杀戒？

黑母鸡跟李道士说了有一袋烟工夫才出来。李道士满脸愁容，给雷师父招手，如此这般说了。

雷以乸回到家，坐立不安，又拄着拐杖来到芝谦药铺，一步没迈稳当，在门口摔了一跤。公冶祥仁的大公子公冶令枢下午去给人送汤药，毛手毛脚地出门，跟一个人撞了个满怀，药罐子给打了，马上打扫，可汤药还是结了一层薄冰。雷以岜走得急，一脚踩到那薄冰上，跌倒了。好在他一手抓住了门档，并无大碍。公冶祥仁听到响声，赶紧敞门，扶进里间，里间炉火呼呼地旺烧着。

桌上摆着酒，还没开始喝呢，先给雷师父满上。雷师父捏着酒盅，跟公冶祥仁说了明日鬼子过队伍的事儿。

公冶祥仁敬了师父一杯，说："公冶秀景说的应该是真的，我看到她今天还进了炮楼呢。唉，我这个堂妹啊，还有她的闺女归妹，真是越来越不像话了，大天白日就往炮楼子里跑，也不怕人笑话。有一次，我见归妹坐在小日本的摩托上，嘻嘻哈哈地。我们公冶家蒙羞啊！我六弟公冶祥敬说要开祠堂在祖宗面前说道说道，公冶秀景的弟弟也让她带坏了，得教训教训。"

雷以岜低着头，一句话不说，脸上火辣辣的。脑子里，儿媳妇、归妹，还有那个找他算卦的神秘女子在一起搅和。

"师父，您卜一卦。"

雷以岜"唉"了一声，"年头不济，一茬人跟着命悖。"

卜出的一卦，是"需"卦。"需"卦象辞："需，须也；险在前也，刚健而不陷，其义不困穷矣。需，有孚，光亨，贞吉，位乎天位，以正中也。利涉大川，往有功也。"

公冶祥仁跟师父碰了盅："师父，我觉得您明天还是在家躲一躲，云在天上，'需'就是等待啊，等过了这天再出去不迟。"

雷以岜脾气犟："玉皇大帝生日，一年就一次，不去是大不敬。再说，咱们在自己的国土上，位乎天位，以正中。利涉大川，往有功。小日本其奈我何？！"

公冶祥仁说："人在矮檐下……"

雷以匘端起酒盅，仰脖而尽，吐出一句："需于酒食，贞吉。"

忽然有笃笃笃轻轻的敲门声，公冶祥仁赶紧开门，迎进来的是李子鱼。

一见雷以匘先生，李子鱼哈哈笑起来："昌菽先生啊，省了我的腿了，本来从芝谦药铺直接去您家给您下帖呢。"说着掏出了请帖。

"元亨利酒店开业一周年了，邀请诸位到酒店乐和乐和。"

"时间真快，都一年了，感觉好像是眼巴前的事儿呢。"

"可不，你忘了吗？你孙子'一大盼子'的手让炮仗炸出了血呢。"

"嘿嘿，'一大盼子'，小兔崽子，不安生。"

公冶祥仁、雷以匘、李子鱼三个当事人思绪忽然都拉回到了一年前。

8."一大盼子"炸伤了手

元亨利酒店开张定在正月初九。一大早，李子鱼穿上叠在炕几上的中山装，脚蹬新做的千层底鞋，先去玉皇阁给玉皇大帝磕了头，又骑马从南院村取来了在杨家订的一万头的大鞭，挂在芝镇东北角铁市街头的歪脖老槐树上。天上飘着一片白云，地上刮过一阵风，李子鱼伸手抓了那风一把，感觉身上有了暖意。我站在酒店门楼的瓦楞上，叽叽喳喳跟他打招呼，李子鱼点点头，好像听懂了。

老槐树粗，五个壮汉搂不过来，叶子都落干净了。枝杈朝天，只举着一个黑鸟窝。要在夏天，老槐树长满了密叶，树冠大得能藏住人。我就爱藏在这树上小憩。张平青和厉文礼在芝镇"狗咬狗"的那年夏天，芝镇闹翻了天，芝镇大集没人敢来赶，大白天街上都不见人。双方打得激烈时，城墙上的子弹壳落了海厚的一层，小孩子都不敢去拾。公冶德鸿的大姑小樽和铁市胡同的八个姑娘没来得及跑，围坐在炕上哭成一个蛋。公冶小樽胆儿大，急促地跑出胡同，跑到老槐树下，说："快上树，上树！"鞋子也没脱就先爬了上去。九个姑娘在树杈上坐了一天一夜，躲过了一劫。公冶小樽来走亲戚，贪恋跟表姐玩儿，住了一黑夜，碰巧张平青封了镇门。她后来对公冶德鸿的亲老嬷嬷说："槐树叶子浓密，坐在树杈上，就跟坐在一个绿房子里似的，俺们听着枪子儿啁啁地响，有时还打到槐树叶子唰啦一下子。俺缩着脖子，不敢出声，你看我一眼，我瞅你一眼，闭着嘴笑呢。"公冶小樽爱爬树，从小爱爬。

其实，早在若干年前，初一十五，老嬷嬷都给老槐树挂红布，保佑芝镇老少平安。老槐树在芝镇西北角顶天立地，谁看着也觉得安详。藏大姑娘的事儿不胫而走，不知谁还给这棵老槐树起名"九姑娘槐"，三传两传传成"九姑娘怀"。这棵老槐树又成了求子树，怀不上孩子的小媳妇，趁着赶芝镇集的工夫，也拉上姑嫂来拜拜，据说很灵验。树下还有了香炉。芝镇人啊，见了啥都能编排成故事。

那天，槐树底下的香炉里早早点上了三炷香，树下的一汪水结了冰，"一大盼子"雷震十岁了，跟同学赵风絮在冰上打溜，用鞭子抽着那溜，一边打，一边眼角耷挂着的红红的大鞭，嘴里呼出的热气和香炉里的烟混了。

看到上完香的李子鱼，赵风絮把那溜掖到裤子里："叔，我去点火。"

雷震没过去，继续抽那飞转着的溜，说："叔，你看看我的溜，转得多快。"

李子鱼看着赵风絮和雷震，也看着远处打尜、跳房、打宝、剟娃娃的孩子们，这里面就有自己的孙子、孙女，脑海里像戏台子上的角儿一般闪回到了自己的童年。小时候，他最爱玩的就是剟娃娃，在浯河边上的杨树林里，几个发小光着腚，把泥巴捏成碗状，朝河沿儿洗衣裳的石板上使劲一剟，泥巴会发出"哇"的叫声，像一个小孩子被剟了腚。谁剟得响谁就赢了，谁赢了就可以吃个峃饽饽。浯河岸边有看不到边的峃啊，都是谁种的？时间真快啊！年过半百的李子鱼眼里一团润湿，心里默默祈祷：别打仗了，别打仗了。

他拍拍俩孩子的后脑勺，说："你俩一块儿点，一个拿着芯子，一个点。小心手。"

雷震拿着芯子，赵风絮点，赵风絮能显摆，可到了节骨眼儿上，胆怯了，他蹲在地上，哆嗦着划不着洋火。雷震一把夺过火柴，让赵风絮掐着芯子，他自己划，火柴还没靠近芯子，赵风絮一撒手跑了。雷震一手拿过芯子，将火柴簇上，还没丢芯子，炮仗响了，毕毕剥剥，南院村的鞭炮就是好，杠杠的。雷震的手却炸开了一个口子，血从大拇指往下淌。

李子鱼正跟挂牌匾的师傅说话呢，回头看到了雷震的血手，一边跟师傅说"你挂吧你挂吧，这熊孩子你看看不让人省心"，一边赶紧抱着雷震朝药铺里跑。

玩游戏的孩子，都跑到老槐树底下捡那没响的炮仗。

雷震的爷爷雷以彲晚上才知道孙子手伤了，瞅一眼包着的手，说："活该，活该。不过也好，这样才长心眼儿呢。"

李子鱼提着点心进门，雷以彲说："子鱼啊，你挑个正月初九开业？初九是天老爷的生日啊，日子太大。让我孙子出了点血，才压住。"

"'一大盼子'，你点炮仗，怎么好待一大盼子？"公冶德鸿的老嫲嫲景氏见了包着手的雷震打趣他。

雷震说："我说一嫠嫠，不用一大盼子，可赵风絮跑了。"

第二天中午，李子鱼在刚开业的元亨利酒店请雷以彲、汪林肯、牛二秀才、公冶祥仁作陪，牛二秀才端着一盆盛开着的仙客来，公冶祥仁送的是盆景，一棵小叶子树，大家都猜不出名字。就听一个人在背后说：

"是梣木，也叫白蜡木。"

顺声一看，公冶祥仁立时惊呆了。这不是出走多年的七弟公冶祥恕吗？个头高了，两眼深陷，公冶祥恕朝哥哥一笑，目光立时移开了。

9．"六哥，把那辫子剪了吧？"

二十多年杳无音信，公冶家的人都以为老七公冶祥恕殁了。

公冶祥仁见到七弟，恍惚梦中，守着那么多人也不敢贸然相认。

汪林肯站起来拍着公冶祥恕的肩膀，对着圆桌说："我介绍一下，这是元亨利专门聘的大掌柜，叫弋恕，从西山里来的生意人。"

公冶祥恕好像没听到汪林肯的话，继续说："梣木，也是味中药，皮叫秦皮。以水浸了，用来洗眼，可以去疾病。对吧，众位大哥？"

大家都点头说"是"。唯有公冶祥仁面无表情，待了一会儿，补了几句："梣树可放养白蜡虫以取白蜡，也称白蜡树。梣木叶子泡酒，可以祛风湿。"

说完，又沉默了，一时显得很尴尬。

好在，就餐时，公冶祥仁的师父雷以岜在讲《周易》，把一屋的尴尬吹跑了。

雷以岜说："《礼记》的《五经解》提到《易经》这门学问时说'洁净精微，《易》之教也'，这几个字很耐琢磨。古人说《周易》能辟邪，咱芝镇有的人生了病，枕边放一本《易经》，说可以把鬼赶跑。又说《易经》一读，鬼神都不安，所以夜里不读《易经》。按我的经验，为啥夜里不读《易经》，因为夜里一读啊，越钻越深，一个疙瘩还没解开，又一个疙瘩来了，再钻就钻到牛角尖里去了，不知不觉天亮了。我主张晨读。"

"'元亨利'这仨字，都认识，对这个'利'怎么解释呢？"汪林肯故意引着雷先生说话。

"'元、亨、利、贞'，不能一句读完，每个字都有独立的意思。这个'利'啊，不是赚钱盈利的意思，是没有妨碍，没有害的意思。利害、利害嘛，利和害是相对的，如果'利'是正，那么'害'就是反。如果仅仅理解成赚钱，那就大错而特错了。子鱼，是不是啊？"

"昌菽先生指教的是，趋利避害的'利'，不能老盯着钱。"李子鱼笑着给雷以毗倒满酒。

雷先生的话，公冶祥仁没入耳，满脑子是他七弟走前的事儿，他看到老七的鬓角都有了白发，腰有点儿弯，额头上的皱纹横着，让他想起自己的爹。二十多年前为老七跟王鞯的婚姻忙活的事儿如在眼前，兄弟俩说笑着到公冶家族的林地里给祖宗上喜坟，好好儿的，七弟这新郎官一抬腿——撒丫子跑了。公冶祥仁挨了父亲的一顿数落："小七那么大个人，他又没有易身术，咋说跑就跑了？"公冶繁薫到死都觉得俩儿子合伙骗了他，那阵子家里上上下下人仰马翻。公冶祥仁有口难辩，忍着。一眨眼，这么多年过去了。

一散席，公冶祥仁就拉住了七弟，生恐他像落在大海里的雨滴，再也找不见。

"你都死到哪里去了？咱爹也去世十几年了。"

公冶祥恕抬头看着大哥，低沉着脸，咬住嘴唇。

"来了瘟疫，咱爹去出诊被传染了，拉肚子，口渴得冒火，非要喝井拔凉水，我就给他喝了，肚子拉得止不住，没过五天就走了。"

公冶祥恕皱着眉头，两手交叉着，抵着下颌，眼里旋着泪光。

"娘也去世了。她临走还叫着你的小名。"

公冶祥仁说的娘，就是孔老嫲嫲，是老七公冶祥恕的亲娘。

公冶祥恕还是低着头，不说话。

公冶祥仁问他这些年去了哪，都干啥了。公冶祥恕说，去了东北、上海、云南、重庆，跟着人家做生意，也赚也赔。

公冶祥恕问："咱——妈，她还好吗？"

公冶祥仁说："她还好，也整天念叨你这个老七。"

"还给人'捞'孩子？"

"她呀，闲不住。哎，你怎么还改了名呢？"

"在外面混，白道黑道的，啥都见，改个名，不连累咱公冶家的人。我一人做事一人当。"

老七说在西山里安家了，有了一个孩子。现在回来是跟李子鱼合伙，共同经营元亨利。他主要负责跑货，从西山里到芝镇来回倒腾，酒啊，药材啊，核桃栗子瓜果啊，赚个差价。

老六公冶祥敬自老七进门，就一直嘟噜着脸。他这公冶家的族长，一直在纠结着是不是要开祠堂，让老七在祖宗面前说道说道。父亲公冶繁翯临终把族长的位子传给他，他得把这个族长当好。坐在炕沿上，一锅一锅地抽着旱烟。就听老七笑道：

"六哥，把那辫子剪了吧？你在芝镇都成一景了。"

一句话，让公冶祥敬最终下了决心，把铜烟袋锅子在千层底鞋上一磕，大辫子一甩，甩出一句：

"开祠堂！"

到了祠堂门口，老七突然嘴角一弯，不经意地笑了。他想到在莫斯科跟王辫讲过的一个梦。他梦见了老家祠堂门前的俩狮子在吵架。当时王辫问石狮子吵啥架，公冶祥恕说："俩石狮子吵着要闹离婚。"王辫的拳头捣着公冶祥恕说："你编的吧？"公冶祥恕说：“不是，不是，俺公冶家祠堂门前就是俩石狮子。”
王辫说她家祠堂门前也有俩石狮子。王辫这会儿该在哪儿呢？

见六哥公冶祥敬过来，老七立即收敛了笑容。

我弗尼思在祠堂的神龛里，身上都落满了灰尘。公冶家的老
老少少先给我跪下了。也怪了，我真想从神龛里飞下来，摸摸老
七公冶祥恕的脸，他身上的清爽气息，冲淡了祠堂里久不开门的
那股刺鼻的霉味儿。

10.“大哥，我装不出来！”

祠堂的尊位上，坐着各位尊长，都留着花白胡子，穿着臃肿
的棉袍，捏着长烟袋，头扣黑毡帽，脚蹬裱了黑布的蒲窝。公冶
祥恕一一见过。他们面无表情地点了头。

公冶家最年长的，也是辈分最高的公冶宪慧，猛吸一口烟，
咳嗽一声，开头先来一句：“你可是公冶家族的公冶祥恕？”

老七赶紧说：“大爷爷，我是祥恕。”

公冶宪慧提高了嗓门：“噢！还知道有家啊！还知道老少
啊！可你不知道姓公冶了。听说改姓名为‘弋恕’？”

老七不接话。公冶宪慧不轻不沉地问了老七这些年的行踪，
老七一一作答。但他隐瞒了去莫斯科的经历。

公冶祥仁跟尊长们一排，坐在最左首，手里攥着昨夜写的那
个“恕”字，他也给七弟写了一遍。

老哥俩一晚上说的就是“恕”。哥哥给弟弟背的是《论
语》：“子贡问曰：‘有一言而可以终生行之者乎？’子曰：

'其恕乎！己所不欲，勿施于人。'咱爹给你起这个名字是有深意的。"

老七说："是，可时代变了啊。"

公冶祥仁拍拍老七的肩膀："时代变了，做人的理儿没变。后人解释'恕'道，把这个恕字分开来，解作'如''心'，就是合于我的心。我的心所要的，别人也要；我所想占的利益，别人也想占。我们分一点利益出来给别人，这就是恕；觉得别人不对，原谅他一点，这也是恕。要求亲人、朋友，都希望他没有缺点，样样都好。但是不要忘了，对方也是一个人，既然是人就有缺点。你六哥是咱们公冶一族的族长，他得维护族长的威。在祠堂里，万万不可跟他拌嘴，让人家笑话咱。"

"可是，六哥有时太霸道，拿着老理儿套。"

"一定记着，你叫'恕'。"

堂上，公冶祥仁一直有这个担心。事先，他挨个儿提着酒到尊长们的家里，先替老七道了歉。尊长们也没太难为他，说："一家一个天，都成人了，兵荒马乱的，过日子不容易。"

公冶祥恕红着脸跪在地上，扭着头，公冶祥仁不住地给他使眼色。

从卯时一直到了快晌天，老七都跪麻了腿。轮到最后了，公冶祥敬让老七跪到祖宗牌位前坦白。

"祥恕啊，父母之命，媒妁之言，你公然抵抗，不告而别，一走二十多载，该当何罪？父母病故前，你不到炕前尽孝，老人殁后，你不到坟前祭奠，何孝之有？……"

老七跪着，抬起头来说："六哥……你听我说。"

"我不是你六哥。"

"族长！这都民国了，你还在提倡老一套？"老七要站起来，被二哥祥礼、三哥祥义摁下了。

"民国也得有老有少，父母在，不远游，游必有方。你倒好，数典忘祖。你写封信没有？你捎个信儿没有？你是石头缝里蹦出来的吗？你属孙猴子的吗？老人家一把屎一把尿把你拉扯大，就是为了这个吗？忘恩负义的东西。"

"你这当族长的，得出去看看啊。"

"我不看，我大有庄的天，大有庄的地，就够我看的，就够我看一辈子的。"

"家外面有镇，镇外面有县，县外面有省、有国，国外面有国，这都跟咱们有关系啊。"

"跟我，跟咱公冶家族有啥关系！关起门来，过咱们的安稳日子是正事。"公冶祥敬扫一眼身边的公冶家族的晚辈们，"咱们公冶家的人不能学公冶祥恕这样的逆子！"

哥俩正争论着，老五公冶祥信疯疯癫癫跑进来喊："浯河发大水了，浯河发大水了！"

大家都看着老五，没动。去年秋，日本飞机在芝镇上空飞，飞得很低，都快贴着屋檐了，老五在屋檐底下帮着小孩子掏鸟窝，他掏了两个鸟蛋掖在裤兜里，正要继续掏，一抬头，那飞机像一个巨大的鸟轰地擦着屋檐钻了天，老五的帽子被削掉了，从木架子上倒栽葱一样摔下来，脑子就有了毛病，一犯病就喊："浯河发大水了，浯河发大水了。"

老五把摁着老七的二哥祥礼和三哥祥义拽开，使劲又去拉老七，继续大喊："浯河发大水了，再不走祠堂就淹了。人都淹了。"老五的嗓子沙哑。

上上下下的人都嘲笑老五公冶祥信，独有公冶祥仁和老七公冶祥恕没笑。

我弗尼思眼睁睁地看着，一场严肃的家族训诫，就这样被老五给搅黄了。

回家见过了他们的妈（公冶德鸿的亲老嬷嬷景氏），老七跪下给老人家磕头。听说把家安在了西山里，景氏笑道：

"老七啊，你这是替我回了老家啊。"

景氏笑着用手背擦眼。

"妈啊，我就是去混口饭吃，那里的人脾气都好。"

"你都干啥啊？"

"倒腾点东西，把咱芝镇的酒啊、草绳啊、蓑衣啊、火镰啊，弄过去卖，把那里的核桃啊、油啊，往这边倒腾。咱不做亏本买卖。"

"别做亏心买卖。"

"是，妈。"

公冶祥敬领着他的兄弟们，陪着老七去公冶繁翯、公冶孔氏坟上烧了纸。去的人都哭，老七公冶祥恕一滴眼泪也没掉。

回来的路上，公冶祥仁和老七走在最后，他捅了老七一拳："你要哭不出来，就是装一装也好！"

"大哥，我装不出来！"

公冶祥仁再攥拳，伸出去，又缩了回来。

11."老七心大了，走野了"

公冶祥仁睡得比平时早，一梦就进了大雨中。七弟公冶祥恕没打伞，拄着一根棍子，要爬一个坡，坡很滑，怎么也爬不上去。公冶祥仁使劲从后面撮他。老七说大哥你使劲啊，忽然前面闪过一根直棍子，到了眼前，那根棍子弯曲着盘成了井绳一样的长虫，一下把老七卷了上去。老七站在山顶上，大雨变小了，但还是听到了雨声。老七掏出酒葫芦，喝了一口，喊："大哥，我走了。酒葫芦给你。"公冶祥仁惊讶地问："七弟，你不是不喝酒吗？"老七说："学会了。"这时，就听到窗子嘟嘟嘟响，公冶祥仁猛然醒来，就听外面说："大哥，是我，我生意上有急事，得走了。你跟六哥说一声。"

是老七站在窗外，公冶祥仁赶紧披衣出门。老七提着包，手里拿着一根蜡干。公冶祥仁上上下下打量老七，觉得有哪个地方不对，但又说不出来，刚才的残梦缠绕着他，还有那条井绳一样粗的长虫。

"出门在外，多长心眼儿。"

"没事，生意上的事儿，都有人帮衬。大哥……"

"别说了，我都知道。"

公冶祥仁使劲盯着老七，忽然天上打了个闪，老七的脸耀得闪光，冬天哪来的闪？

黑影里站着一个人，窸窸窣窣过来说："蒲公英，我炒的，败火。你看你的嘴巴子，都起泡了。"是公冶德鸿的亲老嫲嫲景氏。老七说了声："妈啊……您老保重。"

公冶祥恕走到天井里，看到了那棵用草帘子包起来的红牡丹，问了一句："这红牡丹年年还开花？"

公冶祥仁说："年年开，也年年去芝镇南乡里的王家送花。咱爹定的规矩。"

"红牡丹，白牡丹。"

"要是你跟王家的闺女王瓣成了亲……"

"我喝过王家的白牡丹茶。"

"谁给的？"

老七一笑，没说话，扭头要走，突然又回头，从挎包里拿出一个四四方方的东西塞到公冶祥仁手里说："大哥，抽空看看。"

老七的脚步声远了。公冶祥仁进屋，点上灯，那是一张《利群日报》，四开四版。第四版是"战地副刊"，有一篇随笔《红白牡丹》，作者是鼠姑，写的是："……我家的白牡丹很特别，花绽枝头，香味扑鼻；花落了，叶子也香气四溢；叶子落了，枝干散香依然沁人肺腑。可是这两年，从学校回来，穿过芝镇，一路往南，我就有点儿迷失方向。牡丹香味儿老把我往大有庄的方向吸引，那香味阵阵往我身上扑，袭向我的鼻尖儿、睫毛、眼睛、耳垂、嘴唇、下巴、脖子，像嗡嗡嘤嘤的小蜜蜂一样钻进了我的头发，一直洞彻心底，我的确有点儿懵了。离老家还有二十里路呢，按说，那花香不至于这么浓郁。可奇妙的是，只要顺着花香走，就不免会走弯路。有一次，飘着的花香吸引着我到了大有庄的庄东浯河旁边。是浯河边几只喜鹊的叫声，把我唤醒了。方向不对呀！还得往南，我竭力摆脱着大有庄的牡丹花香，大踏步地往前走。那是红牡丹在召唤吗？……"

盯着"大有庄""浯河"，公冶祥仁断定鼠姑就是王辨。

睡不着了，公冶祥仁起来看《易经》，翻到的是最后一卦"未济"，"上九"的爻辞是"有孚于饮酒，无咎；濡其首，有孚失是"。公冶祥仁的理解是，信任他人而安闲饮酒，没有什么错；倘若纵逸不已，必如小狐渡河被沾湿头部，那是委信他人过甚而"未济"。

七弟不饮酒，我咋梦着他喝酒呢？公冶祥仁琢磨来琢磨去，也没琢磨出什么名堂来。

天明了，公冶祥仁去跟六弟公冶祥敬说，地上结了一层冰碴，公冶祥仁小心扶着墙根，挪过去。公冶祥敬正在天井里梳辫子。他说："老七心大了，走野了。咱公冶家盛不了他了。"

公冶祥仁顺着公冶祥敬说："兵荒马乱的，出去闯荡，确实危险。"

"不知深浅。"

"让他出去试试，碰头了，自然就回来了。"

公冶祥敬的夫人提着一把镴铁水壶过来，手里拿着两个粗瓷茶碗，给老哥俩把茶倒上。公冶祥敬抽着旱烟袋，满屋子里烟雾缭绕。公冶祥仁和公冶祥敬一个个儿矮，一个个儿高，他们老哥俩的差距很小，公冶祥仁就迈出了一小步，在高密古城中学读过英文，知道芝镇外面还有个天。而公冶祥敬呢，安心做他的族长，尽管进药也出过芝镇，甚至到过湖北蕲春李时珍的老家，可身子出去了，心依然在祠堂里。

公冶祥敬对公冶祥仁说："这药材生意我也做够了。现在动不动就来了军用票、省库券，还有军队守城时所发的十几万的流通券，眨眼全成了废纸一张。我恨不得歇业，可是伙计雇工全指着这个门头吃饭，再说，外面的账又多，一歇业全都落空了。谁来赔呢？这年头生意，啥都不好做。"

"这年头生意，真的啥都不好做。"李子鱼的话，打断了公冶祥仁的回忆。

芝谦药铺里，雷以邠、公冶祥仁、李子鱼三个人对着灯说话。

看看天也不早了，李子鱼扶着雷以邠起身告别，说："明日中午元亨利，不见不散。"

12.愁坏了"阜丰泰"

次日（正月初九）一早，芝镇出奇地安静。要在平时，大街上已挤满了人，夜里的雪早都踏平，冰块被踩得咯吱咯吱响。男爷们抄手呵气，伸着脖子四下里张望；有讲究的爷们戴着狗皮帽子，手里的炉包还冒着热气，塞到嘴里，烫得嘴巴一抻，脖子也就缩了。大闺女小媳妇呢，从坐着的驴车或骡车上下来，有的怀里还抱着戴虎头帽的孩子。女人们叽叽喳喳互相帮着紧一紧花花绿绿的头巾挤进人堆。可是，这天都日上三竿了，人还稀稀拉拉，玉皇阁也没放鞭炮。

芝镇大街一片白，感觉比往日宽了两倍。

雷以邠一夜没睡，只把湿漉漉的蒲窝蹬掉，衣裳也没脱，囫囵个仰躺在炕上。连炕的锅没烧柴火，炕冰凉冰凉的，好在肚子里有徒弟公冶祥仁的热乎酒。喝酒出来，公冶祥仁要送他，他不依："身子骨还算硬实，有口酒顶着还不冷。"迎着风和雪，出了芝谦药铺北去，见到阜丰泰糕点铺的灯还亮着，他想称点绿豆糕吃。他也有点想杨老板了。

这杨老板四方脸，有两道长长的寿眉，开口就笑。杨老板是去北平学的糕点手艺，学手艺，也得了经营之道，很简单，就四个字"规矩和气"。客人到店，不空着手出去，靠啥呢？靠花样独特的糕点，打鼻了一闻，就是那个味儿，芝镇独一无二的味儿。还有呢，靠一团和气。顾客本来要买绿豆糕的，见杨掌柜那热乎劲儿，又买了状元糕，状元糕包起来，回头看那糕点架，炒糖、麻果、蜜三刀、酥皮饼，怎么看怎么顺眼，就再喊："杨掌柜啊，你再给我称上二斤芝麻片。"阜丰泰就是这样做生意，一点点红火起来的。

雷以匾一敲门，灯影里闪出的竟然是李登陆。杨老板在猛烈地咳嗽，挣扎着起身说："昌菽先生快屋里，快屋里。"雷以匾知道，杨老板见他永远都是这句话，脸上的笑容永远都是从内心里流出来的，让人听着、看着都浑身舒泰。

几个伙计在大厅里低头包装着点心，一盒一盒地摞在八仙桌上。

雷以匾赶紧上去问杨老板这是咋了，杨老板苦笑，敲着自己的腿说："这不，炮楼子里要啊，小黑母鸡领着芝镇商会的会长和一个翻译官，说是让我发财，要过队伍，要买我的绿豆糕、芝麻片、麻团、花生粘各二十斤，我上哪儿弄去？这不要了我的命吗？我做了大半辈子糕点，材料都是七挑八拣的，就说绿豆糕吧，做二十斤，得十六斤绿豆，不能用陈的，得用当年的。四斤细砂糖，一斤蜂蜜。将绿豆洗净，水泡一昼夜，绿豆胀发得都快要脱皮了。夏天呢，要换水，不然就泡酸了。次日一早，双手轻搓，使绿豆皮脱落，过水冲洗，将绿豆放在蒸锅上，用大火蒸三袋烟工夫，出锅晾凉，面板擀压。哪道工序也少不了啊。翻译官还嘱咐，说日本人心细如发，对点心特别讲究，可别砸了自己的牌子啊。"杨老板愁啊。小黑母鸡那一干人走了，杨老板站在一人高的砖砌的烤炉子边上愁眉不展，出门去找永和糕点铺商量，永和糕点铺的赵老板也在挠头，炮楼子里跟他要的枣泥月饼、蛋糕、桃酥，好在他有存货，能凑合着送去。

那日中午，杨老板从众成门溜达到障浯门，看着结了冰的浯河，两岸的杨树、柳树伸着干枝子，一片叶子也没有。那干枝子像戳着了自己的心口窝。寒风撕扯着他的胡子，拍打着腮帮，他的手心里却全是汗。猛抬头，飘起了雪花，他皱着眉头往回走，远远地看到了李登陆。这李登陆挎着箢子不知要到哪里去，他张嘴喊住了他，没想到嘴还没闭上，脚下一滑，跌倒了。李登陆过来扶着他坐在了路牙子上，如此这般说了自己的难处。李登陆说不好办，真不好办。杨老板说，芝麻片、麻团、花生粘好弄，就是绿豆糕没法办，还请他去跑一趟芝南村去求求芝里老人，他那里兴许还有。李登陆说："我的那堆东西还没卖呢。"杨老板拍拍他的肩膀，说："你那两个西瓜扭子，半年也卖不出去，我亏不了你。"李登陆骑上自家的毛驴就去了芝南村。

这李登陆多了个心眼儿，他没敢说小鬼子要点心，说自己的亲戚要办寿宴，想沾芝里老人点喜气。芝里老人一听，高兴了，痛快地给了二十斤绿豆糕。李登陆呢，不急着回芝镇，把绿豆糕盒子分装着，挂在驴背的两侧，进了古董贩子家扯闲篇，一扯就

扯到天黑。杨老板却坐也不是站也不是，着急得在铺子里转，正
焦虑地打发人去找呢，就看到李登陆急匆匆地进了阜丰泰的铺
子。进门就跟杨老板大倒委屈，杨老板自是千恩万谢。

雷以匿进门，伙计们正把从芝里老人家弄来的绿豆糕，贴
上"阜丰泰"的印花。杨老板说："唉，我哪里干过这样的事儿
呢，好在芝里老人家的绿豆糕味儿纯正。"雷以匿心里有火，本
来是想称两斤绿豆糕压压的，不好再提。坐着喝茶，想听杨老板
讲古，杨老板这晚上嘴紧，李登陆却哇啦哇啦地在骂小黑母鸡。

李登陆压低了声音说的是——

13."唉！作孽啊！作孽啊！"

李登陆道："我听炮楼子里的酱球说啊，上次小日本过队
伍，小黑母鸡伺候了七八个小鬼子，被折腾得昏死过去。有个小
鬼子来晚了，爬上小黑母鸡的身子又掐又拧又拍又撕又咬，奸尸
一般。这小鬼子不过瘾，你猜怎么着，他解下子弹袋，扒开小黑
母鸡的下身，摘下刺刀，把小黑母鸡的耻毛刮得根根不剩，没好
气地挑开，使劲往里插子弹，一粒一粒塞，边上的小日本跟着起
哄。酱球跟另一个人把小黑母鸡抬回家，夜里醒来，子弹抠出来
多少啊，哎呀，一大瓦盆啊！一大瓦盆啊！让她当汉奸，那子弹
怎么不响了，把她炸飞啊！后来酱球说，是空子弹壳。小黑母鸡
把那子弹壳堆在自家的窗台上。"

听着李登陆的叙述，雷以匿头疼欲裂，嗓子里咸咸地涌上
一团，赶紧用手捂住，却从指缝里漏出来，是血。杨老板问咋了

这是，雷以鬯说喝多了喝多了。雷以鬯说："唉！作孽啊！作孽啊！"一步就迈出了门，在胡同里，又吐了几口血，李登陆说的一瓦盆子弹搅得他天旋地转。

遍身油腻的豆油灯一直在窗台上亮着，三更时，雷以鬯添了一勺子油，翻来覆去心神不宁，老觉得炕不平，硌得慌，他的身上没有一个地方不疼。福棚上的老鼠一夜来回忙活。小鬼子可恶！可恨！畜生！我是芝镇人哪！不能做没心没肺、没头没脑的老鼠。都八十岁了，他不怕死，怕留个骂名。归妹，归妹！你这个污点啊，永远挂在身上，粘在身上，印在身上，剜都剜不了。我们老雷家啥时候这样丢人过？都怪那个雨夜，都怪那酒葫芦。酒是好东西，可是酒有时也害人不浅啊！糊涂酒啊，向内的刀刃，剜心哪！酒有啥罪？端在你自己手里，你自己倒在自己嘴里，诿过于酒，像杀了人诿过于刀枪一样，好没良心。"对不起了，酒！我的酒！"他把酒葫芦揽过来，抿了一口。活了八十年，只有酒对他不离不弃，要没了酒，还有啥活头。

在归妹刚进炮楼子那会儿，他劝过公冶秀景，可是没用。公冶秀景一句话就把他给噎住了："你又没伺候孩子一天，你凭什么指手画脚，你有什么资格！俺就爱穿金戴银，吃香喝辣，馋死你！"是啊，我有什么脸面教训孩子啊，我有什么能力让孩子活个体面啊。"你身上多余的那点东西给了俺，让俺一辈子都成了多余的，闺女也成了多余的。你好没良心！"唉！内心有鬼也有愧，一失足成千古恨！有一次，他嗫嚅着对公冶秀景说："毕竟是咱们……"公冶秀景粲然一笑，轻蔑地吐了他一脸唾沫。看着归妹一天天长高，他的内伤一天天在加深。他也想过打断归妹

的腿，让她去不了炮楼子，他都削好了一根枣木杠，等夜里归妹
回来，他躲在后面用枣木杠把她腿给打折了，他宁愿自己为归妹
端屎端尿也不愿意看着她去给鬼子卖笑。他也想过用热汤破她的
相，他蹲在墙头上，端着热汤，等着她来，到了他脚底下，他一
喊，她一抬头，就把汤浇下去。有一次差点成功了。蹲在墙头的
平板上，雷以岜端着热汤，看到归妹骑着脚踏车来了，丁零丁零
响着铃铛。他喊了她一声，她两手扶着车把，抬起头来，甜甜地
喊一声："表舅，同乐会今晚上唱《四郎探母》，我去给您占座
位啊。"雷以岜的热汤碗要倾斜了，可是又把碗扶正，说："闺
女，我不去了，腰痛。"下了墙头，唉声叹气。雷以岜就这样煎
熬着，他额头的皱纹越来越深。

雷以岜想啊想啊，一脑子的陈年往事。他心上过不去的还有
一件，若干年前，来了个头发花白的老妇要算卦，她抽了个下下
签。雷以岜早已从面相上看到了老妇人的悲戚，可是那天他不知
怎么了，竟然如实把抽的卦辞"人财两空"说了，话音刚落就后
悔，赶紧圆话，却怎么圆也圆不圆圈。那妇人垂头丧气地走了，
不几天，他听说老妇人上吊而死。原来老妇人家遭了土匪，丈
夫、儿子、儿媳都被打死，剩下她跟一个不到一岁的孙子。雷以
岜听到噩耗，痛苦不已，"我这是杀了人了！""我害人啊！"

他一度想洗手不再算卦。老妇人来找他算卦，就是想找个
寄托，你该给人家一点希望，给点光亮，让她过下去，迈过这个
坎。可是当年他年轻啊，不知道人生艰难。在家郁闷了半年，又
出摊了，从那以后，再也不算"绝户"卦，他就想做一盏灯，风
只要吹不灭，那灯就亮着，手里永远有把添油的勺子。可是，这

灯光怎么就照不到归妹呢？作孽啊！玉皇大帝您开恩吧，来世我当牛做马也愿意。

天亮了，他把灯吹灭，看着飘远了的灯烟，忽然明白自己该怎么做了。他找出过年穿的新衣裳，还有那顶做客时戴的毡帽，那顶毡帽还是儿媳妇给买的呢。儿媳妇啊！孩子啊！

他早早地叫起雷震，说："孩子，今日你别去玉皇阁了，好好在家给我念书。这本手抄的《易经》要带在身上，能保佑你。"

小雷震似懂非懂地点了点头，趴在窗台上看着爷爷走出去。后来雷震回忆自己的爷爷，说爷爷那天早晨眼里冒火。

14."不能等，再等就等黄了！"

雷以岜早饭也没吃，早早地来到了玉皇阁，腰里揣着酒葫芦和一把刚硬的小狗棒鱼，狗棒鱼齁咸齁咸，舔一舔都麻舌头，雷以岜就爱这个。"一大盼子"雷震偷着吃了一个狗棒鱼头，咳嗽了一晚上，雷以岜熬了冰糖梨子汁让孙子喝，才把咳嗽压下去。

他弓背上了玉皇阁的石街，街上的雪映衬着他那宽大的额头。他迈步到了院落正中的真武大殿，跪拜了玄武真君，瞻仰了两厢站立的水德星君、火德星君、龟蛇二将等十神。又由真武大殿东面拾级而上，来到玉皇大帝居住的凌霄宝殿，那泥塑镀金、高高在上的玉皇大帝，端坐在玲珑剔透的神龛内，身后有两个仙童侍奉。

雷以岜一一虔诚跪拜了，从口袋里掏出藏了几个月的四个苹果摆在了供桌上，上了香，说了自己的心愿。脑海里又晃出二十多年前那个荒唐的雨夜，黑母鸡母女的眼睛像打雾露闪，他忽然觉得身子像掏空了瓢子的丝瓜。

一个人退缩到自己的卦摊前发呆，抿一口酒，瞅一眼摆在脸前的花盆，花盆里的金橘还有两颗，金灿灿的，挑在枝头。老人家一夜咳血，没合眼，犯困。

白雪覆盖的芝镇，像一个大白面盆，安静得有点儿可怕，炊烟缠着干树枝子，树枝上有乌鸦站着在叫，叫完，爪子一蹬，踏落了的雪沫子落了雷以岊一脖子。芝镇大街像一条反光的白河，人走在街上像冻僵了的狗棒鱼。雷以岊看到一群黑马踏着雪，马蹄嗯嗯响，黑马的脖子上系着红围巾，黑马互相挤着，嘴里呼出热气。芝镇大街让这群马都挤没了，红围巾如翻着的红浪，蚰蜓着往前流。那马近了，近了，马蹄快要踩到卦摊了，一股青草马粪味儿钻到他鼻孔里。最前面的马背上骑着的竟是个女子，戴着花花绿绿的三角帽，穿着石榴红裙，提着一把热水壶，往雪上尿，雪被烫得滋滋叫。近了，近了，雷以岊大惊，这不是归妹吗？她哪来的马，日本鬼子的？没见过她骑马呀？她这是要到哪里去？水壶里的热水咕嘟咕嘟浇着雪。他喊："归妹！归妹！"归妹骑在马上，朝着他笑道："爹啊，爹，你都不敢认俺这个女儿，俺看不起你！"她手里变戏法一样，擎着了一支蘸糖石榴，咬一口，又说："俺小时候，就馋蘸糖石榴，人家的小孩都有，就我没有，你不认俺，嫌俺长得矸碜，给你丢人了！"雷以岊赶紧说："闺女，你听我说。"马蹄踩着了他的衣角，归妹道："俺不听你说！你没良心！不是男人，做下的事儿，不敢收拾！"

雷以岊说："我，我，小孩子家不懂。"

"什么不懂，聋二抢俺的笊子，俺不给，他就打我耳刮子，你看着了，你咋不管啊？"

"我……"

"你怕吧！你就怕吧！你就是那土鳖，给你一湾水，你也游不到大海里去！"

雷以豳还想争辩，站起来挡住了那黑马，可是那黑马一闪，差点把他闪倒，归妹头也不回地飘远了。他冲着走远了的三角帽大喊："芝镇大街北头有个大坑，让雪埋了，可别从那里走啊。"可是任他怎么喊，归妹就是没听到，马尾巴扫着马屁股，没了踪影。雷以豳猴急猴急的。又看到一个女子骑着马过来，这不是跟归妹和儿媳妇八字相合的那个闺女吗？她还骂过他老不正经呢，她的头发梳得像鸡冠子，高高竖着，两眼圆睁，睫毛很长，眉心里的那颗痣特别显眼，樱桃小嘴抹得通红，手里抱着琵琶弹。他喊了声"这闺女"，这闺女好像听到了，伸手摘了他花盆里的金橘，朝天上一抛，樱桃小嘴就接住了。他喊："那天我给你算的卦是'需'卦。卦象是云上于天，云彩在天上积蓄啊，你要再等云积得厚一点，云才会变成雨，才会掉下来。你的婚姻还得再等一等。"那妇人说："等到啥时候？"雷以豳大喜，这闺女认出自己来了，忙说："天下雨的时候，该是明年夏天或是秋天吧。"那女人说："俺不等，不能等，再等就等黄了！"雷以豳说："你是芝镇哪里人？"女人说："我是藐姑爷！你别等了，也别算了。越算越糊涂！"雷以豳糊涂了，说："你爹还剃头？"那闺女说："你不是俺爹吗？"雷以豳更糊涂了。

"爹——"雷以岜却听到身后一匹马的响鼻，跟上的是个熟悉的音儿。谁在叫？那女子蒙面，披散一头黑发，从马上跳下来，腿脚像两个高脚酒杯，雷以岜听到了嘤嘤的哭声："爹啊，是我呀！"是儿媳妇。她撕下蒙面，血鼻子血脸，那脸上的血珠还在滴，胸前也是一摊血。下身光溜溜的，一嘟噜子弹滚出来，那子弹光光溜溜头顶朝外，一粒一粒噼里啪啦跌落在大瓦盆里，一会儿那大瓦盆就满了。儿媳妇说："爹，俺想喝点酒，俺害冷，也不给俺换身衣裳。"雷以岜看到儿媳妇穿的还是小碎花单裰，浑身哆嗦着。他先把酒葫芦递上去，说你先喝口酒暖和暖和，快递到嘴唇那儿了，就听到砰的一声，酒葫芦掉在了地上，雷以岜睁眼一看，眼前什么也没有，只听到有人喊："有共匪！有共匪！抓活的！抓活的！"

接着是叽勾叽勾的枪声，好多的人从他脸前晃过，踩得雪嘎吱嘎吱响。

15.遗蝗入地应千尺

鬼子集结芝镇，恰逢玉皇大帝生日，齐刷刷来祭拜。队伍里，只有一人没着军装，是长官高田多长政，长脸上戴着金丝边眼镜，翘着下巴，四十岁上下，笑起来头轻轻一低，嘴角弯得弧度不大，那撮牙刷胡一颤一颤的，很像日本作家夏目漱石。高田是夏目漱石迷，夏目漱石熟读中国经典，上大学时高田把夏目漱石的论文《老子的哲学》和小说《心》各抄了一遍，这次领兵到芝镇，还把手抄本带在身边。

　　高田多长政是中国通，喜欢京剧和古建筑，这天他从高密来到芝镇，穿着淡色西装，戴一顶黑色礼帽，一双白手套。高田崇拜梅兰芳，大战前，他曾专门到上海看梅兰芳的《太真外传》，他认为无论从其清新优美的唱腔、曼妙典雅的舞蹈，还是从光艳绝俗的扮相、响遏行云的歌喉诸方面衡量，都已把京剧表演艺术推向绚烂的极致。这次来中国，就想再听听梅兰芳的戏过把瘾，即便战死沙场也无憾。无奈梅兰芳去了香港避难，心中怆然。

　　在登上玉皇阁的第一级石阶时，高田还在心里哼着《太真外传》的词。由雪地仰望玉皇阁，颇有泰山南天门的气势，高田抬起下巴微微一笑，心里默念的是"在殿上一声启请，我只得解罗带且换衣襟……"

　　拾级而上共二十一层，进入门内，好一个宽敞院落，四周为砖砌花墙，院落正中为真武大殿，由真武大殿东面逐级攀登，第三层为玉皇大帝所居的凌霄宝殿，有泥塑镀金、高高在上的玉皇大帝。背对凌霄宝殿，高田朝前望，又微微一笑。"杨玉环在殿前深深拜定，秉虔诚一件件祝告双星。一愿那钗与盒情缘永定，二愿那仁德君福寿康宁，三愿那海宇清四方平靖……"

　　进入殿内，凌霄宝殿上穹隆的重梁画柱间有九条蜿蜒盘旋的彩绘龙，列在两边的群神有托塔天王，太白金星，南斗、北斗，左手拿錾、右手持锤的雷公，双手持电光镜的电母，手持三尖两刃、身旁有哮天犬、三只眼的杨戬，长翅翼鸟喙的雷震子，脚蹬风火轮的哪吒等十二种神，塑像精美，工艺细腻。高田一边看一边点头微笑。"挽翠袖近前来金盆扶定，只见那空中的月儿落盆心。又只见那蟾蜍动桂枝弄影，美嫦娥清冷冷那得无情。看仙掌和骊珠纷纷乱迸，顾不得双手冷玉珏亲擎。"

忽地，半空里两声尖锐的枪响，高田挺了挺胸，白手套扶了扶眼镜和帽檐。翻译官慌慌张张跑上来，跟他耳语了一番，他点了点头，那翻译官下去了。殿下依然是零星的枪声，吓得李道士两腿直哆嗦。

高田在玉皇大帝前上香，卫兵掏出洋火要来点，高田摇头，自己点燃三炷香放在香炉里，双膝跪地，磕了九个头。

枪声如芝镇大年夜里的爆竹，此起彼伏。围在高田身边的卫兵都警觉地把枪端着。高田的白手套上沾了一点香灰，他撮起嘴吹去，眼角扫着香炉道："把枪放下，不要紧张，有玉皇大帝保佑的。不要辜负了这片美景，放眼看，雪中的玉皇阁，真是琼楼玉宇啊！"

一阵风打着旋儿扫过，玉皇阁顶端的雪被扫了下来，露天脊瓦正中那个不满一尺的泥人很是显眼，它蹲坐在屋脊上，脚两边有陶制的锁链拴住。高田问："这是什么神呢？"

李道士说："此神名为'干挣子'。典出《封神榜》，武王伐纣灭商后，姜子牙主持对双方阵亡将士封神，一一封过，只有申公豹不领命，不甘与诸神为伍。他与姜子牙是死对头，后被封为神上神，任风吹、雨打、日晒，铁索定身，欲逃而不得。申公豹本来参加了武王伐纣的队伍，后背叛周朝，倒戈西岐，助纣为虐。"

高田说："'干挣子'之神，给反复无常的小人以警示作用。不过，在我大日本国，封神故事里最有影响的既不是姜子牙，也不是哪吒，而是苏妲己。"

李道士垂手而立，不敢多言。

东跨院北面为道士住房。雪又开始下，灰茫茫地，刹那间，已经是漫天鹅毛。高田伸出手来一试："雪又下密了。道长，吉日良辰，可否赏光，讨杯酒喝？"

李道士满脸堆笑："荣幸，荣幸。"

从元亨利酒店叫来了菜，住芝镇的鬼子让小黑母鸡来做金丝面。

雪粉敲打着窗棂，李道长堆出笑脸，为高田斟酒。高田说："苏东坡知密州，芝镇是他的流连地，我喜欢他的《雪后书北台壁二首》的第二首：城头初日始翻鸦，陌上晴泥已没车。冻合玉楼寒起粟，光摇银海眼生花。遗蝗入地应千尺，宿麦连云有几家。老病自嗟诗力退，空吟冰柱忆刘叉。"

回头问李道士，李道士说："惭愧惭愧，贫道对诗真是一窍不通。"

高田说："雪下饮酒赋诗，文人雅兴。我喜欢'遗蝗入地应千尺，宿麦连云有几家'，让蝗虫入地千尺，谓深藏于地，不易出土为害。境界高矣！"

忽见门晃，有人大吼："你们就是蝗虫，从千里之地过来祸害我们！无耻之徒！"

雪人一样的雷以毚用酒葫芦在砸门，嘴角上渗出了血。

16.怎么会是公冶祥恕

雷以毚正迷糊着在噩梦里挣扎呢，刺耳枪声惊醒了他。他麻松麻松眼皮儿，扶着马扎站起来，院子显得比往日大，没个人影儿。他弹掉毡帽上的雪，扎了扎腰里的灰布带子，弓背埋头收拾卦摊，卦摊上也铺了一层白。唉！下吧，下吧，把白的黑的香的臭的脏的净的丑的俊的，一股脑儿都化成了白的吧。他自言自语："上九：白贲，无咎。"

说罢，顺手在那雪粉上写了"归妹"二字，写完，抖擞掉，又在地上写了一遍。还没等抹，一阵风来，把字吹没了。

就见一个戴着狗皮帽子的人呼哧呼哧地朝他这边跑，一只帽耳朵忽闪着，嘴里呼呼冒着热气，那脚带起一团一团雪，身后犁出一道雪沟，胳膊擦着脸。快到近前了，那人喊："雷师父，鬼子撵我……"

揉揉眼睛，再揉揉，咦？怎么是公冶祥恕！是他，跟他的徒弟公冶祥仁像一个模子刻出来的，只是公冶祥恕的鼻子略大点。

祥恕手脖子上的血滴在雪上，一滴一个窟窿。

雷以匋六神无主。他平时算卦，说人生论人事天南海北头头是道，可到了节骨眼儿上，手脚都没窝儿放了，看到雪上的血，脑子轰地成了糨糊。公冶祥恕低头解了鞋带儿："雷师父，帮我扎住。"雷以匋晕血，哆嗦着接了鞋带儿往祥恕胳膊上缠。

"没事，您老使点劲儿。"公冶祥恕故意放松地一笑说，一边用脚钩住雪粉把血埋了。

雷以匋懵懵懂懂地问了一句："你是……共？"芝镇玉皇阁的墙上写着"私藏共匪格杀勿论"的标语，他天天能见到。可他想不明白，公冶祥恕怎么成了共匪了呢？一个从小看着长大的孩子，不缺吃不缺穿的七少爷呀！咱良善的人家，咋还跟"匪"沾上边儿呢？

公冶祥恕一抬头，与雷以匋对视，雷以匋感觉像被烙铁烙了一下似的。公冶祥恕的眼神里放出异样的光，那光你只要瞅一眼就无法忘记，叫他说感觉，他也说不出，反正不一样，像春天的麦苗，也像冬夜的火苗，像一潭清水，还像一口深井。

见雷以啣一脸的茫然，公冶祥恕说："雷师父，您懂《周易》，'革卦'不是说了吗，顺乎天而应乎人！"

"也……是！"来不及细想了，反正一条，不能让鬼子把咱这孩子抓走。

他领着公冶祥恕爬上一个台阶，下去就是储藏室，也就是"一大盼子"雷震藏糖果的那个角落，像一个草筐头那么大。雷以啣让公冶祥恕蹲进去，公冶祥恕脚上踩着软乎乎的，捡起来一看，是"一大盼子"藏在这里的几个山楂、石榴。雷以啣把公冶祥恕的头摁下去，在上面盖了一领破席、一个苇笠，还横上了一根担杖，压上了一块砖头。

拼了全力做完这一切，老人呼出一口热气，拿起毡帽捂住嘴，像对公冶祥恕，也像是对自己说："自天祐之，吉无不利！"

转身往外走，忽听破席子底下公冶祥恕压低了声音喊他，他蹲下来，公冶祥恕递出一个信封："雷师父，一会儿有个人要来，是个女的，眉心里有颗痣，圆脸，尖下颌，你说那个卖山货的让交给她的。"

雷以啣没听清，公冶祥恕又一字一句重复了一遍，专门又说："眉心里有颗痣。"雷以啣点点头，接了，掖在棉裤腰里。

下台阶前，他又拿出那信封瞅了一眼，再掖进去，心突然跳得厉害，一生从来没有干过藏着掖着的事儿啊。就那个雨夜，让自己慌张了二十年。这会儿心跳得厉害。都八十岁了，慌张啥呢？什么阵势没见过，真没出息，真没出息。雷师父站在雪地里，慢吞吞地挪下台阶骂自己。

千层底鞋刚刚站定，鬼子和二鬼子就赶到了，都端着枪，刺刀戳到了雷以勘的胸口，问："看到有人过来了吗？"雷以勘今日的胆子比往日大了不知多少倍，刺刀的尖儿，凉凉的，他都感受到了，但没有慌，就立定站着。那鬼子以为雷以勘吓傻了，拍拍他的腮帮子："问你话呢！"

"鼓之以雷霆，润之以风雨；日月运行，寒暑交替……"雷以勘在心里默念着，徐徐地咽了一口唾沫，舌头舔了舔发干的嘴唇，顿觉气定神闲，看了看眼前的黄皮说："影影绰绰地，好像有个人往南门跑了，戴着黑狗皮帽子。"

头儿一摆手，那帮鬼子和二鬼子往南跑去。二鬼子里面，他认识酱球和孙松艮。酱球是田雨的表弟，这混球，是芝镇有名的地痞。孙松艮是牛二秀才的学生，还找他算过卦呢。这俩混球，平时还叫声"雷师父"，今日却都装作不认识了。

待了一会儿，不见动静，也没有了枪声，只有雪在一疙瘩一疙瘩地往下扔。雷以勘打了个寒战，掏出酒葫芦喝了一口。他想，也得让公冶祥恕喝口暖暖身子。四下里又瞧瞧，无人。雷以勘到了储藏室那儿。

轻声拍拍那领破席子说："祥恕老侄儿，喝口酒，暖暖身子。人都走了。"

席子里说："雷叔，我不喝酒。你先别过来。"

雷以勘微微一笑："哦，对了，你是灌孩。"

"您到门口看看。"

雷以崀答应着，往大门口走。

"哼哼，原来在这里啊！"

是孙松艮！雷以崀傻了。

"公冶祥恕，你还往哪里跑？！"

17."你想赖账，算了卦不拿卦钱？"

跟在孙松艮后面有两个人，还有三个人忽地从雪堆后面蹿出来，一边一个堵住了储藏室。

雷以崀吓得差点掉了手中的酒葫芦。再抬头，见公冶祥恕被五花大绑，推搡着往前走。

雷以崀跟上去喊："大侄子，我大侄子犯了啥事啊？你们这样绑他。"

鬼子和二鬼子都不理他，推着公冶祥恕，到了汽车边上。

公冶祥恕猛回头朝着雷以崀盯着看，两眼像两个烧红的煤球。他朝着雷师父弯下腰，鞠了一躬，大声喊："雷师父啊，跟俺哥哥说声，我去去就回来！"

雷以崀的两脚像被焊在了雪地上，眼睁睁地看着汽车疯了一般不见踪影。

又是一场噩梦吗？不是。满头满脸满身的雪。

就听后面有脚步声，是酱球，酱球手里拿着酒葫芦。

"酒葫芦都拿不住了，你还愣着干啥呢，还不快走！你再等，连你也抓了去。"

雷以崀瞪酱球一眼。

酱球给他使了一个眼色，低声说："雷师父，这会儿不是瞪眼的时候，好汉不吃眼前亏。快走！"酱球说完，跟上二鬼子跑了。

雷以凸浑身哆嗦着，端起酒葫芦，猛喝了一口。他腰里揣着的信封像一团火，灼得他肉疼。雪越下越大，还不见公冶祥恕说的那个妇人。这妇人是不是忘了呢？公冶祥恕被抓了，得去找人啊！

"倒霉天。"他自己咕哝了一句，摸摸头，头有点儿烫。踱步到李道士这里讨杯水喝，谁料正碰上李道士伺候高田多长政。推开门，让他惊讶的是，归妹身后站着一个妇人，眉心里一颗痣，又一睁眼看，这不是请她算卦的那个跟儿媳妇和归妹一个生日时辰的闺女吗？雷以凸倒抽一口冷气。

他的脑子嗡地一下，头晕目眩。

李道士马上起身，对高田多长政说："对不起，高田先生。这是芝镇的酒晕子，喝醉了，告罪，告罪！他平时在这里摆摊算卦，算醉卦。大大的良民。"

高田站起来，给雷以凸鞠了一躬，端着酒杯，笑着说："老人家您懂《周易》？请落座。"

雷以凸挺胸抬头，不坐。他直接一步上前，一把抓住了那闺女的一缕头发，那头发是奓拉到腮那儿的，他盯着那眉心，盯着那圆脸，盯着那尖下颌，感到全身一阵战栗，是她！是她！他"啊呀"朝地上猛地一跺脚，破口大骂：

"好你个小娼妇，我终于等到你了，你想赖账，算了卦不拿卦钱？在芝镇，你也不问问爷爷是谁？！"

那妇人正端着盘子，惊讶地抬头：

"雷先生，您认错人了吧？"

"怎么会错，我等你半天了，是你说我老不正经，我摸摸你的手咋了？"

雷以邕把妇人逼到墙角，脸贴着脸，两眼盯着那个眉心里的黑痣。

"雷先生，我……"

疯了一般的雷先生不知哪里来的力气，一脚踹开里间，把妇人推到屋里，把门关上。

归妹在门外晃，李道士转着圈说："老雷啊，别干傻事！"屋子里女人在尖叫，雷以邕好像在扇耳光，摁住了，在撕扯……雷以邕变了个人一般，尖着嗓子喊："我老不正经，这可是你说的。我今天就让你尝尝什么叫老不正经，我就老不正经一回！"

酒桌上的人愣住了，高田平静地、好奇地伸着脖子，好像饶有趣味地在欣赏一部戏。一直等到那闺女披头散发哭着夺门而出，捂着脸飞快地跑了，高田才满足地点了点头。

雷以邕的脸被抓破了，血滴在白胡子上，他一边提着裤子一边大叫："啊哈，让你尝尝老不正经的滋味！二载相逢，一朝配偶。耳边诉雨意云浓，枕上说海誓山盟……到如今唇上犹香，想起来口内犹甜……"这雷以邕一脸的猥亵，睁眼看到了高田，转调唱起了《武家坡》："洞宾曾把牡丹戏，庄子先生三戏妻，秋胡曾戏过罗氏女，平贵我要戏自己的妻……"

高田站起来叫了声："好！是条汉子！"

李道士低着头，帮雷以邕提上裤子。

高田的一声"好"，把雷以邕叫醒了，他挺了挺身子，瞥了归妹一眼。

"八月十五月光明，薛大哥在月下修书文……"高田唱起了《红鬃烈马》中薛平贵的唱段，竟然字正腔圆，有板有眼。

雷以岜一惊，脑子里一时恍惚了，这是个中国人还是鬼子？是谦谦君子，是妖，还是怪？他头一回见真鬼子，听说鬼子红毛绿眼，看来不对，手有些发抖，抓起酒葫芦大喝了一口，那手还抖。再喝，直喝得手不发抖，才停下。

高田眯着眼问："敢问先生，《周易》中言酒处有几卦？"

一听到《周易》，雷以岜底气有了，对高田拱了拱手："需卦，需于酒食；坎卦，樽酒簋贰；困卦，困于酒食；未济卦，有孚于饮酒。"

高田也朝雷以岜拱拱手："佩服老先生，宋儒《吹剑录》说，'《易》惟四卦言酒，而皆险难时。'现在正是险难之时，可否坐下一叙？"

在芝镇，能跟雷以岜谈《周易》的没有几个，在鬼子这儿竟然还碰到了。他一拍高田的肩膀，手还没收回，就被高田身后鬼子的刺刀戳到腮上。

雷以岜一抹脸，手上沾了血，他朝着鬼子的刺刀就迎了上去。高田两道剑眉立时竖起来，一挥手，刺刀后退了。

雷以岜看到了高田那圆鼓鼓脑袋上的两道寒光。

18.雷以岜快要爆炸了

刺刀的刀尖儿上，挑着一粒饱满的透明的红樱桃。红樱桃膨胀着，膨胀着，像一个吹胀了的红气球在眼前晃来晃去，满屋子被晃成一团红。窗外的雪地，也铺成了满地红。觳觫的红，翻滚的红。整座屋子在燃烧，他都听到了毕毕剥剥的火舌席卷着，从圆桌的桌子腿开始燃烧。浑身发胀的他要爆炸了。

雷以鬯摸一把血脸，气宇轩昂地在屋子里走动，旁若无人，灌一口，再灌一口，感觉自己要飞了，飞出了屋子，飞到了玉皇阁顶上，飞到了泰山顶上，昂头天外。他的思绪风起云涌。

我这是在自己的家啊，我是怎么了，我守着我的卦摊，守着来来往往的算卦人，守着我的花盆，守着我的家人，守着我的酒葫芦，守着我的徒儿徒孙，守着我的三间草屋，守着我的玉皇阁，守着我的祖坟，守着祠堂，守着我的曲里拐弯的老胡同。看着蓝天白云，迎着风雪霜雨，这都是我愿意的。我好好地，我优哉游哉，我安心度日，我怎么了？我招谁惹谁了？我跟谁急了？我跟谁过不去了？我脑袋长在自己脖子上，干吗听任别人的。我在芝镇活了八十岁，芝镇的角角落落都是我的，我的眼耳鼻舌身也是芝镇的，怎么突然就仰人鼻息，突然就看人脸色，突然就低眉顺眼、低三下四，怎么突然就天昏地暗、入了地狱呢？！芝镇成就了我的一切，让我没灾没病，可我为芝镇又做了些什么呢？我获得的所有的宁静和安适都是虚幻的、虚假的，不速之客深夜砸开我们的安静之门，我们能坐以待毙？不！

一手把住餐桌，胳膊一抬，盘啊碗啊盅子啊稀里哗啦掉到了地上，他脚踩着碎了的盘子，使劲踩着踩着，喘着粗气，满脸的血，两眼也血红血红地瞪着。

他死死盯着高田的两道寒光，这两道寒光让他感到羞愧，我这是怎么了？怎么人鬼不分了？原来雪并没有埋葬一切，丑恶的依然丑恶，肮脏的依然肮脏，混蛋的依然混蛋，血腥的依然血腥。狗改不了吃屎，魔永远在作恶。他为瞬间的糊涂羞愧，他为一时的错觉羞愧，他为在魔鬼面前显摆羞愧，他为自己的一丝虚荣羞愧，他为烦乱的纠结羞愧。忍耐，忍耐，现出了自己的无用、自己的渺小、自己的卑微。他使劲揪住自己的胡子，在屋子里大步地走，用手指点着高田的鼻子，点着李道长的鼻子，点着屋子里卫兵的鼻子……

转到窗下，他站住了，他盯着窗外沸沸扬扬的雪花，涌出了眼泪，眼泪冲着脸上的血。是肮脏的一切弄脏了雪花的洁白！不管脏成什么样子，这些一吹就化的雪花，这洁白如碎银似的雪花，仍然执拗地连夜排着队从天上赶来。脏了的是我的形，不脏的是我的骨，我的魂。我轻于雪花？！我愧对雪花！我愧对祖宗！愧对晚辈！愧对芝镇！愧对苍天！愧对《周易》！

还有归妹！我的归妹，你何时醒来啊！何时懂事啊！你在作孽啊，你在给我脸上抹粪啊，你在让芝镇蒙羞啊！你在往我心上捅刀子啊！你走吧，走得越远越好，跟你相同生日时辰的那个闺女是哪里的？跟她走吧！她是谁？信封里装的啥？我怎么就没问她呢？我怎么能问，那是"共匪"的东西，我明白为什么小日本要对"共匪"格杀勿论了！芝镇看着死水一潭，其实早已暗流涌动。你看公冶祥恕，你看那脸上有红痣的闺女，还有谁，我没看到，但我感受到了，我怎么如此麻木，如此无知，如此茫然，我还算的什么卦呢？

雷以卺的思绪如下陡坡的独轮车，怎么拽也拽不住了。

"我们芝镇有什么，什么能镇住这方水土，酒！还有酒！"

雷以邲敲着酒葫芦，突然大声地吼叫，"酒是芝镇的灵魂，酒锻造着、冲刷着、约束着、张扬着芝镇人的骨骼和脾气，芝镇人的血管里不缺的就是酒，喝一口，朝前走，迎着风雨天地任我游！没有什么玉皇大帝，酒就是玉皇大帝，喝上酒就是玉皇大帝，玉皇大帝就是酒！在芝镇人眼里，酒不是盆盆罐罐里的汤汤水水，不是软的，是硬的，是沉的，是重的，是石础，是铁锤，是秤砣，是枣木杠，是榆木墩，是炒瓢，是铜锣，是玉佛，是金铎。有棱有角，有形有样，一灌就犟，一捧就唱，一敲就响，一咽就火烧战船……"

他大睁着两眼，忽然就跳到了凳子上，站不稳，晃晃悠悠跌下来，挣扎着又站起，血顺着衣领子往下淌。

"一群畜生！衣冠禽兽！拿着刀枪的畜生！"

李道长哆嗦着往外推雷以邲，一边推一边说："雷先生你醉了。"手里拿着毛巾给他擦脸，雷以邲摇着头不让擦，血鼻子血脸地朝高田拱过来。

高田往后一闪，微笑着说："老先生喝高了，改日，改日再跟您请教。如何？"

雷以邲举着酒葫芦，又喝了一口说："谁说我醉了，我没醉！我与你们不共戴天，蕞尔小国之蝇营狗苟之辈，妄自尊大，纳污含垢，有什么资格谈《周易》！没有教养，拿着刺刀闯到我们家里耀武扬威，算什么狗东西！"

"噗！"一口浓痰吐在了高田腮帮子上。

19.求得好死

卫兵的刺刀直抵雷以兜的鼻梁。高田用胳膊挡了，嘴角微微一动，掏出白手绢一点一点地把浓痰往下擦，从下往上，像擦黑板。擦完，又把白手绢团在手心，笑着拍拍雷以兜的肩膀："老人家啊，您像我的父亲，有骨气。"

包着红头巾的归妹吓傻了，踉跄着过来拉雷以兜：

"表舅，表舅，人家是客人……"

"客人？我看是小偷！小丑！小鬼！卑劣小人！强盗！"雷以兜站在屋中央晃着酒葫芦。

归妹把雷以兜连拉带拽拖出了寮房。雷以兜依然是破口大骂："遗蝗入地应千尺，你们这群蝗虫入地应万丈！"

归妹拿一块抹布堵住了雷以兜的嘴，就听到李道士喊她，归妹回到屋子。

高田拍拍李道士的手，给归妹鞠了一躬，说："我吃到了最美的金丝面。"归妹哆嗦着，嗫嚅着道："您大人大量，原谅俺表舅，他真的喝醉了。俺给您跪下了！"说着就要跪下去。

高田说："不可！孟子曰：'老吾老以及人之老……'"说完，迈步推开门。

李道士出来送高田。高田笑一笑，说："等雷老先生酒醒了，请他给卜一卦。"

风把高田本人和高田的话吹跑了。

雷以兜歪歪扭扭往前走，归妹扶着她，雷以兜剜了归妹一眼，想说，又没开口。他使劲一推，把归妹推出一丈远。

雷以毣一个人往前走去，一步一步，雪地上的脚印歪歪扭扭，刚走到门口，身后传来一声枪响，他没回头，也没有跪倒，而是直挺挺地后仰倒在雪地上，夜里修剪了的白胡子与雪重合了，接着又被自己的血染红。

元亨利酒店的周年庆典酒，就等着雷以毣老人了。公冶祥仁本打算去接他，可是一个病人看完了又坐下一个。等忙活完，天近中午，来晚了一步。他让儿子公冶令枢推着木轮车子，准备推着老人去赴宴。

在大雪里，雷以毣的脸上胸前全是血。

"快去救祥恕！快去！"

雷以毣在玉皇阁前的雪地里躺着，还有抹着眼泪叫"表舅"的归妹。

李道士吓得不敢出来，见公冶祥仁和归妹无法把雷以毣抱到车子上，找了另一个小道士帮着扶。

一会儿把雷以毣推到芝谦药铺。公冶祥仁催着儿子赶紧去找熊大夫，熊大夫治跌打损伤拿手。

雷以毣对徒弟说："不用了，祥仁。"

躺在芝谦药铺的土炕上，雷以毣断断续续地说："徒弟啊，我教了你四十年《周易》，也没教出什么名堂，我一辈子糊涂啊！今天我见了公冶祥恕，看到他的眼神，我有点儿开窍了。"

公冶祥仁把着师父的脉象，紧锁着眉头说："师父，您闭眼歇歇，放宽心，放宽心。"

　　雷以邕大睁着眼，继续说："我想明白了，一部《周易》，说来说去，就一句话——'求得好死'，上对得起天，下对得起地；前对得起祖先、父母，后对得起子孙后代，毫无愧怍，即为死得心安理得，也就是求得好死。人哭着来到世上，一辈子风风雨雨，就是求个好死。求得好死才算没白来这个世上活一回。"

　　公冶祥仁说："师父，我知道了。"

　　雷以邕说："公冶祥恕这孩子，不简单哪！鬼子抓他，他不慌不忙，泰然自若，真没想到，这孩子有灵性。"

　　"舍弟从小有主见。"

　　"我看小日本长不了，我算着三年。"

　　"也不一定……"

　　"就知道说……也不一定！"雷以邕上气不接下气了。

　　"一定……一定，师父您别动气。"

　　"归妹，归妹，你过来……"

　　归妹抹着眼泪过来了。

　　"你表舅要走了，好好地做人，别让人家戳脊梁骨，你爹要是知道了，他该多难受。你想你爹吧？"

　　归妹说："想啊，天天想。"雷以邕不看归妹，盯着屋笆说："你就把你表舅当你爹吧。我无能啊，手无缚鸡之力，拿不动枪，开不了炮，也就骂骂出口恶气，百无一用。我这八十年啊，稀里糊涂，就欠一死啊！你好好做人，我就死得心安理得。"

　　"爹！"

　　"不要忘了今日，记住，记住！永远记住！我说的那个跟你生日时辰一样的闺女，骂我老不正经的闺女，是好样的，是干大事的。她啊，她啊，原来是我儿媳妇的胞妹呀！"

"爹！我知道了。"

"我的恶气出了，让这帮龟孙子知道，还有个老人不怕，敢骂，敢恨，求得好死了。祥仁啊，好自为之！归妹！我的闺女……给我酒葫芦……我想喝口热乎酒。"

雷以邠两手发硬，抱不住酒葫芦。

归妹猛喝了一口，在嘴里鼓着，温着，满口里辣味，归妹忍着，一点点地温乎了，对着雷以邠的嘴，把那口带着自己体温的酒灌进了雷以邠的嘴里。雷以邠的眼睛大睁着，那眼光照得整个屋子里都发亮。

"温乎酒，好喝好喝！我再喝一口……归妹啊，醒醒吧！啊！要有骨气，有志气，还有你娘……酒……真好！"

归妹又猛喝一大口酒，也不温了，对准雷以邠的嘴，可那嘴紧闭，再张不开了。归妹抱住雷以邠的头，她的嘴对着雷以邠紧闭的嘴，酒淌到了雷以邠的腮上，腮上的血干了，被泪水冲湿，归妹的泪止不住了。

漫天大雪中，雷以邠殁了。

温酒化险

WEN　JIU　HUA　XIAN

第 十 章

1.妙景一闪身，走了

天傍晌，恭贺元亨利酒店开业一周年的客人还没到齐。牛二秀才端着一盘炸酥了的马口鱼往餐桌上送，一边打趣老板李子鱼抠门，把贵客抓差当了跑堂的，一边嗅着那白盘："这香味儿，不用嚼，闻一闻，就能喝壶酒。"

这时，在沸沸扬扬的雪阵里，他看到准提庵的妙景匆匆飘过来。妙景没穿僧袍，顶着的假发乱哄哄的，牛二秀才把盘子塞给跑堂，迎她进屋。

接过带着血迹的信封，牛二秀才问妙景："弋恕呢？"

妙景说："被抓走了。雷以邺师父把信交给了我。"

"雷以邺？你脸咋了？"

"不小心滑倒，让树枝子戳的。"

我七爷爷弋恕带来的信息是鬼子推行"强化治安运动"，根据地被严密封锁，利群日报社在转移时，印刷机丢了零部件，报废了，现在只能刻版油印，库存油墨只有一桶半，纸只剩下了三十令。

"报纸是天天出，一天都不能耽误啊！"妙景用手抚弄着乱了的假发说，"我先回去。东西备齐了，就送到准提庵。"

妙景眉心那颗痣冻得发紫，她换上袈裟一闪身，走了。

牛二秀才跟李子鱼合计，印刷机——李子鱼家的那台还能用。可是油墨和纸，到哪里弄去？他俩同时想到了李登陆。

李子鱼吩咐伙计忙庆功宴，他去打听弋恕的下落。

牛二秀才说："我得先去帮着公冶祥仁安葬雷以岜，跟老人家相处了这么多年，得去送送他。完了，再去李登陆家。"

牛二秀才在去年正月初九元亨利开业宴上，才知道了我七爷爷弋恕和我爷爷是亲兄弟。

说来也奇，要不是救李登陆，我七爷爷与牛二秀才也不会在藐姑爷的剃头铺子里相识。这一切发生在前年的那个深夜。

李登陆爱找藐姑爷剃头，这个藐姑爷，是给我看病的那个藐姑爷的娘，刮眼球的绝技到了她这儿，更胜一筹。李登陆享受的除了酒，就是这个。他还爱看藐姑爷的笑模样，弯弯的眉，笑的时候都颤。

牛二秀才呢，到烧锅上去买烧酒糟，吃了晚饭，满头满脸的汗，头发长了，就进了藐姑爷的剃头铺子。

藐姑爷家的剃头铺子原来在玉皇阁边上，玉皇阁重修，铺子门前堆了沙子、石头，人又杂，藐姑爷跟爹就把铺子搬到了芝镇最西北角上。剃头铺子的小门朝西，正对着浯河。从高高低低一排柳树、槐树、杨树林子穿过去，下面是编筐用的半人多高的腊条行，再下去，是滑腻的猫耳朵草、七七毛、蒲子、甜酒棵，还有开满小红花的水蓼，上下葱绿的三菱子草，一丛半人高的苘，一丛一人高的红麻。再往下走，就是河沿了，阳光透过密匝匝的树叶子，在河里撒成碎金子般的金光。

河里夏天常有小孩子在里面洗澡，中午也有从坡里锄草回来的男人们，一身臭汗，一头扎进去，冲个痛快。夜里呢，男人在上游洗，女人大呼小叫地在下游洗。"有理的官街，无理的河"，夜里的浯河，是男女平等的。月光朦胧照着河面，也照着藐姑爷的剃头铺子和铺子边上的豆腐坊、粉坊、铁匠铺。间或，剃头铺子里的光一亮，那是有人剃完了头，开门，将那光亮放出来。随着光亮，那剃了光头的汉子，拍拍胸脯，大步流星地走下去，脚下是软软的三棱子草、七七毛、甜酒棵；还没到浯河边，那褂子、裤子都已经剥下来，胡乱地攥在手里，最后是一把将那裤头褪掉，扔到岸边的草地上；脚踩着烫脚的鹅卵石，扑通一声就钻到浯河去，像一条大鱼，那刚刮了的光头，偶尔地露出来，像河面上漂着的西瓜，一起一浮的。有调皮的孩子就到岸上挖了臭烘烘的黑湾泥，对准了那浮着的"西瓜"甩过去，打准了，黏黏的湾泥，粘在光脑袋上。光脑袋站起来，那地方水并不深，也就齐腰，破口大骂着是哪个小鳖蛋在捣蛋看我不收拾了你。骂声招来更多孩子的围攻，更多的湾泥像黑雨般飞来，那光脑袋就一个猛子钻到水里，一直游出几十米远才浮上来，用手朝脸上一撸，吐出一口水，将水珠撸掉……

李登陆也是这样的，剃了光头，在水里洗个痛快，回家睡个好觉。

让人想不到的是，李登陆就在那个秋夜，昏死在剃头铺子里。藐姑爷的爹不在，藐姑爷慌了神。人好端端地进来，推门的吱嘎声还在耳畔，大大咧咧开着玩笑，怎么说没气就没了呢？好在那晚上牛二秀才在场。

李登陆进门时，左手里托着一个西红柿，右手的西红柿剩了一小半，西红柿的红汁子顺着他的拇指滴到地下的头发茬子上。

李登陆走出灯影，把左手的西红柿照自己老蓝布裤子上擦一擦，那西红柿比他的拳头还大，李登陆一手托着，往藐姑爷嘴里塞。蘱姑爷正忙着给牛二秀才刮脸呢，头一歪，一低，一口就咬掉了半个。墙上的影子就乱了。李登陆说："你看墙上的你，像不像一头骡子？"蘱姑爷说："好好说话。"李登陆把西红柿对着蘱姑爷说："我像是在喂草料呢。"

蘱姑爷举起剃头刀，照准李登陆的手削去……

2."快，你看登陆这是咋了"

李登陆的手往回一抽，西红柿的把儿让剃刀齐齐削掉。

"好快的刀。"李登陆赞了一口，西红柿朝蘱姑爷嘴那里伸了两伸就没了。李登陆说："你这馋熊！"

蘱姑爷嘴接西红柿，而剃刀依然在牛二秀才头上运行，沙沙沙的刀子与皮肤的摩擦声，并未消减。牛二秀才担心被刮破脸，不敢吭气儿。

李登陆坐到马扎上，掏出自己的旱烟袋，挖了半天也没挖出烟丝来，闷闷地，不说一声。蘱姑爷觉得李登陆好像有什么心事。他能有什么心事？整天摆摊，油嘴滑舌地，心里永远不会有淤积。蘱姑爷看着李登陆的样子笑了。

"咋了？愁着钱没法花了？"

"正在想你呢。"

"又胡咧咧。"

牛二秀才剃完，也掏出烟袋，抽烟。这时，浯河里安静了，偶尔有一两个人在咳嗽。

蘱姑爷给李登陆洗罢了头，让他坐上早已磨得发光的剃头椅子上，开始下刀。李登陆嘴叭叭地不停，正说着"你啥时把这刮眼球的绝技传给咱……"说了一半，头一颤，没了声。

藐姑爷皱着眉头，盯着一动不动的李登陆，怎么睡得这么沉呢，是装的吧？用巴掌拍李登陆的腮帮子，腮帮子僵硬了。

"牛师傅，牛师傅！快，你看登陆这是咋了？"

藐姑爷带着哭腔喊牛二秀才。牛二秀才的一锅烟还没吃完。

他一摸李登陆，真的没气儿了。

藐姑爷吓得哭起来，牛二秀才说别急，他把李登陆从剃头椅子上抱起，腿都不打弯儿，死沉死沉的，抱到套间的小土炕上，掐人中，还是不行。

"我去找祥仁大夫。"

拉门出去，差点跟门口站着的人碰了个满怀。

是两个背着包袱的陌生人，一高一矮，一胖一瘦。那瘦子矮个，戴着草帽。

让牛二秀才奇怪的是，进屋了，瘦子的草帽也不摘掉。牛二秀才端详着这俩人，觉得面善，天这么晚了，他们是要剃头？在心里嘀咕着。藐姑爷说：

"俺今天不行，你看……这犯了急性病。"说着，就把两人往屋外推。

"谁病了？"那高个胖子有三四十岁，小声问了一句，"我看看……"

也不等着邀请，径直往里屋里闯。牛二秀才拦也拦不住。

藐姑爷擎着的煤油灯下，李登陆大张着嘴躺着，像一堆干柴。

"赶紧打开窗户！"胖子一个箭步跳到炕上。瘦子在后面接过了他鼓鼓囊囊的包袱。

蒬姑爷哆嗦着把窗户打开，一股凉风灌进来。她把被子揭开，看到李登陆蜷着的左腿上还沾着泥巴呢。刚剃了一半的头，另一半还黑着。

蒬姑爷哭丧着脸说：

"你看，好好地，正给他刮呢，他头一歪，就不省人事了。"

"别急！我看看。"那高个胖子伸出手在李登陆的额上试了试，又摸了摸胸口，还热乎呢。

那高个胖子把自己的手覆在李登陆的胸脯上，另一只手压上去，双手手指相扣，使劲下压，他的整个身子快要盖住李登陆了，额头上也冒出了汗。

"包……"他伸手要过了瘦子背的包。

胖子抽出一根银针，右手的拇指和食指捏住一头，牛二秀才见那银针像冬天里倒挂在屋檐下的冰凌子，晶莹剔透。蒬姑爷大气也不敢喘，只盯着胖子手捏那银针照准李登陆的额头刺去。蒬姑爷吓得捂着脸。牛二秀才想阻止，可话到嘴边又咽了下去。蒬姑爷两腿哆嗦着，从手指缝里看到那根银针，在一点点地往李登陆的头顶下，眼看那银针下去了一半，蒬姑爷把手从脸上拿开，哭着说："俺不治了，俺不治了，出人命了！"

胖子示意她别声张，专注地用手指捏着那银针。蒬姑爷"哎呀"一声，蹲在地上嘤嘤地哭。瘦子忙上来劝阻。刚哭了一声，就听瘦子让蒬姑爷"快看"。

蒬姑爷看到李登陆的厚嘴唇微微动了一下，那厚嘴唇上还有没擦干净的西红柿的汁液呢。胖子的银针埋进了李登陆的天灵盖。他又对瘦子喊："包！"

又拿出比先前的银针略短的七根银针，一根从耳朵根子那里扎下去，一根从鼻翼下面扎进去，还有五根是掀开上身，扎在肚脐眼和大腿根。藐姑爷感觉李登陆的脑袋在一点点变大。她哆嗦着，看着那一根根银针在变粗。

牛二秀才和藐姑爷就这样看着，渐渐看到，李登陆苍白的脸慢慢变得红起来。

胖子转身问藐姑爷："有酒吗？"

藐姑爷去里间抱出酒坛子，那高个胖子搬起，猛喝一口，并不下咽，鼓在嘴里，照准李登陆的脸"噗——"地一下，满屋酒香。李登陆不见动弹。那胖子又猛喝一口，"噗——"地照准李登陆的脸又来了一下。李登陆的嘴唇动了，麻松麻松眼皮儿，打了个响喷嚏，开了口："哎呀，馋死我了！好酒！"

胖子和瘦子坐在炕沿上，藐姑爷张大了嘴巴，两只大眼一眨不眨，惊讶得一句话也说不出来。她小跑着进屋，将上好的旱烟找出来，让胖子和瘦子吃。胖子接了旱烟，而瘦子不吃，却去把散乱在炕上的被子叠了，叠得方方正正。

等李登陆坐起来，已经过去了两个时辰。

"先让他躺一会儿，再喝点小米粥。"高个胖子说。

四个人退出里屋，到外面说话。

3.九女冢和准提庵

藐姑爷惊讶地上下打量着这不速之客，高个胖子白白净净，戴着草帽的矮个瘦子高鼻梁、大眼睛，眉心里有颗痣，说红不红，说紫不紫，细端详倒有几分女子的温婉。她看着高个胖子将银针用干净的蓝绸子包好，掖进灰色布包里，一口一个"大兄弟"地叫着："你们真是活菩萨啊。"

牛二秀才端茶倒水，忙活不迭。问他们是哪里人，高个胖子说是招远的。招远，牛二秀才知道，那里出黄金，他的一个远房弟弟就在那里挖金子。

听到"金矿"二字，胖子和瘦子互相交换了一下眼色。

问起姓名，胖子报了"弋恕"。他不是别人，是我的七爷爷公冶祥恕，他笑着问牛二秀才："老兄，附近是不是有个尼姑庵？"

蒬姑爷笑了："俺芝镇，不光有尼姑庵，还有九女冢呢，从这里往西北下，走五里，在浯河北的西岭上。前年腊八节，我去那准提庵喝过一碗腊八粥呢。"

牛二秀才说："俺芝镇有个名中医叫公冶祥仁，他对九女冢有研究，我的老友。"

我七爷爷一听我爷爷的名字，"哦哦"地应着，微微一笑。

牛二秀才问："您认识公冶大夫？"

七爷爷又笑了一笑说："听说过他。"

牛二秀才道："那西岭是芝镇的最高处，岭上有九女冢。公冶大夫说，这里是秦汉之际大学问家伏生后裔的祖茔。伏生是济南人，据说是伏羲氏的后裔，这么有学问的人怎么会到五百里远的芝镇呢？说来话长，伏生从十岁就开始攻读《尚书》，他曾把自己关在阴冷潮湿的石头屋子里，腰里缠上一条大绳，每读一遍《尚书》就在绳上打一个扣结。不久，八十尺长的大绳就完全打满了结。正是这种执拗劲儿，使得伏生成为《尚书》大师。秦始皇焚书坑儒，文脉悬于一线，伏生痛不欲生，冒险将述录唐尧、虞舜、夏、商、周史典的《尚书》藏在墙壁夹层里。秦亡汉立，伏生掘开墙壁却找不到那二十九篇《尚书》了。这可咋办呢？好在伏生对《尚书》已经了如指掌，字字句句全刻在脑海里了，晚年他就口授，因年老口齿不清，他的徒弟晁错听不懂，伏生就让自己的闺女羲娥在一旁代为解释。这样，伏生的女儿羲娥便成了传播《尚书》最早的女弟子。伏生长寿，活到了九十九，九十八岁那年。还能喝酒，有一天大醉，醒来说济南东有灵芝之所，嘱咐后人，可到那儿安身。伏生后人便相约东行，在芝镇的西岭发现了一棵灵芝，便在此落户。迁徙的队伍中，就有羲娥和八个女子，她们朝夕相处，一起温习《尚书》，知书达礼，乐善好施，后九女相继老了，都葬在了伏氏祖茔里，成了九女冢。"

"九女冢很神奇。"蒉姑爷插话，"我听着老一辈说，鹿村、小河北村的老百姓有红白事，家里的盘碗碟子不够了，就到九女冢上去烧香烧纸借，磕完头，盘碗碟子就悄没声儿地摆在冢前了。等用完，再把盘碗碟子洗刷干净放在冢前，如数归还，烧纸叩谢。好借好还，再借不难。后来，人心变了，到九女冢上求来盘子碗，还回去的，不是少了，就是次品，跟九仙女耍心眼儿了，以后九女冢就借不出东西来了。"

为写《芝镇说》，前年正月初三上午，同学老赵陪着我在雪天里去拜谒了九女冢遗址，赵同学的出生地就在九女冢下的浯河边。我这老同学喝酒没见醉过，倒把我灌醉了。赵同学说："知道我为什么不醉吗？我有九女冢上的仙女草。这种仙女草能治百病，还能解酒。"每年过了惊蛰，仙女草开始从九女冢上钻出芽儿来，下过几场雨，仙女草便把九女冢变成了仙草绿冢。谁家里要是有人得了痨病咳嗽、水肿发烧之类的疾病，就去九女冢上采些仙女草，拿回家煎成药汤，病人服用之后病疾即会去除。生疮流脓的，只要将仙女草晾干研成粉末，敷在病区部位，伤处很快就会长出新肉，愈合如初。对男人来说，得了仙女草，千杯不醉。

赵同学说，他也见过藐姑爷，亲耳听藐姑爷说过，在一个月夜，她到西岭上去提水，见到了九个仙女穿着五彩衣裳在顺着一根明晃晃直上直下的柱子往上爬。藐姑爷仰头看，第一个仙女都快顶着天上的云彩了，一个翻身下来，跌到那潭清水里，砸出一圈一圈的涟漪。仙女们都顶到云彩了才翻身，那潭清水里，就满了金子般的笑声和歌声。藐姑爷一声惊叫，眼前的那根通天柱子没了，九仙女也没了。她提水回家喝了，就开了天眼。

关于藐姑爷开天眼的说法，有好几种，赵同学说的算是一种。

喜欢考古的赵同学说："藐姑爷可能是产生了幻觉，她说的不一定靠谱。但伏生后人落户芝镇应是真的，至今，咱芝镇还有伏留村、伏戈庄村的村名。汉献帝的夫人，也就是伏皇后，就是伏留村的。伏皇后名伏寿，被曹操幽闭而死。"

不说九女冢，说准提庵吧。我七爷爷询问的那会儿，准提庵供奉着准提菩萨，有神殿十六间，神像七十多尊。神像阵里，最显眼的是九座仙女像。准提庵有九个尼姑。

我七爷爷说："有劳师父，我的这个妹子，想出家当尼姑，劳您给把头发削了。"

牛二秀才和藐姑爷瞪大眼睛看那瘦子，怎么？是个女的？

4.生活滋味就在知与不知中间酝酿

瘦子将草帽取下来，一头乌发一圈一圈缠着，果然是个俊俏女子，瓜子脸，眉心里那颗痣微微发红，也就二十出头。牛二秀才断定，弋恕肯定是撒了谎，那模样不像是他的亲妹子。瘦女子朝藐姑爷点点头，更显妩媚。

弋恕微微一笑："是我表妹。"

牛二秀才"哦"了一下。藐姑爷也不敢多嘴，只说自己的剃头铺从没有女人来剃过头的，还是光头，怕剃不好。又对着姑娘说："有什么想不开的，要出家？"那瘦姑娘依然是颔首微笑。

藐姑爷去磨剃头刀子，一边将刀子在荡刀皮上擦来擦去，一边心里直犯嘀咕：他们是些什么人呢？难道真的遇到神仙了吗？

他们不是神仙，是活生生的人。事儿真的很神奇，你知道的，我不知道；我知道的，他不知道；他知道的，你不知道；你知道的，他不知道。当然，也有你知道的，我也知道，这就透明了。可是不知道的，永远最多，知道的越多，不知道的也越多。有那么多的中间地带，或者灰色地带。知道的和不知道的信息在掐架，不知道和不知道的信息也在掐架，历史就是由知道的和不知道的信息连缀而成的。这就是生活吧，滋味可能就在中间地带酝酿着呢。就像一瓶老酒，喝了一口，想知道谁酿的；喝了上半瓶，不知道下半瓶要跟谁喝；等喝光了，就啥也不知道了，第二日醒来只知道自己喝醉了。

牛二秀才不知道这高个胖子是芝镇人，不知道是我爷爷的弟弟，更不知道这女子叫汪璐。这汪璐呢，不知道我七爷爷知道牛二秀才。我七爷爷不知道三年后李登陆会帮上大忙。我爷爷呢，不知道我七爷爷忽然又来到了芝镇。蓺姑爷说能开天眼，她其实什么也不知道，她只知道刮眼球的秘诀。

也就在这个雨夜，牛二秀才知道了我七爷爷和汪璐的身份，他们在建一个地下交通站，一些战备物资和人通过秘密交通站，一站一站地运往根据地和前线，准提庵、教堂、石佛寺、烤烟屋、祠堂……都是落脚点，而蓺姑爷不知道的，始终不知道。这一切，李登陆更不知道，他只知道一个叫弋恕的用银针救了他的命。

心扉是在了解了一个人之后，才试探着慢慢打开的。我七爷爷早从我爷爷公冶祥仁那里摸透了牛二秀才。一切就这么顺理成章。踏上故土，我七爷爷变得小心翼翼，他不愿意伤害了自己的家人。

我七爷爷最佩服牛二秀才的仗义。

牛二秀才顶着压力兴办新学，自任小学校长。我七爷爷还知道民国总统黎元洪给题写了小学校名呢，是芝里老人去亲自求的。牛二秀才培养了几届学生，这是那些年他心里最大的安慰。孙中山先生领导的革命闹得热火朝天，芝东村里好多人参加了农会，牛二秀才没参加，他也没参加国民党，但他觉得中山先生的"联俄、联共、扶助农工"的政策可行。

他的学生李子明，十八岁那年考了黄埔军校，属黄埔第四期步兵科第二团某连。

李子明考军校，那是沾了牛二秀才的光。文化课考完了，在店里住着等结果。一个月后，看榜，没他的名字。他遗憾地蹲在马路牙子上啃着五个瓣的杠子头火烧发愁，没有了回去的路费，连吃饭钱都没有了。天色将晚，他硬着头皮来到学校，在学校的教务长门前逡巡了半天，不敢进去。教务长出门送客，发现了这个年轻人，李子明嗫嚅着说了自己的名字，教务长一页一页查了花名册，说很遗憾，只差一分。那李子明挺起胸膛说，俺从山东的芝镇过来，就是想入军校，将来能报效国家。教务长说，年轻人来这里的，都有这个想法呢，等来年吧。李子明也不好多说，就推门出来，门外是一个小菜畦，菜畦里栽着菠菜、韭菜，他躲闪着后退，只听呲儿喇叭响，一辆车朝着李子明冲了过来。教务长"啊呀"一声大叫，只见李子明燕子一样，腾身一跃，站到了车头上，又一个鹞子翻身，定在地上，两眼瞪着司机，司机吓得满头大汗。那教务长也惊呆了，问："你这身功夫从哪里学的？"李子明说他师父是芝镇拳师牛景武，外号牛二秀才，师父的师父就是大名鼎鼎的拳师宫宝田，这宫宝田先后任慈禧太后和光绪皇帝的带刀侍卫，是清廷最后一任大内侍卫总管。教务长说，你等着。他去了校长室，半个时辰后出来，对李子明说："你被录取了。"

李子明回到住处，把从芝镇带来的一坛子酒找出来，这是师父牛二秀才给的，一直不舍得喝，这次喝了个精光。从那以后，他滴酒不沾。

李子明进军校第一天，见到的同学是湖北黄冈的林毓蓉。林毓蓉帮他提着行李，他们是上下铺。有一次林毓蓉在下铺擦枪，不小心走火，子弹穿透了上铺，恰好那会儿李子明上了厕所，躲过一劫。第二年虎年，这年春的一个深夜，林毓蓉睡不着，叫醒上铺呼呼大睡的李子明，说想改个名字。李子明问改啥，干脆叫林冲（林教头）算了。林毓蓉说："我想叫林彪。"

黄埔军校毕业后，李子明和他的林同学各奔东西，这个阳光的芝镇青年摩拳擦掌上了北伐战场，不幸在长沙饮弹而亡。

5.接英雄魂归故里

芝镇到了十月底，早晨有点凉，刮了几天的北风，这日停了，难得的好天气。吃罢早饭，牛二秀才把从芝镇买来的烧酒糠用木轮车推到场院里晒，晒干了好喂猪。他最愿意干这样的活儿，低着头用竹耙子来回摊，鼻子嗅着烧酒糠味儿，特舒坦，特宇阔，有种微醺的感觉，像贴着地皮飞起来的鸟儿。他眯缝着眼，想哼唱几句茂腔，使劲抽了抽鼻子，鼻腔里灌满了带着粗粝烧酒糠味的酒香。忽然从胡同北头传来一阵急促的脚步声。

"牛师父，牛师父，子明殁了，可塌了天了！"来人是李子明的媳妇曹香玉，走到牛二秀才跟前，那眼泪噼里啪啦滴到摊开的烧酒糠上。

"什么？你说什么？！"牛二秀才拄着竹耙子，大声问。劝说的话还没想好，张了张嘴，年近半百的他已是泣不成声。

光哭没用，得想法子。牛二秀才脑子有点儿乱：李子明是芝镇的骄傲，是我最得意的门生，我不管谁管啊！得把他的遗体弄回来。从芝镇到长沙三千里路，再远也要去，不能让英雄流落他乡。

烧酒糠不摊晒了，他感觉头顶上的太阳成了黑的，浑身发冷。把眼泪擦了，挨门挨户去找他的已经毕业了的学生，学生再去找学生，多是跟李子明同年的。问有没有愿意跟着去长沙的，弟子们都愿意跟着去。牛二秀才感慨："你们都是同窗，我的弟子，能有这份情谊，子明在地下也会心安的。"曹香玉执意要跟着一同前往，牛二秀才竭力劝阻，曹香玉才不再坚持了，从怀里掏出自己的金银首饰，说变卖了可当盘缠。看着这一小包袱软的硬的银的铜的，牛二秀才的眼泪又不争气地钻出来，"唉"的一声，接了。

曹香玉扑通跪在了牛二秀才和他的几个学生面前。

学生们都是头一回出芝镇，不仅没坐过汽车和火车，连见都没见过。牛二秀才给宫宝田当徒弟时，陪着师父去上海坐过一次火车，还跟着看过京剧名角的《狮子楼》。他跟学生们描述着汽车和火车的样子，学生们都跃跃欲试，看着这几个年轻人期待的表情，牛二秀才少了一点悲戚。

背着三坛子芝镇的高度酒、五个瓣的硬面火烧、杨家阜丰泰的绿豆糕、赵家永和芝麻片等上路。酒喝着解乏，硬火烧路上吃，绿豆糕、芝麻片是准备去打点的礼物。

学生们在芝镇还能扬风扎猛、虎虎生气，可到了高密，眼都不够使，其中一个憋着尿了，憋得腮帮子都鼓起来，看高密火车站门口有个小过道，跑过去掏出来就撒，刚撒了一半，觉得衣领子被提溜起来，吓得赶紧提裤子，正提着，就被打了两闷棍，还要罚钱。牛二秀才赔上笑脸，给了那手持棍棒穿制服的大盖帽两包芝麻片才算平息。

从高密火车站坐火车，一路上倒车、等车，等车、倒车，折腾了七天才到了长沙。长沙比芝镇大多了，牛二秀才嘱咐弟子们千万别到处撒尿，长沙不比高密，这可是个大地方。东打听西打听，左询问右询问，跟大海里捞针似的。牛二秀才他们听不清当地人说的话，当地人也听不清他们说的。长沙没找到，又去了衡阳、岳阳北伐军打仗的地方，所到之处，断壁残垣，足见战斗的惨烈。又是半个月过去，最后在平江的城北一个小巷子里才把李子明的遗体找到。李子明身上的血迹都干了，他头部、胸部、腿部中弹。

牛二秀才把曹香玉带来的干净衣裳给李子明换上，把血衣一件一件脱下来，扔在地上。穿着新衣裳，牛二秀才觉得李子明又成了芝镇人了。抬着李子明走出几步了，又吩咐学生把血衣叠好，捎上。

抬到一小片开阔地，牛二秀才看到李子明的嘴大张着，好像还在呼喊。学生们都不敢近前。牛二秀才说，不用怕，便伸出手使劲摁着给李子明合嘴巴，可一转身，刚合上的那嘴又张开了。牛二秀才买来黄表纸，点上烧了，跪在地上，磕了个头，抱起酒坛子，朝李子明张着的口倒进去了几滴，一字一顿地说："子明啊，喝口家乡酒吧，俺这就接你回家。"牛二秀才盖上酒坛子，回头看李子明，那张着的大嘴竟然合上了，他和学生们清晰地听到李子明叹了口气。

从长沙上火车前，牛二秀才给李子明戴上一个黑毡帽，裹了一件棉大衣，学生们轮流背着，快上火车了，牛二秀才把李子明移到了自己背上。牛二秀才的花白胡子很凌乱，显得更加苍老，他故意喘着粗气，使劲弯着腰，给李子明露出半个腮，那半个腮上抹了点胭脂。检票的问："咋了？"

牛二秀才说："俺这不争气的儿子发烧，昏迷了。不信，您试一试。"

那检票的一听发烧就往后退了一步。

上了车，把李子明推到窗口，让他保持趴着的姿势，牛二秀才身子贴着李子明，对面是他的学生。这样坚持了六天，倒了三次车，才运回到高密火车站。下车时，检票的发现不对劲，喊乘警过去盘问，牛二秀才给一个学生使眼色，那学生膀子朝外一扛，一把扭住那乘警的胳膊，往上一提，一放，又使劲一捏，乘警就不动了，张着嘴巴，僵立在过道里。

牛二秀才背着李子明飞跑着下了车。

6. "我芝镇有好儿郎啊！拿酒来！"

公祭那天下大雨，接天连地，那是芝镇几十年来下的最大的一场雨，大路都成了河。送殡的人都跪在水里，第一排跪着的是李子明的家人，然后是芝镇和芝东村七十岁以上的尊长们，我爷爷公冶祥仁、李子鱼等也在这个行列里。依次往下是中年、青年、少年……那雨下着下着变成了雪，一会儿，跪着的人身上都覆了白白一片。

牛二秀才的妻子领着村里的女人赶制了纸人纸马纸羊，作为路祭品，摆在灵前。村头的两棵银杏树叶子都落了，干枝子上挂着一副白绢长联，是我爷爷公冶祥仁写的："子垂青简气壮丹霄万古长怀英烈，明耀红旗人埋黄土千秋共仰仪容。"

路祭品和长联都被雨雪打湿了。

祭文一开始想请我爷爷写，可我爷爷想了想，没答应，说：

"我的分量太轻，还是得芝里老人出马。"

当时芝里老人还在天津呢。

从芝镇到天津，太远，曹香玉对牛二秀才说："还是不去了吧？"但牛二秀才说："天津还比湖南远吗？去！"让两个学生连夜结伴去了。在天津卫，芝里老人听罢来人的叙述，仰天长叹："我芝镇有好儿郎啊！拿酒来！"

老人酹酒祭过子明，自己抱起酒坛子一口气喝掉了一半。一边抹去眼角的老泪，一边亲自研墨，平时是用水研，而这次用的是芝镇的站住花酒。他把酒倒在红丝砚里，一点点地磨着，酒墨透着一种光泽和酒香，芝里老人提笔而写——

"……国脉徒伤，直令人悲之不胜悲，哭之不胜哭，一腔热血，满腹冰凉矣！可怜子明殒命，如星辰之在天，唯望烈士有灵，作厉鬼一杀贼。噫吁嘻，悲夫！风萧萧兮浯水寒，雨泠泠兮西岭酸……呜呼李子明，杀身以成仁；黄埔千百个，汝不愧平民。"

把带着芝里老人泪痕的酒墨祭文请回，已是傍晚。我爷爷手捧着看了一遍，递给牛二秀才。

李子明的遗孀曹香玉公祭完，在雨雪中给牛二秀才磕头，怎么拉也拉不起来。她说："俺以后就听你牛师父的，你答应俺就起来。"

牛二秀才就又在雨雪中跪下了。

曹香玉又给我爷爷和李子鱼他们磕头。曹香玉是我爷爷的远房表妹，她也命苦，三个孩子先后夭折了，我爷爷去给看过病。

曹香玉就喜欢孩子，看着谁家的孩子都觉得亲得慌。她膝下无子女，就把李家的子侄儿弄到家里，也吃也住，一个侄儿李敢死了爹，另一个侄儿李震死了娘，他们都拿她当亲娘一样待。孩子恋孩子，牛二秀才的儿子牛兰竹、女儿牛兰芝，也爱到她家去。曹香玉家成了孩子窝，她的脸上也有了笑容。

牛二秀才的一举一动，影响着芝东村周围的年轻人。他任小学校长兼教员，芝东村的人家，有的祖孙三代都是他的学生，芝镇其他村的人也慕名而来，比如雷震和赵风絮。七七事变后，牛二秀才成了公认的抗日派，他也以此为荣。他的女儿牛兰芝、儿子牛兰竹从省城停学回来，也成了他的帮手。

芝东村离芝镇七里路，就在鬼子的眼皮底下，村里的青年人急火火地将过去看庄稼的土枪土炮搬弄出来，有汉阳造、马大盖、土乌鸦、"本地打"等，仔细地擦了，集中到牛二秀才的小学校里。其中一支三八匣子枪，牛兰竹斜挎在腰里，枪把子上还拴着一块红绸子，走起路来，红绸子飘啊飘的。他们组织了一支二十多人的小队伍，牛二秀才当这支队伍的顾问。第一次集合，他就讲："名不正，则言不顺，咱这支队伍，就叫'铁流'吧。"牛二秀才看过一本叫《铁流》的小说。

他们还聘请了在省城上过高中的一个年轻人做教官，成立了担架队、护理队、突击队等，村里的女学生们由牛兰芝领着参加了护理队，在芝镇教堂里干过的安妮教怎样包扎、怎样护理伤口。小队伍每天从太阳出到太阳落，立正、稍息、跑步、射击，进行各方面的训练。白日里操练，晚上在小学校里上课，由牛二秀才主讲。周围村子里的青年，每天听到芝东村练操声和嘹亮的抗日歌曲，也纷纷过来要求加入队伍。

那晚上，我七爷爷弋恕和牛二秀才在里间嘀嘀咕咕说了半天，你一句我一句，像多年失散的老友相逢，两双手紧紧握在一起。让牛二秀才惊讶的是，我七爷爷对芝镇如此熟悉。

藐姑爷呢，一刀一刀把汪璐剃成了尼姑。

汪璐的长头发囫囵着给剃了下来，那削下来的长发，像一匹黑缎子。藐姑爷问青丝留了多久，汪璐有些惋惜地摸着那长发说两年多。我七爷爷对汪璐笑着来了段《思凡》对白："小尼姑年方二八，正青春被师傅削去了头发，我本是女娇娥，又不是男儿郎。为何腰系黄绦，身穿直裰，见人家夫妻们洒落，一对对着锦穿罗，不由得人心急似火……奴把袈裟扯破！"

那汪璐听罢，脸先红了。

还阳了的李登陆爬起来，仿佛睡了一大觉，环顾了一下屋子，说了一句："哎呀，累死了。喝完了吗，散席了？"

藐姑爷把"摸阎王鼻子"的事儿一五一十跟李登陆吐露了，说得李登陆目瞪口呆。他端起酒盅，连敬我七爷爷三盅，七爷爷推辞不过，以水代酒，领受了。

李登陆觉得不可思议的是，闯荡江湖的男人哪有不喝酒的？遂惋惜地说："但凡有用得着我的地方，尽管吩咐，在芝镇，没有我弄不到的。"

7.一条秘密地道连接了村和芝镇

当夜我七爷爷跟牛二秀才到了芝东村，汪璐跟藐姑爷住在了剃头铺里的火炕上。汪璐身材匀称、白白净净，藐姑爷想起了雷以噎死去的儿媳妇，那眉眼儿、鼻子、嘴巴，都像一个模子刻出来的。麴姑爷想问，张了张嘴没说。

一夜浯河哗哗的水声，给汪璐留下深刻印象，以至于在回忆录里还写到了。弗尼思也多次跟我说，那个夜晚真该记住。

次日，还是这个李登陆领着我七爷爷和汪璐过了浯河，绕过九女冢，进了准提庵。李登陆跟住持妙隐有交往，过年时给妙隐采购过稀罕物——一棵菩提树苗。

汪璐也就成了准提庵的第十个尼姑，赐法号妙景。

妙景轻易不出庵，出庵到芝镇，都是戴着假发（那假发其实也是真发，麴姑爷用妙景剃下来的头发做的），也不穿袈裟，看上去就是一个平常女子。她到芝镇元亨利酒店或芝镇教堂，与牛二秀才和李子鱼接头。

牛二秀才和我七爷爷的见面，让他心里有了一个通向抗日的精神通道。牛二秀才有着芝镇人的执拗，还真挖通了一条从芝东村到芝镇的秘密通道。

那地道牛二秀才领着在夜里挖了三个多月，一直挖了七里路，中间有三个井口，村与村对接，挖到了芝镇的教堂底下。教堂的安妮来芝东村，都是从地道里走，不知要拐过多少弯儿才拐过来。

地道好挖，挖上来的土哪里放？牛二秀才在村里先请村里的尊长们一起喝了一顿酒，请尊长们参谋一下，说在西场院南边那片地里种黄烟，要盖六间熏烟的烟屋。尊长们自然都说好，说咱这块地茬里种烟准行。

盖屋不缺石头，不缺沙子，缺土，缺黄泥岗子黏土，这样的黏土打土打墙结实。黄泥岗子黏土不好弄，牛二秀才说："我找亲戚帮着拉，亲戚家有几挂马车。"

这事儿就定下了。夜里，还真有两辆马车拉来了土，这是我爷爷公冶祥仁找亲戚干的。其实就是做了个样子，土堆天天加大，都是地道挖上来的土。

芝镇这块地，往西挖，挖出村，就全是黄泥岗子黏土，结实。地道挖起来进度很慢，镐头用五天，就得到芝镇铁匠铺粲一粲。铁匠铺的老吴是牛二秀才的好朋友，粲镐不花钱，老吴纳闷，盖房子镐头用得这么勤快。

盖屋要趁早，趁着雨季还没到来就下手，落下地基，牛二秀才的媳妇做下四样菜，祭了土地爷爷，放了鞭炮，开始砌石头地基，石头地基上又摞了四层青砖，上面就是土打墙。把打墙的门板架上地基，把土填一拃厚，几个小伙子用砝头夯，夯完一层，再填一拃土，继续夯。小伙子光着膀子，喊着号子，夯完卸下门板，移到下一节，再填土，接着夯。这刚夯完的一节，换上妇人们用呱嗒子使劲扇那土打墙，直到扇得结结实实。三间屋上梁，一挂从南院定下的两千头的大鞭挑起来，点上，满村里震天响，也飘着火药香，梁上贴着"上梁大吉"四个字，是我爷爷写的，红纸黑字下面挂着两条请貔姑爷缝制的布鱼，布鱼下面飘着根黄穗子。

院落墙，也是土打，院子扩出去。剩下的土，堆在小学校了，堆成一个高台，在高台上建了一座钟楼。

牛二秀才的女儿牛兰芝和几个女同学在地道下往上挂筐，牛二秀才让几个大龄学生往上提土，白天干活，晚上干有时打盹，牛二秀才就准备了芝镇老酒，一夜一坛子，也没有好酒肴，最好的当然是炸得焦脆的蚕蛹和鳌子窝里焖熟的狗棒鱼了。

有一天，他们在芝东二村的洞口挖，累了，喝酒，喝着喝着就划起拳来。村头一个老光棍叫赵广生，他在看园，夜里起来到园里撒尿，边上是一个荒坟，怎么听到坟里面有"八匹马呀""五魁首啊""三结义呀"的划拳声，蹲在地里，觉得遇到鬼了。咚咚咚地跑，一边跑一边喊，来鬼了，来鬼了。地道里的人听到了，赶紧小了声。牛二秀才觉得要出岔子，猫腰上井，找到芝东村的发小，到那老光棍赵广生那里安抚，送了坛子好酒。那老光棍赵广生一听，不害怕了。夜里起夜，还故意敲敲地面，下面的人也敲敲地道的墙壁。老光棍爱凑热闹，也跟着挖起了地道，从主地道挖到了他的地屋子里。而他的这个地屋子还让一个滨海地下交通站的站长躲过了一劫。

老光棍赵广生说的黑夜坟里说话的事儿，启发了牛二秀才，他就专门在芝东三村开了几个地道孔，其中一个孔从一片乱坟岗子的坟堆里钻出来，坟前有两棵柏树，碗口粗了，很隐蔽。

在地道里，得弯腰走。牛二秀才还蛮有情趣，在每个灯窟窿里放了一葫芦老酒、一碟子花生米。当然还放油灯和火镰石，莛秆瓢子不能久放，地道里潮湿。

雷震老师后来回忆，他夜里从芝镇的冯家大院玩耍回来，走到天井里，就觉得那是天井在动，光知道动，不知道是哪里动。原来是牛二秀才挖地道呢。

我怀疑这是雷震老师夸大了的说辞，牛二秀才挖地道，不可能那么大的动静。但雷震老师说得活灵活现。雷老师的说法，类

似于我大爷公冶令枢说在地道里跟牛二秀才喝酒划拳一样，那是
扒瞎话。

8."明天一早押送那个共匪"

　　弋恕被弄到哪里去了呢？李子鱼十个指头使劲抠着额头，想
抠出点儿念头。他一眼瞥见了斜挂在书房里的二胡，那二胡的蟒
皮琴膜被老鼠咬了一个指头肚大的窟窿。离地四尺，这老鼠怎么
爬上去的？李子鱼百思不得其解，马尾弓断了一根，倒没大碍，
本来就多了一根。他一直很自豪有把这样的二胡。卖二胡的说，
那把二胡的蟒皮是蟒肛门边上的，蟒皮鳞纹粗而平整，鳞片大，
发音浑厚圆润，性能稳定。开堂会，哪能离开他的二胡，到哪里
去找把称心的呢？找物、找人……弋恕被关到哪里去了呢？二
胡、弋恕，弋恕、二胡，恕胡……
　　李子鱼除了不喝酒、不会生孩子外，啥都会。农活，犁耧
耙锄，样样精通，种的菜芝镇最好，吃不了，还能上芝镇大集上
去卖。手艺也行，他会给邻居錾磨、修车子、剃头。他开过印刷
厂，自刻石版、铜版。日本鬼子进芝镇，拆了他家的房子，他找
了几个帮手，七天在厅楼边上盖了七间草房，后来以四千斤秫秫
为本钱，在芝镇南北街北头的木楼上开了余生祥酒店。他没学过
医，却能给人开药方，我爷爷公冶祥仁说，李子鱼天生就是个
当医生的料，那草药好像认识他的手，一抓一个准。他朋友多，
白、黑、红、黄，各条道上都有，在芝镇没有摆不平的事儿。弋
恕、二胡，二胡、弋恕……他早就想到了一个人，只是找不到去

的理由。盯着那把让老鼠咬了的二胡，二胡、二胡、二胡……一拍大腿，对！就去他家。

雪停了，芝镇上空，黑云像悬着的黑布袋低低地压着。李子鱼沿着铁市街往东，从孟家炉房折而往北，拐上麻山街，在麻山街和鱼市口的一个四合院前停住了脚步，使劲晃那铜门环。一会儿门开了，一簇黑发露出来，是半个女子的脸，说："是李掌柜啊。"李子鱼头伸进屋问："孙队长在家吗？"

半个脸见是李掌柜，不敢怠慢。一个脸伸过来说："孙队长喝多了，正蒙头呼呼大睡呢，不敢喊他，他枕头边的盒子枪不认人。要不稍等会儿？"

李子鱼说："好，我在天井里站站。"

天井里的大盆里栽的一棵铁树被砍了头，刚刚冒出的叶儿，软软的，圆乎乎的，李子鱼捏了捏。听到厢房里有人说话，李子鱼屏住呼吸，只听见一个说："你把大拇指窝进去，攥紧。"

另一个说："我见刚生下的月孩儿也这样呢。"

"对呀，为什么月孩儿不害怕呢！就是靠这个，这在道家上说，叫'握固'。"

"月孩儿不害怕，是不知道怕。"

"不对。我听公冶祥仁大夫说，因为大拇指窝进去，正顶着无名指的指根，就是肝魂藏身之处的'门户'！经常这样握着人就不容易紧张害怕。月孩儿才是大丈夫，他们有'泰山崩于前而色不变'的丈夫本色！圣人说：'专气致柔，能婴儿乎？''专气'就是心不散乱、清醒明觉，'致柔'就是身、心柔软，不与任何事物拧巴。月孩儿的真气专而不散，所以无所畏惧。"

"是吗？公冶大夫说的？"

"公冶大夫说，这是道教养生修炼中常用的法儿，这种手式有促使心气归一、辟邪毒之气的作用。《老子》说：'骨弱筋柔而握固。'心藏神，肝藏魂。婴儿肝胆之气很足，所以就会握拳握得很紧、很自然；大人消耗大，就要很不自然地用力握了。人死的时候，本来握紧亲人的手就一下子松开了，这叫撒手人寰。"

"哦。"

"今后晌就可以试试，你再也不用尿裤子了。丢人！咱当兵的，就是混口饭吃。要大着胆混，害怕就不舒服了。对吧？孙队长醒了就会下命令，今晚中队守南门，明天一早押送那个共匪……"

瓦楞上咔嚓响了一下，屋子里没声音了，是猫踩着了一页瓦。

李子鱼咳嗽了一声，快步走过了东厢房。进了正房，他也不自觉地把大拇指屈进手心，来了个"握固"姿势。

他摘下挂在墙上的那把弦染成绿色的二胡，对着孙松艮的耳朵喊了一嗓子："松艮兄，今晚同乐会开场。《辕门斩子》。"

孙松艮身上盖的被子蠕蛹了一下，就听嘟哝了一句："去不了，有急事儿。"

李子鱼本来迈开步要走，突然就折回来，一阵风刮起两片干枯的叶子。

"啥狗屁急事？我拿你二胡用一用。"

"嗯，拿吧，挂在客厅里。我真有急事儿……"

李子鱼匆匆回到元亨利，把二胡放下。又到了教堂，修女安妮正在打扫房子，他使一个眼色，下了地道。牛二秀才正在地道里拿着印刷机的图纸研究呢。

晚上同乐会的演出，孙松艮没来，二中队长殷黑子，还有特务队长周郁文、鬼子碉堡里的伪军酱球这些人都来了。

牛二秀才领着大喝，一个个灌得东倒西歪，李子鱼滴酒不沾，来回倒着茶水。酱球出来小解，李子鱼上前扶住。

酱球说："今晚上的戏不孬，酒菜也不孬。"

"都是您成全。酒是您表兄田雨的，自然差不了。"

"我这表兄啊，一根筋，不提他。"

"听说，今中午抓了个共匪，装到车上，拉到高密去了？"

"还在芝镇碉堡里，明天一早往高密送。"

"您够累的。今晚还值夜班？"

"嗯，小鬼子不拿我们当人。唉！"

9.雪中借寿

在芝谦药铺里，闻听七爷爷被抓，六爷爷公冶祥敬正在家里梳辫子，他一点没吃惊，气愤地说："老七这是早晚的事儿，胳膊能拧过大腿？不好生过日子，胡折腾！"

爷爷对六爷爷说："先瞒着咱家里的老小吧，人多口杂。"

事不宜迟，爷爷连夜骑着毛驴去了芝南村。爷爷跟七爷爷最亲，七爷爷公冶祥恕，小时候身子瘦弱，一阵风都能刮倒，吃药也不管用。

嘚嘚的驴蹄声，敲打着爷爷的心，他想起了二十多年前为七弟借寿的事儿。

时间真快，七爷爷那时下巴上还没一根胡子呢。那天我爷爷一夜没睡，虽然隔着三趟房，他还是听到了七爷爷的咳嗽，药吃了吐，吐了吃。我这当大夫的，有何用呢？连自己的弟弟都救不了。爷爷恼恨自己。孔老嬷嬷白天黑夜地哭啊，都哭肿了眼，那是她的亲骨肉呀。

景老嬷嬷不在人前掉泪，她到屋后的皂角树下跪着求老天爷，我爷爷说："您这是咋？"亲老嬷嬷说："我给老七借寿！"

爷爷把亲老嬷嬷扶回家，出门去找六爷爷这个族长商量。

"七弟的病不轻啊，咱得管啊。"

"怎么管啊，大哥你是大夫。"

"心诚，能感动上苍。"

"你的意思是……"

"我想借寿给他！"

"借……寿？"

"借寿！"

吃罢早饭，六爷爷把我的几个爷爷都招呼过来商量着借寿。大家都闷着不说话，低头吃烟，烟袋锅子一锅一锅，满屋子是烟雾缭绕。

我爷爷说："我是老大，我借给七弟二十年。"

六爷爷说："大哥要不这样，咱每人借十年就六十年了。中不中？"

爷爷想了想，说："也中。咱都分居过日子了，都回去跟弟妹商量商量，别闹别扭。"

没想到，爷爷回来跟俺嬷嬷商量，俺嬷嬷先就不同意。借十年，这是命啊，不是借豆子借地瓜。我爷爷说："不是借，是给，行了吧？"俺嬷嬷说："你捐一百年俺也不管，你撇下俺娘几个爱咋捐咋捐。"竟然抹起泪来。

我爷爷坐在炕上，气鼓鼓地不说话。从窗台上摸起酒坛子，也不找酒杯，猛地灌了一大口，喝急了，呛得咳嗽。沾酒了的爷爷很可爱，转身给俺嬷嬷一跪，说："夫人开恩。"俺嬷嬷扑哧被惹笑了。俺大爷公冶令枢当时也就七八岁，起来撒尿，看见了。爷爷赶紧大声说："谁弄块西瓜皮，打滑，拉起我来。"俺嬷嬷就笑着拉他。爷爷谎也不会撒，腊月天哪来的西瓜皮？

三官庙紧靠着浯河，院门口的对联老远就能看到，写的是："寺内无僧风扫地，佛前有灯月照明。"院子里的雪被道士戴氏兄弟都扫干净了，两棵两搂粗的柏树上那雪还压着枝子，风一吹就往下掉，一疙瘩，一疙瘩。

我爷爷跟戴氏兄弟打了招呼，先就把那一把香递了上去。我大爷公冶令枢端着饭盒子，饭盒子里是俺嬷嬷连夜做的上供的祭品，有蒸鸡、炸鱼、肉肘子、芫荽小炒肉，那蒸鸡的嘴里衔着一块芫荽叶子。爷爷在家也是让我嬷嬷烧了香，磕了头。我嬷嬷做得有点不情愿，但还是从了爷爷。

等了半个时辰，六爷爷也到了。他是去南院石佛寺里借了三牲，那木刻的羊头、牛头、猪头跟真的似的。六爷爷说，院庙里的和尚做法事，耽误了。爷爷说："让孩子们去拿就是。"六爷爷笑道："就得自己去，您不是说要心诚吗？"

爷爷"嗯"了一声，看看天说："要下雪了。"

这三牲多日不用，猪耳朵里都落了蜘蛛网，戴氏兄弟用棉花蘸了水掏，掏一掏，就照脸盆里涮，一会儿脸盆里就成了黑的。掏完猪耳又掏羊耳、牛耳，一边掏一边说，你看人家这三牲刻工真好，就跟活的似的，咱这庙里也该弄一套。爷爷说等咱七弟好了，我捐一套。这三牲好像是从浙江的东阳那里弄的，楠木的。

擦拭一新的三牲，给摆在三官老爷神位前。

又过去了两个时辰，二爷爷、三爷爷、四爷爷、五爷爷才到了，都夹着纸钱，铁青着脸。

找藐姑爷给算的是午时一刻，时辰还没到，那雪却纷纷扬扬下起来，好处是没有风，就见那雪花像榆叶子一般大，三官庙的院子里一会儿都白了。戴氏兄弟拿着笤帚去扫，扫了前面，后边又下白了。

吉时已到。戴氏兄弟的老大主持仪式。

爷爷先上香，跪拜，说："我芝镇大有庄人公冶祥仁愿意捐出十年阳寿，给我的七弟公冶祥恕，让我七弟健康长寿！"

依次是二爷爷、三爷爷、四爷爷、五爷爷、六爷爷。

雪越下越大，大家都跪在那里，一直跪到午时三刻。戴氏兄弟说："时辰到了，神已知悉，大家起来吧。"

大家腿脚都麻了，起来使劲跺脚。

出得庙门，爷爷惊呆了。

亲老嬷嬷竟然跪在雪里，她的两手掌心朝上伸在前面，掌心里落满了雪，她的脊背都已经全是白的了。亲老嬷嬷的拐杖竖在庙墙根，拐杖也成了白的。

爷爷踉跄着跑过去，要扶亲老嬷嬷起来，竟扶不动。兄弟几个揽胳膊的揽胳膊，揉搓腿的揉搓腿，还是起不来。低头一看，亲老嬷嬷腿下结冰了，裤子跟冰雪粘在了一起。

亲老嬷嬷颤巍巍地喊："老七祥恕啊，景氏老朽也给你捐十年寿！"

10.芝里老人吟诗待客

雪里借寿，祷告神灵，那是没办法的办法啊！祭如在，祭神如神在。现在老七被鬼子抓去了，可不是借寿的事儿了，是真刀真枪，是要出人命的啊。七弟啊，七弟啊，但愿老天保佑你。

想着想着，我爷爷眼里就有了泪，举起祆袖子，擦了。

毛驴走夜路慢，我爷爷怜惜自己的老伙计，也不赶它，任它自己跑。到了芝里村，已是夜半三更。芝里老人家在村西头，西墙靠着浯河，生铁大门前有两个石狮子，我爷爷靠着石狮子稳了稳神。又叹了一口气，他是个极其要面子的人，不愿意给人添丁点儿麻烦。天这么晚了，怎么好意思敲老人的门呢。在门前，来回踱步，最后定在了门前，手摩挲着门环，轻轻摩挲着，都把门环焐热了。

忽听天井里有响声，塔拉塔拉，我爷爷想吱一声，话到嘴边又咽了下去。一阵风过，吹着门外梧桐树枝子叫，那风呛得他咳嗽，使劲捂嘴，那声儿没捂住。就听门内狗汪汪大叫，紧跟着有人斥责狗，低声问："可是祥仁老弟？"

我爷爷松了一口气答："芝里老人，深夜打扰了。"

芝里老人赶紧吩咐老四开了门，我爷爷让泻过来的灯光照花了眼，老四接过驴子拴在牲口棚里，顺手喂上两把草料。

"芝里老啊，家门不幸，家门不幸，深夜叨扰，罪过啊！"

我爷爷急匆匆把事儿一说，芝里老人把火盆朝我爷爷膝盖前挪了挪，一边听，一边点头："老四啊，把站住花酒摆上，公冶大夫也不是别人，花生米、狗棒子鱼、腌香椿芽、辣疙瘩，都端上来吧。"

一会儿酒烫好了。

"多大点事儿啊，喝酒，先压压惊！"

我爷爷心里七上八下，端起酒盅喝了。芝里老人说："狗棒子鱼，下午刚弄上来的，吃点。"我爷爷拿起筷子，又放下："芝里老，我吃不下……"

"多大点事，吃，吃。"

"我心针鼻子一样小！担不起大事儿！今天啊，我师父雷以邲殁了，我弟弟又被抓。心乱如麻。"

"雷师父，让人敬佩，咱心里默念他，记着他，他就活着。"

"我七弟命悬一线……"

"先不谈他。你知道我喜欢唐诗，除了李白、杜甫，你猜猜还有谁。"

我爷爷苦笑了，看着芝里老人那闲适的模样，觉得今夜老人有点儿怪，都火烧眉毛了，他还在谈唐诗，就耷拉着头说："不知道。"

芝里老人哈哈一笑："我猜你也不知道。我喜欢晚唐的苏拯。"

我爷爷强打精神，接上了话："苏拯最出名的是咏医的诗，比如那首《医人》：古人医在心，心正药自真。今人医在手，手滥药不神。我愿天地炉，多衔扁鹊身。遍行君臣药，先从冻馁均。自然六合内，少闻贫病人。苏拯，苏拯，拯救的拯，我七弟他……"

"苏拯说的'今人'，也成了一千多年的古人，今人医在哪？"芝里老人问我爷爷，又自问自答："今人医在器。我在天津那会儿，看到那西医啊，仪器量血压、插管子啊、手术动刀子啊。人本来是个囫囵的，给他大卸八块。这就是'今人'。对吧？"

"是，是，芝里老，鬼子明天一大早就把我七弟押到高密。"

"苏拯的《药草》写得也很好：天子恤疲瘵，坤灵奉其职。年年济世功，贵贱相兼植。因产众草中，所希采者识。一枝当若神，千金亦何直。生草不生药，无以彰士德。生药不生草，无以彰奇特。国忠在臣贤，民患凭药力。灵草犹如此，贤人岂多得。"

"芝里老……"

忽听天井里一阵狗咬，前后院的狗都跟着咬起来，咬声乱成一个蛋。老四大吼："狗！"狗还叫，老四又吼叫："再叫杀了你！"叫声息了。难道鬼子来了吗？我爷爷两腿哆嗦着，猛地要站起来。芝里老人把我爷爷一把按住。

门被轻轻推开，我爷爷抬头，惊讶地看到灯影里汪林肯急匆匆地进来了，后面跟着牛二秀才和李子鱼。

李子鱼朝芝里老人笑笑，对着门口说："还不快屋里！"

进来的竟然是七爷爷公冶祥恕，带上门的是准提庵的妙景，她戴着假发，穿着老蓝布对襟夹袄，眉心里那颗痣很显眼。

芝里老人哈哈笑着说："公冶祥仁大夫，你急啥呢？不好好喝酒。"

爷爷盯着七爷爷，眼窝发湿。

端起酒杯站起来，爷爷先敬汪林肯、牛二秀才。汪林肯说："公冶大夫啊，你要敬酒，就敬牛二秀才和芝里老人吧。没有牛二秀才的地道，没有芝里老人的信，啥都白搭。"

盯着芝里老人，我爷爷把酒盅移过去："芝里老人，我借花献佛！"

我爷爷纳闷，他们是怎么把我七爷爷捞出来的。一开口，芝里老人就劝酒，不让他问下去。芝里老人笑了笑，说："我记得辛亥那年安图县有家戏园开张，找我求联。我写了这么几句：'鼓动起四百兆同胞才算一台大戏，装扮出五千年故事真成万古奇观。'咱们芝镇人，当有此豪气。牛景武挖地道，一开始我还觉得无用，看来是我错了。"

芝里老人这个深夜谈古论今，兴致很高，喝酒喝到了天快亮。我爷爷回了大有庄，跟六爷爷和亲老嬷嬷报了平安。七爷爷跟妙景回了准提庵，等着李登陆那里的消息。

11."当时答应人家的"

正月初九下午，牛二秀才帮着我爷爷、归妹去安葬雷以匘。白裤子要命雷震不穿，白头布子他也要命不扎，闷头守着爷爷不说话，一滴泪也不掉。

过去芝镇老人的开圹，最为讲究，雷以匘懂风水，也爱参与，而到了他这里，只能草草了事。亲戚都来不及照会。老人的棺材十年前就自己备好了，在西厢房里放着。把里面盛着的金黄的棒槌粒子都倒干净了，我爷爷鼓嘴喷上芝酒，棺材里浓香四溢。我爷爷说："师父啊，您好好地闻一闻，这可都是上好的芝酒。"

入殓完，得由长子手拿扎枪，站在矮桌子上，为老人"指路"。雷以邕的儿子早殁了，孙子雷震又执拗不蛄蛹。我爷爷做主："归妹，你来指路！"

归妹缠着白头布子，问："我……也中？"

"中！"

归妹接过扎枪，站上矮桌子，突然大放悲声："爹啊爹您上西南，宽宽的大路长长的宝船！爹啊爹您上西南，骟骟的骏马足足的盘缠！爹啊爹您上西南，你甜处安身苦处花钱……"

雷震突然哇地大哭起来，头使劲朝棺材板上撞，谁也哄不住。雷震成了我的老师，说起当年送别爷爷的那天，他看到满眼的雪都是红的，归妹姑姑穿着的不是白衣，而是一袭黑衣，归妹姑姑的眼睛跟爷爷一模一样，圆圆的，闪着蓝宝石一样的光。

到浯河西，把雷以邕葬了，雷震还在哭，一直哭到夜里掌灯。

哄罢雷震，牛二秀才就去了李登陆家。那天中午，李登陆的老娘过七十大寿，李登陆跟表兄弟和姐夫妹夫划拳喝酒，喝醉了，到晚饭的工夫还在迷糊。

李登陆的娘也是个奇人，鬼名字叫"一把抓"。春天来了赊小鸡的，放在大笸箩里，毛茸茸的小鸡，都一个模样，谁都愿意挑小母鸡，母鸡能下蛋啊。李登陆的娘下手一把抓，抓住的一定是小母鸡，年年如此，邻居都羡慕她手气好。来年，邻里百家都请她给抓，可是她给别人家抓就不灵了，抓的多是小公鸡。这老太太还有一绝，她家的母鸡跟她一个时辰作息，太阳刚落下去，她就躺在炕上睡，那一群鸡，也都眯眼打盹，纷纷进了鸡窝。第二天，天露明，公鸡叫，但是李登陆的娘爱睡懒觉，得日上三竿才爬起来，她养的那群鸡呢，也跟着那时候起来觅食。

牛二秀才砸门时砸得擂鼓响，这才砸醒了老太太，她已经睡醒一觉了，很不情愿地去开门，叹了口气，到天井里一伸懒腰，鸡窝里的鸡也都"咯咯咯"地鱼贯而出。老太太的一点儿动静，都能牵连着那群鸡的神经呢。

"回去睡去！"老太太吼了一声，那群鸡都乖乖地爬进了窝里。

老太太把李登陆用笤帚疙瘩敲起来。

牛二秀才把油墨和纸的事儿一五一十跟李登陆一说，李登陆一下子蹦到了炕下："我说秀才啊，你看着我活舒坦了是怎么着？！贩卖油墨和纸张，那可是犯罪的。那是军用物资，你不知道吗？日本鬼子、二鬼子天天在芝镇大集上查的就是这个，查着就枪毙啊。"

牛二秀才眼瞅着李登陆，放慢了语速："哪能不知道，你看邪门了吧，越是缺货越有人戳鼓（方言，怂恿）着想弄到手。登陆老弟，我知道你是个讲信用的人。"

"那当然，要不还能在芝镇上混吗？"

"两年前，你向一个人应承过，你大言不惭地拍着胸脯说，'但凡有用得着的地方，尽管吩咐，在芝镇，没有我弄不到的东西。'"

"瞎说，我跟谁应承过？"

"你还真成了贵人了？你的救命恩人弋恕啊！要不是人家，我都给你上二年坟了。你光想着藐姑爷的屁股蛋和刮眼球的舒服劲儿了。"

"弋恕？他在哪里？他要这个干啥？"

"我也不知道，只知道他往西山里那边贩卖东西。他想多赚一点吧？"

"弋恕是做生意的人？可是这不好弄啊！"

"你可是当时答应人家的。别给咱芝镇人丢脸啊！"

"不好弄，这都是脱了脚丫子在热鏊子上烙的事儿啊。"

"不会亏你。这些先用着。"牛二秀才从腰里掏出一包东西，"硬通货。"

李登陆用眼角趔了一霎儿，低了头，左手抠着右手的手心："我试试。不一定能弄着。"

出门时，牛二秀才又嘱咐了一遍："登陆啊，我也有一分子呢。上上心。"

送走了牛二秀才，李登陆倒头又睡，可是怎么也睡不着了。答应的人家弋恕啊，得兑现啊，赚不赚的，都得干。

不知哪块云彩能下雨。李登陆看看天，天上的云彩，这儿一块，那儿一块，花搭着，排在夜空上。不睡了，出门溜达，一阵风刮着一个白杨叶子贴着了额头。哎，这树叶子点醒了他，他把牛二秀才给的那包细软拿出了一半掖在席底下，重新包了，又去阜丰泰称了两斤桃酥提着，出门往东，往西北到了延寿寺边上的小胡同。敲开了一个黑漆大门。开门的是我的表叔高作彪，高作彪也正在家里喝酒呢。

碰上酒局了，啥也不说，先喝酒。喝着喝着，又吆五喝六地划起拳来。

一晃酒葫芦，快空了。李登陆看一眼我的连连打呵欠的表婶子，把我表叔叫到猪圈里，如此这般一说，我这酒晕子表叔满口答应，头像鸡啄米一样点着："好好好。"

12."这比子弹还金贵哪！"

李登陆一走，我这表叔高作彪脱了鞋偎挪上炕，忽然好似想起了啥，又把腿担到炕沿上。又要下炕，刚穿上鞋子，就蹬脱了，大吼："我那双千层底呢？"表婶子已经睡下，迷迷糊糊地道："黑灯瞎火的，你穿那双鞋干什么？"我表叔像吃了枪药："我明日要去赴大席，先穿穿。"表婶子忙爬起来去找，可是翻箱倒柜就是找不到，表叔一蹦老高，抽出门关子就抢拉，薅着表婶子的头发逮着哪儿就又掐又拧。我这表叔打人还爱打表婶子的脸，表婶子囫囵地方也就是脸了，她把腚撅起来，尽着表叔用门关子敲，门关子敲完了用鞋底糊，可就是不吭声。我表婶子都被打习惯了。

天刚露明，我这表婶子打扮一番，赶着马车去了双泗村。正赶上张平青那日清闲，到村里来散钱。张平青最享受的，就是散钱，前呼后拥的，自己找到了当大王的感觉。

张平青带着卫兵到了郭戈屯，有几个闲人扛着枪到麦地里打兔子，转悠了一上午，连兔子毛也没见一丝，抱着鸟枪在墙根下闲聊。

见张平青过来了，赶紧猫腰喊："司令散钱了，司令散钱了。"

张平青朝他们笑笑，拱了拱手："谁说我散钱了，钱是桲椤叶啊，一搂一大筐？！冷不冷？"

站着的、蹲着的，都笑着献脸："冷啊，脖子都冻断了。"

张平青指着一个三十多岁的小瘦子说："你，把他埋到雪里。"又指一指瘦子边上的小胖墩。

"好来！"瘦子拽过小胖墩，小胖墩挣扎着不配合，被摁到地上，小瘦子拿过铁锹一会儿就把小胖墩埋了半截。小胖墩也入了戏，夸张地大喊着"救人"。

"好了，好了。一人一块大洋，回去买袄穿。"张平青脸上绽开了笑容。瘦子和小胖墩接了大洋，给张平青施礼。

张平青点头，又说："谁还想埋？"

大家都争着埋自己或被别人埋，嘻嘻哈哈地抢着铁锹。那雪在日光里晃着眼，张平青把手遮着，看着这群闲人。

一闹腾，身上热乎了，闲汉们每人手里都有了块银元。

张平青说："知道为什么让你们雪里埋人了吧？"

"不知道。"

"就是让你们知道，钱不是白给的，是你们自己挣的，埋人需要力气，被埋呢，也需要胆量。"

"大哥！"

张平青一看，是妹妹来了，"听到了吗？我刚才跟他们说，钱没有白给的。"

张平青的妹妹、我表婶子说："那你也用雪埋了我吧。"

"看老妹儿说的。"

我表婶子把哥哥叫到一边，急急火火地说了。

张平青低声道："胡闹，油墨和纸，这是日本人看得最死的东西。"

我表婶子说："我不管，反正又揭不开锅了，不倒腾点东西，喝西北风了。"

兄妹俩不说话，一路回到家，我表婶子又嚷求娘，娘赔上笑脸，说："大过年的，你就省出点给你妹妹。"

张平青说："娘，你有所不知，这紧缺东西，弄出去是要杀头的。贩卖什么东西都行，就是这个不行啊。"

表婶子露出胳膊上、腿上青一块紫一块的伤，展示给哥哥看。

张平青看了，忽然就想起爹临终时说的话，但他嘴里说的却是："那是你活该，你自己找的。"

我表婶子抱着老娘哭起来。

那一刻，张平青把高作彪我表叔弄过来大卸八块的心思都有。他看一眼妹妹："唉，罢了，罢了，弄去吧！"

我表婶子抹了眼泪，喜滋滋地跟着一个王副官去了学校，油墨和纸都在那里存着。

傍黑天，我表婶子的马车上，除了五双千层底新鞋，还有五十桶油墨，一百令纸，用日本黑帆布盖着，鼓鼓囊囊地运回来了。

弗尼思对我说，不知道的人给知道的人干了不知道的事儿。

有一年我翻抗战期间的《利群日报》合订本，还有个念头：哪一摞报纸是我表婶子从哥哥张平青那里弄的纸印的呢？

油墨和纸包好了，牛二秀才和几个学生弄到地道里，又从教堂里用牛车拉着到了准提庵，先找到妙景，妙景正在擦拭准提菩萨像，把牛二秀才引到神殿后面。我七爷爷弋恕呢，正躲在后殿边上的杂物间睡大觉，一起将那油墨和纸藏了。妙景对牛二秀才说："这比子弹还金贵哪！"

在黑影里，牛二秀才回头，看到妙景抱住我七爷爷亲了一口，我七爷爷摸了摸妙景的光头，小声说："剃下的那头发给我留好了。"牛二秀才装没看见，只说："路上可要小心。"

我七爷爷早就跟我爷爷和六爷爷说过，自己结婚了，还有个孩子。这怎么又跟小尼姑妙景黏糊上了呢？

第二天晚上，七爷爷带着这些东西转到瑞应寺、公冶长书院、李左车庙，进了沂蒙山。

一站一站传递着，小心翼翼，其中的曲折不可尽叙。我七爷爷公冶祥恕还有一站就到岸堤了，不幸遇到鬼子扫荡。都能看到鬼子的膏药旗了，事不宜迟，他让交通员带着大包原地不动，自己往山头上跑，把敌人引开，朝敌人开枪。敌人扑过来，一阵乱枪，七爷爷头部中弹，昏迷了四十多天才抢救过来。准确地说，是妙景回到根据地，跑来唤醒了我七爷爷。我七爷爷睁开眼说："你那缕头发呢？"他失忆多日，竟然还惦记着妙景的那缕头发。

我亲老嬷嬷临终前，念叨的也是我这个七爷爷，那是她用酒灌出来的孩子——"灌孩"。

酒埋断指

JIU　　MAI　　DUAN　　ZHI

第 十 一 章

1.爷爷，原谅我揭您老底

建于一百多年前的芝镇教堂，在杨富骏老人绘制的《清末民初芝镇古镇图》上，也就有炒熟了或炒煳了的南瓜子那么大一点，可是，就是这个南瓜子，目睹了芝镇的刀光剑影，腥风血雨。

教堂的几面墙上，有好多弹孔。杨富骏老人说，这些窟窿眼儿，有土匪张平青跟厉文礼狗咬狗打斗时留下的，也有日本鬼子一九三八年一月二十三日拂晓占领芝镇时留下的，五十多个鬼子，占领芝镇不作人料，烧杀抢掠三天；同年二月八日，一百多个日伪军二次入侵，教堂西侧的弹孔多是这次留下的；这年冬，日军麻田小队长第三次洗劫芝镇，七十八户房屋被拆，建起四座炮楼，十几个妇女躲在教堂里，被搜出来，掳到碉堡被蹂躏。

这里也容纳过火种，有一抹红色，照亮了黑沉沉的芝镇。这里曾是我七爷爷公冶祥怨设立的秘密交通站，曾是中共渠邱县委所在地，县委书记陈珂就在这里办公，开会布置锄奸，也在这里被捕，铁丝穿着锁骨被带上了刑场。

教堂像一个蹒跚的老人，矗立在芝镇，后来成了芝镇联中的学生宿舍。我在这里住了一年，雷震老师为了消除我们的恐惧心理，站在这里背诵过《正气歌》。

这里，还是我亲老嫲嫲的伤痛地。

我爷爷小时候，也不是让人省心的主儿。他曾在芝镇教堂里赌过博。

爷爷啊，原谅我揭您老底。我干记者，得说真话，不能丑化您，但也不能美化您。有一说一，有二说二，对吧？您不是喜欢"其文直，其事核，不虚美，不隐恶"的司马迁吗？爷爷，我加入中国作协的时候，写过一段感悟："写，是在抵抗遗忘。遗忘是快乐的，记住是痛苦的，但是再痛苦也要记住。写就是为了记住，写他是为了理解他，写他是为了怀念他或诅咒他，还有宽恕他。我开始写作的时候，雷震老师就对我说，穿越遮蔽，直面历史现场，拒绝遗忘，修复家国记忆。自觉地守住历史现场。"

我想对爷爷说，写出一个真实的长辈是多么地难啊，要有一种承担的勇气，写的过程常常是一种心灵承受痛苦的过程。解剖长辈，其实是在一刀一刀地解剖自己，是刀刃向内。最考验我的，是去粉饰。写着很难受，但我想坚持下去。

我亲老嬷嬷景氏直到临终，还念叨着爷爷少年时干的糊涂事儿呢。这是她的心病。

亲老嬷嬷老前，一直昏迷，临走前两天，精神状况突然好转，声音啊、气色啊都显得非常好，脉象也平稳，脸上还有了红光，额头发亮，家人都以为她病好起来了，非常高兴。一个个都跟她说着体己话，只有我爷爷知道，大事不好。

我亲老嬷嬷指指暗红色的炕几，炕几是她的百宝箱，里面有吃的点心，绿豆糕、芝麻片、桃酥，有窗前摘下的裂了口的石榴，有她秋天到后园里捡的银杏叶子、菠萝叶子、干皂角。平时，有小孩子来玩，她就拉开抽屉，把点心递过去。她现在已经没有力气拉动抽屉了，让我爷爷替她拉开一个抽屉又一个抽屉。盯着自己的两手，她说："也不见灌孩老七来要了。点心都招虫儿了。天好，你就拿出去晒晒。"我爷爷答应着。她一点点地往炕几这儿挪，我爷爷去扶，她不让。她摸着炕几抽屉上镶着的青铜拉手，都摸得发亮了。她又摸一摸雕刻的荷花花饰，不舍得挪开手。

好转的第二天，忽然说要吃袋烟，我爷爷给她装了一袋，点上。她坐起来，倚着被垛，一点点地吸，吸完，我爷爷想给她把烟灰磕掉。她不，执意要自己磕。她把铜头烟袋锅子朝炕沿"梆梆梆"磕了三下，把烟灰磕到了炕下，笑着对我爷爷，也对炕前的晚辈们说："看男人吃烟，磕烟袋锅子，还真是好，一磕把身上的疲啊惫啊累啊，都磕掉了。"

亲老嬷嬷还想喝盅酒，我爷爷给烫了一壶，温乎乎的，递到亲老嬷嬷嘴边，她非要自己端着喝。她端着，手捏着盅子，微笑着仰脖而尽，嗫嚅着一句"灌孩、灌孩……"，那手一松，盅子落在了我爷爷手里。我爷爷抬头一看，我亲老嬷嬷笑着，头一歪，走了。

亲老嬷嬷没病，就是老了，她走得很安详。

前几天，她断断续续地跟我爷爷说了三句话，第一句是"黑……夜……成人"。我爷爷攥着她的手，她的手在一点点变凉。这双手，"捞"了芝镇不知多少孩子，扳着指头，你数也数不清。这会儿，凉了。她浑身都凉了，硬了。

我爷爷没哭，若干年后，他让弗尼思告诉了我他的反思："我是她身上掉下的肉啊！我都忘了喝她奶的滋味了，我都忘了她抱我的滋味了，我都忘了她亲口喂我饭的滋味了；她给我擦屎接尿，给我缝缝补补。她走了，我抱着她，她活着的时候，我从来没抱过她，没给她擦过身子、洗过头、洗过脚（她怕让人见到她的小脚），也没给她端过屎尿，没给她剪过指甲。孙子啊，你身上也流着你老嬷嬷的血啊！咱们公冶家的人，都有愧啊。"

我问爷爷，我亲老嬷嬷为什么要说"黑夜成人"呢？

2.她想的方向，就是家的方向

爷爷对我说："你老嬷嬷为啥临终时说'黑夜成人'呢？她以前说过喜欢黑夜。她说，你看，小孩儿生下来，什么时候长啊，白天你眼瞅着，眼瞅着，瞅得眼珠子掉下来他也不长啊。他就那么长那么短，蹬歪蹬歪，皱皱巴巴。过一黑夜，也就长了，再有一黑夜，又长了，长得白白胖胖，人见人爱。先是头发一点点变黑，小腮一点点变红，还有小指甲一点点露出来，长牙了，一颗一颗钻出来。孩子都是囫囵着在黑夜长的。你留心就能看到，你粗心就看不到。我接生下一个娃儿，用手掂量掂量，过一夜，再掂量就觉得坠手。庄稼也是，你看坡里的麦子、玉米、花生秧、地瓜秧，菜园里的茄子、芫荽和豆角，树上的苹果和石榴、柿子，白天，你眼瞅着，不长啊，可是待一黑夜，你到地头上去，那玉米长了一拃高，还有韭菜、葱、蒜、大姜，都一样。有天夜里，我睡不着，我到咱家西岭上的玉米地头去，我蹲在地头上，嗅着土香（夜里的土味儿，最香）我就听到玉米在拔节，咯吧、咯吧、咯吧，那是玉米在长呢！像人累了伸懒腰，我蹲了大半夜，衣裳上都让露水打湿了。我怎么不长呢？我也长啊，我长皱纹了。当时我就想啊，孩子长，也该有声的，只是咱听不到，耳朵还不灵。咱的耳朵啊，不如狗灵。别小看了狗。也不如鸟灵，鸟比狗还灵，叶子一动，鸟的翅膀就动。还有呢？为啥喜欢黑夜？白天你要装，要穿着衣裳，要看人脸色，可是黑夜，你不用装了，你脱了衣裳，多余的都脱了，脱得一丝不挂，光溜溜的，赤条条的，像人生下来时候一样，什么也没有，干干净净的。你愿意做鬼脸就做鬼脸，你愿意笑就笑，愿意哭就哭，愿意闹就闹，愿意骂就骂，愿意放屁就放呗！要没有黑夜，我真能憋死，俺是山里人，气性大，事儿真来了，九头牛也拉不回来，犟脾气。我啊，最愿意在黑夜里，夏天到浯河里扑通扑通（洗澡），那时候，浯河水最清，洗完蹲在岸上，脚底下是细沙子，夏天晒得热乎乎的，那真是个舒坦。一个人来去无牵挂，听着浯河的水声哗啦哗啦响，还有青蛙的叫唤，跟着水声和蛙鸣，心会飘到很远。"

爷爷说我亲老嬷嬷经常念叨，让浯河水一路把她漂到沂水，跟着沂水，漂回老家。其实，我亲老嬷嬷到老也不知道，浯河是往北流，流到了大海，而沂水呢，是往南流，流到了淮河，从淮河入了大海。可是我亲老嬷嬷，就那样想。她怎么想都是对的，她不管方向，她想的方向，就是家的方向。她爱坐在门楼前痴想，有时低头瞅着脚尖，有时眼瞅着门前的树梢，但她听着的是浯河的水声和燕子的呢喃，燕子衔着浯河的泥沙在我们的房梁屋笆上垒窝呢。没事的雨天、雪天，她就那样痴呆地托着下巴坐着。

我那个孔老嬷嬷最看不惯亲老嬷嬷这个爱发呆的姿势，她跟我亲老嬷嬷不一样，她一直端着，整天板着个长脸，见人不爱搭话，大门不出，二门不迈的，规矩得像个家谱上的绣像。雨天里，她爱坐在太师椅上，有时拿一本线装书，随便地翻翻，有时对着墙上挂的字也哀叹，墙上挂的字是："开樽细说平生事，信手同翻集古书。"我爷爷就怕孔老嬷嬷拿着书，一让她看见，她会考他。

我亲老嬷嬷，刚进我们公冶家门时，不敢多言多语，可是等她有了我爷爷、有了我五爷爷和大老姑，慢慢地跟孔老嬷嬷就磨合得好了一点。孔老嬷嬷要说啥，她眼睛一挤，脖子一扭，撇撇嘴："夫人，俺就是个丫鬟身子！放俺一马吧。"顽皮地朝孔老嬷嬷一笑，孔老嬷嬷也就拿她没办法了，说一句"好你个'稳婆'"。

我读了《聊斋志异》才知道，稳婆，就是接生婆。比如《毛大福》中说："昔一稳婆出归，遇一狼阻道，牵衣若欲召之。乃从去，见雌狼方娩不下。妪为用力按捺，产下放归。明日，狼衔鹿肉置其家以报之。可知此事从来多有。"

孔老嬷嬷还有一样，看不惯我亲老嬷嬷的手。她说我亲老嬷嬷的手脏，过年摆供的祭器，什么烛台啊、酒杯啊，都不让我亲老嬷嬷碰，在孔老嬷嬷看来，她依然是个丫鬟，是个下人。孔老嬷嬷最不能容忍的是，我亲老嬷嬷的手为人接生，沾上了腥气，不干净。

我上中学时学过鲁迅的《祝福》，这是我特别喜欢的小说，里面有个情节，让我想起孔老嬷嬷和亲老嬷嬷。我试着背一背——

四叔家里最重大的事件是祭祀，祥林嫂先前最忙的时候也就是祭祀，这回她却清闲了。桌子放在堂中央，系上桌帏，她还记得照旧去分配酒杯和筷子。

"祥林嫂，你放着罢！我来摆。"四婶慌忙的说。

她讪讪的缩了手，又去取烛台。

"祥林嫂，你放着罢！我来拿。"四婶又慌忙的说。

她转了几个圆圈，终于没有事情做。只得疑惑的走开。她在这一天可做的事是不过坐在灶下烧火。

我亲老嬷嬷当时也如祥林嫂一样，在孔老嬷嬷眼里，是不干净的。

3. "母亲啊，我为你一哭！"

想起《祝福》，猛不丁想起了雷震老师，想起四十年前的那个沸沸扬扬的雪天。那年的雪真大，从头天夜里开始，雪团子一疙瘩一疙瘩地自天上往下扔，远处，往日黏土垒成的烟囱里冒着的黑烟，也变白了。下了晚自习，我们从教室到芝镇教堂跑，脸被雪拍着、剌着、炀饼子一样炀着，都看不清路。早晨醒来，扒开教堂窗户一看，院子里的雪都满了，大门被雪封住，推不开，夜里有几个同学害冷，对着厚厚的木头门缝撒尿，尿和雪把门口给冻住了。

头一节课是雷老师的，上课铃响过，还不见老师身影。我的语文卷子落到教堂了，想回去拿，拔腿往外跑，跟雷老师撞了个满怀。雷老师顶着一头雪花，我这一撞，把他的雪花撞掉了不少。

"同学们，兄弟我（雷老师刻意学习马寅初，也爱说"兄弟我"）来晚了，路上打滑，走不快。大家看看窗外的雪花，多么好，自由飞舞的雪花。"雷老师一边往讲台上走，一边让大家看窗外，一个银装素裹的世界。

他说："同学们，今天兄弟我领着学习鲁迅的小说《祝福》，这本来是学期末的课，但这篇小说的背景是冬天，而且是下雪天。今天这场雪帮忙，老天帮忙，帮忙兄弟我教你们。白乐天说，文章合为时而著，兄弟我要说，文章合为时而读。为文有时，读文亦有时也。咱把别的课先放一下，先学这一课。我看到雪已经停了，咱在雪地里上课。好不好？"

同学们都兴奋地站起来，嗷嗷叫着往雪地里跑。雷老师说："小点声，别让赵校长听见。"说完，又说："无所谓，他听见就听见。有啥大不了的！"看看天，雪没有停，不但没停，还越来越大，雷老师抬起头来，让雪落到嘴里："雪啊，你下吧，埋葬旧世界！还我洁白的空间。"掏出酒葫芦，喝了一口，让大家都来，每人一口，男同学有个别的不敢接酒葫芦，雷老师捣那小胆的一拳："男子汉！喝！"差点被击倒的那位，哆哆嗦嗦抱着酒葫芦，抿一口，在雪里跺着脚。女同学不敢往前凑，雷老师指着女同学："你，你，你，还有你！"脚下的雪被踩得咯吱咯吱响，大声喊："你们已不是祥林嫂了，你们解放了，过来，喝！大口喝！"女同学们喝了酒，腮红馥馥的，眼睛黑亮黑亮的，她们笑着、跳着、叫着，这个画面一直固定在我的记忆里，美啊，天然的美！

一会儿，一葫芦酒喝光了，"拿！公冶德鸿！在我办公桌最底下的抽屉里。"我去他办公室把酒拿来，他把酒瓶攥在手里，一边讲，一边喝。大家站在雪地里，身上头上都落着雪花。

"兄弟我大致讲一下鲁迅的写作背景。先分析开头第一句：

　　'旧历的年底毕竟最像年底。'这第一句，就定了整个小说的基调。一句话概括出了整个时代。"

　　雷先生还试着改了一下："有雪的年底毕竟最像年底。"说完，马上自我否定："鲁迅强调的是，旧历，批判的是旧东西的顽固性、负隅顽抗性、反动性、吃人本性。祥林嫂是千千万万的中国妇女典型啊，她是我们的亲娘，我们的祖母，我们曾祖母，我们高祖母啊，捐门槛啊，捐门槛啊！这不是吃人又是什么！鲁迅在诅咒，诅咒像鲁四老爷一样的恶人！他一生都在诅咒！现在，鲁四老爷这样的人还有没有？有，鲁四老爷真是跟愚公一样，有子存焉，子又生孙，孙又生子，子又有子，子又有孙，子子孙孙无穷匮也。鲁四老爷，我真想给他断了根，可断不了啊！这种人存在一天，祥林嫂就没有好日子过，就不开心！祥林嫂啊，母亲啊，我为你一哭！"雷老师突然跪在雪地里，号啕大哭，眼泪滴下来，那雪就被滴了一个个小窟窿。雷老师的脊背上落了雪，那雪在颤动。

　　我们跺着脚，雪越下越大，一个个成了雪人，雷老师也成了雪人。雪天里的一课，让我终生难忘。我的学习写作的种子，大概就是在那个雪天种下了。

　　雷老师哭完，对我说："公冶德鸿，知道吗？你爷爷公冶祥仁特别喜欢《祝福》，有时读着一些段落都能落泪，他还用毛笔抄了一遍送给了我。后来让几个熊孩子给烧了。"

　　雷老师说他亲耳听过我爷爷在浯河沙滩上背诵过《祝福》，那是在我爷爷骑着毛驴行医归来的一个仲夏月夜，爷爷喝了一点酒，那会儿我亲老嫲嫲早已过世。当他背到祥林嫂后来捐了门槛，觉得自己的身子干净了，又去摆祭台，依然被拒绝后，我爷爷眼里闪着泪光，继续往下背：

　　她像是受了炮烙似的缩手，脸色同时变作灰黑，也不再去取烛台，只是失神地站着。直到四叔上香的时候，教她走开，她才走开。这一回她的变化非常大，第二天，不但眼睛窈陷下去，连精神也更不济了。而且很胆怯，不独怕暗夜，怕黑暗，即使看见人，虽是自己的主人，也总是惴惴的，有如在白天出穴游行的小鼠，否则呆坐着，直是一个木偶人。

　　雷老师说我爷爷眼里的泪光，在浯河映着的月光里，像萤火虫。

4.黑夜见人也能见物

　　亲老嬷嬷跟祥林嫂不一样。她没去捐门槛，她没那么傻，照样笑着去接生，大有庄的妇人们都"笑佛""笑佛"地喊她，她抿着嘴，不答应，但心里宇阔。孔老嬷嬷的吩咐，她都听着，叫抹桌子抹桌子，抹得能照见脸面；叫扫天井扫天井，扫得不见一根草屑；叫拿尿盆就拿尿盆；叫上门闩就上门闩。不反驳，不争辩，就是低头做，满眼是活儿。但就一样不耽误，"捞"孩子——接生。她清楚，"捞"孩子那是人命关天的大事儿。亲老嬷嬷不怕黑夜，不但不怕黑夜，她还喜欢黑夜呢。

　　过年祭品，不是不让干吗？咱就不干。我亲老嬷嬷也乐得清闲。所以，在每年过年的时候，一家人上上下下地忙活，而唯有我亲老嬷嬷除了烧火，就是扫雪，或者闲着。她在大门楼边的青石板上托着腮，看着冻成冰的浯河。

黑夜成人，人是黑夜造的。芝镇大有庄的人哄孩子，异口同声，都说小孩子是早晨到浯河里用笊篱捞的。大人想要孩子了，就到芝镇大集上买个新柳条编的大笊篱，笊篱要编得密实，笊篱的把柄上拴块红绸子。第二天，天还不亮，老人溜达到浯河边，把笊篱伸到水里，使劲一抄，小孩子就蹲在笊篱里了。把"捞"上来的小孩子装到蜡条编的粪篮子里，背回家。

黑夜成人。黑夜大成。

弗尼思对我说："亲老嬷嬷的话，让我想到了曲阜孔庙的大成殿，黑夜成人，黑夜大成。孔子悟道，不是黑夜大成吗？"

"又多嘴！"半空里传来爷爷的斥责。爷爷脾气一向好，轻易不训人，是不是年纪大了脾气也大了？

爷爷顺着我的目光飞到了屋山边的枝头上，白胡子让树梢挂住了，他使劲拄了拄，把树梢拄成了一张弓，拄落了一地的雪。爷爷蜷缩着身子，与鸟并肩，爷爷身轻如燕。

"爷爷，爷爷，你在哪里？你在哪里？"猛然地，我一蹬腿，就惊醒了。躺在家乡的热炕头上，我清晰地听到了浯河的流水声。喜鹊在喳喳叫，一只两只，叫得满院子是暖洋洋的霞光。

一个金色的早晨。

爷爷长叹一口气："你老嬷嬷临终前，说的第二句话'黑……夜……见人。'黑夜见谁呢？你老嬷嬷说，你想见谁就见谁，躺在炕上，闭上眼睛，你想见的人就都来了，不管多远的都来了，就是死去的也都来了，都来跟你说话，都抢着说，好像憋了很久、等了很久了，你都插不上嘴。你不想见的人，让他滚开，他就滚开，滚得无影无踪。

　　"你老嬷嬷说，她最想见的是自己的亲娘，白天睁眼就忙乎，在灶下办饭、大扫除、喂孩子、洗衣裳、纳鞋垫、做鞋子，还要去接生。接生说来了急的，放下筷子碗就走，不敢耽误。晚上呢，累得散了架，可一躺到火炕上，一想娘，娘就来了，娘来得轻手轻脚，给捏胳膊捏腿，捏头捏鼻子捏耳朵，还给敲敲脊背，你老嬷嬷说娘会疼她，娘一疼她就浑身不疼了。

　　"你老嬷嬷说，黑夜不光能见人，还能见物。见到你老爷爷坐过的太师椅，抽烟的大烟袋，还有写字的砚台和放在炕几上的一摞摞线装书。这些物件，在黑夜里也能见到，一闭上眼就能看到。你老嬷嬷喜欢小动物，喜欢养小鸡、小鹅、小鸭，特别喜欢养兔子。在黑夜里，她就一个人默默地过电影一样数啊数啊，数着数着就睡着了。"

　　养小动物也是我孔老嬷嬷讨厌她的地方。可我亲老嬷嬷偷着在自己的小院里养。孔老嬷嬷只要闻到鸡粪味儿、兔子味儿，就踮着小脚大骂。

　　春天，赊来的小鸡，放在大圆圆笸箩里，小鸡毛茸茸的，张着黄黄的小嘴，发出叽叽叽细弱嘈杂的叫声。小雏鸡一边叫着，一边拼命往边上挤，煞是可爱。伸手触摸，非常柔软舒服。那是我亲老嬷嬷最开心的一霎霎。

　　每年春天，都会有人来大有庄赊小鸡。还没见到人，就能听到他们拉开嗓门就像唱歌一样喊："赊……小……鸡……来，赊……小……鸡……来。"赊小鸡的笸箩筐里满是刚孵化出的小鸡苗，走街串巷，把小鸡崽赊给家家户户，用本子记好账，到秋天的时候再来结账。为啥来赊账呢？一是春天里庄户人家钱紧巴，二是鸡雏分不出公母。到了秋后，家里收获了，也有钱了，那时公鸡母鸡已一目了然，通常母鸡的价格是公鸡的一倍。那个年代啊，生活条件虽然很穷，但社会风气非常好。人与人之间彼此不隔，没有人会欠商贩的一分钱。亲老嬷嬷愿意颠着小脚赊小鸡。

我们这小康之家不缺钱，我孔老嬷嬷听不得鸡雏的叽叽喳喳，闻不惯那鸡粪味儿。归根结底，她是看不起我亲老嬷嬷的这些做派，说她是苦命！穷命！贱命！薄命！

5.痴情的"月精"

我亲老嬷嬷最爱养兔子。她刚进公冶家门那会儿，养过两只小白兔，一公一母，用半人高的秫秸帐子拦着。她当时才十五岁，身份还是个买来的丫鬟，跟着长工去西岭，拔来曲曲芽、苦菜、莠草、婆婆丁等等，都填了兔子的肚子。我亲老嬷嬷就爱盯着兔子吃草，盯着兔子的眼睛。亲老嬷嬷说，看兔子吃草，人就长善心，就不生歪歪心眼儿。

亲老嬷嬷在天井里掏了一个养兔子的小井。她把兔子放在井里，天天去西岭拔草，成了她最快乐的事儿。每天早晨起来，她第一件事，就是掀开井，用手摸白兔的白毛，把指头伸过去，任由小白兔的红嘴舔着，舔着，舔着。

弗尼思对我说："兔子有'月精''月德''月视'之谓，有了它，亲老嬷嬷就好过那抱树无温的惊霜寒雀，好过那偎阑自热的吊月秋虫，好过那赤脚走在雪地里的饥肠辘辘的弃儿。她从兔子身上找到了寄托。瘦弱的她有了念想，有了牵挂，兔子的眼睛就是照着她往前奔的月光。"

有一天夜里，她正睡着，被一阵窸窸窣窣的声音惊醒。点上煤油灯一看，她吓出了一身冷汗，在影影绰绰的灯晕里，她看到炕前伸出了一只兔子头。兔子的几根长胡子挓挲着，两只小眼眨巴着。原来是兔子掏洞，白天黑夜不停地掏，竟然掏到了屋里。兔子的爪子真硬。就为这个事儿，第二天我亲老嬷嬷又跪了半天，挨了孔老嬷嬷一顿拐杖，孔老嬷嬷让把两只兔子炖了半锅青萝卜。亲老嬷嬷吓得不敢看。老温端给她半碗兔子肉，她哆嗦着用筷子叨了一块最小的，刚贴近嘴唇，就"啊"地呕吐不止。

孔老嬷嬷不让她养，亲老嬷嬷像丢了魂儿一样，在后院里转，深秋后院的落叶没了她的脚脖子。孔老嬷嬷轻易不到后院，这里成了我亲老嬷嬷的乐园。来年春天，我亲老嬷嬷偷偷地把兔子井掏在了后院的西北角，又养了一对小灰兔，她把小井给用砖头砌起来，这样兔子就扒不动了。孔老嬷嬷从亲老嬷嬷脸上的笑模样里，又知道了养兔子的事儿，多亏那天孔老嬷嬷心情好，只骂了一句："小死畜类，你养就养吧！可别把兔子屎给踩到门厅里。"亲老嬷嬷应着，抱起兔子亲了一口。

亲老嬷嬷曾经给我爷爷说过一个故事，爷爷那时也就八九岁，似懂非懂。弗尼思在我跟前，我就不用借爷爷的口，直接请亲老嬷嬷说吧——

"有一天，我看到公兔耳朵耷拉着，缩在帐子里。我傻啊，不知道啊，那兔子吃了半块地蛋和几块地蛋秧子。地蛋已经长出芽儿来，地蛋长芽儿有毒。兔子中毒，这可咋办？觅汉老温说，给兔子灌盅酒消消毒。灌上一盅，那兔子欢气了一天，可第二天，竟然连眼也不睁，死了。老温把硬邦邦的兔子放在磨盘上，开始磨刀，磨下的锈，染红了磨刀石，刀子磨得发亮了。他喊我找出一根麻绳，拴牢兔子的一根后腿，把兔子吊在磨盘边的小杏树杈上。我看到，兔子好像从树顶上爬下来，头朝下。老温先用刀尖儿挑开兔子后腿的关节边上的皮，刀刃儿触到了兔子的骨头，砰地响了一下。

"他沿着兔子的大腿内侧，通过腔沟，一刀划开，将四周毛皮向外剥开翻转，我捂着眼，从指头缝里看到老温像褪裤子似的，往下褪兔子皮，兔子皮往下卷着，卷到前爪，前爪也就这样褪下来。老温点着烟袋，吮吸了几口，又用刀子把兔子眼睛和嘴唇周围的皮儿一点点地剥着。整张兔子皮剥下来，毫发无损。没皮的兔子搁在磨盘上，白牙呲着，眼睛瞪着，俺不敢看，但又忍不住好奇地瞅两眼。兔子皮剥得很完整，摊在地上，血丝在兔皮那儿挂着。老温的大巴掌举起来，一下子就糊在了屋墙上。风一吹，兔子毛还动呢。公兔死了，天井里就剩一只母兔了，小井也不用了，母兔在天井里跳来跳去。有一天，我出来吃饭，我看到，母兔两脚跳到贴着兔子皮的屋檐下，母兔屁股贴地，盯着墙上的兔子皮，母兔一直瞅着，不错眼珠地瞅，胡须挓挲着，嘴巴在蠕动。老温看到了，用一根秫秸，把母兔赶走。

"赶走了一会儿，母兔又蹦蹦跶跶来到屋檐下，瞅着墙上，胡须挓挲着。有一日，天快下雨了，老温领着我到西岭去抢拾地瓜干，地瓜干已经晒了两天，都干了。我们刚刚把地瓜干拾完，装到麻袋包里，雨就哗哗地下来了。顶着苇笠、披着蓑衣进了家门，我一下子惊呆了：母兔蹲坐在屋檐下，仰头瞅着墙上，一动不动。雨裹着风来回地扇着，墙上的兔子皮被风掀开了一角，呼哒呼哒地拍着白墙，白墙上有了一道一道雨。母兔一动不动，挓挲着的胡须上挂着雨珠子，俺看到母兔的血红的眼，血红的眼里灌满了雨水，兔子毛让雨淋得贴着身子。我把母兔抱在怀里。可是母兔不吃不喝，半闭着眼，睁开的时候，瞥了一眼墙上。我摸上去，母兔浑身发烫。几天后，母兔也死了。老温又剥了母兔的皮，两张兔子皮并排着，贴在墙上，像墙上的两个窟窿。我都不敢抬头看……"

6.金色的早晨，我看见爷爷老泪纵横

从那以后，亲老嬷嬷再也不养兔子了。但晚年，她不止一次地说，黑夜里，她看到了她养的两只兔子，两只兔子又生了一群小白兔，天井里全是小白兔，像铺了一层雪，她都无处下脚，小白兔围拢着她。

讲完那个兔子故事，亲老嬷嬷总要唠叨几句："唉，兔子也想兔子，物想物？东西想东西？桌子想不想桌子？棉花棵挨着棉花棵，秋后了，摘下棉桃，棉桃想不想棉桃？两垄地瓜挨着，刨出来，地瓜想不想地瓜？我想兔子，兔子想不想我？种地瓜种棒槌的那块地，想不想地瓜、想不想棒槌？那秋后的空地想不想庄稼？想啊，都在黑夜里想。"

我亲老嬷嬷说，黑夜好，黑夜是口深井，看不到底，黑夜有梦。她梦着自己结婚下大雪，绣花鞋踩到雪窝里，湿了袜子。

她梦着自己的花轿被雪埋了，扒拉开那雪里竟然开着一树红梅；她梦着孙子、重孙子中状元；她梦着满浯河的鱼，鱼有方的、圆的、长的、短的、四棱子的，红的、绿的、黄的、黑的、紫的；她梦着杏树、梨树都开花，花开得都碗口大，各种颜色都有；她梦着自己会飞，飞到云彩上头，飞到天宫。她说她就爱做梦。可也有遗憾，她说她从来没梦到我老爷爷公冶繁鬻，她一直纳闷。打过她的人，比如我六爷爷公冶祥敬，用拐杖敲过她的脊梁，扇过她的耳光，她都梦到了，我老爷爷从来没打过她呀。可她没梦到。她也没梦到卖了她的爹。打她的人，不光是六爷爷，那么多的恶人，在梦里打着她的脸，扭着她的耳朵，她说再打也不疼，她也就不躲。到了晚年，在炕上，她梦着梦着就笑了，嘿嘿嘿，那笑焦脆清亮。我爷爷说："我赶忙晃醒她。她着急了，说，刚戴上凤冠哪，你这孩子，不看眼色……"

枝头的鸟儿在叫，不停地鸣叫。鸟叫好似风快的刀子，把天切割得七零八落，鸟叫引来了云彩，羊群一样蚰蜒着。

"爷爷，爷爷，听说，你年轻的时候也赌过。"我小声问。

"胡说，你听谁瞎扯的？！"爷爷显然发怒了，胡子都气得翘起来。

"爷爷你脸红了，爷爷你是咋了？爷爷你敢说实话吗？弗尼思都告诉我了。"

在金色的早晨，我看见爷爷脸上的皱纹拧着，都拧出水来了，再一看，不是拧的，是他眼里渗出的老泪。爷爷说——

"孙子啊，你爷爷我没说实话，你爷爷我年轻时赌过，赌得昏天黑地，赌得烂乎乎黏糊糊脏乎乎！你爷爷差点没成人。你老嬷嬷临终说的最后那句话，就是说给我的，她说：'黑……夜……误人。'也可能是'黑……夜……恶（wù）人''黑……夜……无人'。她走后，我琢磨最多的就是这句话，这句剜心的话。

"怕见人的事，都是夜里干的，黑夜遮丑、遮羞，赌博就是。你老嬷嬷一辈子最恨的就是赌博，她就是因为她爹赌博而卖到咱们家的，可是，我又染上了赌。"

我老爷爷开着药铺子，开着酒坊、油坊，家里有地，芝镇钱庄里有钱，有仓囤。老爷爷几乎天天骑着毛驴出诊，也没大有工夫管我爷爷。

爷爷最早赌博是在浯河上游河心的小岛上，那是一个小土岛，上面长着苇子。爷爷跟几个烂人就把苇子踩断，踩实落了，在上面赌。后来到西岭的瓜棚里，一边啃着瓜，一边赌，再后来到烤烟的烟屋子里。亲老嬷嬷一开始就找觅汉老温找，自己也找，找到好言好语劝回家。

爷爷说："你亲老嬷嬷关上门，让我跪下，我脖颈子硬，腿更硬，就是不跪。从小老人家就教我，孔老嬷嬷才是我的亲娘，而你景老嬷嬷只是个妈。我想我永远是主子，她永远是下人，所有人都叫她妈，她和觅汉老温是一样的，少不更事的我梗着脖子，瞅着屋笆。

"你亲老嬷嬷哭了，说一声：'大少爷啊！'拍着炕沿，用针锥扎自己的手心，扎出了血。血流了满手，从手心开始洇满了手掌，滴答到地上。她猛地抱住我，又用流血的手，再扎我的手，一边扎，一边哭，一边哭，一边扎。她关着门，谁敲也不开。我的手扎了几个窟窿，都不能拿东西，你老嬷嬷的手和我一样，可她照样干活，连腌咸菜的活儿都干，伤着的手，摸着盐块子是啥滋味，她疼得龇牙咧嘴。德鸿哪，想起来，我现在还难受啊！

"有一个月夜，我躺在炕上睡不着，晚上做饭煮地瓜，炕头烧得真热，身子在席子上滚来滚去，竟然出汗了，从窗户里照过来的月光真亮啊。爬起来，到天井里，天井还是热，一气跑到了西岭，不赌博了，是去偷瓜，喊着被窝里的你的二爷爷、五爷爷、七爷爷一块，大家嘻嘻哈哈地跑着，刚抱住一个西瓜，就有人撵上来，那人拿着一根钢叉，那钢叉闪着光，直接朝着我的脸扎过来，快要扎到我的脸了，我的腮都碰到钢叉的尖儿了，突然天就下起了雨。'下雨了，下雨了。'我使劲喊。雨滴滴到脸上，一滴一滴，我一下子就醒了，原来是一个梦。"

躺在炕上从梦里回来的我爷爷看到我亲老嬷嬷跪在炕前，趴在他的脸上，哪里是雨，那是她的泪，温乎乎的泪。

我爷爷装睡，使劲闭着眼。

7."我们夏家当年也阔气过啊！"

爷爷说着自己的糗事儿，羞羞答答，吞吞吐吐，不好意思，有时避重就轻，有时王顾左右而言他。也难怪，面对晚辈，抖搂过往，心里总有个坎儿。还是我替他说吧。

我爷爷的手好了还是赌，还是赌，一天不去赌，浑身痒痒，坐不住，仿佛腚上长了个尖儿；黑夜在炕上躺不住，仿佛那炕上铺满了蒺藜。为赌博，老爷爷公冶繁翥在公冶家族祠堂里，把爷爷扒光了捆起来跪着打、吊着打，打得他七天七夜才爬起来。爷爷面对列祖列宗，也做了洗手保证。

好了伤疤，出门去，碰上过去的赌友，赌友缠着不让走，就又勾搭上了。爷爷管不住自己，那会儿他一点也管不住。他的心被赌魔控制了。又真想把手剁了去，可几次到灶间拿起刀来，又怜惜了自己的手。他很着急呀，踹开门，一头扎进浯河边的龙湾里，在淤泥里憋着，憋死算了，一了百了。正是三伏时节，龙湾里正沤着肥，荆条、棉槐条子用铡刀铡了，还没沤烂，戳着我爷爷的腮，臭烘烘的黑湾泥糊着他的眼睛鼻子和嘴巴，他使劲憋着，让自己戒赌的决心使劲往皮肉里渗透。一个人在龙湾里泡了一天。

可等爷爷像得了鸡瘟的公鸡一样低头耷拉甲地爬上岸，他的赌友又等他多时了。

我爷爷说，赌瘾上来，无法形容，类似蚂蚁、虮子钻到骨头缝里，綦痒难耐。晚年，老人家读《聊斋志异》，里面有篇《王子安》，说到困于场屋的秀才落榜，心灰意败，发誓不再做"且夫""尝谓"的酸腐文字，蒲松龄的"异史氏曰"，道出了我爷爷当年的戒赌感受："无何，日渐远，气渐平，技又渐痒，虽似破卵之鸠，只得衔木营巢，从新另抱矣。"

从浯河小岛到芝镇教堂赌博，是鬼名字叫"驴大腿"的芝镇浪人引荐的。这"驴大腿"的本名叫夏崇，在芝镇最显眼的是光头，下巴上有一撮胡，这撮胡上，时常挂着饭粒。别人都笑话他，我爷爷见了都把那干饭粒给他薅下来。夏崇的爷爷在芝镇开烧锅多年，积攒了万亩家产，是芝镇大户。

赌输了，夏峃憋得无聊，爱跟我爷爷显摆。用什么炫耀呢？用《西游记》。夏峃这样夸口："我爷爷跟我讲《西游记》，讲到孙悟空在佛祖手中撒猴尿的故事。我就问，哪有这等事，你瞎编的。爷爷说，明天你出门一直往南，你撒尿一定撒在老夏家的地里。我不信，老夏家有这么多地？我当年十四岁，说咱赌一赌。爷爷说，那就赌烟袋锅里的烟袋油子，要是你输了，你就让你爹把这烟袋油子吃了，要是我输了，我就吃了。我早晨出门一路往南跑，跑到中午了，憋着尿，还是不撒，实在憋不住了，就尿在了路边一块白石上，那块白石蒙了些灰尘，让夏峃的尿一呲，把字儿呲出来了，石头上写着'夏氏'二字，这是夏家的至石呀。我们夏家当年也阔气过啊！"

当时头上还有毛的小夏峃回来如实相告，他爷爷说："那你让你爹吃烟袋油子吧。"他爷爷恨他爹抽大烟，故意让孙子惩治儿子。夏峃去找他爹，他爹在炕上正抽完大烟眯眼享受呢。他把从爷爷烟袋锅里抠出的黑烟袋油子涂在手指上，爬上炕，照准爸爸的嘴巴就抹了进去。他爹"啊啊"呕吐，拿起笤帚就打。

弗尼思对我说："烟袋油子有剧毒，你忘了，生产队联产承包那年春天，你在西岭跟着生产队的人翻地瓜蔓子，你大爷公冶令枢把烟袋油子抹到马蛇子嘴里，那马蛇子立马昏过去了。他让你挖一棵苦菜子根，把根掰断，有白汁淌出，滴到马蛇子嘴里，那马蛇子就又活了。你大爷说，吃烟的人，多吃点苦菜子好。"

弗尼思这一说，我记起来了好多关于马蛇子的事儿。

窗外，夏峃的爷爷咳嗽一声，把一把干苦菜根从窗户外扔进去，长叹一声："快把苦菜子根嚼一嚼咽下去，再喝口酒送送。"

他转身捂嘴笑着对孙子夏崀说："我不是佛祖啊！孙子你也不是孙悟空，可是你干啥都行，就是不能抽，不能赌。"

夏家在芝镇大湾崖边上，曾经有四进院落，光觅汉就常年雇着十几个，还有办饭的、护院的。可是夏崀的爷爷还没死，夏崀的爹抽得已经是倾家荡产。

而夏崀呢，头上大把大把掉毛的那年，成了赌徒。

8. "那几句话啊，比锥子还尖还锐"

驴大腿的名字也跟教堂有关。教堂里有几个外国女子，她们偶尔到芝镇大集上逛，出门穿着裙子，风一吹，露出了白大腿。这夏崀爱在教堂边上溜达，磨蹭着看外国女子露大腿，有时喝多了酒，口无遮拦地品评露大腿的外国妞儿真好看，真好看，露大腿。有人就给他起名字"偷看露大腿"，喊着喊着成了"露大腿"，他不应，还一边骂着一边追打人家。露大腿的诱惑，一点不减，他依旧在教堂边上溜达。后来，不知怎么"露大腿"成了"驴大腿"，有人叫他"驴大腿"，他更不应了。可是久而久之，习惯了，再喊他，他也就稀里糊涂答应。有时他馋酒了，有人就喊，"驴大腿，整两盅。"驴大腿半推半就答应着："好啊。好啊！有酒喝，你叫我马大腿、猪大腿、狗大腿、狼大腿，都中。"后面就全是醉话、胡话了。

这驴大腿有天大摇大摆地来到大有庄，转了一圈，到了我们公冶家的门楼前，点着脚尖儿喊我爷爷："公冶祥仁！公冶祥仁！"

那天是老温给开的大门，老温死烦这驴大腿。开门后，老温说少爷不在家。驴大腿就在浯河边上蹲着。

那天我爷爷闲着没事，私塾先生病了，自己坐不住，出来到东坡去看庄稼。老温说："少爷你别出去，我去吧。"老温把我爷爷窝在家里三天。那驴大腿呢，在浯河边上溜达了三天。

第四天，驴大腿把一个纸包的石头蛋儿扔进了我们家的天井，那石头蛋儿正巧砸在东厢房的咸菜瓮上，把瓮上的一个倒扣着的水瓢砸了一个眼儿。孔老嬷嬷出来晒被子，她捡着了。她把石头蛋儿握在手里，看着那纸片上写着"教堂"二字，以为是土匪绑了票，吓得赶紧去找了我老爷爷公冶繁矗。我老爷爷也觉得奇怪，问了上上下下的人，都没事儿，又琢磨了半天，后来琢磨出来，说可能是教堂发展教徒，不用理他。

过了半月，我爷爷在芝镇赶集的大街上，见到了驴大腿，那驴大腿问我爷爷，收没收到那纸蛋儿。我爷爷说没啊。他说："你看你看，你要早来，你就赢了几把了。"

那驴大腿轻车熟路领着，我爷爷懵懵懂懂进了芝镇教堂。教堂门口一棵梧桐树，叶子很大。爷爷感觉好像到了另一个世界，墙上画的，台上摆的，还有音乐声，都看着听着那么新鲜。驴大腿七拐八拐，把我爷爷领进了一个走廊，顺着走廊往里走，又拐进一个角落，就在那里，有几个熟悉的赌友在吞云吐雾呢。

我爷爷后来才知道，他在芝镇德国教堂赌博的那天晚上，孔老嬷嬷的几句话，戳疼了我亲老嬷嬷，那句话戳到我亲老嬷嬷的心口窝了，戳到了她最难受的地方。那句话是："孩子赌博，都是随你爹。你爹赌博，你爹赌了个倾家荡产，现在传到这里了！孽种！你还要把俺公冶家赌个家破人亡啊！孽种！不学好的孽

种！你们老景家门风不正！龙生龙，凤生凤，耗子的儿子偷油又
掏个大窟窿！"我亲老嬷嬷一听泪就唰地下来了，不吃不喝，在
屋里哭肿了眼。

可我爷爷那时候不知道，直到孔老嬷嬷去世后，冬天下雪的
晚上，爷爷陪着亲老嬷嬷在炕头上说闲话，亲老嬷嬷很少谈孔老嬷
嬷，可有一天，爷爷让她喝一盅酒，亲老嬷嬷微醺，年纪大了，扛
不住芝酒了，就突然冒出了那么几句。她说："你娘那几句话啊，
比锥子还尖还锐。你赌，把俺爹也糟蹋上了。俺不孝顺啊！"

爷爷低着头，亲老嬷嬷说这话的时候，爷爷的娘——孔老嬷
嬷已过世十多年。

亲老嬷嬷说："人都死了，死者为大，不说她了。"

爷爷那天在教堂里又赌输了。驴大腿说："没事，你到北屋
里去祷告一下，北屋是教堂的正堂，那里有圣母玛利亚像，你去
许个愿，很灵的。"他领着我爷爷来到一个画像前，一个母亲模
样的人，抱着一个小孩，小孩还挓挲着两手，下面是几朵云彩。

看着那抱孩子的母亲，爷爷脑海里一下就出现了我亲老嬷
嬷的样子，那双眼睛像亲老嬷嬷一样直瞅着他。驴大腿说，那就
是圣母，跪下磕头许愿，我爷爷就跪下磕头，许愿自己手气好起
来，赢一大堆钱。

可是，磕完头，腰里还是没有钱可押啊，驴大腿担保爷爷向
赌场上放包人借债。

爷爷抹去腮边的老泪，对我坦白："孙子啊，你不赌不知
道，一旦跟放包人打上了交道，就黏上了，怎么脱也脱不下来，
就像文了身，你怎么洗也洗不掉了。放包人专放高利贷，有的叫

'八撞十'，也就是说，你借十块钱，放包人只给你八块，另两块作为利息先行扣下，但在还债时，还十块是分文不能短少的，并且限定一天内归还。隔日还款，即加利息半成至一成。借了款再赌，又一次输了，那就雪上加霜。还有的叫'七撞十''六撞十'，你爷爷我就撞上这个了，撞得头破血流。"

我爷爷昏昏沉沉地赌了一天一夜，赌输了，想回家趁老爷爷不在，偷地契押上。我爷爷记得那地契就在堂屋后窗户上的龛子里，用一块黄布包着。

9.“我怎么活得人不人鬼不鬼的呢”

见不得人的事，不能干，干那样的事儿心虚。不光手心出汗，脑门儿出汗，耳朵眼儿也感觉让汗水泡汪囊了，恍恍惚惚。我爷爷蹑手蹑脚地来到天井里，看到觅汉老温在屋檐底下弓着腰掏阳沟。那天是正月十四，他说掏完阳沟就得挂灯笼了。灯笼年前就已经扎好，是九个，堆放在大门过道底下，都是我老爷爷吩咐的。

夕阳的余晖照着我那个傅氏嫲嫲甜甜的脸庞，我爷爷看了她一眼，嘴里想说句什么，却又改了主意。傅氏嫲嫲过门已经一年，走路轻手轻脚，说话柔声细气。她对我爷爷过于溺爱，我爷爷出去赌，她也不管不问，更不闹。他成黑夜价赌，不回来，她就点着灯等着，不睡觉，盘腿在炕上做针线，我爷爷几点回来，她就几点下厨给爷爷打荷包蛋，不多言，不多语。我亲老嫲嫲很喜欢她，喜欢她的甜，但不喜欢她的柔弱，悄悄地教着她管束我爷爷。她答应着，可见了我爷爷，目光一对，她就没话了，低眉顺眼。每次都是这样，为了等我爷爷，常常到天亮，她屋里的灯就一直亮着。

傅氏嬷嬷怀孕了，她让爷爷看看炕上的小孩帽子，是个虎头帽，我爷爷心不在焉地说很好看。其实，爷爷看到啥都碍眼，看到啥都堵得慌。他一门心思是赌啊，人已经不正常了，脑子歪了斜了，不挺天（方言，没精神）了。

我爷爷这贼还没做呢，心就砰砰乱跳，好像快要跳出来了。他从来没偷过东西，小时候跟着觅汉偷过瓜，摸过枣，那都是闹着玩儿的，可这是偷地契啊。这地契可是老爷爷的命根子，谁也不敢乱动。老爷爷喝酒喝高兴了，爱拿下地契来自己摩挲一会儿。这是他一辈子的家业，赚了钱就置地，有地契在手里攥着，睡觉踏实。

我爷爷扶着炕沿觉得炕沿在动，扶着炕席觉得炕席在动，扶着锅台觉得锅台在动，扶着哪里哪里都晃。花狸猫在被窝里卷着突然冒出来，又吓出了他一身冷汗。他后悔赌博，后悔黏上了放包人，可是，没办法，后悔晚矣！天黑以前，必须把地契送到，要不利滚利，越滚越大。驴大腿担保完，也拉下脸来，六亲不认地说："公冶祥仁，丑话说在前头啊，越快越好。"我爷爷越想越害怕。他像一只已吐完丝的蚕茧，慢慢地将自身裹住成了蛹，失去了自由。

胡乱扒拉了几口饭，我爷爷像猫一样蜷缩在炕上迷糊着，说睡没睡着，亲老嬷嬷进来了一次，问傅氏嬷嬷大少爷今日是怎么了。摸了摸我爷爷的头，说不发烧啊，没事吧。我爷爷说没事。

我那个傅氏嫲嫲在炕上做针线，一声儿也不出，我爷爷倒是希望她出个声儿。

这当儿，门扇不知被什么抓着，吱嘎吱嘎响。是谁？我爷爷出去开门，原来是黑狗在扒门，我爷爷踢了狗一脚，那狗拖着尾巴溜了。他又躺到炕上，忽又听到门扇吱嘎吱嘎响，他就喊："出去，狗！"谁料，是我六爷爷公冶祥敬，他也没恼，手里捧着几个小橘子。他说："大哥，这可不是一般的橘子，这叫血橙。"

六爷爷年前去重庆进草药，捎回来的，年后才运到，让爷爷尝个新鲜。我爷爷头一次吃血橙，那血橙剥开，还真有血丝一样的果肉呢，很甜，一包水，口感很好。但看到橙子的颜色，我爷爷想到包地契的那块布，那块布就跟橙子肉一样的颜色。爷爷盼着六爷爷快快走，可六爷爷那天还来了兴致，说开了没完，一直到了日头偏西，才出溜下炕回去。那会儿一大家人没分家，上上下下一起忙元宵节，正是热闹的节骨眼儿上。

我爷爷终于等到了一个机会，一大家子人在门外挂灯笼、搭戏台，大门楼子下站了公冶家的好多人。我爷爷推说头疼，躲在炕上乱翻那本快要翻烂了的医书《洞天奥旨》，脑子里一遍一遍默念着方剂歌诀："开郁散用归全蝎，柴芍术苓甘草借；香附郁金葵芥子，疏肝解郁且散结。"其他的，却怎么也装不进脑子里。

等着人都出去了，又罩起耳朵听了听，没有动静了，我爷爷才下了炕。

"孙子啊，这是你爷爷我一辈子都忘不了的事儿。直到现在想起来就脸红啊。我怎么活得人不人鬼不鬼的呢。"

我说："爷爷，别激动。你听我说。"

我爷爷穿过天井，哪个门我爷爷都得瞅两眼，大门、二门、半门，就怕从门里转出个人来。来到了堂屋，一只猫趴在地上眯眼正打盹，我爷爷一慌张，踩着了猫尾巴，猫大叫着蹿出门，爷爷吓得后脊梁骨发麻。

后窗户顶上有赶场的蜡干那么高，窗下有个楸木饭橱，上面摆着筷子、碟子、碗，我爷爷一股脑儿把这些东西塞到饭橱里。到厢房里搬回一把方杌子，踩上去，从后窗户那里摸出橘红色的包，包上落了一层灰，我爷爷一扑打，扑打了自己满头满脸。他左脚刚点到方杌子上，就听到我孔老嬷嬷劈头大喊：

"你这是要咋？要偷？"

10. "你给咱老祖宗丢脸啊！"

我爷爷两腿的骨头没了，一只脚踩到了方杌子的一角，那把杌子面一歪，他脑子想着用力支撑，可是腿不听使唤，使不上劲，哗啦就仰着倒了下来，屁股砸在树墩上，树墩上有个笤帚疙瘩，正硌着他的腚。

我爷爷平时就怕孔老嬷嬷，见了她，就像耗子见了猫。孔老嬷嬷背对着我爷爷喊人，我爷爷看到她的肩膀一耸一耸的，她脑后高高的发髻和左右插的钗簪也颤动着。过了多少年，我爷爷一直记得孔老嬷嬷生气的那个背影。我爷爷当时吓得有点迷糊，找不着自己的手脚了。从椅子上跌下来，两眼冒着火星子。我爷爷颤颤巍巍爬起来，叫孔老嬷嬷一声："娘！我不敢了。"

泪就骨碌骨碌往下滚。

老爷爷公冶繁翥冲进屋，听孔老嬷嬷一阵唠叨，他夺过一根扁担照着我爷爷的头就砍，我爷爷一偏头，躲过去了，又是一抡，没躲过，我爷爷头一下子蒙了。等扁担再下来的时候，我二爷爷用肩膀挡住了。我二爷爷、三爷爷、四爷爷、五爷爷、六爷爷、七爷爷，都跪在堂屋里，为我爷爷求情。我爷爷又听到了孔老嬷嬷对我老爷爷说的话："孽种！好赌的孽种！随老的随出神来，狗改不了吃屎的东西。"

我爷爷低着头，任由老爷爷用扁担抽打，使劲捂着头。这当儿，就听到天井里嘭的一声响，一声闷响，有人就喊："快快，可了不得了，是妈，是妈，是妈。"我爷爷一愣，妈咋了？

老爷爷收了扁担，拄着往门外看，大家都跑到天井里，我爷爷忍住疼抬头，从一堆人的腿缝里往外看，看不清东西，只看到大家围着一个人，我老爷爷说："掐人中，快掐人中！"

我爷爷不敢动，只听到我五爷爷哭着喊："妈呀，妈呀，你醒醒，你醒醒啊！"

亲老嬷嬷急火火地往堂屋里冲，快到门口了，突然一转身，一头撞到了水缸上。

一家人急着抢救我那血鼻子血脸的亲老嬷嬷。

我爷爷跪在地上不敢动，就看到一条腿一条腿在他周围晃过来晃过去。

觅汉老温请示我老爷爷，正月十五的花灯还放不放。我老爷爷喘着粗气，烟袋颠在手里，打着哆嗦，还没说话，孔老嬷嬷

大声说："放，放，放多一点，冲冲晦气！"我老爷爷说："那
就……放……吧！"

晚上，听着天井里的鞭炮声，看着天上放着的花，我爷爷五
味杂陈。他听到了孔老嬷嬷的笑声，那笑声刺扎着他的心。

我亲老嬷嬷昏迷三天，躺在炕上汤水不进，头肿得跟个大南
瓜似的，脸色蜡黄。老爷爷翻翻她的眼皮，摇摇头，说准备后事
吧，买一口薄木棺材。我爷爷跪在炕上，跪在亲老嬷嬷脸前。我
嬷嬷傅氏也跪在我爷爷身后，大声喊着妈，一直喊到后半夜，还
是没有醒来，棺材都买来了，柞木的，放在天井里。

天快亮了，豆油灯的灯花也小了，豆油快熬尽了，我爷爷想
着老嬷嬷，泪流满面，她就跟豆油灯一样，油尽灯枯。爷爷大声
喊："妈啊，妈啊，我再不赌了，我再也不赌了。"

刚喊完，就看到我亲老嬷嬷的眼皮动了一下，我爷爷再看一
眼，再喊，她的眼皮又动了一下，嘴唇也动了。我的傅氏嬷嬷用
匙子给亲老嬷嬷喂了一口鸡汤。鸡汤咽下去了。

后来我亲老嬷嬷说，是我爷爷说"再也不赌了"那句保证的
话，把她唤回来了。要没有那句话，就被貌姑爷收走了，貌姑爷
已经牵着她的手办好手续，走到大门口，快要跨过阴阳界了。我
爷爷那一句"我再也不赌了"，让我亲老嬷嬷又还了阳。亲老嬷
嬷好长时间不提貌姑爷了，这次重提，她说："貌姑爷忘不了咱
娘俩。"

第四天，我亲老嬷嬷缠着绷带，摸着我爷爷的脸说："俺是
死过一回的人了，你要赌就赌吧。俺也管不了你了。"

一直跪着的爷爷低着头抹眼泪，一声不吭。亲老嬷嬷说：

"起来吧，咱上老爷那里去。"

爷爷垂头来到了堂屋，我老爷爷和孔老嬷嬷正在吃着血橙，孔老嬷嬷一边说血橙好吃，一边夸着六爷爷会办事，也孝顺。

看着我爷爷和亲老嬷嬷来了，孔老嬷嬷使劲剜了我爷爷一眼，把血橙的皮恨恨地扔到盘子里，她鬓边的两根银簪一闪，那束光就收了。

我亲老嬷嬷领着我爷爷跪下。

我老爷爷皱着眉头，长长地叹了口气，说："咱公冶家从来没出过你这样的混账东西！给咱老祖宗丢脸啊！"长烟袋锅子敲着我爷爷的头，又说：

"赌博是第一大祸害，败家一眨眼的工夫啊！为赌博，有多少人跟着受罪啊！安徽有一个姓陈的人，家里富得流油。但此人嗜赌，几年之间即将田地房产变卖殆尽。妻子屡劝不听，绝望之余，竟上吊而死。死前留下谏夫诗，我记得其中的两首，一云：是谁设此迷魂阵，笼络良人暮作朝？身倦囊空归卧后，枕边犹听梦呼幺。其二云：焚香宝鼎祝苍天，点佑良人性早迁。菽水奉亲书教子，妾归泉下也安然。

"妻子的死并没有使那浪荡子脑子开窍，他反而狂赌不止。后来这浪荡子沦为乞丐，冻死在街头。孩儿啊，知道错了就好。你那赌债吞了我十三亩地啊，十三亩！"

我爷爷和亲老嬷嬷面前有一个树墩子，榆木的，那棵老榆树原来在猪圈后面，孔老嬷嬷有一年夜里起来小解，那是一个中秋夜，月亮转到老榆树的树杈那里了，孔老嬷嬷说她抬起头看到榆树杈上坐了个白胡子老头在朝她招手，她吓得找不到腿了，让用人架着到了厢房，发烧不退，有一个月不止。请蒉姑爷来看，孔老嬷嬷语无伦次地说完，蒉姑爷说这棵老榆树成精了，得杀。我老爷爷原是不信的，经不住撺掇，就在一个下半晌，找木匠来把榆树锯了。这棵榆树是亲老嬷嬷从蒙县卖到我们公冶家那年她栽的。每年春天，老榆树上结满了榆钱，亲老嬷嬷就叫老温上树摘榆钱，摘满一篮子，取下来到浯河里淘干净，掺上豆面或者地瓜面蒸着吃，那棵老榆树上结的榆钱格外甜。年年春天吃榆钱。孔老嬷嬷也爱吃，可说杀就杀了。剩下一个脸盆大的树墩，成了我亲老嬷嬷的专座。那树墩周围是榆树皮，疙疙瘩瘩，不好看，孔老嬷嬷几次对我亲老嬷嬷说，赶紧找个人把那老树皮剥了去，可我亲老嬷嬷笑着说，不碍事，不碍眼，一直留着。每次坐在那树墩上，我亲老嬷嬷爱先摸摸那老树皮。

我嬷嬷傅氏挨着孔老嬷嬷坐着一个方杌子，我亲老嬷嬷的地位呀，还不如我傅氏嬷嬷呢。我傅氏嬷嬷是明媒正娶嫁给了我爷爷。而亲老嬷嬷啊，没有这个地位，她就是个下人。你看她们的头饰都不一样，亲老嬷嬷是偏髻，傅氏嬷嬷是正髻。不过，我傅氏嬷嬷面对我亲老嬷嬷从来都是坐着方杌子的一角，身子前倾。

我亲老嬷嬷跪完起来，这会儿没坐树墩子，就那么站着，咬着嘴唇，一句话不说，站了一会儿，我老爷爷问她："这是咋了，动这么大的气？"她转身扭动着小脚小跑着进了灶间，举着一把菜刀过来，吓得孔老嬷嬷钻到我老爷爷的怀里。老爷爷就喊："你疯了，你疯了，还不快把刀放下？！"

亲老嬷嬷右手举着刀，照着栀子花的瓷花盆上一抹，把左手放在平时自己坐的树墩上，一刀下去，小拇指咔嚓切掉了一节，举着刀，她大声喊我爷爷过来，我爷爷还没回过神，亲老嬷嬷拉住他的手，垫在树墩子上，那刀一闪，我爷爷的小拇指也被"闪"掉了。树墩子成了红的。两个指头在地上乱蹦跶。

亲老嬷嬷把刀当啷一声扔到天井里，老温正往屋里走，吓得打了个趔趄，把刀捡起来。

我爷爷疼得大哭，右手攥住冒血的左手，疼得直跺脚。血流到鞋面子上，那双鞋是我亲老嬷嬷刚给做的。

亲老嬷嬷一字一句地大声问："还赌不赌？还赌不赌？"

我爷爷收了眼泪，抽泣着说："不赌了！不赌了！"

她又问："大声说，还赌不赌了！"

我爷爷疼得直哆嗦说："我不赌了，我不赌了。"

我亲老嬷嬷的血手，照着我爷爷的脸狠狠地就是一巴掌，那劲儿真大，爷爷被扇倒了。她一把又拽起来，让我爷爷站直了，又是两巴掌，再次把我爷爷扇倒，让我爷爷自己爬起来。我爷爷大喊了一声："我真不赌了！"

堂屋里乱了套，嘈杂声穿过了堂屋，吓到了爷爷的兄弟们，他们靠过来，可是我亲老嬷嬷把他们往外推，说："这不管你们的事，你们都往后退，别沾了身上血，这些血，脏！"

我的那些爷爷们被关在了门外，我亲老嬷嬷拉着我爷爷又给老爷爷和孔老嬷嬷下跪，一字一句下保证，磕了头。

我亲老嬷嬷站直了，两眼盯着孔老嬷嬷，一直盯着，两眼冒火，盯得孔老嬷嬷都说话结巴了："还不快……来……人！"

我亲老嬷嬷的大襟褂子上已经全是血了，但她不顾这些，拉我爷爷进灶间，从锅底下掏出柳木灰，按到我爷爷滴血的伤口上，按一把止不住，又再按一把；我爷爷也抓一把灰，按到了我亲老嫲嫲滴血的伤口上。柳木灰都成了湿的。她咬住嘴唇小声说："别哭，给我忍住！"

我老爷爷公冶繁翥进了里屋，手里攥着酒葫芦出来，对着我爷爷的嘴喊："张开！"我爷爷张开嘴，大口喝了。老爷爷又让我亲老嫲嫲张开嘴，也灌了一口酒。

剩下的酒，淋到我亲老嫲嫲和我爷爷的血手的刀口上。

把酒葫芦一扔，我老爷爷喊："还不快套车？！去芝镇熊大夫家。"

包扎回来，已经到了深夜。

过了四天，见伤口没有肿，亲老嫲嫲领着我爷爷出了门。她让我爷爷扛着一张铁锨，到了大有庄的老墓田。我老爷爷说让老温用车子推着我亲老嫲嫲去，我亲老嫲嫲就是不让。老爷爷说："你看，犟脾气又上来了不是！"

我亲老嫲嫲说："是！"

我爷爷低着头，抿了一口酒，说："德鸿啊，你可别写到报纸上啊！我那手指不是你老嫲嫲剁去的，是我有一年行医走夜路，从驴子上掉下来，撞到马路牙子的石头上撞断的。黑灯瞎火，那半截指头，也没找到。"

"爷爷，您先忍一忍，听我说完嘛。"我对爷爷说。

11."再看一眼，你再看一眼！"

初春的公冶家祖坟上，有的草已拱出土，开始冒芽儿了。亲老嫲嫲一辈子没到过几次我们家祖茔地，后来，老爷爷公冶繁翥、孔老嫲嫲去世时，她送殡到这里，平时的祭奠，她都不能来。

抬头看看天，天上一块块黑云彩堆着。亲老嫲嫲有个习惯，自己感觉大的事儿了，要看看天，她的大事，没有别的，就是她熬的子女的事儿。子女的事儿，在她看来，就是天大的事儿。这天她要跟我爷爷办她的天大的事儿。她盼望着能下一场雪，心里念叨："让雪把脏东西都埋了吧。等雪化了，脏东西也就洗干净了。"

亲老嫲嫲围着祖坟转了一圈，嘴里不知念叨着些啥。在祖坟南面，她叫我爷爷掘个坑，土还冻着，我爷爷一点点地竖着铲。亲老嫲嫲一把夺过来："你这是绣花啊？！"

三下两下，亲老嫲嫲弯着腰利利索索就把冻土层掀开，坑刨出来了。

她咬住嘴唇，掏出用油纸包着的娘俩的断指放在枯草地上。对我那年轻的爷爷说："好好瞅瞅！记住！"

我年轻的爷爷盯着两节指头，他已经分不出谁是谁的了，娘俩的指头上的血迹已经干了，像两只大蚕蛹。

亲老嫲嫲把那两只"蚕蛹"放到土坑里，把冻土碾碎了，一点点地往坑里撒，那两只"蚕蛹"被盖住了。

亲老嫲嫲忽然蹲下，去扒刚刚埋了的那两只"蚕蛹"，三下两下扒开来。她突然满眼泪水，抽噎着对我那年轻的爷爷说："再看一眼，你再看一眼！"

亲老嫲嫲把酒坛子抱过来："喝！喝！！"我爷爷怯怯地接过来，喝了一口，辣出了眼泪。"再喝，大口喝！"我爷爷又喝了一口。"怂包！"亲老嫲嫲夺过酒坛子，一气喝去一半。剩下的，全部浇在坑里的两个指头上。我爷爷看到那两个指头像醉了的蚕蛹，在坑里爬来爬去……

亲老嬷嬷让我爷爷跪在埋断指的地方，磕了三个头，对我爷爷说："老祖宗公冶长知道了。"

猛抬头，我爷爷看到老墓田的一搂粗的柏树上，站着三只喜鹊。我亲老嬷嬷说："祖宗你显显灵？"她刚说完，就听到扑棱一声，那三只喜鹊就飞走了。我亲老嬷嬷抬头看天，跪着不起来。一会儿，一只喜鹊又飞来了，嘴里叼着一根树枝，又一只喜鹊飞来了，嘴里也叼着一根树枝，担在杨树顶一个小树杈上。两只喜鹊在垒窝呢。叽叽喳喳，叽叽喳喳。我亲老嬷嬷抬起头来，瞅着。

天上的黑云忽然就成了块，一会儿，雪花慢慢悠悠地飘了下来，亲老嬷嬷和我年轻的爷爷跪在祖坟前，他们的后背慢慢也变白了。

家里的榆树墩子是给我亲老嬷嬷坐的，这会儿沾了我爷爷娘俩的血，老爷爷公冶繁翥跟老温说："把这树墩子劈了，炖猪头肉吧。"

我亲老嬷嬷说啥也不让，就坐着那树墩子。孔老嬷嬷吩咐把变成褐色的血迹用砂纸磨了去，要不看着瘆得慌。可我亲老嬷嬷说啥也不行。不想，隔了一月，趁着我亲老嬷嬷去芝镇赶集的空儿，孔老嬷嬷让老温把那树墩子劈了，用它炖猪头肉，猪头肉炖得很烂。

我老爷爷买了一把新太师椅，这把椅子，就是给我亲老嬷嬷坐的。可是我亲老嬷嬷不坐，一直到我老爷爷去世了，她也不坐，若干年后，孔老嬷嬷也去世了，她才坐。平时也不坐，也就是大年初一那一天，晚辈过来拜年，她才坐坐。她晚年看孙子，都是让孙子坐，这个坐了那个坐，这把椅子被磨得越来越光滑。

已经老了的爷爷说："德鸿啊，孔子说，身体发肤，受之父母，不敢毁伤，孝之始也。你爷爷我不孝啊，让你老嬷嬷当众受了侮辱，还受了皮肉之苦。造孽啊，造孽啊！这是我的伤疤啊，一揭开就疼。你看看我的左手。"

"那个雨夜，我被张平青的人掳去，张平青跟我握手，我发现他的左手也少了一个指头。他说，是小时候在猪圈里耍，被猪啃掉了。那是瞎话。猪怎么能把小拇指头咬去呢。"

"德鸿啊，我也就跟你交个实底，对谁都没说过。你和弗尼思最懂我。吾少也贱！你愿意写，就写吧。"

酒糠除旧

JIU KANG CHU JIU

第十二章

1.大爷的头撞上了电视机

我当记者后，一直想写写我七爷爷公冶祥恕，他是我家族里的一个英雄，他身上有很多谜团没解开。我去找俺大爷公冶令枢，他记性好。我记得那阵子电视上在播电视剧《红楼梦》。俺大爷，怎么说呢，又喝醉了。

他喝酒上瘾，夜里起来撒尿，也得从后窗台上摸出酒瓶顺一口，不顺睡不着。顺酒时，下面对着黑泥尿罐哗啦哗啦响，他另一只手拃着酒瓶子，滋滋地一口。大爷喝酒，不管啥场合，永远嘴唇朝外延展，标准的微笑姿势。他不能看到酒瓶子，也不能听到"酒"字。这不，一家人围着看《红楼梦》呢，醉眼蒙眬的他一头撞到了电视机上，电视屏撞裂了，他撞成了脑震荡，头上缝了八个锔子。用我侄子的话，真是要了那血命！

那天是正月十六，我大爷的小孙子过百日。在芝镇，新生儿过百日，过的是九十九天。那是相当隆重，整个家族出动。我大爷在孙子出生八十天上就开始蹀躞（方言，喜形于色），催着我大娘去挨家挨户讨小布头，赤橙黄绿青蓝紫，各种颜色的小布头。过去小布头好讨，现在都穿成品衣裳，到哪里去讨？大娘拗不过我大爷叨叨，大爷犟脾气谁也劝不动，为图个清静，大娘躲到河东沙浯我的大姐家。大姐从婴儿店里买了一件"百岁衣"，回来交给我大爷验看。大爷戴上老花镜端详了半天，把"百岁衣"扔到炕下："你糊弄洋鬼子啊，这不是你娘的针脚。"我大姐气得回了婆家，孩子过百日那天还是我去请的。

我去沙浯那天，大姐在家用火炕畦地瓜苗，她跟姐夫两人用独轮车从浯河里往家运沙子，大姐不愿意回娘家："你大爷就是死抱着老皇历不放，老眼光，那眼里都结了蜘蛛网了还不觉得，他那套老理论，都发霉长毛，那毛长得大长长了，还不觉得。"

孙子的"百岁锁"是大爷亲自监工的，到亲戚家讨来碎银子，多少不限，舅家、姨家、姑家、妹妹家、闺女家，还有亲家，一天去一家，提着一箱芝镇白干。大爷从专卖店里批发的，哪家也不落下，去了就喝酒。去亲家喝酒，特别实在。男亲家酒量小，陪不了俺大爷，喝到一半，就歪在被垛上红着脸，一会儿就趴到炕沿上吐。亲家母进来，说："大哥，我陪你两盅。"谁能想到，大爷败在了亲家母手里，醉得在炕上起不来，还吐到了人家的羊皮褥子上，醒来已是下半晌。

亲家母说："大哥啊，以后少喝，岁数也不小了。"

俺大爷摸着山羊胡子，有点不好意思地道："谁说不是呢，大妹子，不是我想喝，就怕摆上啊！"

是啊，你说酒都摆上了，怎么好意思不喝呢。俺大爷听着厨房里叮当忙活，就按捺不住地兴奋。

谁承想，"就怕摆上"成了俺大爷的鬼名字。土埋半截的人了，又混了个鬼名字，这在芝镇头一个。

孙子百日宴，那得好好喝，大爷喝尿了裤子。一开始还很清醒，说："今日少喝，别耽误晚上看《红楼梦》。"

春节前，在甘肃的大哥寄钱来，大爷买了台电视机，这在大有庄是第一台彩色的。晚上放电视，大爷家的小屋里挤得满满的人，大爷殷勤地给邻里百家递着瓜种，芝镇人管瓜子叫瓜种，那个"种"字发音，还带个尾音，叫"瓜种嗯儿"，大爷就端着笸箩子喊，"吃瓜种嗯儿""吃瓜种嗯儿"。

那晚上电视剧《红楼梦》正演到第九集，贾环出场，大爷嗵地从炕上跳起来，说："你看贾环，他的穿着连小厮都不如，你看那个落魄劲儿，贼眉鼠眼，像虫啃鼠咬的破棉袄一件，简直是贱得不能再贱了。他跟宝玉都是公子，都是贾政的儿子啊。穿着打扮不行，精气神更不行，他不就是赵姨娘生的吗？我翻过《红楼梦》，曹雪芹一下笔就带着偏见。"

大爷跳到炕下，从后窗户上取下翻烂了的小说《红楼梦》，那书页被大爷画得一道一道，宝玉是"神采飘逸，秀色夺人"，贾环则是"人物委琐，举止荒疏"。大爷在这些地方画了红杠杠。

"你看看，贾环不过是个几岁的孩子，先就给定了性。我看到贾环母子的段落，总觉得很不舒服，贾环不过是庶出，庶出的孩子难道在娘胎里就坏了吗？"

大爷越说越气，恰巧四大爷公冶令棋的儿子公冶德治（我叫他十哥），也在这里，他说："大爷，啥正出、庶出的，别计较了。"

大爷忽地过去，要不是我挡着，他的巴掌就扇到十哥脸上了。十哥又说了一句："大爷啊，你都知道些啥啊！"

大爷这岁数，身子骨还行，青蛙一样跳到了炕前大吼："我知道啥！我知道啥！我知道曹雪芹不公道，我知道他有偏见，他对不起贾环，对不起赵姨娘，对不起俺嫲嫲！"

一家人都过来劝他，越劝越上火，我大爷又说："我知道啥，我知道啥，我知道电视他娘的不说人话！"一个箭步，一头朝电视机上撞去。嘭的一声，荧屏硬生生叫俺大爷的头戳成了花脸，地上还掉下了几块碎渣子。

2.你觉得赵姨娘是丑还是俊

我们德字辈叔兄弟十几个，都不愿去医院给大爷陪床，大哥是大爷的亲儿子，不陪不行，但有一天他红着眼趴在我耳朵上说："老九，我真恨不得拧他……"还没说完，赶紧捂了嘴。来救星了，大姐提着一大兜子炒熟的核桃来了，大哥立即满面春风。

大爷就是能折磨人，一会儿嫌核桃炒煳了，一会儿要撒尿，一会儿脊梁痒痒要给挠挠，一会儿要吐痰，一会儿要翻身，你不能闲着，你一闲着他就指使你。要是有来看望他的客人，他就变了个人似的，那真是文明礼貌，蔼然可掬。可是，客人一走，大爷又现了原形。我说大爷像个好演员，大哥微笑着朝我挤眼。我们哥几个都没大姐脾气好，她能将就。

一开始刚抬到病床上，听到护士说"酒精棉，酒精棉"，我大爷立即眼睛发直，歪着头寻找那酒精棉，缝伤口时，也不觉得疼了。可第二天，非要喝酒不可，不喝酒就不住院，自己拔了吊瓶。有一天，我来值班，大爷的嘴里满满的，不知含着啥，我问，他就呜噜呜噜摇头，好像在嚼牛蹄筋，牛蹄筋煮不烂，就反复嚼。有半个小时吧，他让我拿过痰盂，吐出来的竟然是酒精棉。

他从哪里弄的那么多酒精棉呢？

　　我正要问，大爷说话了，那天他兴致高，他说：

　　"德鸿啊，咱爷俩说说话，咱家的事儿还真不少，也就你能写，你就写出来吧。

　　"你大爷我行将就木，空怀一腔梦想。回顾自己的一生，剪了一辈子报，学了一辈子报，我剪得最多的还是你们的《利群日报》，剪报摞起来有一米多高，叫你大娘全给我卖了废品，那是我一辈子的心血啊！你大娘说，光知道剪剪剪，你倒是在报纸上发个豆腐块俺看看啊！不指望你挣钱，起码对得起我一天三顿饭端到你脸前里，我喂猪喂一年还能卖个三百五百的呢。

　　"我说，你大娘真是妇人之见。我侄子德鸿替我发稿，我干姐姐牛兰芝替我编稿。不就够了吗？我是跟你大娘抬杠。我啊不会写，羡慕会写的。不会写毛笔字（我说大爷谦虚，不是不会写，只是写得不如爷爷好罢了），不会写诗词歌赋，手笨，我要会写，我起码写三本书，一本写你亲老嬷嬷，一本写你嬷嬷。但我最想写的是批评曹雪芹的书。

　　"《红楼梦》我读了不知多少遍，翻烂了七本，对这本书，是又爱又恨。小说对贾环母子太不公平。小说中的这对母子，简直就是祸水，没干一点好事儿，只要他们出来，就咬牙切齿，兴风作浪，唯恐天下不乱。"

　　我说："大爷，有个红学家叫李希凡，我采访过他，问过这个问题，是不是曹雪芹对贾环母子有偏见。他想了想，说，宝玉对贾环还是充满爱意的，宝玉的态度就是作者曹雪芹的态度。"

　　"德鸿，这个先生的解释太牵强。曹雪芹骨子里是封建正统。'龙生龙，凤生凤，老鼠儿子会打洞''老子英雄儿好汉，老子反动儿混蛋'。在有些人眼里，就是根正苗红，根歪苗黑，根斜苗蔫。

"你说，贾环推灯泼宝玉的情节，他为什么要这样？宝玉调戏人家贾环的女朋友彩云在先啊，小青年恋爱往往犯迷糊，谁没打年轻时走过？贾环想报复，这也很正常。再说，孩子之间顽皮一时失手，也是有的。贾环从宝玉那里讨东西给女朋友彩云，这跟宝玉将好东西给黛玉是一样的，把心爱之物给心爱之人嘛，只强调宝玉的爱是纯洁的、干净的，而贾环的爱就是臭烘烘的？

"德鸿，我问你，你觉得赵姨娘是丑还是俊？"

我说："在《红楼梦》里赵姨娘不算俊，最俊的是十二钗，黛玉、宝钗、湘云、熙凤、元春、迎春、探春、惜春、秦可卿、李纨、妙玉、巧姐。赵姨娘跟她们比差远了。"

大爷火了，手扬起来，我赶紧按下，手上还输着液呢。他提高了嗓门："你放屁！根本没读懂。赵姨娘是美人胚子，是贾母二儿子贾政的妾，她比贾政的正妻王夫人要年轻，推算一下，应该是在王夫人嫁入荣国府有了元春后才被纳妾的，年轻时一定是有姿色的，要不，贾老爷也不会看上。男人有几个不好色的？贾政还是工部员外郎，从五品，相当于副厅级，他眼眶子能低了？"

大爷又把手扬起来，我给按下去。他又说："德鸿，你再想想，丑婆娘也养不出探春那样的美人胚子，你看探春是什么样儿呢？"

弗尼思对我说："曹雪芹是这样写的探春：'削肩细腰，长挑身材，鸭蛋脸面，俊眼修眉，顾盼神飞，文采精华，见之忘俗。'"

我正要查书，大爷一下子激动地坐了起来，他说："看看，能生出冰清玉洁的美人儿探春，母亲能丑到哪里去？女儿是母亲的翻版。你想想吧。赵姨娘在贾府主子们眼里，因为有媚态，可能就是祸水了，当然骨子里依然是奴才。看到书里的'赵姨娘'仨字，我就想到你亲老嬷嬷啊。心疼啊！剜心地疼啊！"

说来也巧，我亲老嬷嬷去世那工夫，跟我六爷爷公冶祥敬的儿子公冶令棋（也就是我四大爷）结婚撞在一块儿了。人算不如天算，这红白事凑到一起。

我们公冶家族红白事儿凑在了一起，让我大爷记了一辈子。我六爷爷公冶祥敬干的那些事儿，一想起来我大爷就生气："你六爷爷作为族长，为人也不孬，可在对待你亲老嬷嬷这个事儿上，不地道，丧德啊！这气啊，憋了我几十年。我说说你听听。德鸿，你去给我弄点酒。"

看着大爷祈求的眼神，我有点儿同情他，可这是在医院啊。大爷的一句话，让我下了决心：

"你就眼睁睁看着，咱公冶家的一箩筐故事烂在你大爷肚子里？！"

没有酒，大爷脑子不好使，喝了酒思路清晰，两眼放光，眉飞色舞。我没敢告诉大姐，偷着出去买了一瓶高度芝酒，灌在矿泉水瓶子里，提回病房。我给大爷使个眼色，大爷会意，把矿泉水瓶举起来，喝了一大口，说："真过瘾啊，好——酒——水！德鸿啊，你听我给你如实地讲——"

3.大爷酒后吐往事①

你亲老嫲嫲去世的那天，是一九四八年的正月廿五早晨，那天是惊蛰。节气撵着节气，节气很准，很神，惊蛰这个节气一到，冬眠的虫蛇都要醒了，一点一点，蚰蛹蚰蛹，懒洋洋地拱出来。

咱芝镇有个风俗，惊蛰这天要早起，最好天不露明，用干艾草熏南屋北屋的四个角，用艾香驱赶虫蛇和霉味。有的人家在门口撒石灰，把石灰撒在门外，就是让虫蚁一年内都不敢上门，这和听到雷声就抖擞一下衣服一样，都是在百虫出蛰时给它一个下马威，希望害虫不要来骚扰咱们。

咱公冶家除了撒石灰，还洒老酒。都是田雨烧锅上的，头一天订好了，你爷爷每年都提前嘱咐，要好酒。第二天一大早挑过来，用酒舀子泼在墙角，泼得满天井、满屋子的酒香。酒能杀菌，其实，那虫子也可能喜欢喝酒呢。我爱干泼酒这活儿，可以趁你爷爷不注意，偷着抿一口，再抿一口（大爷把矿泉水瓶子对着嘴，仰脖喝了一大口，呛得咳嗽了一声。大姐说，您慢点喝）。

正月廿五，还是填仓日。也就是元宵节后第十天，也算一个节令吧。填仓，就是填满粮仓，并不是真的往仓囤里填粮，而是往画在地上的仓囤（圆圈）添加一把谷米，祈求本年是个丰收年，老天爷可以把仓囤填满。

———————————

① 此节到本章末均为"我"大爷的话。

每年的正月廿四晚上，你爷爷就叫我把天井打扫干净了，旮旮旯旯，哪儿都不能落下，等着第二天早晨，用豆秸烧成的细灰，尽着天井的大小，撒成三层圆圈，象征储粮的圆囤，这就叫画囤，有几个天井画几个囤。用细灰撒成以后，再在圆囤中撒上一把粮米，这叫安囤，表示仓中有粮。仓中有粮，心中不慌嘛！皇帝每年正月在北京天坛祈年殿祀天祈谷，皇帝都这样做，咱小老百姓也就跟着效仿了吧。

我记得你爷爷的一个好友，叫梁文灿，潍州人，也是大夫，跟芝镇大湾崖李家是亲戚，这人四方大脸，留着二尺长的白胡子，寿眉也是白的，那寿眉最长的几根一直奔拉到鼻子尖，两只眼睛耀眼，像俩火蛋儿，我都不敢盯着他。他是个奇人，爱喝酒，他的酒量不在我之下。人家喝酒是越喝越精神，越喝越来劲儿，跟你爷爷一样，谁请他去看病，先备下一壶酒，就有了个外号叫"梁一壶"。这梁一壶还会作诗词，他用《蝶恋花》词牌作了十二首《潍阳鼓子词》，逐月记叙潍州节俗，第二首我还记得：

庭院团圆灰印就，囤样层层，预报丰年有。布谷枝头啼永昼，花朝接着春耕后。

这首词记叙了填仓日和二月二画囤后，不久就是花朝（二月十二）节，而这时候，春耕早就开始了。

那天早晨我起得很早，我填完了仓，又担着泥尿罐去菜园浇早菠菜，早菠菜刚露头，在风里抖着叶子，用尿浇了长得快。你爷爷爱吃菠菜饼，这菠菜饼最好吃的就是这个时候。我呢，顺便从园屋子里取些干艾草，干艾草都是去年采下的。

迎着小风，我刚走出胡同，看到日头正挑在槐树杈上，树杈上还站着一只黑乌鸦，在呀呀地大叫。都说喜鹊叫早，乌鸦叫昏。早晨咋乌鸦还叫了呢？我朝地上吐了一口唾沫，"呸呸呸"。我看到邻居也都担着尿罐从我身边走过去。

我"呸"完，就听到十弟公冶令平站在西北的胡同口，可着嗓子大喊："大哥大哥，咱嬷嬷不行了，快回来吧。"

我担着黑泥尿罐就往回跑。一回头，跟你六爷爷撞了个满怀，泥尿罐里的尿荡漾出来洒在了他的裤子和老笨布鞋上。他站得绷直瞪我一眼："抢啥呢？"

在咱公冶家族里，我最怕的就是你六爷爷，当然，最怕他问我喝酒的事儿，为这事儿还挨过板子。

你六爷爷到了这年头了，他还留着小辫子，像狗尾巴。咱大有庄，不，咱芝镇，还留着辫子的，我没见第二个。那辫子灰白。不过，一出庄去办公事，他就把辫子盘头上，戴上黑礼帽，说话爱拉着长腔之乎者也。

我带着哭腔说："俺嬷嬷不行了，怕是……"

你六爷爷一顿："老了？哦！"

你六爷爷嘴里叼着一根一拖长的大烟袋，胡子挓挲着，这个印象，我一直记得。你六爷爷继续往前走，嘴里嘟囔："早不……晚不……偏偏……哼！"

你六爷爷的话说得有点快，让风刮着，我没大听清楚。

4.“都新社会了！还讲老一套！”

拐进胡同，还没进家门，我就从土墙外面听到了压抑着的
嘤嘤哭声，那是你爷爷的哑嗓子。我把担杖杵在天井里杏树上，
杏树皮打滑，没杵住，担杖把一只尿罐的耳鼻儿敲了下来。我也
不管了，进门看到的是，天井里的母鸡领着一帮小鸡，在啄食我
早晨填仓填的那一小堆剥了皮的谷子，脚上沾着豆秸灰。我一跺
脚，放声大哭，把母鸡和小鸡都轰散了。

我突然想起了你六爷爷的表情，因为第二天，是他的儿
子——公冶令棋——娶媳妇的日子。

巧合了怎么办？死者为大啊，再说你亲老嬷嬷，再怎么说在
咱家伺候了三四辈子，尽管是你老爷爷的小妾，尽管没有扶正，
但她也是咱家里的老人啊。

你亲老嬷嬷活着时，你六爷爷待打就打，待骂就骂，在你
六爷爷眼里，你亲老嬷嬷连个狗都不如啊。你亲老嬷嬷都六十多
了，他还打。有一次，你六爷爷下浯河，不知怎么捞上一条金鱼
来。按说浯河里没有金鱼，鲫鱼、马口鱼、鲢鱼、鲶鱼都有，就
是没有金鱼，可是你六爷爷摸到了一条金鱼——锦鲤，他盛在一
个白瓷盆里，放在月台上。你亲老嬷嬷夜里有个毛病，雀瞽眼，
也就是现在说的夜盲症。她起夜，到月台上，把着月台的砖头
边，不想一把没把住，把白瓷盆子扒下来，碎了。你六爷爷早晨
一睁眼，看到掉在地上的白瓷盆子，暴跳如雷，让觅汉用蜡竿打
你亲老嬷嬷。你爷爷听到了，赶紧出来，把你亲老嬷嬷扶起，夺

过觅汉的那根蜡竿，对你六爷爷说："六啊，不就是条金鱼吗？再说，咱妈也不是故意的。她有雀瞀眼，看不清。"

你六爷爷说："这是条金鱼的事吗？贱骨头！欠打！"

你爷爷说："别打咱妈了，她都六十多了，伺候咱老少三四辈子了。别打了，你再打，就打我和俺的孩子吧。"

你六爷爷气得把那瓦盆子一脚踢飞，那根小辫子撅撅着。打那以后，你六爷爷才不打你亲老嬷嬷了。

我跪到你亲老嬷嬷的灵床前，堂屋墙上的贴画和挂着的笊篱、勺子、铲子等都收拾干净了。正当门铺上了稻草，我看到你爷爷已经跪在那里了。尊长们见我来了，说："你先别急着哭，过来，过来，先安排报丧。"我走进里屋，炕上已经坐了好多尊长，都绷着脸。

没想到在写丧帖时，出了岔子。

写丧帖，先生请的谁呢？淮安县民主政府的文书小杨，来大有庄刷动员参军的标语，晚上住下了，铭柏就找了他。小杨没有架子，爱开玩笑，请他给写，热情的他满口答应了。他大笔一挥，起草的稿子是：

先妣景老太君享年八十二岁痛于戊子年正月廿五日寿终正寝，今泣卜于正月廿九日扶柩归葬祖茔之侧，即于廿五日启谊属戚友

此讣

闻

苫块孤哀子公冶祥仁、义、礼、智、信、敬、恕泣血稽颡率

期孙公冶令枢、望、闻、切（棋）、问、慈、心、坐、诊、平、安，怀执泪叩

按规矩，公冶家的族人都得过目，你几个爷爷都没说话，都等着你六爷爷表态，他是族长嘛！你六爷爷祥敬不说同意，也不说不同意。他连着抽了三袋烟，然后开口了："虽是新社会了，民主了，但是正庶的规矩还是要讲的。小杨啊，您辛苦！我没有反对民主政府的意思。您写的'归葬祖茔之侧'，这个'之侧'用字讲究，按景氏'妈'的身份不能入祖茔，但我父亲在时对她有个交代，我们得听。"

除了你爷爷，你的其他几个爷爷都附和："规矩是得遵守。老辈人传下来的。"

僵持不下，时间快到晌午了，送丧帖的人都在大门楼子底下等着了，到你亲老嬷嬷的娘家蒙县还有一百多里地呢。

小杨站也不是，坐也不是，他不摸实情，下笔轻率。恰在这个档口，铭柏一句话，把你六爷爷惹恼了。铭柏当时是大有庄的民兵队长，比我大四岁，他说："丧事新办吧！"

"丧事新办？！你怎么不把你的名字写在帖上！这个人情，你怎么不赚受？俺娘姓孔，不姓景。"

"都新社会了！还讲老一套！"少年气盛的铭柏不服气，还要跟六爷爷犟，你爷爷给我使个眼色，我把铭柏拽到了天井里。

你爷爷说："六弟说的，也不是没道理。丧帖孤哀子就写上我和老五吧。为了让咱亲戚好看呢，就在我后面加个'等'字。六弟你看行不行？咱正房亲戚，就都不通知了。"

你六爷爷叼着个大烟袋，一直看着门外，没说话。他的大烟

袋的烟灰磕在窗户台上，烟袋杆敲着你爷爷上学用的砚台，大声咳嗽了两声。

你爷爷还说："老二、老三、老四、老七的孩子，你们也不用在这里守灵，老六呢，还要忙活孩子的婚事。"

但你爷爷的兄弟，也就是我的叔叔辈的，我的平辈的，都一直陪灵，就是你六爷爷只在灵前站了一站。

民主政府的文书小杨重新写了丧帖。你爷爷跪下给小杨磕头，小杨赶紧拉起来，连连说"使不得，使不得"。

你老爷爷公冶繁矗是个明白人，他在世的那工夫，就嘱咐过他熬的子孙，景氏在公冶家当牛做马，要好好给发丧，公冶家族五服一里的都要举哀，大门口挑白布，大门上要贴烧纸。

但你四大爷公冶令棋要结婚。这可咋办？

5．"我听三星的吧，家宁！"

公冶家族的尊长们，芝镇大有庄有身份的人，还有民主政府的干部们，都在咱家堂屋里的热炕上，商量办法，炕上的檀木小桌上，有四碟小菜，酒都燎热了，大家端着酒盅喝着。一人端着一竿大烟袋，满屋子烟雾缭绕。窗外屋檐下挂着的冰凌子叫屋里的热气一熏，噼里啪啦往下掉。

大家都说，死者为大，死了不能复生。八十多的人，也算是喜丧了。老人家来大有庄出了力了，"捞"了多少孩子。问问炕上坐着的人，大都是她接生的，都感念着老太太的好。

你四大爷公冶令棋结婚呢，那是一辈子的大事，婚期是早定好的，也不能改，一切都准备就绪，都要办，可怎么办呢？

民主政府建起来，村里的党支部早就公开了，听党支部的吧。当时的书记叫三星，也就是后来的书记铭柏的父亲，他也是头一次碰到这样棘手的事儿，跟几个支部委员碰头，最后说："新社会了，民主政府讲民主，红白事碰在一起，谁也不想看到疙疙瘩瘩。早前繁鬻大爷也有交代，咱得听啊。按说呢，这是家事，不好掺和。各位尊长，是不是可以折中一下，公冶令棋门楼的大门上就不挑白布，也别贴红对子了？天井里面的屋门可贴上红对子，新房门都贴红对子。这样能照顾两头。新娘过门呢，锣鼓家什的也别敲打到门口，就在浯河沿上吧，还有耍狮子的，也在河沿儿上。这边的老人还没发表，别惊动了老人的魂儿。大家看怎么样？"

大家都低着头吃烟，不端酒盅，也不说话，其实都在等着你六爷爷表态。三星直接就点了他："祥敬你这公冶家族的族长，你说说，中不中？"

你六爷爷公冶祥敬不说话，眨巴着眼，弓着腰，头都快抵到炕沿了，叹口气大声说："我出去上个茅房。"端着大烟袋，下了炕，大声咳嗽着迈出了屋。

上茅房也用不了一袋烟工夫啊，可就是没见你六爷爷的影儿。大家一等不来，二等不来。三星让人去看看，茅房里没人。他哪里去了呢？

事儿还是定不下来。三星说："再等等，商量商量。新社会了，什么事儿都好商量。区上的书记也说了，别闹出乱子来。再说了，咱公冶家族，是名门望族，也不会出乱子。"

你六爷爷去了祠堂，一个人在祠堂里，是我和老温先见的。那天快近中午，我和老温去祠堂拿香炉子。天冷，祠堂里除了牌位，没有人气，更冷。我和老温掏出钥匙开祠堂的门锁，没想到祠堂的门虚掩着，是谁打开的呢？正疑惑着，俺俩听到祠堂里有人咳嗽，有贼了？不对，推门进去，见你六爷爷在祖宗面前跪着。老温赶紧去拉他，他两腿麻得都站不起来，嘴里嘟囔着："变天了，变天了。"

老温赶紧接话："是要变天了，我看着要下雪。我这老寒腿不听使唤了。"

你六爷爷说："你懂个屁！"

老温吓得一缩脖子，不敢吱声了。

你六爷爷给祖宗上了香，我把案子上的酒壶拿下来，替你六爷爷酹酒三盅（我大爷见缝插针地又把矿泉水瓶子对在嘴上喝了一口，大姐纳闷，今天我大爷怎么这么能喝水呢）。你六爷爷跪下磕头，磕完，回头对我说："你回家说说，我听三星的吧。家宁！"

你六爷爷喊着我的小名"家宁"，自言自语地重复了几句："家宁，家……宁。"后面他念叨的，不是叫我，他是在感慨。

我记得很清楚，那天你六爷爷的小辫子盘在了头上，用黑毡帽压着。他跪在祠堂里，毡帽顶上沾了一点点土末子，我想给他弹了去，又不敢伸手。

第二天天刚放亮，我一出门，看到你四大爷公冶令棋正弯腰缩脖子在贴那门楼大门上的红对联。你六爷爷站在大门口，指挥着贴，他用长烟袋比画，这边斜了那边歪了，他那条辫子在身后垂着。我以为看错了，走前几步，果然是他们在忙活。红对子是满门糊啊！那一泥瓦盆糨糊，和黏着糨糊的炊帚，太刺眼了。我真想把那盆糨糊端起来，泼到你六爷爷和你四大爷令棋的脸上。

不是说好了大门上不贴红对子吗？怎么又变卦了呢？

6.公冶家族的红白对阵

你六爷爷和你四大爷贴的红对子，是满门糊啊。你说气人不气人！那红对子至今还贴在我的脑子里，像一把刀子一样戳着我的心，扎了我几十年哪！这对我刺激真是太大太大了。你六爷爷做的这一切，简直无法言说！真是丧德啊（我大爷猛喝一口酒，眼角里悬着泪）！

气人处不仅仅是贴对子，还有更气人的！吃了早上饭，你六爷爷家放了几挂鞭炮，天井里还点了朱砂，你六爷爷搬来神汉驱邪，神汉在你六爷爷家的天井来回走，末了儿，指着天井里一块石头说就是"她"，用皮鞭抽，那皮鞭过去就放在堂屋门后面。那个"她"是谁？你六爷爷最清楚，就是你亲老嬷嬷啊！你亲老嬷嬷的后背，不知道挨过多少皮鞭。如今她老了，化成了石头，那石头又挨着皮鞭子。隔着一道墙，又不隔音，那抽打石头的鞭子声直往俺耳朵里灌（大爷又灌了一口酒，把腮边的老泪抹了，大爷有点醉意了）。

我听说你六爷爷先是请的薅姑爷，说是要去去晦气。薅姑爷一听，没答应。只问了你亲老嬷嬷是什么时候老的，什么时候出殡。到了傍晚，薅姑爷骑着毛驴来给你亲老嬷嬷送来了纸钱，磕了几个头。藐姑爷的老伴赶着驴，一言不发。藐姑爷跟你亲老嬷嬷是十成的面子，有求必应。

你亲老嬷嬷已经熬了八个孙子，这八个孙子也都成大小伙子了，站成一排，能挡风了，我们哥八个是年轻气盛的一面墙。我都二十四了，侮辱你亲老嬷嬷，我们不干！要去找你六爷爷论论理。我们都穿着白孝褂子，扎着白头布子，要去闹你四大爷家的新房。

芝镇迎亲，新娘子都是傍黑天过门，如果一个村子里有两户结婚的，谁先接到新娘子谁家更吉利。说话间，俺们就听到了吹吹打打的迎亲队伍，我领着俺哥七个，都穿着一身白往外跑，转眼间跑出了天井，俺已经看到了迎亲的花轿，八个大喇叭在前面吹着，还有锣鼓。当时三星说的，锣鼓家什等不要进胡同，在浯河边上吹吹打打就可以了，可是他的话没管用。吹吹打打声拐着弯儿钻进了俺的耳朵。

俺兄弟八个人一身孝服很扎眼，看新媳妇的人站了一胡同，我对兄弟们说："听我的，那花轿走到咱们跟前，咱们就去围住不让走。前面四个，后面四个，看咱六叔有什么高招，他眼里没有咱嬷嬷，咱眼里也就没有他的儿媳妇。"

那迎亲队伍的喇叭匠眼尖，早早地先看到了一身重孝的俺们，突然朝轿夫摆手。轿子停在了胡同头，不走了。喇叭声也停了，锣鼓也不再响。

满街筒子的人，叽叽喳喳，像看大戏，大正月里，又没啥农活干，公冶家族红白对阵，有热闹可看。有的人还骑在了树杈上、墙头上，小媳妇牵着孩子在人堆里钻。

我们哥八个往花轿前凑。

"家宁，家宁，回来！"

听到有人在后面喊，声音不高。我脑子当时木了，耳朵也不好使。我一直觉得，我的耳背，就是从那天得的。喝上口酒，耳朵就飞到了脑袋两边（大爷又把矿泉水瓶子举起来，让我大姐夺下了。大姐剜了我一眼）。

我回头看，见是你爷爷，赶紧停了脚步。站在大门口的你爷爷花白胡子让风吹乱了。咱们家门楼上的白布子让风吹着。我只好回来，走到你爷爷面前。你爷爷低声说，那声低得只有我能听见："谁让你去的？你还让你嫲嫲安息不？还不嫌丢人，快给我老老实实地守灵。"

你爷爷一脸悲戚，捋捋胡子。

我赶紧招手，俺的那几个叔伯弟弟低着头，乖乖地回到了你亲老嫲嫲的灵前。

俺哥八个往外跑的时候，你爷爷在东屋里跟尊长们商量事儿，一抬头不见了俺这哥八个。他急了，知道要出大事儿了，赶紧出来喊我，才把这事儿止住。

你爷爷坐在地上，说："妈是个厚道人，厚道了一辈子，她最愿意看到的，就是儿孙娶媳妇，谁娶媳妇她都高兴，她更高兴的是，第二年去接生孩子。她要活着，会去花轿前迎新娘，她没了，也会保佑新娘。"

爷爷抬起头，把头上的孝帽子整了整，说："都给我听着，当花轿过来拜天地时，所有人举哀，不要哭。咱们完成老人家的遗愿，广结善缘，利他成仙。"

你爷爷说完，在你亲老嫲嫲的灵前把一壶酒洒在了地上，他点上一炷香，长跪不起。我拉你爷爷起来时，看到他已是泪流满面，但是没有哭声。

我进门前看到了三星和区上的书记，书记跟你六爷爷交头接耳了一会儿，又跟喇叭匠们比画着说了。

新娘子过门，一切都很安静。

我们守灵的，也都默默地蹲在或坐在地上。那一阵，都没哭。

"得让人过去，要成人之美。人老了就老了，照顾活的吧。都是自家人，有什么过不去的呢！你不是叫'家宁'吗？让人过去，家就宁了。"你爷爷在灵堂里对我，也是对我的叔伯兄弟们说，"让人过去，让人过去……都学学浯河上的那座弓背小桥，让人过去。"

你亲老嬷嬷去世五天后出殡。头一天晚上，吃晚饭前，要去给你亲老嬷嬷指路，也叫发盘缠。你爷爷领着同辈、晚辈穿着孝服，由挑汤罐的领头到街头路口。发盘缠，就是发放由阳间到阴间的通关护照、证明文件、交通工具、随从服务等等。你爷爷领着祭拜后祭读通关文牒，也即是"马票"，是阳间到阴间的通行证。我听着那"马票"写得蛮有霸气，"……西行之路，若有强神恶鬼，不许阻挡，如有阻挡格杀勿论"等等，"马票"念毕，烧了纸扎的车马等祭品。你亲老嬷嬷的待遇比别人还不同，她是接生婆，平时接触一些污秽之物，就多扎了一头小黑牛，你爷爷一边烧一边念了一段警语："小黑牛，拱着个肩，今日我打发你上西天，耕耩锄割不用你，你把这脏水喝个干。"

给你亲老嬷嬷指路回来，到土地庙去送最后一次"浆水"。你爷爷提着奠壶，我们都跟在后面，在土地庙前奠酒、浇汤、烧纸，磕头后，按原路返回。送汤，迷信说法，是人没了，亡魂先在土地庙停留，送上迷魂汤喝，使得亡人忘记人间苦，免得再次托生时还记得恩恩怨怨。你亲老嬷嬷算是在人间销了户口，轻轻松松上路。

7.在寿坟里埋一坛子酒

正月廿九那天早晨，我到老墓田去墓地里给帮忙的人送早晨饭，那天送的是地瓜黏粥，用两个四鼻子罐子挑着。

按老规矩，你亲老嬷嬷身份是个妾，是不能与你老爷爷合葬的，但你老爷爷感念你亲老嬷嬷的好，在他去世的那工夫，就早早给你亲老嬷嬷打了一孔小发碹坟，在你老爷爷的坟南边，你孔老嬷嬷跟你老爷爷是合葬，是大发碹坟。什么是发碹坟？就是顶部是青砖砌的拱形盖顶的坟，坚固耐压，在墓穴地下用青砖铺地、垒砌墓穴的四壁，预留出神路、灯龛。啥叫神路？是相邻两穴中部的间隔有三四十厘米长的方形通道，是合葬夫妻间的拉呱通道，东北人叫唠嗑。下葬时放伞杆、门帘。脚后壁上有神龛，那里下葬时放置五谷墩。

这寿坟早就打好十几年了。新皇帝登基，先干啥？要给自己选址建皇陵。在芝镇，也会给上岁数的老人打寿坟、备寿材、做寿衣。有了孙子，人生就要拐弯了，就是老人了，男人要留胡须，规规矩矩做爷爷，女人也不能再穿花鞋花衣裳，要老老实实当嬷嬷，要不，就会被人嗤笑"老不正经""为老不尊"。打淮海战役那阵儿，我跟着"抬抬子"（方言，担架队）抬伤员，有个伤员腰里掖着一本赵树理的小说《小二黑结婚》，夜里宿在一个小村里，他就给我看，我记性好，看一遍就不忘。我记得很清楚，赵树理写小芹的妈三仙姑，"虽然已经四十五岁，却偏爱当个老来俏，小鞋上仍要绣花，裤腿上仍要镶边，顶门上的头发脱光了，用黑手帕盖起来。只可惜宫粉涂不平脸上皱纹，看起来好像驴粪蛋上下上了霜。"赵树理真会写，说女人的脸是驴粪蛋上下上了霜。过去，我早晨拾粪，见了那有霜的驴粪蛋可亲了。赵树理写的那时候，四十五岁，就算老人，现在，四十五岁，还是个新媳妇呢！

一上岁数，含饴弄孙了，也就有了范儿，冬天有资格穿皮袄了，可以为自己准备寿坟了。

打寿坟还有讲究，要请风水先生到林地里去看，啥时打合适，还得请藐姑爷或别的神婆算日子。打寿坟那天，也叫开圹，要请最信得过的亲戚朋友，要多给打墓之人带些吃的喝的，让他们吃饱喝足，寓意为打"宝"墓。在开前，要烧纸祭奠，孝子、孝女掘第一锨土。墓穴挖好后，要点着黄表纸钱，这叫暖炕，以尽后辈之心，回报先辈辛苦抚养之恩。还有，暖炕可使吉气来得快。等纸钱火灭，在穴内铺上金箔纸，并用七星钱压在金箔纸上，意指金毡铺地。寿坟打起来，坟内不能吐痰、擤鼻涕，更不能撒尿，要做到一尘不染。还有顶顶重要的一项，在寿坟里要放一坛子好酒。等人去世时，掘开坟，那坛子好酒恰好让帮忙的人喝。

过去的人想得多周全啊，酒是土性，埋在坟里，就真是陈酿了。

　　你亲老嬷嬷的寿坟是在闰三月打的。你爷爷去芝镇找田雨的爹，那时候田雨还小，还不主事，要买一坛子好酒。田雨的爹听说是给你亲老嬷嬷打寿坟，说啥也不收钱，他说："哎呀，我还是那个'妈'给接生的呢，大恩大德，得给'妈'用站住花压寿坟。"他指指儿子田雨，"俺这个小厮也是'妈'给接生的。"

　　当时没酒度数一说，酒的好孬凭人的眼看，检验酒度数的叫拉溜子。田雨的爹把原酒用锡制的酒提，倒在溜子里。什么是溜子？就是用锡做的大漏斗，也叫灌口。把原酒倒在溜子里，然后按比例往里掺水。田雨的爹用右手的中指，先堵住溜子下面的流酒口，等着勾兑好了，把中指松开，勾兑了的酒就漏到盆子里，这时接酒的盆子里就出现一层密密麻麻的如同秫秫粒子大小的气水泡，就跟下雨的屋檐水，滴答滴答在屋檐下的气水泡。这就叫酒花。如果酒花能待十几秒不破，叫作"站住花"了。站花时间越长越好。如果这些气水泡落下就破，不能站花，说明酒度数低，酒质不好。站住花的酒，大概相当于现在的六十度（大爷舔了舔嘴唇，使劲握住矿泉水瓶子，被大姐抢走了）。

　　田雨的爹把每天的站住花酒的头一锅的头一瓢，专门留在小南屋里，每天都这样，大半年才积了半瓮，一直到三年，才积了三瓮。那瓮不是粗瓷瓮，粗瓷瓮的瓮壁渗水，容易跑酒。田雨的爹用的是挂釉的大瓮，不渗水。好几年之后，我去田雨家还见到过，那大瓮口，因为口大，上面盖的松木盖，盖子上面，压着用猪尿脬里面装上秫秫粒子的袋子，有五六个猪尿脬袋子堆着呢。这是为了怕跑酒。

　　田雨的爹灌了两坛子，让你爷爷提回来，放在你亲老嬷嬷的寿坟里一坛子，余下的一坛子，让打寿坟的工匠们喝了。（大爷求我大姐，说妮儿我口渴，就一口。大姐看看我，把矿泉水瓶子递到大爷手里。大爷握着瓶子，没喝。接着往下讲……）

你孔老嫲嫲老了，你亲老嫲嫲没有扶堂，身份不行啊。死了也要矮你孔老嫲嫲一等。

你亲老嫲嫲的寿坟虽然是小发碹坟，但比一般人家的发碹坟还大。我记得坟门的对联是："地理犹天理，心田即福田。"

字是六聋汉写的，颜体，刻在青砖上，六聋汉的楷书在咱芝镇那是一绝。

8. "三叔，拉住我，我要飞起来了"

六聋汉按辈分我叫他六爷爷，他练字、写字，都是蘸着酒。怎么是蘸着酒呢？研墨，人家都用水，他不，他用掺了水的烧酒，烧酒还得温热。他的墨汁，酒味很大，呛鼻子。那天，六聋汉蘸的是站住花酒，酒壶就在案子上，一边写，一边把那毛笔的尖儿放在嘴里咂一咂。写完字，他的嘴也成了黑的。他有个鬼名字叫"六黑嘴"，他写出来的字，会看的先生都说，那字会飞。

你亲老嫲嫲下葬那天早晨开寿坟，那天在坟上去帮忙的人有二十多个，那还是大正月里，还有点冷。窑匠公冶祥笃把浮土扫除。公冶祥笃我叫他三叔，德鸿你还记得吧？当年你七爷爷公冶祥恕逃婚，你老爷爷就是想让我这个三叔祥笃顶替迎亲的，新郎衣裳都换上了，你老爷爷也教着他怎么应付了，可那个王粪先来了抗婚书，这事儿才不了了之。我这个三叔，也是个好酒之徒。

他扒开浮土，把鼻子凑上去，闻到了坟里的酒香。他拿起铁锨，使劲挖，越挖酒香越浓。等坟门打开，我三叔公冶祥笃忽然"哎哟哎哟"喊着被顶出了一丈远，你猜怎么着？是叫坟里那股酒香顶的。他爬起来，拍打拍打身上的土，笑着说："哎呀，真是好酒！"

那早打的寿坟密封着，地气湿润，那酒也变稠变醇变香嘛，劲儿更不用说，变大了。我三叔公冶祥笃搬起酒坛子晃了晃，咣唧咣唧响，把软木塞打开，半坛子不像酒，像黏粥。我三叔到灶窝里拿一根棒槌秸，去戳那瓮里的黏粥，黏粥真稠，棒槌秸能立住。用力拔出来，竟然拔出二尺多长透明的丝，我三叔就舔那棒槌秸，舔着舔着说："坏了，坏了！家宁，家宁，快扶住我。"嘟囔着，一下子歪到地上，醉了。

酒太稠，没法喝。我不是用四鼻罐子挑的地瓜黏粥吗？大家一人一碗先赶紧舀着喝，四鼻罐子空了。我三叔让我快去西泉子里提泉水，提来的泉水倒在酒坛子里，还是稠。

三叔祥笃说："就这样了吧。"他舀出小半碗，两手举过头顶，把酒碗一倾，那酒洒在了冻土上。三叔弯腰酹酒三次，跪下磕头。大家都跟在他屁股后面，也跟着磕头。

来坟上帮忙的伙计们，都念叨着你亲老嬷嬷的好，喝着寿坟里的站住花，不用跺脚，身子都暖和了。一开始还挺文明，约莫一袋烟工夫，半碗酒下肚就乱了套，你摸着鼻子他咂着嘴，他拽着耳朵你扯着腿，你跟我碰，我跟你碰，酒碗乱碰，分不清谁丑、谁俊、谁胖、谁瘦、谁高、谁矮，分不清谁的辈分大、谁的辈分小，甚至分不清谁是男谁是女了。有笑的，有叫的，还有哭鼻子的。

我三叔公冶祥笃酒量到底大，他没喝糊涂，说这是他喝过的最好的酒。这都是你亲老嬷嬷修为好啊！寿坟里的酒也好，这是真正的寿酒和福酒！

三叔祥笃喝够了，喊我："家宁，你过来。"

我走过去，三叔舀出一提酒："喝了，这是你嬷嬷的寿酒！"

我不怕喝酒，我十四岁就在田雨烧锅上当学徒，能喝，有时也馋。我接过酒提，那酒提也是打坟时埋在坟里的。没想到埋了这么多年，那个铜酒提还像新的一样。

我左手提着酒提，就觉得自己要晕倒了，三叔祥笃大声说："提稳当了，别呛着。"

我把酒提往嘴边提，感觉上半身都没了，脚像踩着棉花，迷迷糊糊，那酒提里的酒像大姜的颜色，有点儿黄，提到了嘴边，我喝了半提，觉得头顶有根绳子在往上拽，一直拽，一直拽，不痛不痒，两脚不沾地了，使劲往下蹬歪，像在云彩里，又像在深水湾里，够不到底。

我大声求救："三叔，拉住我，我要飞起来了。"

祥笃三叔只是笑，也不拉我，围在坟边的人也都不拉我。

我就感觉一下子飞到了云彩上面，那个美啊，真是无法描摹。我的衣服让风吹着，没觉得冷，那云彩一会儿变成红的，一会儿变成绿的，一会儿变成灰的，一会儿变成雪白的，像一群羊，像一群牛，像一疙瘩一疙瘩的堆起来的白面馎馎……

我正醉着，就听三叔祥笃说："好了吧！"一拍我的头，我掉到了地上。其实啊，我一直站在地上。我手里还护着那半提酒，三叔祥笃家的狗坐在地上，我把那半提酒倒到了狗嘴里，那狗竟然"呦呦呦"叫着，眼里闪着泪花朝我作揖，我头一次见狗掉眼泪，那狗给我作完揖，嗖地爬到了坟边的柏树上，朝天吠叫，那叫声有点儿怪，但一点儿不瘆人。

三叔祥笃给我灌了半壶浓茶，我算是清醒了。但那几个打坟的还趴在土堆上，有一个竟然打起了呼噜。三叔祥笃上去踢了一脚："起来，时候不早了。"

三叔祥笃忽然拉下脸，变了个人一样道："酒都管够了，咱得都仔细了点儿。老人家委屈了一辈子，别让她再受罪了。"

你亲老嬷嬷的寿坟一打开，我看到有些柏树的树根扎下来了，树根粗的有筷子那么粗，树根上的露水珠，一串一串的，像水晶，很好看。

"地理犹天理，心田即福田。"这副对联，我记了一辈子，你亲老嬷嬷心地好，她念佛，爱笑，你孔老嬷嬷叫她笑佛。

9. "正门啊，出正门如此之难！"

出殡头天晚上，看似各屋平静，实际上还在暗着较劲。你亲老嬷嬷的灵柩走不走正门？你六爷爷和各屋的尊长们说，按老规矩，不能走，只能走偏门。

其实，早在前两天的中午，芝里老人、牛二秀才、汪林肯、李子鱼来吊唁时，你爷爷就提到了走正门还是偏门的事儿。他们坐在东屋的炕上说话，我听了个大其概（大爷的口头禅，即"大概"）。

　　我就听芝里老人说："我跟民国才子谭延闿有一面之缘，他比我小十五岁。一九一九年，也就是己未年春，我去广州拜谒黄花岗七十二烈士墓，就在那里见了一面。谭延闿文武双全，陈炯明兵变时，谭延闿寸步不离孙中山。谭枪法甚佳，曾与北洋诸将比赛，十弹全中，后竟双手各执一枪，又十弹全中。他是庶出，母亲李氏是谭延闿父亲的一个妾，吃饭都不能跟夫人同席。谭延闿发誓要出人头地，他聪慧过人，清末曾参加科举考试，中会试第一名。母以子贵，父亲这才给了他母亲李氏坐着同席吃饭的资格。母亲李氏老了，谭延闿当时是湖南省都督，可按照族规，母亲李氏的灵柩依然不能从宗祠正门出。谭延闿是出了名的和事佬，深谙中庸之道，有唾面自干的心态，是政坛不倒翁，像'药中甘草'。甘草有解毒之效，可与百药配用而不起冲突。可这次他上了犟劲，执意让母亲的灵柩从正门走。族人打起人墙阻挡，披麻戴孝的谭延闿扶着母亲的灵柩朝大门走，但是里三层外三层的是家族的人，有的还拿着棍棒。谭延闿转过身来，为了母亲，豁出去了。他双膝下跪，求族人开恩，但是族人不让步，不但不让步，还用唾沫星子淹他。谭延闿怒不可遏，他会轻功，手指尖朝着灵柩顶上那么一点，一跃平躺在上面。他把腰里的盒子炮放在胸口，大声宣布：'我谭延闿已死！抬我出殡！谁敢拦我！'族人见状，哪还敢多嘴，纷纷退到两边让路，目送谭母的灵柩和躺在灵柩上的谭延闿穿过宗祠大门。出得大门，谭延闿号啕大哭，任谁也劝不住！他哭他母亲的悲苦命运啊！因为谭延闿的坚持，最终给了母亲一个体面的结局。唉！谭延闿一片孝心啊！正门啊，出正门如此之难！"

汪林肯对民主政府的书记说："丧事新办！打破旧规矩吧。"

书记说："这都几百上千年的规矩了，一时还真不好改！"

"不好改也得改，陈规陋习不能要。"

"是，是。咱们小一点儿声。"

"活人怎么能让尿憋死！"我听芝里老人说。

下面的话就听不到了。

芝里老人、汪林肯、牛二秀才、李子鱼还有书记他们刚走，张平青的儿子张泼来了。这可怎么办？汉奸张平青在这年正月初三，因叛国投敌罪，在青岛五号炮台被枪毙了，这还不到一个月呢。听说张平青被押上囚车后，站在车上破口大骂国民党丧尽天良，监押士兵打他的嘴，他乱咬乱撞，仍然骂不绝口。刑警队把张平青从车上拖下来，命令他跪下，他立而不跪，仍大骂不止："我他妈跪谁！"一个士兵朝他的膝部猛踢一脚，他跪倒在地，但还想再爬起来。这时一声枪响，张平青应声倒下。张平青被杀，还有个原因，当年烧了国民党中将、五十一军军长周玉英的宅子，扒了周家的祖坟，周玉英与张平青从此结怨，后张平青投靠日本，周玉英更是恨之入骨，给蒋介石奏了一本，这一本，就要了张平青的命。

张平青的娘听说了你亲老嬷嬷老了的噩耗，就让孙子张泼过来吊唁。张平青的娘念旧啊，她和张平青的姨太太得了妇女病，都是你爷爷给治好的。芝镇人的脾性，再怎么着，也不能丢了礼数啊！

你爷爷想了想，对尊长们说："一码归一码，张平青投敌叛国吃枪子，罪有应得，但是他的家人念旧，还是要善待。别让他们进来了吧，我出去见见他们。"

我陪着你爷爷出去，到了大门口，见了张泼，你爷爷按礼数跪了下去。张泼说啥也要到老人灵前祭拜，说老太太嘱咐了，不敢违命。你爷爷没法子，就引着张泼到了灵前。张泼跪下大哭。你爷爷说："孩子啊，回去问老太太好，别学你爹，好好做人！"

你爷爷其实不知道，这张平青的儿子张泼，早已经是地下党，这个事儿，你大姑小樽最清楚。以后再说。

说来也巧，张泼前脚走，周玉英的小儿子后脚进来，周玉英也是咱芝镇的一条汉子，也是浯河水泡大的孩子。因为抗战有功，被授予胜利勋章。你爷爷跟周玉英也有交情，周家的人病了都是你爷爷去治疗。真是玄乎，要是张平青的儿子张泼跟周玉英的公子碰到了一块儿，仇人相见，那可就出大事了。

把周公子送出去，进了大门，你爷爷听到满族的尊长继续商量。

意见出奇地一致，公冶家自己的事儿，怎么还得外姓人管？不能走正门，就是不能走，不能破了咱公冶家的规矩，咱不能让祖先在地下责怪咱！你六爷爷和尊长们小声说着。

10.世上本无门，庸人自扰之

你爷爷没在炕上，他在堂屋当门一直守着你亲老嫲嫲的灵柩，眯着眼，一句话也不说。

我们哥几个轮班昼夜守灵，清早醒来，我先听到了你六爷爷的声音："胡闹，胡闹！谁这么胡闹！"

怎么了？你五爷爷在我耳朵上说："那大门夜里不知拆哪里去了，连一块砖也没剩下。飞了！"

真是神了！那么大的门楼，怎么一夜之间就消失了呢？

咱家的正门大门楼，那可在芝镇上数得上的气派。门前两个石头狮子，大门的台阶都是花岗岩一拃厚的石条雕琢后铺的，七层，寓意步步登高，样样齐全，门槛比一般人家的高也厚，即使成年人也很难跨过去。这门槛不是固定的，可卸可装，由看门人晨晚卸装。门楣下镶嵌着琴棋书画图案。门楼的屋脊都饰有龙头凤尾和五脊六兽。这么大个门楼，要是十个人拆也得拆两天啊，怎么一夜之间说没就没了呢？这是我到现在还没解开的谜。

大门没了，大门的过道铺了一层细沙，细沙微微发红，像红地毯一样地平整。打眼一看，这哪里是细沙，是一层厚厚的烧酒糠，正散发着浓浓的酒香，这是芝镇的"红地毯"。

下午起灵，没有正门了，你亲老嫲嫲的灵柩从铺的"地毯"上抬过。

我看到你爷爷在没了正门的"地毯"上跪着，大放悲声。

送殡那天，整个大有庄的人都来了，满街筒子的人，都来送你亲老嫲嫲最后一程。你爷爷哭得爬不起来，只有你六爷爷端着杆大烟袋，那烟袋锅朝天，他的头仰着，他不穿白孝服，穿的是崭新的黑长袍，在送殡的队伍里很显眼。（有一年春节我回家，邻居二大娘也说起我亲老嫲嫲的葬礼，她说头晌还刮大风，起灵的时候一丝风儿也没有，太阳暖和和地照着，手伸出来都不冻得慌。她还说起我六爷爷那端着烟袋的样子，满胡同的人都指指点点。——德鸿注）

芝里老人、牛二秀才、汪林肯、李子鱼还有民主政府的文书小杨一直把你亲老嬷嬷送到墓地，你爷爷、你五爷爷领着我们哥八个给来宾磕头。你爷爷说："大恩大德，没齿难忘。"

芝里老人握着你爷爷的手说："言重了，言重了。世上本无门，庸人自扰之。"

一句话，让你爷爷露出了笑容，这是你爷爷祭奠期间唯一的一次笑。一抬头，看到崖畔上张平青的儿子张泼笔直地站着，他盯着你爷爷，深深地鞠了一躬。

我越老越想你亲老嬷嬷。唉，我也快见到她了。

浯河东里的南院村有个海大的石佛寺，你亲老嬷嬷领着我和你三大爷去赶过三月三的山会，这是芝镇最大的山会。你亲老嬷嬷拜佛，挨个殿磕头、烧香，她识字不多，亲字，一瞅瞅老半天。你亲老嬷嬷手巧，用破铺衬（方言，布头）做的那些小孩子鞋啊、小衣裳啊，捎着到山会上去卖。你嬷嬷说："这么大年纪了去摆摊不让人家笑话？"你亲老嬷嬷说："咱又不是偷不是抢，谁笑话啊。"领着我就走，我还记得，她把小鞋、小衣裳摆在石佛寺的门前卖了，给我和你三大爷买的是五个瓣的硬面火烧，她自己买的是豌豆黄包子，她七十多了，牙口不好，吃点软的。

你亲老嬷嬷去世前三四年，她自己做了一身衣裳，说是去还愿，去一个小庙里还愿。那是她那次回娘家路上下大雨，老温赶着驴车，前不着村，后不着店，披着的蓑衣也淋透了，老温让你亲老嬷嬷躲在驴车底下，他去找躲雨的地方，老温刚走出几步，就看到雨中的三间房子，孤零零的，是一座小庙。你亲老嬷嬷和老温到了小庙，那小庙满是灰尘，挂满了蛛网，你亲老嬷嬷去把佛面上的蛛网给撕开，用湿手巾擦了佛坐，跪下祈求保佑全家平平安安，子孙满堂。佛显灵，一定来还愿，给佛做一身新衣裳。

你亲老嬷嬷不止一遍地唠叨，说身子好了就去还愿，但是一天老一天，爬不起来了。我那年十九，就对你爷爷说："我去替俺嬷嬷还愿吧。"你爷爷说也中。你亲老嬷嬷说："你去还愿，得先到俺娘家，从俺娘家往东南走。替俺看看俺家里那盘磨，也替俺给俺爷娘上个坟。"

我问你亲老嬷嬷："咋你还记挂着那盘磨呢？"

你亲老嬷嬷说："唉！我是看着磨就想起俺娘，俺娘就是那石磨啊，石磨就是俺娘，俺娘大高个，四方脸，也是一双小脚。她会做鞋，鞋子在庄里做得最好。我睁开眼就听到石磨响，那是俺娘在推磨啊。窗下俺家的那棵石榴树是甜石榴，一点不酸，是我吃的最好的石榴，个儿大。在俺家后还有棵皂角树，那棵皂角树上有个鸟窝，在村里最高。还有一棵皂角树，有年岁了，一搂都搂不过来。俺做梦都梦着俺家，梦着俺家房梁上的那窝燕子喳喳叫得啊，真好听。"

你亲老嬷嬷入土了，你爷爷松了一口气。回到老屋，突然看到后窗上一个小纸包，他打开，是你亲老嬷嬷回娘家捎回的土，你亲老嬷嬷冲水喝了一些，这是剩下的。你爷爷盯着那纸包里的土，让我拿来一个大白碗，你爷爷把纸包里的土倒上，再倒上两盅酒。你爷爷像吃中药一样，仰脖而尽，剩下的土渣渣，又倒一盅酒，冲着喝了。

芝镇醉话

ZHI ZHEN ZUI HUA

第 十 三 章

　　我大爷公冶令枢九十八岁了，依然酒盅不离手，越喝眼越亮。他有一大筲（方言，水桶）歪理论，什么"酒是粮食精，越活越年轻"，什么"酒是百药之首"，什么"有酒伤肝，无酒伤心"，什么"心情一激动，酒盅就撅腚"，什么"新冠旧冠，就怕酒灌"等等。老人家洗脸不用肥皂，用酒，把酒倒在手里，搓脸，搓完用水一冲。那腮总是红馥馥的。喝上酒，那就成了关公。

　　同样爱喝酒的雷震老师，编排我大爷的故事在芝镇一直流传。我记得，雷震有天早晨到我大爷家去，我大娘正用水瓢从酒坛子往瓶子里灌酒，酒香满天井。雷震笑着道："还是公冶娘子懂事。"大娘不解，问啥叫懂事。雷震说："爱酒啊！亲酒啊！亲男人就得亲酒爱酒！"我大娘"呸"一声一脸不屑。雷震转身对我大爷说："公冶家是芝镇第一酒家。除了母老鼠生小老鼠不喝酒庆贺之外，所有的事儿都是喝酒的理由。佩服佩服！"你猜我大爷咋说？"怎么不喝？我老伴她属鼠……"话音未落，一瓢酒泼到脸上。我大爷连连告饶："糟蹋好东西了，糟蹋好东西了。"一边伸出舌头，舔着从腮帮子上滑下来的酒滴。

　　六十多年前，正赶上生活困难时期，我大娘让大爷拤着半筻子"袁大头"去芝镇大集上换点儿地瓜干儿来吃。我大爷去了半天，一家人肚子饿得吱溜、吱溜响，结果他换来了半瓶芝酒。

　　半筻子"袁大头"啊！半筻子"袁大头"啊！要是现在值多

少钱哪！那是我爷爷看病一辈子攒下的，珍藏了三十多年，大爷竟然只换来了半瓶酒。

酒一沾唇，我大爷又吹上了："我给你说说袁大头……他为什么能当八十三天皇帝？因为他喝了咱芝镇的老酒，老酒酿了八十三天，有八十三度。"大爷喝着喝着，起了鼾声。

弗尼思不知啥时来了，它对我说："你大爷说的是醉话，但也有几分道理。"

弗尼思见过袁世凯那半新不旧的葬礼。袁世凯尽管死前又成了民国总统，但他的葬礼是按皇帝的规格去操办的，抬灵柩用的是皇杠，他的棺罩也是按照皇家的规制去置办的，黄底缎，绣龙纹、云水纹。路上不断地有人用黄土去垫地，撒纸钱的人请的是京城里边最有名的一撮毛，这一撮毛跟他的四个高徒尽职尽责，他们能一次性地向空中撒出一摞的纸钱，抛到了最高地方的时候才散开。撒纸钱还撒出了名堂，真是行行出状元。棺椁后面是袁世凯家族的孝子贤孙，他们披麻戴孝，手执哭丧棒跟在后头。送葬队伍抵达车站，段祺瑞护送灵柩上专列，火车启动，鸣礼炮一百零一响，专列抵达保定和邯郸的时候，再次举行路祭。

我想，一个历史人物在认认真真扮演着自己的角色。一百多年后，当年的悲戚之色已经褪去了，再看那葬礼倒有几分滑稽。"我不理解，为什么葬礼这么隆重。"我说。

弗尼思说："袁世凯不仅做过皇帝，最主要的，他还是北洋军阀的创始人。所以呢，他的葬礼就代表了北洋军阀的脸面。活人做给活人看的。袁世凯为何冒天下之大不韪称帝呢？"

我大爷一个翻身醒了，对我说："是酒啊！酒啊！袁大头最宠爱五姨太，五姨太烧一手好菜。袁大头爱吃的韭黄炒肉丝，最开始就出自她的手，后来家厨学会了，成为袁家的家常菜。那天是袁大头五十六岁生日，当晚，五姨太精心备了桌盛宴，除了水陆八珍，每道菜的上边都有一条用面粉做成的五爪小金龙。袁大头看了很开心。席上，五姨太极尽奉承，给袁大头夹肉添酒，说：'老寿星吃了这顿金龙宴，很快就会成为皇上了！'一杯芝酒端上来了，干了，又倒上。袁大头怎么喝上芝酒了呢？袁大头的一个贴身侍卫是芝镇的，回家看家，从田雨家捎了两坛子给袁大头。袁大头让五姨太喝，五姨太接过酒杯，抛着媚眼娇滴滴地说：'谢皇上恩典！一杯敬之！'那天袁大头和五姨太大概喝了半坛子芝酒。当晚五姨太服侍袁大头睡下。袁大头做了一个噩梦，梦到自己的生母刘氏的墓被盗，生母被曝尸荒野，一群野狗扑向刘氏，袁世凯慌了，可是两腿被捆绑住不能动，他哭着睁着大眼，坐在床上，直到五姨太轻拍他的额头，他才算清醒了。恰这时，一束微光从窗子那里射进来，那光柱里漂浮着翩翩起舞的微尘，正是这光柱里的微尘挡住了他的视线，在微尘中他清晰地看到了哥哥袁世敦在嘲笑他，嘲笑的脸都变形了，他眨了眨眼，定了定神。睁眼看到了袁克定为他精准定制的《顺天时报》，他想到了祖父和父亲，二老都在五十九岁去世，而自己已经五十六岁，剩下的时间不多了，无暇他顾。大哥啊，我让你嘲笑！我让你嘲笑！我要让你变成尘埃！我就顺应民意，改改规矩！我要封我的生母为圣母，我要当高祖，让我的根脉世世代代传下去。于是袁大头脸上露出一丝笑意，把剩下的半坛子酒抱起来干了，抹抹嘴巴子说：'我要撒尿。'出恭回来，系上腰带，下了当皇帝的最后决心。"

"也不一定！"

半空里夯下的这个声音，砸中了我的心窝。外号叫"也不一定"的我爷爷公冶祥仁，轻手轻脚地飘然而至。冬天里的霞光打在爷爷翘起来的白胡子上，白胡子仿佛镀了一层金。

爷爷已经不认识满脸皱纹的我，但他记得我腰里的胎记，他让我掀开羽绒服，我的胎记如一个柳叶那么大，四周有一圈白。爷爷用手摸了摸，爷爷的手温乎乎的，一点不凉。他摸得我想笑。我忍住了。就听他说，"德鸿，这条玉带还藏在腰里啊。袁世凯是扎过玉带的人，咱说说他。"

我很惊讶，大寒天爷爷竟然穿着灰布单衣。他扎着白裹腿，嘴里呼出的白气钻进白胡子里。他把黑绒帽摘下来，又戴上，慢条斯理地说："令枢你说袁世凯酒灌昏了头脑，被他儿子袁克定左右了，被儿子蒙骗了，被周围的人迷惑了，没那么简单。说你喝上几口酒，昏了头，我信。你要是不喝酒，哪能成这个样子啊！酒是好东西，看你怎么喝。袁世凯是什么样的人？是北洋军阀的头儿，也曾叱咤风云，是一个有棱有角的主儿。他岂能被他人所左右，我觉得袁世凯称帝是受了刺激，如果没有这个刺激，他不会犯糊涂。这个刺激是什么呢？就是他的哥哥袁世敦不让他的母亲刘氏与父亲袁保中合葬。"

弗尼思的爪子一蹬，蹬下一坨雪，那坨雪打了我爷爷一头，弗尼思话："老人家，您再细细说。"

爷爷摇头把雪晃没了，可头还是白的，那是稀疏的白发，他叹了口气，说："刘氏去世后，袁世凯位极人臣，慈禧太后都封刘氏为一品诰命夫人，但是家族宗法体制让她入不了祖坟。怎么办？我就当皇帝，我当了皇帝，我可以改宗法体制。我可以无法无天，我可以把我的母亲封为皇太后，你不是不让我母亲入祖坟吗？我就要开宗立派！没有伤疤的内伤啊，蒙住了他的眼。假若袁世凯是正出的身份，假若他的哥哥袁世敦让他的母亲入了祖茔与父亲合葬，也许就没了这出闹剧。哎，袁世凯的格局还是太小了，还是纠缠于自己的恩恩怨怨，还是纠缠于名分，还是纠缠于自己的屈辱！一句话，还是内伤在发作。《顺天时报》是日本人办的一份报，袁世凯爱看。他儿子袁克定呢，专门办了一份假《顺天时报》给他看，鼓吹帝制。据说，袁世凯在临死之前吐出四个字：'他害了我。'这个'他'是谁呢？有人说是袁克定，我看也不一定，是庶出的身份，害了他！"

我对爷爷说，我读过袁世凯次子袁克文的一段描述："先祖母刘太夫人在日，每晨，先公秉烛趋庭，伫于寝外，必俟先祖母既寤，躬叩安好，始出堂治事。及午，复入侍先祖母食，食讫复出。夕，政事处毕，乃又入，或言家事，或述新语，先祖母辄顾而乐之；先公更调羹和蔬以进，且躬视衾帏，试量温寒，必侍先祖母入寝后，始退归己室。终岁如一日，未尝或间焉。"

爷爷黯然，说："那是他当儿子的本分。"

弗尼思又问："荒唐称帝，有没有家人阻止？"

我说："我查了，他的二儿子袁克文就坚决阻止，袁世凯大怒，把他囚禁起来。袁克文的儿子袁家骝，袁世凯去世时才四岁，后来成了世界著名物理学家，他的妻子吴健雄素有'东方居里夫人'之称，夫妻二人削去了祖父一块遗臭的朽骨。"

"这才是天地之大孝。"我爷爷感慨，"天地之大德曰生。"

弗尼思说："袁世凯和谭延闿，都是庶出的枭雄。但谭延闿以死来要挟，维护了母亲的尊严，袁世凯就没有谭延闿聪慧啊！"

我爷爷说："也不一定！谭延闿也是被逼的，耍赖。人这一辈子，要活个明白，不犯糊涂，不走错道。世界潮流，浩浩荡荡，顺之则昌，逆之则亡！我能理解袁世凯，他是多面的人，他也是一个普通男人，他不是神仙，他有他的局限。"

弗尼思对我爷爷说："老人家您超越了自己，参与了抗战，参与了救亡，参与了解放，参与新中国建设。您不游离于社会，也不游离于老百姓。不为良相，则为良医，与社会同步。您做的都是您愿意做的，心甘情愿，不是被强迫的，不是勉强的，是从内心里想做的。"

爷爷有点不好意思："听天命，尽人事。回眸一生，我更多的是羞愧！"

爷爷用我刚出生时盯我的眼神盯着我，那是慈爱的眼神，说："德鸿啊，你当了记者，得好好地写。有余力了，写写芝镇，那是咱们的根。你也写写我怎么愧对你亲老嬷嬷！写写我怎么愧对芝镇吧！芝镇人可写的很多，比如雷以邙、芝里老人、牛二秀才、汪林肯、李子鱼、陈珂，还有你七爷爷、王辫、牛兰芝……他们都受过'内伤'，程度不同而已。好在有口芝镇酒顶着，他们活出了各自的样子，你也可以写写张平青、巍姑爷，这两个人很复杂，'物相杂，故曰文'，对吧？"

顿了顿，爷爷又说："'外伤'，是疾在腠理、肌肤、肠胃，而'内伤'，则是疾在心灵，深入骨髓。内伤，不流血，无伤疤，看不见，嗅不出，但比外伤更痛苦，更难治。我最大的忧虑是，'内伤'会传染，甚至会遗传，传给下一代，让后人一直跪着生存，循规蹈矩，小心翼翼，惶恐地喘着气，没有了求异的激情，甚至丧失了站起来的能力，像被剪掉翅膀的飞鸟。记得若干年前，你的哥哥有五六岁，在咱们的场院里，有人给他用碎瓦片画了个圈，不让他出来，他就老实地站着，一动不动，因为出不来，着急得哭了。是性格使然吗？不是，是'内伤'，是庶出的多年歧视，让他没有别的选择，只能低眉顺眼，这都化到血液里了，这很难康复的'内伤'才是最可怕的。"

突然听到窗外鸟鸣声，我大喊一声："弗尼思，弗尼思！"醒了，我爷爷和亲老嬷嬷的身影渐渐远去，但我清楚，他们的气息、气象、气晕不舍昼夜地在我的血管里流淌。

又是一个金色的早晨。

（2021年12月7日晨于济南耐烦庐）